Tucholsky Wagner Zola Scott Sydow Freud Schlegel
Turgenev Wallace Fonatne
Twain Walther von der Vogelweide Fouqué Friedrich II. von Preußen
Weber Freiligrath
Fechner Weiße Rose Kant Ernst Frey
Fichte von Fallersleben Richthofen Frommel
Engels Fielding Hölderlin
Fehrs Faber Flaubert Eichendorff Tacitus Dumas
Maximilian I. von Habsburg Eliasberg Ebner Eschenbach
Feuerbach Ewald Fock Eliot Zweig
Goethe Vergil
Mendelssohn Balzac Shakespeare Elisabeth von Österreich London
Lichtenberg Rathenau Dostojewski Ganghofer
Trackl Stevenson Hambruch Doyle Gjellerup
Mommsen Tolstoi Lenz Droste-Hülshoff
Thoma von Arnim Hanrieder
Dach Verne Hägele Hauff Humboldt
Karrillon Reuter Rousseau Hagen Hauptmann Gautier
Garschin
Damaschke Defoe Hebbel Baudelaire
Descartes
Wolfram von Eschenbach Dickens Schopenhauer Hegel Kussmaul Herder
Bronner Darwin Melville Grimm Jerome Rilke George
Campe Horváth Aristoteles Bebel Proust
Bismarck Vigny Barlach Voltaire Federer Herodot
Gengenbach Heine
Storm Casanova Tersteegen Grillparzer Georgy
Chamberlain Lessing Langbein Gilm Gryphius
Brentano Lafontaine
Strachwitz Claudius Schiller Schilling Kralik Iffland Sokrates
Katharina II. von Rußland Bellamy
Gerstäcker Raabe Gibbon Tschechow
Löns Hesse Hoffmann Gogol Wilde Vulpius
Luther Heym Hofmannsthal Klee Hölty Morgenstern Gleim
Roth Heyse Klopstock Kleist Goedicke
Luxemburg La Roche Puschkin Homer Mörike
Machiavelli Horaz Musil
Navarra Aurel Musset Kierkegaard Kraft Kraus
Nestroy Marie de France Lamprecht Kind Kirchhoff Hugo Moltke
Laotse Ipsen Liebknecht
Nietzsche Nansen Ringelnatz
Marx Lassalle Gorki Klett Leibniz
von Ossietzky May vom Stein Lawrence Irving
Petalozzi Knigge
Platon Pückler Michelangelo Kock Kafka
Sachs Poe Liebermann Korolenko
de Sade Praetorius Mistral Zetkin

Der Verlag tradition aus Hamburg veröffentlicht in der Reihe **TRADITION CLASSICS** Werke aus mehr als zwei Jahrtausenden. Diese waren zu einem Großteil vergriffen oder nur noch antiquarisch erhältlich.

Symbolfigur für **TRADITION CLASSICS** ist Johannes Gutenberg (1400 — 1468), der Erfinder des Buchdrucks mit Metalllettern und der Druckerpresse.

Mit der Buchreihe **TRADITION CLASSICS** verfolgt tradition das Ziel, tausende Klassiker der Weltliteratur verschiedener Sprachen wieder als gedruckte Bücher aufzulegen – und das weltweit!

Die Buchreihe dient zur Bewahrung der Literatur und Förderung der Kultur. Sie trägt so dazu bei, dass viele tausend Werke nicht in Vergessenheit geraten.

Jungfer Therese

Eine Erzählung aus Lachweiler

Heinrich Federer

Impressum

Autor: Heinrich Federer
Umschlagkonzept: toepferschumann, Berlin

Verlag: tredition GmbH, Hamburg
ISBN: 978-3-8424-6832-0
Printed in Germany

Rechtlicher Hinweis:
Alle Werke sind nach unserem besten Wissen gemeinfrei und unterliegen damit nicht mehr dem Urheberrecht.

Ziel der TREDITION CLASSICS ist es, tausende deutsch- und fremdsprachige Klassiker wieder in Buchform verfügbar zu machen. Die Werke wurden eingescannt und digitalisiert. Dadurch können etwaige Fehler nicht komplett ausgeschlossen werden. Unsere Kooperationspartner und wir von tredition versuchen, die Werke bestmöglich zu bearbeiten. Sollten Sie trotzdem einen Fehler finden, bitten wir diesen zu entschuldigen. Die Rechtschreibung der Originalausgabe wurde unverändert übernommen. Daher können sich hinsichtlich der Schreibweise Widersprüche zu der heutigen Rechtschreibung ergeben.

Text der Originalausgabe

Heinrich Federer

Jungfer Therese

Eine Erzählung aus Lachweiler

1

Vier magere Jünglinge und ein fünfter dicker standen in sauber gebürsteten, langen, schwarzen Fräcken mit den frischen Augen junger Eroberer vor ihrem Bischof. Es war Vesperzeit. In schweren, tiefgoldenen Tropfen rieselte die Sonne durch die hohen, engen Nischenfenster in das Gemach. Das uralte Flügelaltärchen und der gewaltige Glasschrank, voll lateinischer und griechischer Bücher, standen schon in violetter Dämmerung. Aber auf dem Tisch in der Mitte des Zimmers funkelten noch ein paar weiße Tassen und eine Zinnkanne, woraus ein tröstlicher blauer Faden von Kaffeedampf quirlte. Neben dem Pult am Fenster, wo die fünfe standen, lief ein gepolstertes Möbel an der Wand hin, halb Sofa, halb Feldbett. Hier verbrachte der kränkliche Bischof seine vielen schlaflosen Nächte wachend, betend, studierend und im Geiste die hundert Pfarreien und zweihundert Kaplanstübchen seines kleinen, aber schwierigen Bistums visitierend.

Die fünf Neupriester hatten die Exerzitien, Fasten und Examen der letzten Wochen tapfer bestanden. Seit wenigen Tagen waren sie Gesalbte des Herrn und kamen sich immer noch in einer sozusagen sakramentalen Verzücktheit, ohne Last und Schwere, wie schwebende Geister oder wie machtvoll bezepterte junge Fürsten oder wie ein paar Heilande der Welt vor. Sie dürsteten nach dem Lande, dessen Antlitz sie erneuern, nach dem Volke, das sie zu lauter Heiligen machen wollten. Ihr ganzes Gesicht brannte vor Lust, sich mit der argen Welt in ein mannliches Scharmützel zu stürzen. Sie waren von jener feurigen Sorte, die es in allen Fingern kitzelt, das Schwert aus dem Gurt zu reißen und dem Malchus das Ohr, will sagen, dem Laster Haupt und Hörner abzuhauen.

Jetzt harrten sie ungeduldig und von einem Schuh auf den anderen tretend auf die Eröffnung, wohin ihr Hirte sie aussenden werde. Butter und Biskuit trug gerade der alte Diener Joseph auf den Tisch. Das haben sie längst nicht mehr genossen. Aber die jungen Männer, die wahrhaft bei aller heiligen Wissenschaft das irdische Leckmaul nicht ganz getötet haben, beachteten die Schleckerei jetzt kaum. Nur der dicke Anton Hottli sah und zählte genau neun Törtchen und wußte sogleich und schmerzlich, daß einer von ihnen nur ein Biskuit bekäme. Er wollte jedenfalls zwei.

Der dünnste und blasseste von allen, Herr Johannes Keng, war auch der ungeduldigste. Auf diese Minute hatte er sich seit Monaten gesehnt. In seiner poetischen Art verglich er sie mit jenem Augenblick, wo Christus, schon von verklärten, blauen Wölklein umflossen und über die gemeine Rinde der Erde schwebend, seine Apostel segnete und nach Europa und Afrika und ins innere Asien sandte, - - - kurz, es war der Augenblick der Weltverteilung.

Johannes Keng war ein schwacher, brustleidender Jüngling. Ohne Geschwister, in der sorgenden und ein bißchen verhätschelnden Pflege seiner Mutter, einer jungen Witwe, aufgewachsen, hatte er sein kleines Stück Leben mehr zwischen den Büchern und in den Träumen und Fiebern der Stube als draußen in der herben, wilden Luft der Gasse zugebracht. Er war ein Schwärmer für alles Edle und Feierliche und Schöne. Ein großer Mensch, eine hohe Zeit, eine mächtige Kunst hatten ihn im Nu bezaubert. Und er war selbst ein halber Dichter und ein halber Musiker, einer freilich, der in den heftigen Anfällen seines Brustleidens sich wie ein Zwerglein duckte und in den gesunden Tagen dann wieder wie ein Riese des größten Werkes unterfing. Theologe und Seelsorger sein dürfen, dünkte ihn das Beste. Er hatte es zuerst mit Philologie und Philosophie versucht, und ein artiges Schwänzchen davon ging ihm jetzt noch überall nach. Aber erst in der Theologie ward er glücklich und satt. – Im zweiten Seminarjahr starb ihm die Mutter. Damit hatte er allen heimischen Zusammenhang verloren. Er war jetzt nur noch bei seinen Büchern und Priestern daheim. Die Basilius und Augustin, die Leo und Innozenz, die Loyola, Capistran, Bourdaloue bildeten nun seine Familie und die Kathedrale und die paulinischen Weltstraßen, die von ihr gen Morgen und Abend liefen, dünkten ihn neben dem Stühlchen am Pult seine Heimat und Zukunft. Er träumte und schwärmte ausgelassen, aber arbeitete auch mannhaft. Kein Fach gefiel ihm so, wie das bodenständigste seiner Fakultät, die Pastoral. Von dieser Wissenschaft behauptete er einmal in einem Prolog vor seinem Bischof, der leider in so poetischem Augenblick ein großes blau geblumtes Schnupftuch zur Nase führte, mit freilich unvermindertem Versschwung, daß sie gar schmackhaft nach Erde rieche und doch überall himmlische Fenster auftue. Man sehe da

Menschenstapfen und Engelfittiche nebeneinander. Es gebe da harte Türen, kümmerliche Kammern und Herzen, aber daneben schimmern Baldachine, donnern Kanzeln, fliegen goldene Tabernakelpförtlein auf. Pastoral, das ist tief wie Augustins Bücher und sitzt bäuerlich einfach neben den Dorfkindern und lacht und erzählt Geschichtlein und trinkt beim Ratsherrn Remigi einen Kaffee und trägt ein Kilo Äpfel oder eine Flasche Veltliner verstohlen in den tiefen Rocktaschen der kranken Kathri ins Mansardenzimmer hinauf.

Ihre bischöflichen Gnaden steckten das blaugeblumte Nastuch in den Ärmel und blickten kühl und ungerührt in die Rhetorik des Seminaristen.

Aber dem jungen Johannes Keng war es blutig ernst, und in allen vier theologischen Jahren hatte ihm nichts so gefallen wie die prachtvollen Vorlesungen der Pastoral bei Josephus Beck. Er zitterte vor Verlangen, was er in einem Dutzend Hefte feurig notiert hatte, nun auch durch ein paar Dutzend Jahre und durch zehntausend Menschen gewaltig auszuführen.

Jetzt nahm der Bischof einen Streifen Papier in die Hand. Das wichtigste Papier in Johannes' Leben. Da steht, wohin er kommt. Als Professor an eine Realschule? – Das paßte ihm gerade: lehren, unterrichten, zu Füßen den leuchtenden Hunger von hundert Kinderaugen. Oder in eine Stadt als Vikar? – Ah, Sozialpolitik, Arbeiterapostel, Don Bosco, Domkanzel! Oder in ein schlichtes Dörfchen hinaus? – Nun ja, nun ja! auch schön! Hügel und kleine Wiesenbäche, idyllische Nachmittage, spekulative Spaziergänge unter Linden oder Zwetschenbäumen, Barfußkinder, rauhes aber ehrliches Volksherz, schneehaariger, freundlicher, schnupfender Pfarrer, großer Kaplaneigarten, Bienenstand, Spalierbäume, Versehgänge mit Glöcklein und Laternchen durchs kniende Dorf, auch schön, auch schön! Und das Landvolk aus der Dumpfheit heben, Fortbildungsschulen stiften, Lesezimmer mit dem Schullehrer gründen, geniale Bauernkinder ... man hört von solchen in der Weltgeschichte ... im Lateinischen unterrichten, Stenographie, Vereine ...

»Sieh, da kommt auch noch Honig!« flüsterte Anton Hottli fröhlich.

Johannes schoß ihm einen unwilligen Blick aus den grauen, schmalen Augen zu. – Also Vereine gründen, das Laienapostolat einführen, aufs materielle Wohl ein Auge ...

»Herr Peter Schorno!« klang jetzt die helle Stimme des Bischofs, »Sie gehen als Pfarrverweser nach Peterach. Seien Sie um so stiller und kühler, je lauter und hitziger das Dorf ist!«

Ah, seht einmal, der Peter Schorno überhüpft gleich den untersten hierarchischen Sprossen. Schon ein halber Pfarrer! Begreiflich. Er ist allen durch sein praktisches kühles Wesen überlegen. Der paßt in die unruhige, paritätische Ortschaft ausgezeichnet.

»Herr Michael Feldler, – Sie sind Vikar in Fandwil und damit Lateinlehrer an der Sekundarschule. Sie bekommen ein gutes Volk und einen lieben Prinzipal. Aber jassen Sie nicht zu oft mit ihm! Oder dann nur unter der Bedingung, daß die Spieler griechisch reden und den Gewinn in die Kasse des Abstinentenvereines legen müssen!« – Über das kleine, verschrumpfte Aszetengesicht des Bischofs huschte ein äußerst feines, schalkhaftes Lächeln.

Holla, die Professur verloren, dachte Johannes und wunderte sich ein Weilchen, daß gerade der trockene und spröde Feldler Schule halten sollte.

»Sie, Herr Martin Schädler, brauchen wir in der Missionsstation Bromstadt. Sie erhalten ein nagelneues Pfründhäuschen mitten im Fabrikflecken. Das Volk wird sich auch seinen nagelneuen Kaplan ordentlich ansehen. Bleiben Sie frisch unter so vielen alten verräucherten Schornsteinen!«

Der Bischof sagte das langsam und mit sehr besinnlichem Tone. Alle wußten, daß Bromstadt der heikelste Posten war. Sein Pfarrer gehörte zu den alten Wessenbergianern, die reich an Güte und Moral, aber arm an Dogmen und Kirchenstolz waren, gute Stilisten und Rhetoriker, geistreich beim Disputieren, immer freigebig, aber auch biegsamen Rückgrats, liebe Kollegen, aber keine Helden. Dorthin paßte ein frischer Mensch wie Martin Schädler einer war, klein, mit witzigen Augen, frohen, aber schlagfertigen Lippen und einer Stirne wie Fels. Der schlüpfte durch Wasser und Feuer. Der tat alles für sein Ideal, das Credo von Trient.

Wieder beschlich Johannes ein leises Bedauern. Wie gern hätte er den Posten gehabt und mit dem alten Breisgauer die theologische Klinge gekreuzt! Wie hätte er ihn aus allen unkirchlichen Sätteln gehauen! Und wie wollte er blitzen und donnern in seiner lauen Altmännergemeinde! Frühling schaffen, wo schon lange nur Dürre herrschte! Schade, daß der Gnädige nicht an ihn gedacht! Sah er denn nicht blaß und mager aus wie irgendein großer Denker!

Nun standen noch der magerste und der dickste allein sessellos da auf Erden. Alles war untergebracht, eingepfründet, hatte Amt und Stuhl, nur sie zwei hingen noch da zwischen Himmel und Erde wie nestlose Vögel.

»Und ich . . . und ich?«

Deutlich war die Frage zweimal rasch hintereinander durch die Stube vernommen worden. Zaghaft und doch gierig hatte es geklungen. Ganz glührot stand er nun da, vom leisen Lachen der Kollegen gleichsam umspült, und schämte sich entsetzlich: Johannes Keng!

Doch der Bischof las unbeirrt weiter: »Herr Anton Hottli, Sie behalten wir hier an unserer Kathedrale als Vikar. Sie werden mit den Vereinen zu tun haben. Tummeln Sie sich! Flinke Stadt, flinke Leute, flinker Pastor!«

Das war nun wirklich das Wunderbarste von diesem weltverteilenden, wunderbaren Papierchen in den langen, knochigen Fingern des Bischofs. Der dicke, phlegmatische Hottli Stadtvikar! Er, der nie pressierte, auch zwischen zwei Depeschen nicht, der auf keinen Stuhl saß, ohne vorher gemächlich das Sitzbrett zu scheuern, der ein Glas, und war es auch fingerhutklein, nie anders als in viermal vier Schlücken leerte, der langsam sprach, die Musik verachtete und die Poesie ein Überbein oder einen Kropf der Menschheit und also einen krassen Luxus nannte, er, der fette, gelassene Barbar, von dem man meinte, er würde irgendwo in die Missionen zu den Lappländern geschickt, der nistet sich nun in der bischöflichen Residenz ein, mitten in der summenden, schwitzenden, hunderttausendbeinigen Stadt, wo Automobile und Kurzschluß alle Nerven verhunzen. Soll man ihm gratulieren oder ihn bedauern? Im Schatten des Bischofs und der Landesregierung, wie müßte da ein hochstrebender, elastischer Geist aufblühen und wirken! Aber er, dieser Fisch! Diese pelzige Langsamkeit! Dieser Nordbär! Wie wird der sich in die Vereine voll zappeliger Stadtsöhne trollen, du lieber Gott! Was werden die mit ihm Schund treiben! Er ist ja wohl gescheit und hat einen soliden Charakter. Aber bis er seine massive Verstandesmaschine jedesmal geölt und eingeschmiert hat, ward ein anderer mit der Arbeit siebenmal fertig. Na, der Bischof ist ein großartiger Hirte, im Kirchenrecht eine anerkannte Berühmtheit... aber ob er hier den dicken Anton...

»Und zum Schlusse unsere kleine Ungeduld namens Johannes Keng... wird sich eben doch im Dorfe Lachweiler hinten häuslich einrichten müssen.«

Der Bischof legte den Zettel aufs Pult, sah klar und kernig dem verdutzten Theologen ins Gesicht und spottete halb ernst, halb belustigt weiter:

»Es wachsen dort die größten Nußbäume der Diözese, und der Wildberg ob der Kaplanei ist ein malerischer Hügel. Die Luft wird gerühmt. Sie ist, glaub' ich, ein wenig poetisch. Man will haben, daß in Lachweiler unser großer Ekkehard geboren sei. Der Parochus loci ist noch ungemein rüstig und läßt dem Kaplan wenig Mühe übrig. Da können Sie sich pflegen und ein ländliches Epos schreiben!... Bucolica Lachwilensia!«

Wieder kicherte es um Johannes herum leise. Dem Jüngling wechselte jäh Licht und Schatten auf dem Gesichte; er bekam feuchte Augen. Spottete man? Ward er so zurückgesetzt? Irgendwohin vergraben für alle Zeit und Ewigkeit? Sein Licht unter den...

Er kam nicht weiter. Eine feine, kühle Hand nahm ihn freundlich am Gelenk und drängte ihn sanft gegen den Tisch. Und dazu klang es:

»Und nur nicht schon die Angst vor den Winkeln da hinten! Viele wären froh um solche Winkel! Doch geht eine wackere Straße ins Dorf und man kann so gut wieder ausziehen, wie man einzog. Aber ich habe gerade an Ihre Gesundheit gedacht, da ich Sie dem Pfarrer Cyrillus Zelblein als seinen kommenden Kaplan anzeige. Und ich zweifle, ob Sie so schnell wieder ausfliegen möchten, wenn Sie sich einmal warm eingenistet haben... Nun, guten Appetit, meine wohlbestallten Herrn, bedienen Sie sich!... Da vorne an der Wand hängt die Karte, wenn etwa einer seine Apostelreise genauer studieren möchte . . .«

Die jungen Priester setzten sich um den breiten Eichentisch. Aber obwohl der Bischof an seinem Pulte sich nun in einen Stoß Papiere vertiefte und nur ab und zu aus seiner großartigen Korrespondenz heraus gelassen zum Tisch hinübernickte, die neuen Kapläne und Vikare möchten doch tapfer zugreifen, und wiewohl es fröhliche, fastenlose Osterzeit war, so herrschte doch kein großer Appetit. Man war zu aufgeregt. Wer kann essen, wenn man ihm die Weltkugel vor die Füße rollt: da nimm! – Wer mag Butter aufs Brot streichen und vergnügliche Honigschnörkel darauf ziehen, wenn man ihm eben ein Dörfchen und Häuslein zeigte, wo er vielleicht bis in die vornüber gebückten, eisgrauen Tage wie ein Klausner oder eine eingedeckelte Schnecke leben wird?

So vesperten die Hochwürdigen denn mit abwesendem Geiste. Peter Schorno wog das paritätische Verhältnis in Peterach mit kalten, scharfen Zahlen ab; Kollega Feldler konjugierte ein paar unregelmäßige Deponentia, worunter adipiscor, gleichsam als Vorübung zur Professur; der hübsche, kleine Schädler mit den lachenden Lippen beschloß, den Syllabus seinem Prinzipal und den Kirchenräten bei der ersten Gelegenheit zu schenken und darüber Vorträge zu halten, während Johannes den Zwicker über seine schwachen, grauen Augen aufsetzte und nun auf der Wandkarte deutlich sah, wie die Eisenbahnlinie unbarmherzig rasch und in einer strengen Geraden von der Hauptstadt weglief und wie die Ortschaften an den Geleisen immer kleiner wurden, bis endlich fast an der Grenze des Ländchens an einem winzigen Nestchen die berühmte Straße nach Lachweiler ansetzte. Lachweiler! Ja, man konnte wohl lachen. War das eine Straße! Fadendünn gezeichnet wie Wege, die keine Post haben und vielleicht nicht einmal für vierrädrige Vehikel fahrbar sind! Diese schwache Linie zog sich gemächlich zwischen zwei Hügelketten, die immer mehr gegen das ferne Gebirge zu an Kammhöhe wuchsen, durch ein einsames, bachdurchsprudeltes Gelände hinauf. Es konnte eine romantische Landschaft sein. Vielleicht Felsen und ein haushoher Wasserfall. Nun, das wäre doch etwas! Dann ringelte diese sogenannte Straße Schleifen, die einigen Humor verraten. Auf einmal ist sie von vierhundertundfünfzig auf sechshundertundfünfzehn Meter gestiegen. Ein tapferes Stück, das läßt sich nun doch nicht leugnen. Aber dem brustleidenden Kaplan beengt dieses geographische Bild ein wenig den Atem. Ihm fällt ja alles Steigen so schwer. Nun sehe aber einer die treulose, ganz gemeine Landstraße an! Weil Lachweiler noch etwas höher liegt, läßt sie das Dorf einfach links liegen, als ob sie das Völklein dort oben gar nichts anginge, und wandert bequem ihren Strich am Rand eines prachtvollen, tiefen Flußtobels talauf, um andere bequemere Menschendörfer zu suchen. Das ist nun freilich hübsch zu verfolgen, wie dafür ein Fußweg, possierlich wie ein Eichhörnchen, dem Dorfe zuhüpft und plötzlich, etwa so zwischen Schulhaus und Spritzenhäuschen, auf den erhöhten Kirchplatz stößt. Ein Quell rauscht hinter der Kirche hervor. Der muß wohl auch an der Kaplanei vorbei. Und dahinter steht ein langer Hügel auf und steigt gegen das eigentliche Gebirge zu, bald selber ein richtiger Berg. Von seinem Gipfel aus muß man die Glarner und Appenzeller Alpen sehen; den Tödi jedenfalls, das steht außer Frage. Vortrefflich! Johannes liebt die Berge trotz seines magern Schnäufleins. Besonders wenn sie von weitem mit weißem Schultertuch und silbergrauem Scheitel winken und ein paar duftige Wölklein darüber schwimmen. Ohne viel Übertreibung kann man dann denken, daß dahinter schon die Trauben und Palmen des Südens wachsen. Nein, Lachweiler muß doch ein gutes Plätzchen Vaterland sein, gesund, reinlich, mit frischen Luftzügen und schönen Aussichten von jedem Hügelchen. Johannes lebt auf. Welche Hitze strömt jetzt, an diesem Maitag schon, aus den städtischen Gassen in dieses doch so hohe Gemach! Wie wird das erst im Sommer! Und Johannes haßt nichts so sehr wie Hitze und Staub. Dann will ihm das Herz vor Mattigkeit oft stillstehen. Aber da droben in Lachweiler muß es köstlich frisch und kühl sein. Nußbaumschatten und Nußbaumduft, sechshundertsiebzig-meter-hohe Dorfunschuld und Bakterienfreiheit. Wer weiß, ob sich nicht im Juli und August ein paar einsame Fremde dahinauf verirren. Vielleicht ein philosophischer Basler Professor, mit dem man über Nietzsche und Jakob Burckhardt streiten kann, oder ein heimlicher Dichter aus Zürich, der dem Kaplan seine Manuskripte vorliest, oder ein Maler, der intime und noch ungeschändete Landschaften aufsucht. O Lachweiler ist ein ausgezeichneter Posten. Das Volk freilich wird da oben so gut und lieb sein, daß es weder einen Petrus, noch einen Paulus braucht. Aber einen Johannes kann es immer brauchen. Liebe kann man nie zuviel haben. Als

Johannes gehen wir also! Liebe, eine heillose Liebe spürt der Kaplan in sich. Damit möchte er jetzt schon das ganze Lachweiler mit Pfarrer, Sigrist, Lehrer und dem gesamten Schulhaus voll Barfußknaben und Zweizöpfemädchen an seine eingesunkene, aber nun von den fröhlichsten Vorstellungen geschwellte Brust drücken.

Nun bekommt er Appetit und langt nach den Biskuits. Aber da sticht ihm der dicke Stadtvikar noch das letzte vor der Nase weg. Er kaut und schmunzelt gemütlich dem Johannes ins abgezehrte, blasse Gesicht.

»Das wievielte?« fragt der neue Kaplan zwischen Spaß und Ärger.

»Weiß nicht, das fünfte oder sechste!«

»Bursche, das ist aber zu stark!«

»Ei, ich will doch essen,« sagt Anton lustig, »während ihr euere große Kirchenpolitik macht. Mit leerem Magen kann niemand die Welt erobern, nicht einmal die kleinste Kapellenglocke läuten. – Aber streicht doch Butter auf die Biskuits, das ist einfach ambrosisch,« schloß er lachend und auf die leere Biskuitschüssel weisend. »Seht so!« –

»Du wirst mit deinem Hunger die ganze Kathedrale und das Domkapitel und die Stadt bankerott essen. Gottlob, daß ich weit weg komme!« neckte Johannes, schon wieder begütigt.

Beim Abschied gab es noch eine kleine Rede.

»Ich halte keinen Sermon mehr,« begann der Bischof klipp und klar, »sondern ich erinnere Sie an die erhabenen Vorsätze, womit Sie Priester geworden sind. Sie verzichteten, reich zu werden, um bei den Armen zu sein wie Christus; Sie wollten nicht Ehren auflesen, sondern vor allem dem gewöhnlichen lieben Volk nachgehen und seinen demütigen Schemel teilen. Und nicht gut essen und trinken und hausen, sondern das suchen und kosten und weiter schenken, was die unstete Seele endlich satt macht und beherbergt für immer. Jetzt, meine Herren, nehme ich Sie beim Wort.

»Im übrigen,« fuhr der Bischof mit seiner hellen, trockenen Stimme und mit ungerührten, scharfen Politikeraugen fort, »hat jeder von Ihnen wenigstens soviel, daß er leben kann, zirka zwölfhundert

Franken Sold, freies Haus und Holz und einige Stipendien. Damit und mit ein wenig Sparsamkeit können Sie wohl auskommen. Sie brauchen ja nicht gleich ein Sofa oder Klavier anzuschaffen. Soviel ich weiß, sind die Apostel ohne Gehalt, barfuß und barhaupt in die Pastoration gegangen. So auch die Brüder von Assisi. Nun, das verlangt niemand von Ihnen, das ginge bei uns auch wohl nicht leicht. Die Hauptsache ist immer, daß Sie Christus bei sich haben. Dann wird es am Nötigsten kaum fehlen. Und,« beschloß der Gnädige gemütlicher, »wo es dann doch nicht recht langen will, wissen Sie ja hoffentlich immer den Weg hieher! Wohlan also, seien Sie gute Knechte im Weinberg! Und nun knien Sie nieder! Ich will Sie segnen!«

Wieder fühlte Johannes seine Augen feucht werden. O wie gern wollte er ein strammer Knecht an der Weinkelter des Meisters sein und ihm Trauben pflücken, große, schwere, hochreife, wie die aus Kanaan... ach, diese Schwärmerei! nein, nein, doch auch kleine, harte, magere Beeren, von denen es viele braucht, bis ein Becher mit Saft gefüllt ist. Aber dann ist auch das Wein, und oft ein kräftiger, edler Wein.

Unter der Türe bemerkte der Bischof noch wie zum Scherz: »Nun hätt' ich beinahe etwas vom Wichtigsten vergessen! Haben Sie schon alle eine brave Haushälterin?« –

Der eine nannte eine ältere, ledige Schwester, der andere eine verwitwete und verwitterte Tante. Peter Schorno war so glücklich, sein liebes altes Mütterchen ins geistliche Haus zu nehmen. Aber der dicke Stadtvikar sagte, er brauche niemand. Er stationiere ja beim Kinderpfarrer. Und er rekelte und dehnte sich vor Behagen, daß er nun nicht einmal einen Suppenteller oder einen Vorhang kaufen müsse.

Johannes gestand betroffen, daß er an diese prosaische Notwendigkeit noch gar nicht gedacht habe. Mit einem gelinden Vorwurf im Auge erwiderte der Bischof, dann dürfe er keine Zeit mehr verlieren. Am Samstag werde er in Lachweiler erwartet. Dann hob er die magere Hand mit dem prachtvollen Ring, den ihm der Heilige Vater zu Rom für seine großen kirchenpolitischen Erfolge in einem heikeln Geschäft mit der vaterländischen Regierung höchstselbst an den Goldfinger gesteckt hatte, und warnte leise: »Nicht zuviel träumen!«

2

Noch vor Einbruch der Nacht schellte es am Seminar und eine kleine, aufrechte, viereckige Jungfer mit einer ungewöhnlich steilen Stirne, einer geschwungenen, kühnen Adlernase, einer Hornbrille darauf und mit funkelnden Goldplomben im langen, starken Gebiß, fragte nach dem hochwürdigen Herrn Kaplan Johannes Keng, der eine Haushälterin nach Lachweiler brauche.

Der Hausdiener befahl sie ins Wartezimmer und holte rasch den Kaplan. Verlegen stand Johannes unter der Türe und fühlte einen Schrecken vor dieser energisch auf ihn zurauschenden, kleinen, funkelnden Person durch seine ganze, lange Magerkeit fahren. Ein älteres Raubvogelweibchen, dachte er, oder so was. »Sie wünschen?« fragte er beklommen.

Mit einer lauten, vorblasenden Trompetenstimme sagte das Fräulein bündig: der bischöfliche Diener Joseph habe ihr vor einer halben Stunde gemeldet, daß Hochwürden eine Wirtschafterin brauche. Sie, Therese Legli, sei bereit, diesen Posten zu übernehmen. Großen Lohn verlange sie nicht. Sie habe ein kleines, erspartes Vermögen und sei so weit außer Sorgen. Sie bringe auch eigene Möbel für ihr Zimmer mit und könne allenfalls sogar die Pfarrstube vorläufig mit Vorhängen und einer hübschen, vierfächrigen Kommode ausstatten. Auch einiges Küchengeschirr und einen Petrolapparat besitze sie. Junge Herren seien gewöhnlich mit derlei Dingen nicht sehr praktisch versehen. Sie lächelte bei dieser witzigen Bemerkung. und dieses Lächeln sah aus wie ein Bündel blauer, fröhlich verschossener Raketenblitze. Lange Jahre sei sie Krankenwärterin am Hauptspital gewesen. Nun spüre sie das Alter und wünsche gern ein ruhigeres Leben. Aufs Land zu einem geistlichen Herrn, das wäre ihr das Liebste.

So erzählte sie rasch und mit funkelnden Plomben. Als Johannes nicht gleich ins Gespräch fiel, fuhr sie fort: der Hochwürdige möge sich bis morgen besinnen und ihr dann nach Haslau berichten, wo sie ihren Bruder, einen verheirateten, kinderreichen Bauer besuche. Sie knickste und wollte gehen, da Johannes immer noch stumm blieb. Während sie sprach, hatte sie einen Daumen in den Ledergürtel gesteckt, der hart und breit um ihre steife Hüfte lief. Und sie hatte den jungen Mann vor sich keine Sekunde aus ihren hellen, blauen Blicken entlassen. Wie eine Rechnungsaufgabe, die man lösen soll, hatte sie sein bleiches, knochiges, unschönes Stubengesicht mit den zwei warmen, grauen Augen studiert und dabei war ihre Miene immer milder geworden, je leichter ihr die Lösung dieser Rechnung vorkam. Zuletzt malte sich beinahe etwas Mütterliches in ihrem Gesicht ab. Doch als der Geistliche noch immer kein Wörtlein der Entgegnung fand, klopfte sie energischer mit der Spitze ihres Sonnenschirmes auf das Parkett, knickste nochmals und sagte:

»Überlegen Sie sich's reiflich, Hochwürden, und tun Sie sich keinen Zwang an! Und schreiben Sie mir morgen. Therese Legli, Haslau, ... das genügt. Und denken Hochwürden ja nicht, daß ich mich aufdrängen will. Nur das nicht! Was heut nicht wird, wird ein andermal. Gelobt sei Jesus Christus!«

Diese prachtvolle Schneidigkeit der Jungfer, so etwas wie famose Überrumpelung und doch voll feiner Taktik, das packte Johannes, wie alles, was seiner mehr defensiven Natur wie eine fremde Größe gegenübertrat. Und wie sie sich nun flink drehte und mit drei festen Schritten schon an der Klinke war! Und wie ihre Stimme noch immer lebendig in den Fenstern, Porträts und Blumenvasen des Wartzimmers nachzuklingen und nachzuzittern schien! Ha, die würde im Dörfchen mit Tellern und Pfannen klirren, die Betten lüften, daß es über die Gassen dampft und rauscht, die Vorhänge knüpfen, daß kein Föhn sie löst, die Stiegen fegen, den Garten pickeln, die Briefe und Pakete von der Post bringen, die würde die dumpfe Ruhe dieser Winkelgemeinde aufscheuchen und in die Plumpheit eines solchen Hinterwäldlerlebens ihre ganze merkwürdige, großstädtische Flinkheit werfen! Die kommt mir wie gerufen. Wie lustig blitzen ihre Augengläser und wie funkelt das Gold an ihren weißen Zähnen. Und welch ein gutes, fließendes Deutsch sie spricht! Sie hat wohl viel Literatur gelesen. Man kann mit ihr an den langen Winterabenden vielleicht über Theater und Oper reden und neben der Legende auch etwas Storm und Gottfried Keller lesen. Dazu hat sie etwas Unabhängiges, Forsches, wie man es wohl im Dorf gegen die Magnaten brauchen kann. Sie schmeichelt nicht. Aber schüttelt einem fest die Rechte. Sie ist einfach großartig.

Nach solchen heftigen und bunten Erwägungen reckte Johannes den Arm und vermochte zu sagen:

»Bitte, noch einen Augenblick, Fräulein Legli!«

»Zu dienen, Hochwürden!«

»Sie verstehen zu kochen . . . und wohl auch zu nähen?« – Es war nur, um doch etwas zu sagen.

»Ich koche alles, wenn Hochwürden mir Geld und Butter dazu geben,« versetzte Therese Legli schlagfertig. »Und meine Kleider mache ich alle selber.«

»Ich bin ein kränklicher Mensch, Fräulein Legli, . . . ich bekomme so Anfälle, hier . . . auf der Brust, und habe dann Mühe zu atmen und . . .«

»Emphysem mit Bronchialkatarrh!« entschied das Fräulein keck und sicher.

»Mag sein, aber es wirft mich für etliche Tage elend nieder und tut sehr weh!«

»Natürlich, der nervus constrictus und rheumatische Konherenzen!« betonte Therese. Ihre Brille glänzte mit unfehlbarer Schärfe.

»Kurz und gut, es dürfte Ihnen am Ende zuviel sein, schon wieder in Spitaldienst zu geraten.«

»Im Gegenteil, Herr Kaplan, ich werde ohnehin Heimweh nach meinen Spitalkranken haben. Sie sind bei mir in guten Händen!«

Ich sollte also wohl krank werden, um ihr das Heimweh zu vertreiben, dachte Johannes. Das muß man sagen, sie redet frisch von der Leber. Aber es ist wertvoll, wenn eine Haushälterin mir in der Atemnot wie ein Doktor helfen kann. Die Lachweiler müssen ja anderthalbstundweit gehen bis zum nächsten Arzt. Vielleicht werden sie darum so alt.

Die Jungfer machte während dieser Betrachtung des Neupriesters eine ungeduldige Bewegung gegen die Türe.

»Ich denke,« sagte nun Johannes laut und entschlossen, »wir könnten uns gleich hier verständigen. Wollen Sie bis Samstag vormittag in Lachweiler sein. Wir werden uns schnell im neuen Heim eingerichtet und ein bißchen aneinander gewöhnt haben. Eins muß dem andern immer ein wenig beistehen, nicht wahr?«

»Hochwürden nehmen mir das Wort von der Zunge,« entgegnete Therese und schloß mit einem mütterlichen Blick auf den Neupriester nochmals die Türe.

Der Bischof hat da die Hand im Spiel, dachte Johannes, es kann also mit dieser Jungfer kaum fehlen.

»Wenn es dem Herrn Kaplan beliebt, so werd' ich schon am Donnerstag im Dorf sein,« erbot sich die Jungfer. Darauf ward abgemacht, daß jeder Teil am Freitag nachmittag mit seinen Siebensachen in Lachweiler einrücken müsse. Bis Abend sei man dann schon zur Not einquartiert und am Sonntag sitze man bereits wie angenagelt fest.

»Kaufen Sie ja nur nicht zu viele Möbel,« warnte Therese, »und alles Nußbaum! Das Holz ist nicht umzubringen.« Sie stand selber da in ihrem soliden Quadrat wie ein nicht durch Pulver und Blei um zubringendes Geschöpf Gottes.

»Schon recht, schon recht,« antwortete der Kaplan. »Also am Freitag nachmittag ins Dorf!«

»Des bestimmtesten!«

Das scholl nun wieder so entschieden, daß der junge Mann eine leise Angst vor dem Pantoffel bekam, von dem man so böse Lieder in neuen Ehestuben, aber auch in jungen Kaplaneien singen hört. Dabei kam ihm ein spaßiger Einfall. Und obwohl er durchaus ernst bleiben wollte, konnte er den Witz doch nicht unterdrücken. So war er einmal.

»Sie heißen Therese, – Fräulein Therese, – haben Sie nicht so gesagt?«

»Jawohl, Herr Kaplan.«

»Dann behüt' mich Gott, wenn Sie nach ihrer berühmten heiligen Kollegin ausschlagen. Diese Frau hat ein Männerkloster nach dem andern umgestaltet und überhaupt ein ziemlich starkes Regiment geführt.«

»Ei, Hochwürden, das war doch einmal in Spanien!«

»Ich mein' eben, es liegt nicht am Land, es liege vielmehr an der scharfen – – Rasse aller dieser Theresien!«

»Keine Furcht,« fiel die Jungfer fröhlich trompetend ein, »ich heiße Theresia Pia Franziska.«

»Nun wird mir um vieles leichter. Wenn die Theresia zu stark werden will, ruf' ich aus Leibeskräften der Pia, nicht wahr?«

»Ich merke, Sie sind ein Spaßvogel.«

Der Kaplan geleitete die neue Köchin zum Seminar hinaus und bis zum Gartentor. Er ging links. Oben zwischen den Geranienstöcken ihrer kleinen Zellenfenster hervor guckten und witzelten die Kameraden über diesen frühen, allzu großen Respekt ihres Johannes vor seinem künftigen Hauskreuz.

Aber am Gitter konnte der Kaplan nicht länger an sich halten und fragte die Jungfer:

»Haben Sie auch etwas Schiller und Goethe gelesen?«

Fräulein Therese machte die Miene von etwas unendlich Überflüssigem.

»Die Braut von Messina,« gestand sie und errötete flüchtig, »habe ich einmal im Theater gesehen, weil man mir sagte, es komme darin ein Kloster vor. Aber dieser Goethe soll ja gar nicht katholisch gewesen sein... Also, Hochwürden, auf ein schönes, einträchtiges Leben in Lachweiler! Gelobt sei Jesus Christus!«

Eben läutete man die Tischglocke. Johannes begab sich verwirrt in den Speisesaal. Es war das letzte gemeinsame Nachtessen der Fünfe mit ihrem lieben, sorglichen Regens. Zwei Winter und zwei Sommer hatten sie hier in den Hügeln oberhalb der Stadt gelebt, ohne anders als aus den Büchern zu wissen, was Sorge, Verdruß und Reue sei. Das Tosen der Residenz hatte durch die Buchen und Tannen nicht bis zu ihnen dringen und das kleine Paradies nie verwirren können. Jetzt war es um das heilige Idyll geschehen, jetzt kamen Staub und Lärm und Prosa der Welt!

Zuerst herrschte eine beklommene Feierlichkeit am Tische, besonders als man sah, daß zwei-, dreimal eine verstohlene Träne dem frommen, weichen Regens in die Suppe tropfte. Man redete festtäglich, gelobte sich Besuche, sprach von gothischen Kaseln, neuen praktischen Versehgefäßen, Pfrundbriefen, Kaplanrechten und vom Abonnement der Linzer Quartalschrift. Man lud einander schon als Ehrenprediger auf stattliche Pfarrkanzeln ein, gebärdete sich als Präses eines strammen Vereins, als Täufer nicht eines nackten, roten Kinderköpfleins, sondern eines zum katholischen Glauben bekehrten dreißigjährigen Katechumenen. Immer lebendiger ward das Gespräch und immer heller seine Farbe. Man würde kräftig in Zeitungen schreiben, ein Tagebuch führen, wer weiß, mit später recht druckwerten Kapiteln; in den Ferien einmal wohl an den deutschen Katholikentag oder nach Sankt Peter reisen und darüber vielleicht ein Broschürchen fliegen lassen. Kurzum es stehen wichtige Jahre vor der Türe. Das Leben ist groß, der Mensch stark, alles wird möglich, selbst einmal ein violettes Mäntelchen. – Immer reger und kühner werden die Zungen. Nur Anton mit seinen dicken Lippen ißt gemütlich einen Berg langer, gelber Makkaroni auf und wirft nur selten einen hausbackenen Brocken in die Luftschlösser hinein. Jetzt steigen Toaste. Der erste auf den Regens, der zweite auf die brave Seminarköchin und ihre sparsamen Zückerlein beim Morgenkaffee. Nun auf den Portier und seine zehntausend blank gewichsten, theologischen Stiefel, dann auf die noch unbekannten, aber schon wie nahe, feierliche Wolken drohenden Prinzipale. Zuletzt brachte der kleine Wilhelm Schädler noch einen famosen Spruch auf die neue Haushälterin des Kaplans von Lachweiler aus. Es lebe Theresia, die große Reformerin der Kapläne!

»Es lebe ihr Gespan, Johannes Keng ... nein, nein ... Johannes vom Kreuz!« setzte Peter Schorno hinzu.

»Pst, pst!« wehrte der Regens. »Nicht so ungeistlich!«

»Aber sie war doch seine Ratgeberin!« warf man doppelsinnig ein.

»Studieren Sie die Kirchengeschichte besser!« rügte der Regens heiter.

»Und wohl auch sein Hauskreuz!« beendete man unbeirrt.

»Darum sagen wir Johannes vom Kreuz!« sang der Chorus.

»Meine Herren, wollen wir nicht lieber die Komplett beten?« bat der Regens fein.

Und er winkte dem Vorbeter dieser letzten Woche, Michael Feldler, unverzüglich zu beginnen.

»Jube Domne benedicere!«

»Noctem quietam et finem perfectum« – psalmodierte es wie eine leise, heilige Melodie durch die Seele des Kaplans Johannes Keng. »O ja, du lieber Gott, finem perfectum! eine ruhige Nacht und ein seliges Ende!« wiederholte er. »Aber zuerst einen schönen Anfang und eine lange reiche Mitte!«

Der Vorbeter aber rief warnend: »Fratres, sobrii estote et vigilate, quia adversarius vester diabolus tamquam leo rugiens circuit . . .[1] «

»Eine lange reiche Mitte, lieber Gott!« lispelte Johannes noch einmal und hörte keinen biblischen Löwen brüllen, sondern etwas wie Vogel- und Kindergezwitscher, wohl fern aus den Nußbäumen von Lachweiler.

---

[1] Brüder, seid nüchtern und wachet, weil euer Widersacher, der böse Feind, umhergeht wie ein brüllender Löwe . . .

3

Langsam, langsam, wie es sich für den Hausrat eines wohlbestallten, geistlichen Herrn schickt, fuhr der Möbelwagen des Kaplans Johannes durch die glotzenden Lachweilerkinder über den steilen Dorfplatz hinauf und hielt mit einem würdevollen Geknarre vor der alten, hochgiebeligen Kaplanei. Viel witziger und schneller war der Leiterwagen mit Jungfer Theresens paar Tischen, Stühlen, Kommoden und den Seegrasmatratzen ins Dorf gerollt. Auf der kleinen Stiege stand das brillenscharfe Fräulein, beide Arme streckend, und gebot den Fuhrleuten und Trägern und tätschelte die Rosse und begrüßte den Pfarrer und fragte, ob noch niemand etwas vom Kaplan gemerkt habe, und nickte links und rechts den neugierigen Nachbarn hinter den Fenstern und Gartenhecken ein Grüßchen zu und sah zu allem noch einem jeden neuen bemalten und gefirnißten Möbel des Kaplans durch sein spiegelhaftes Gefunkel in die innerste, so billige, fadenscheinige Seele hinein. Tannenholz, nur alles Tannenholz! kritisierte sie schonungslos und hob dann eine zentnerschwere Kiste voll klingelndem Geschirr flott auf die Achsel und trug sie bolzgerade ins Haus, drei Treppen hoch.

»Das ist eine forsche! eine urchige! die hat Haar an den Zähnen!« murmelte es rundum. »Da muß der Kaplan schon Schwingerkönig sein, wenn er die meistern will! Seht, seht, den Küchentisch schwingt sie nur so wie ein Servierbrett aus dem Wagen!«

Der Kaplan machte indessen den Weg von der Bahnstation ins Dorf hinauf zu Fuß. Er hoffte zuerst, einer Blechmusik oder einigen weißberockten Kindern mit Blumen und einem Willkommengedicht oder doch wenigstens zwei schwarzen Kirchenräten und dem Pfarrer unterwegs zu begegnen. Schließlich gefiel es ihm so am besten, in aller Stille zwischen zwei kühlen, mächtigen Forsthalden durchs enge Tal hinauf ins Dorf zu pilgern. Es lief da ein drolliges Sträßchen bald durch Sträucher und Ried, bald durch enge, obstreiche Wiesen und nahm es mit seinem Wanderer herzlich ungenau. Jetzt holprig wie ein Holzhacker, jetzt zimperlich glatt wie ein Stadtfräulein! Da hopst es in ein Bachtobel hinunter, drüben klettert es ohne Umweg wie eine Gemse haldan. Aber das hat ermüdet. Nun steht es doch einen Moment still, weitet und verbreitert sich fast zur

Heerstraße und schlenkert eine großartige Schleife um den nächsten Hügel. Weiter oben wird es wieder enger und zutraulich, so daß zwei Begegnende sich mit den Ärmeln streifen müssen. Der Ranft wächst in den Weg und braune Waldschnecken kriechen sorglos her und hin. Der Forst hüben und drüben an den Abhängen sieht mit seinen senkrechten, enggestellten, schweren Stämmen einer Armee alter Jahrgänge gleich, in deren Lücken jedoch da und dort ein jüngerer Waffenknirps, dort an die Frontecke sogar ein flatternder, beflaumter, junger Fähnrich getreten ist. Von der schattigen Westseite bringt dieser Wald eine große Kühle, von der besonnten Ostseite den Geruch von dürren Nadeln, gesprungenen Rinden und kristallgelbem Harz.

Wie schön war doch dieser Wald! Ganz eigen feierlich blickten seine Tannen drein und ihre Spitzen funkelten wie gleißende Münsterhelme. Die Stämme leuchteten wie rote Basaltpfeiler aus der Dunkelheit hervor. Der Wind orgelte durch die Gewölbe, während aus den grünen Veranden und Emporen abgerissene Töne flogen, von Amseln und Drosseln und Buchfinken, genau so, wie vor einem Konzert die Flöten und Geigen ahnungsvoll gestimmt werden. Bei aller Menschenstille war augenscheinlich eine fieberhafte Erregung und Bewegung ringsum, als erwarte man etwas Großes. »Nun ja, das Kaplänchen kommt,« scherzte Johannes und ward über sich und seinen hochmütigen Spaß immer munterer.

Ein Handwerker mit der Axt und einmal ein hohes, sonnverbranntes Mädchen gingen vorbei und grüßten den Unbekannten ruhig, mit singendem Tonfall. Wo ein Strahl hinfiel, dampfte die Wiese vom Weihrauch aus tausend Blumenglocken. Große weiße und gelbe Falter flogen herum und es surrte und summte von Fliegen und Hummeln über allen Kleeköpfen. Die Hügelketten hoben sich und gingen gegen eine Paßhöhe breit auseinander. Aus jeder Falte der Halden schwatzte und gurgelte es von Quellwasser und auch in den Wiesen tief unter den Halmen sang es wie von einer unterirdischen Musik. Der Kaplan kostete das alles fein und tief wie ein Näscher. Seine Brust füllte sich von einem kräftigen Atem. So ein starkes, frisches Lüftchen war schon lange nicht mehr durch seine dünne Nase eingegangen. Ihm war durchaus, er schreite einer schönen, heimatlichen, gesunden Herberge entgegen.

Freilich der Himmel war nicht ganz blau. Er stach mit einem blendend weißen, dünnen Lichte nieder, und heiße, pulvergraue, müde Wölklein standen langsam im Süden geradeswegs gegen das Gesicht des Wanderers auf. Die Ferne spann sich mehr und mehr in eine unheimlich violette Dämmerung. Sobald der Marsch durch eine Talmulde ging, wo die Zugluft nicht zugreifen konnte, fühlte sich Johannes wie in einer schwülen Ofenhitze. Die Hummeln summten da zahmer, die Falter flogen mühsamer und das Gras stand totenstill und bebte nur mit dem äußersten Halm ein bißchen, wie in der Vorstellung eines Windes. Dem Kaplan tropfte der Schweiß aus dem Haar. Da regiert also der Föhn oder ein nahes Gewitter, sagte er sich und, sobald ihm ein langsames Holzfuder mit einem fast eingeschlafenen Fuhrmann auf dem Bock begegnete, fragte Johannes neugierig: »Guten Tag! Erlaubet, ist ein Gewitter unterwegs?«

Der Mann nickte nachlässig und hob den Geißelstiel.

»Kommt es bald?«

»Weiß nicht. Gestern hat sich's um die Vesperzeit auch zerschlagen. Hüp, Hans!«

»Gibt es denn hier viel Gewitter? Sind sie schlimm, blitzschlagenden Charakters?«

Der Fuhrmann lacht: »Der Blitz tut Euch nicht weh. Der schießt gewöhnlich ins Tobel hinunter.«

»So? Aber der Hagel?«

»Hm, was will man, wenn's im Kalender steht?«

»Im Kalender?«

»Ein ganzer Sommer voll Gewitter. Wir haben hier schon drei heillosige gehabt... guten Tag!... hüp hoi!«

»Einen Augenblick, lieber Mann!... ist es noch weit bis Lachweiler?«

»Zehn Minuten!... allo, allo, Hans!«

»Ich danke vielmal,« versetzte Johannes und zog den Hut.

»Für was?« sagte der Fuhrmann, nickte schläfrig und rutschte mit dem knarrenden alten Roß und Wagen weiter.

Zehn Minuten! bedachte sich der Kaplan. Es wird wohl das Doppelte sein, sonst müßte ich doch den ersten Ziegel vom Dorf sehen. Diese Leute geben immer zehn für zwanzig. Ich sehe weder Helm, noch Dach. Haben sich denn diese Lachweiler ganz in den äußersten Schatten der Menschheit hinausgesetzt? Darf man sich erst da so recht von Herzen auslachen? Die Straße wird unterdessen zum Sträßchen, das Sträßchen zum Fußweg, der Fußweg zum Wiesenpfad, bald hören wohl die letzten Fußspuren auf. Wenn es so fort geht, komme ich ans stille, einsame Zipfelchen der Erde.

Torheit... Johannes hat die Straße verloren. Dort unten geht sie dem Rand des aufsteigenden Flußtobels entlang. Er aber ist ins richtige Dorfweglein geraten, das mit ein paar steilen Kehren den Paß gewinnt. Jetzt steht er auf der Höhe. Aber der Wind vom Tal herauf und der Gegenwind schräg von der Schlucht und den Bergen dahinter, von denen man drei Schritte zuvor noch keine Ahnung gehabt, packen hier oben gewaltig an. Von diesem ewigen Spiel sind hier die Hecken zerzaust und das Gras ist dürr. Den dünnen Kaplan will es umwerfen. Er hat nicht Zeit, sich umzusehen, wo er eigentlich sei. Er muß den Hut einfangen und dann mit ein paar Sätzen und hochwirbelnden Frackschößen sich in die Büsche hinunterwerfen, die ihm die Hochebene feldein versperren.

Ei, ei, da geht ja der Weg deutlich durch eine Hecke und, o Wunder, genau durch den Einschnitt sieht man Lachweiler ganz nahe in den Wiesen, am Fuß des Wildbergs, mitten in seinen Nußbäumen. Man erkennt den Kirchturm, das Pfarrhaus, die altersbraune, hochgiebelige Kaplanei, den Gasthof zur Krone, dann die fünfzig übrigen, kreuz und quer zwischen Baumgrün geneigten Ziegeldächer und die höher an der Bergrampe klebenden Bauerngehöfte. Gott, welch ein Häufchen Welt! Ein Haselbusch hat es vor allen Menschen verbergen können. Aber nun liegt es doch da, fast wie ein altes, abgefingertes, herzheimeliges Spielzeug oder wie eine wundersame, leise, uralte Landmelodie. Ja, so liegt es da. Ich werde es verherrlichen in einem Gedicht. Wie sagte ich, eine uralte Melodie aus Nußbaumrauschen, aus Sonnenspielen über grauen Schindeln, aus Dorfbrunnengeplätscher, Holzschuhgeklapper und greisen, müden Kirchturmglocken. Das Bild muß ich mir behalten.

Man hatte den Kaplan gesehen im fliegenden Frack. Kinder liefen her und boten ihm ihre braunen, klebrigen Händchen. Ein paar Männer und Weiber nickten ihm von den Äckern her zu. Etliche Jünglinge lüpften die Mütze verlegen. Aber die Jungfern überweg schrien auf und steckten gleich die Köpfe so nahe zusammen, daß man ihre dicken Zöpfe leicht verwechselt hätte. Der ist's? so sieht er aus, so ein langes Gesicht, so dünn und so langes, lichtbraunes Haar? Jung, fürwahr sehr jung, aber nicht stark und kein Feuerbrand! – So reden sie. Und gleich lösen sich die Zöpfe wieder säuberlich und jede der Jungfern zwirbelt mit dem ihrigen ins Dorf hinein: »Er kommt! Er kommt.« –

Jetzt bricht zwischen den beiden nächsten Häusern, der Schule und dem Spritzenhöfchen, ein breiter, starker, mittelgroßer Herr hervor, mit blutrotem, rundem Gesicht und dickem, kurzem, schneeweißem Haar. Dem Kaplan fliegt der Atem. Der Pfarrer, der Pfarrer! Leichtfüßig wie ein Dreißiger kommt er ihm entgegen und schwenkt von weitem schon den schwarzen Strohhut. Nun ist er heran und blickt mit völlig runden, glockenblauen Äuglein aus dem blühenden Greisengesicht seinen hageren farblosen Gehilfen an. Er drückt ihm zwei- und dreimal die Hand, selber ein wenig ergriffen, und sagt: »Willkommen endlich bei uns! Herr Kaplan... das ist nun gut, daß Sie da sind!... Aber wie schlecht hat es die Stadt mit Ihnen getrieben. So spindeldünn und bleich schickt sie uns den jungen Herrn herein!... Ja, da haben wir sie wieder einmal, diese Geizhälsin! Aussaugen tut sie allen das Blut. 's ist hohe Zeit, daß Sie kamen. Hier müssen Sie rote Backen und ein starkes Schnäufchen kriegen. Laßt uns nur sorgen, Herr Kaplan!«

Und wieder sah er ergriffen dem Jungen ins Gesicht, mit dem er nun fortdann gemeinsam das Halleluja und das Requiem und das weihnächtige »Es ist ein' Ros' entsprungen« singen, die Sakristei und die Seele des Dorfes teilen wird, und wo keiner weiß, welcher dem anderen das Sterbegebet vorsagen und die erste Scholle auf den Sarg schütten muß.

Von den ernsten Gedanken des Pfarrers hatte der Kaplan keine Ahnung. Er schämte sich vielmehr zum erstenmal in seinem Leben über seine auffallende Magerkeit. Mager sein ist doch nicht notwendig zur Heiligkeit. Wie stände es sonst übel um den großen Thomas von Aquin. Schau, schau, eine Hummel schnurrt zwischen Pfarrer und Kaplan vorbei. So ein fettes, glänzendes, lustiges Tier! Und strahlt und summt und fliegt so tüchtig, unbeschadet ihrer Leibesfülle. Und Johannes! Wie ein Halm! Was macht er für eine Figur durchs Dorf hinauf! Er möchte ein kleines Taschenspiegelchen hervornehmen. Aber er spürt, daß ihm diese kleine Weltlichkeit hier nicht zieme.

»Seh' ich denn wirklich so totenbeinig aus?« fragt er. »So erschreckend neben Ihnen... Sie sind freilich ein Prachtspfarrer!... daß die Leute davonlaufen?«

»Es könnte noch schlimmer sein,« lachte der Pfarrer. »Dort oben auf dem Grätli hat es Ihnen nur den Hut genommen. Andere magere Menschen hat es auch schon umgeworfen. Drum wird von einem Ihrer Vorgänger hier erzählt, daß er jedesmal beide Hosensäcke voll Steine mitnahm, wenn er übers Grätli mußte, damit er standhielte! Das war noch viel schlimmer, nicht?«

Johannes lachte und faßte Mut.

»Gott wolle Sie uns lange hier behalten! Aber wenn Sie doch einmal als Domherr oder Professor weggehen, so hoff' ich, haben Sie keine Steine mehr im Sack nötig. – Hier wohnt unsere älteste und geduldigste Kranke! Grüß' Gott, Babette!«

Der Pfarrer zog den Hut. Der Kaplan folgte. Die alte Frau am Fenster in den Kissen murmelte etwas und lächelte.

»Das ist unser neuer Kaplan!«

»Gott segne ihn!« klang es schwach übers Fensterbrett hinaus.

Nun war man am Dorf und der Willkomm ging los.

Wie viele hundert Hände gab es zu drücken! Und wie viele Gesichter anzuschauen! Alles so würdige Gesichter, auch meist mager und mit starken grauen Augen in den Höhlen und mit einem fein gezogenen, scharfen Mund. Wie Philosophen! Das stimmt nicht zum Namen. Die Lachweiler hatte sich der Kaplan mit einem Rosinchen oder einer roten Nelke zwischen den losen Lippen vorgestellt, mit Stulpnasen und spöttischen Grübchen in den Backen und immer mit einer hellen Schelmerei im Auge. Nun war das eine andere Rasse, hager, groß, beinig, mit stählernen Augen, fast wie die Pickel oder Schaufeln oder Äxte oder anderes spitzes, eisernes Geräte, das sie da vor den Häusern voll Glanz stehen hatten. Sie redeten langsam und mit einer Betonung, als ob sie jedem Satz einen scharfen, feingeschnittenen Rand ziehen wollten. Welche weiße, feste Zähne hatten sie alle! Ha, Roggenbrot! Daher kommt's! – Und wie sieht wohl die Seele dieses Völkleins hinter so tiefen Augen und so einem scharfen Mund aus?

Über den grasigen Dorfplatz geht der Pfarrer mit seinem Gehilfen in die Kirche zu einem frommen Grüßchen.

Die Diele ist bunt bemalt. Im Schiff steht ein Gerüste an der Kanzelseite, und man merkt die angefangene, auch recht bunte Malerei von Engeln und einem kahlen Mönchskopf, Wolken, Bergen, Wasserfällen und einem gewaltigen, braunen Meister Petz. Das übrige ist verhängt. Vor dem holzgeschnitzelten Hochaltar knistert leise das ewige Lichtlein. Durchs Fenster herein winken die hohen Nußbäume des Gottesackers, fettlaubig und glänzend aus so gesegnetem Erdreich herauswachsend. Davon ward die ganze Kirche schattengrün. Fast wie ein heiliger Wald. Das Gold schimmerte wie Bronze. Auf den Gesichtern lag es wie feiner, dämmeriger Mondschein.

Johann musterte jede Stelle mit frommer, neugieriger Scheu.... Also das wird mein Opfertisch sein und das braune Gestühl dort mit dem grünen Vorhängchen mein Beichthäuschen und der schiefergraue Balkon dort hoch oben meine Kanzel. Und St. Gallus an der Wand mit dem Bär und Sankt Wendelin an der Diele mit einer ganzen Alpe von Schafen und zackigen Ziegen sind meine Patrone. Bittet für mich!... Helfet mir!... Du aber, lieber reicher Vater unser, der du bist im Himmel, geheiliget werde dein Name, zukomme uns dein Reich, dein Wille...

In diesem Augenblick rumpelte etwas und faucht und pustet auf der Empore. Plötzlich geht ein Sturm los. Die alte Orgel! Das rauscht und sprudelt und weht und tost wie ein majestätisches Gewitter von Tönen. Es ist eine Phantasie des Lehrers Philipp Korn. Meist in Oktavgriffen oder doch in herben Sextakkorden wallt es auf und nieder, schäkert ein kleines, rasches Piano und donnert und dröhnt dann wieder in die dicksten Pfeifen hinunter. Der Kaplan erkannte bald ein Volkslied, bald einen Hymnus aus dem Vesperale, jetzt gar einen Streifen aus der Präfation. Dann wieder entzog es sich allem irdischen Erwägen, war nur noch Eingebung, Stegreifchoral des Spielenden. Das Lämpchen zitterte, die Blumen am Altar erbebten, die starken Heiligen an den Wänden und Dielen lauschten feierlich auf, und es schien, als wollten die Böcklein und Zieglein der Diele in frohem Getümmel durcheinander hüpfen. Durch die drei Kirchtüren kroch junges und altes Volk herein, hemdärmelig und barfuß, wie es der Werktag will. Sie bogen das Knie und schoben sich in die Bänke und bewegten die Lippen und schielten nach dem Kaplan. Der war erschüttert. Solche Musik, so ein Gruß, als riefe der liebe Gott selber mit einem himmlischen Baß herunter: Du, grüß' dich wohl, mein Knecht hier zu Hause! Nun leb' und wirk' mir auch ordentlich! Erheb dich und dein Volk zu mir, deinem Gott und Herrn! –

Bumbumbum!

Nein, das ist nun doch keine Baßpfeife. So donnert keine Orgel. Jetzt macht der Himmel Musik. Wirklich, da loht es wieder durch die gotischen Fenster in die Kirchendämmerung herein. Und wieder krachen Donner um Donner. Aber die Leute knien ruhig in den Bänken. Nur ein paar Bübel lachen gegen die blitzzuckenden Scheiben hinauf. So ein Himmelssturm ist ihnen Spaß.

Philippus Korn jedoch, sobald er seinen Nebenbuhler merkt, stampft gewaltig auf die Baßpedale. Ein heiliger Grimm packt ihn, daß der Orgler da draußen noch brillanter spielen will, als er in der Kirche. Laßt sehen, ob er es nicht ebenso wuchtig kann! Er zieht die Brummer und Doppelregister, läßt das Fortissimo nicht mehr los und hämmert eine Fuge mit solchen Pfundnoten über die Tasten, daß man von der anderen Fuge, die das Unwetter draußen spielt, kaum noch eine Note hört. Erst als ein kleines Sonnenblinzeln wieder in das verdunkelte Gotteshaus hineingrüßt und klingelt: 's ist vorbei! 's ist vorbei! ... beruhigte sich auch Philippus an seinem Donnerkasten. Auf einmal konnte er freilich nicht kopfüber ins Piano stürzen. Das ließ sein Ehr- und Kunstgefühl nicht zu. Aber er zog ein Register nach dem andern ein, ließ die Pedale ausbrummen, griff keine Akkorde mehr. Und nun verdünnen sich die Klänge, das

Spiel spinnt in feine, silberne Pfeifen hinüber und wird leiser und menschlicher und lockt wie zum Mittun. Es probiert einmal und zweimal eine einstimmige Melodie. Das erstemal stutzt das Volk. Aber das zweitemal setzt der Pfarrer gewaltig ein, und rauhkehlig, groß und kühn bricht nun auch die Gemeinde los. Brausend fährt es durch die Kirche: »Großer Gott, wir loben dich!« Umsonst möchte auch noch der Organist mitreden, stampft die Pedale, schlägt handbreit auf die alte Klaviatur und zieht die schwersten Register. Vor der Mächtigkeit dieses Menschensangs kommt kein totes Instrument mehr auf.

»Ha, die können singen!« jubelt es im Kaplan. »Wer so singen kann, muß ein tiefes, tapferes Herz haben. Wie dank' ich dem Bischof für diesen Posten!«

Am lautesten sang im vordersten Stuhl des Pfarrers Bariton und in der hintersten Bank eine bisher in Lachweiler unbekannte Frauenstimme. – Die Jungfer Köchin! – Sie sang einen nicht mehr ganz neuen oder jungen, aber darum nur um so solidern Sopran, so etwa wie ein erfahrener Vorbläser in der Feldmusik. Er hat nicht mehr das weichste Trompetchen und nicht mehr den süßesten Ansatz, aber immer noch den höchsten und lautesten Schrei in der ganzen Musiktruppe.

Zwischen der ersten und zweiten Strophe flüsterte der Pfarrer dem Kaplan ins Ohr: »Gehen Sie jetzt zum Altar hinauf und geben Sie uns allen nach dem Lied den Primizsegen. Darauf wartet man.«

Der Kaplan ging – er meinte vielmehr zu schweben – über den graufliesigen Boden zum Hochaltar, wandte sich um, als alles schwieg, breitete seine bleichen, fast durchsichtigen Hände über die vielen, harten, vermergelten Köpfe aus und gab dem Dorf vom Haupt bis zum kleinsten Glied seinen ersten priesterlichen Segen. »Et spiritus sancti!« klang es schwach und zärtlich von seinen blutleeren Lippen.

Der Meßner war nicht da, um Amen! zu respondieren. Eine kleine Pause von Totenstille entstand. Da schoß das Responsorium hell und grell aus der hintersten Kirche hervor: »In omnia saecula saeculorum Amen.«

Das war wie ein Trompetenstoß gewesen.

Alle Lachweiler, die dieses feste, sichere Latein gehört hatten, wußten in diesem Augenblicke, daß die Gemeinde von nun an eine gescheite, tapfere und starke Seele mehr in ihrer Umfriedung beherberge. Sie hatte die Fuhrleute tüchtig abgelöhnt, die Pferde gefüttert, einen Gärtner bestellt, die Kaplanei möbliert, dabei eigenhändig zentnerschwere Stücke herumgetragen und mit den Ratsherren und dem Pfarrer ganz geschliffene Reden gewechselt. Alles in einer Stunde! Und jetzt sang sie noch über alle hinaus wie ein ältlicher aber sonorer Engel – und sprach Latein!

Als man die Kirche verließ, rannen zahllose Regenbächlein kreuz und quer das hügelige Dorf hinunter. Aber der Himmel war wieder sauber und irgendwo fern im Norden verstürmte sich das Gewitter über andern Dörfern und Menschen.

»Jetzt gehen wir in die Krone,« sagte der Pfarrer zu Johannes, »der Kirchenrat möchte Sie bei einem Glas Roten bewillkommnen.« Und auf die hängenden Stauden im Wirtsgarten und die sprudelnden Dachtraufen zeigend, spaßte er weiter: »Das hätte ich nie für möglich gehalten, daß so ein schmächtiges Kaplänlein mit Donner und Blitz in mein Kirchspiel fährt. Oder,« fuhr er, ganz nahe und sorglich dem Kaplan ins Auge blickend, schon fast mit halbem Ernst fort, »oder wie? oder wie? Sie tragen mir doch keine Gewitter in dieses ruhige Nest, Hochwürden?«

»Ach ich, lieber Herr Pfarrer, gewiß nicht, so gesund das Blitzen und Donnern mich dünkt ... Aber ein Fuhrmann unterwegs hat mir gesagt, der heurige Sommer hänge voll Gewitter über dieser Gegend.«

»Es ist wahr, wir haben schon zweimal einen kleinen Hagel bekommen. Aber das Korn war gottlob noch nicht daumenhoch und den Klee sah man kaum. Nur keine Gewitter mit Hagelschlag! Vergessen Sie ja nie den Wettersegen, wenn Sie die Spätmesse lesen ... Doch da winkt uns ja der Kirchenpräsident Scheiwiller schon mit seinem Zylinder übers Gesimse zu. Machen Sie sich auf eine steife Ratsherrenrede und ein paar josephinische Ermahnungen gefaßt.«

Sie klommen die jähe Treppe zum Herrenstüblein empor, während das Volk sich rasch in den offenstehenden Türgängen ihrer dunkeln, ernsten Häuser verlor. An diesem Abend ward bis zum Gut' Nacht in den hundert Kammern des Dorfes kein Wort vom

Gewitter und ganz wenig und mitleidig vom bleichen Kaplan, aber mit Bewunderung von der Jungfer Therese Legli und ihrem gewaltigen Latein gesprochen.

4

Welch eine langsame Uhr haben die Dörfer hoch oben in ihren müden, grauen Kirchtürmen! Von einer verblichenen Goldziffer zur andern müht sich die Stunde mit grob genagelten Schuhen, schwerem Knie und einer Bürde Hackholz oder Heu auf ihrem gebogenen Bauernrücken. In den Stadthäusern tänzeln die Zeiger nur so dahin. Aber hier sind es zwei alte, behäbige, ehrwürdige Arbeiter, und wenn sie im Aufstehen der Sonne ihren Kreis beginnen, so blicken sie sehr ernst auf das große, runde, blaue Feld mit seinen zwölf Stationen, und der große Zeiger sagt zum kleinen: fangen wir an, Väterchen, aber nicht zu schnell, nicht zu schnell, es ist ein schweres Stück!

Zwischen solchen langsamen, gleichmäßigen Zeigerrunden liegen die Tage und Jahre des Dorfes Lachweiler. Draußen in der sogenannten Welt verkracht eine Regierung oder entlodert und verloht ein Krieg oder lärmt ein Genie oder funkelt eine Erfindung durch die siebzigtausend Herrenstuben des Erdhauses oder ist in Berlin ein nagelneuer, schwerer Dichter aufgestanden, der einen dicken Poetenschatten bis ins Meer hinaus wirft: hier im grünen, kleinen Hinterstübchen der Menschheit merkt man nicht mehr davon, als daß im Samstagblättchen ein Zeigefinger vor der Depesche mit ihren dreizehn Druckfehlern steht. Aber auch die Botschaft, daß in Benzlau schon die Maikäfer schwärmen, bekommt eine zeigende Hand vorgesetzt, und daß in drei Wochen die Imker der Umgebung in Lachweiler einen Vortrag zum Schutz des echten, gelben Bienenwachses halten lassen, wird sogar mit zwei breiten Händen notiert. Und zwischen Maikäfer und Wabe ist vielleicht der deutsche Reichstag nach stürmischer Sitzung aufgelöst, ist der Zar mit einer Bombe in die Luft gesprengt worden, haben sie in Amerika die Anden genau unter dem Tschimborossa durchbohrt und ist ein italienischer Herzog nun endlich einmal auf die oberste Zinne der Welt geklettert, einen wüsten, wilden Berg in Asien! ... Aber, du lieber Gott, was will das bedeuten gegen die Heiserkeit des Wendel Fehr, der am Sonntag zu Ehren des Kaplans Johannes als einziger Dorftenor die Einlage im Offertorium singen sollte und nun nicht wird singen können? oder gegen den Aufschlag des Halmstrohs um anderthalb Rappen das Kilo für die Lachweiler Hütlerinnen? oder gegen eine Frostnacht am Pankrazitag über die knospenden Birnbäume der Gemeinde? Wenn der Liter Most auf fünfunddreißig statt auf fünfundzwanzig Rappen kommt, oha, das ist ein Dorfunglück! Das bedeutet weniger Geld, kleinere Gläser, mehr Durst und verdrießlichere Feierabende, weniger Lieder und Lachen und Sonne dahinten im einsamen Leben. Das ganze Volk leidet. Man kann einen neuen Zar oder Sultan machen von einer Woche zur andern. Aber einen neuen Most? ... Sapperlot, da muß sogar der Kaiser in Wien sich wieder ein volles Jahr gedulden.

Die Männer von Lachweiler haben ein wenig Vieh, ein wenig Wiese, ein wenig Wald zu besorgen. Davon leben sie. Daneben weben ihrer viele in den tiefen, feuchten Webkellern ein dickes, schweres, unzerreißbares Zwilchtuch. Man bekommt das in keinem Laden der Welt. Es ist aus Berghanf und Wolle eigenhändig zu Garn gesponnen, dann in einem scharfen Wasser aus grünen Nußschalen dunkel gefärbt, dann auf den Webbaum gezogen und mit dem Handschifflein und seinem festen Einschlag kreuz und quer gewoben. Alle Buben von Lachweiler tragen dieses schwarzhaarige Tuch, am Sitzbrett doppelt aufgelegt, und alle Mädchen haben solche Jacken, an den Ellbogen zweifach gefüttert. Aber auch die Nachbarschaft kauft davon gern, besonders die Bergler, die ob dem Wildberg gegen die eigentlichen Alpen hinein ihre Sitze haben und für ihr felsiges Leben nicht bloß eine dicke Haut, sondern auch ein dickes Gewändlein brauchen.

Viele Frauen und Jungfern hüteln neben ihrer Hausarbeit. Wenn sie sechs oder sieben Stunden fleißig am Halm knüpfen, bringen sie wohl zwei einfache Strohhüte fertig, das Stück zu fünfunddreißig Rappen. Doch müssen sie gehörig zappeln. Aber es gibt Hexen, die drei und dreiundeinenhalben Hut nesteln. Man respektiert sie hoch im Dorf. Freilich sind es dann kurzsichtige, bleiche, nach und nach ganz verhöckerte Stubenjungfern, die man beim Heuen nicht mehr gut brauchen kann.

Recht arme Leute gibt es nicht viele in der Gemeinde und ganz reiche auch nur den Walomerbauer, den Hütlermeister Imbrig und den Kronenwirt. Das große Volk lebt zwischen wenig und viel in einer gesunden, arbeitsamen Mitte. Nur die bronzehaarigen, krausen, blauäugigen Burschen vom Bergweiler Hasli machen zuweilen einen Sprung darüber hinaus, vielleicht ein wenig nach unten oder seltener und dann recht hochmütig nach oben.

Kaplan Johannes nistete sich da prächtig ein und trug auch bald den landesüblichen Zwilch. So neu ihm diese karge, genügsame Art von Menschen mit ihrem stillen, gescheiten, nach innen gekehrten Verstandeslichtchen war, so lieb wurden sie ihm doch auch gleich. Denn er spürte das Wertvolle in ihnen mit seiner psychologischen Feinschmeckernase heraus, wie man ein gutes Obst von weitem riecht, wenn man den trächtigen Baum noch nicht einmal genau sieht, geschweige denn genießt. Schon die Ministranten kamen so sauber in die Sakristei. Sie rissen sich dann freilich auch etwas an Haar und Ohr, aber doch erst nach dem Altardienst und womöglich außerhalb der geweihten Erde. Und der Sigrist erwies sich als ein pünktlicher, frommer Mann, den die gefährliche Nähe des Heiligen nicht etwa wie so viele Kollegen kälter, sondern inniger machte. Bei seiner ersten Predigt sah Johannes niemand schlafen. Alle hafteten mit aufgeschlitzten und hocherhobenen Augen am Gesimse, auf das er seine Hände während des Redens legte, da er des rhetorischen Gestus unfähig war. Sogar der Bäckergeselle des Kronenwirts, der unverbesserlich einnickte, sowie der Pfarrer »Geliebte in Christus dem Herrn!« gesagt hatte, horchte großäugig bis zum Amen zu. Das Amt wurde trefflich gesungen, obwohl der Tenor heiser war, und die Kinder machten beim Hinausgehen eine rührend schöne Verbeugung vor dem Hochaltar. Ja, es war eine wohlerzogene Kirchgemeinde. Schon beim ersten Unterricht der fünf untern Klassen merkte der Kaplan den nachdenklichen und dann schlagfertigen Antworten an, daß die Theologie hier einen famosen Laienboden gefunden habe.

Mit Arbeit war Johannes nicht übermäßig geplagt. Die Schulmesse um sieben Uhr, am Sonntag das Amt und einmal im Monat die Predigt, fünf Stunden Unterricht und am Samstag Beichthören, dann etwa Krankenbesuche oder selten einmal in der Morgenfrühe ein Versehgang, das war alles. Zum Lesen und Studieren und zu den Bucolica spiritualia blieb ihm Zeit in Fülle.

Die Kaplanei war ein altes, krachendes, romantisches Giebelhaus. Die erste Nacht kam Johannes nicht zum Schlafen, so königlich fühlte er sich in seinem Besitz. Zum erstenmal im eigenen und alleinigen Haus! In wie vielen Häusern hatte er als Student geschlafen, abhängig von der launenhaften Philisterei, von schreienden Kindern, schnarchenden Nachbarn und musizierenden Katzen! Jetzt hatte er ein ganz eigenes Haus, hatte sich darin um niemand zu scheren, durfte noch um die Geisterstunde seine Flöte blasen oder einen Kaffee nehmen, kurz er besaß eine souveräne Residenz. So mochte ein alter Ritter in seiner Felsenburg oder ein König in seinem Schloß sich noch im Bette mächtig fühlen, wie jetzt Kaplan Johannes. Er war wirklich müde, aber einschlummern konnte er doch nicht. Nein, er mußte aufstehen, in die Hosen schlüpfen und so recht besitzfroh und genußsüchtig von Zimmer zu Zimmer durch das totenstille Haus wandeln. Einzelne Kammern standen noch leer. Aber die Stube war schon hübsch mit einem Schrank, einem runden Tisch, einer Kommode und einem dünnbeinigen Pültchen, sowie mit zwei steifen Teppichen und drei Wandbildern ausstaffiert. Sie hatte eine sehr niedrige Diele und sechs kleine Schiebefensterchen, eins neben dem andern. Ein Spalierbirnbaum spann sein Laub darein. Der Boden krachte bei jedem Schritt. Fast bis in die Mitte wälzte sich wie ein Meerungeheuer der uralte grüne Kachelofen vor, mit drei Türchen und dem unvertreibbaren Geruch gedörrten Obstes. Neben dieser traulichen Stube lag links das Schlafzimmer des Kaplans mit dem Büchergestell und Studiertisch neben der Waschkommode, die mit ihrer weißgeäderten Holzbemalung sich als Marmormöbel ausgab. Rechts von der Stube war die kleine Küche mit gebretteltem Getäfel. Theresens Petrol-Apparat glänzte da auf einem hübschen Postament. Dann gab es noch ein winziges Stüblein mit einem Tisch und drei Stühlen. Es sah in den Garten und ward Speisesalon getauft. Von hier konnte man durch eine grobe Stalltüre in den Holzschopf und zu den Hühnern hintersteigen oder in die obern Kammern klettern, wo Therese ihre Stube hatte und später, wenn der erste Quartalzapfen etwas übrig ließe, ein Gastzimmerchen eingerichtet werden sollte. Vor allen Fenstern rauschte es märchenhaft, hier ein Brunnen, dort das Bächlein neben dem Garten, da die großen Obstbäume des Nachbars. Über die Straße ging ein langsamer, schläfriger Schritt. Der Nachtwächter! Die Hügelkuppen glänzten im aufgehenden Mond. Nun fing auch das Gesträuch im Gärtchen an, sich durch alle Blätter geheimnisvoll zu versilbern. Welche Ruhe lebte ringsum! Die Sterne wurden kaum sichtbar vor so heller Nacht. Zwischen Pfarrhof und

Kirche schimmerten ein paar Grabsteine schneeweiß aus schwarzen Zypressen hervor. Das Dorf lag unter der Kirche. Man sah nur ein paar im Mondschein gleißende Giebel. Der ganze Himmel war wunderbar still, aber gewiß nicht stiller als diese schöne, ländliche Erde da mit ihren träumenden Baumkronen und ihren erloschenen Stubenfenstern. In den Lüften fuhren doch noch zwei wollige, weißgelbe Wolken wie von Sehnsucht getrieben quer über die goldige Mondscheibe. Hier unten aber ruhte alles, gar alles. Selbst die harten Schuhe des Nachtwächters hörte man nirgends mehr. Er mußte wohl aufs Kronenbänklein abgesessen und eingeschlafen sein. Was nun da noch wehte und spann, war die Stille selbst, die ungeheure, göttliche Schweigsamkeit der Natur.

So ein Nachtwunder hatte Johannes seit den Bubenjahren daheim nicht mehr erlebt. Eine kindliche Poesie begann ihn aus aller Gegenwart zu werfen. Er wußte nicht mehr recht, wer und wo und wie er war. Es lockte ihn, aus dem Hause auf die Vorstiege hinaus zu treten, um dieses Mondscheinmärchen in allen seinen goldblauen Kräften noch inbrünstiger auf sich einwirken zu lassen. Knarrend ging die vergitterte Hauspforte auf, und weit über das Geländer vorgebeugt, mit von Mond und Himmel gefüllten Augen, schwärmte Johannes in diesen Zauber hinaus. Wie von selbst summten seine Lippen irgend etwas Leises und Träumerisches, etwas in Versen, halb wie Sehnen, halb wie Erinnern. Waren es Psalmworte der heiligen Bücher von der Luna und dem Coelum coelorum? War es Gebet? Jedenfalls ging es so leicht und süß von der Zunge, als wären es genau solche Mondstrahlen, wie sie da vom Himmel niedersangen. Zuletzt ging dieses Gesumme nach unberechenbarer Poetenweise in Johannes' Lieblingsverse über:

> Füllest wieder Busch und Tal
> Still mit Nebelglanz.
> Lösest endlich auch einmal
> Meine Seele ganz.« –

Ach, er sah in diesem Augenblicke soviel Schönes! Er sah seine kränkliche, junge Mutter ihm das lichtbraune, immer so feuchte Haar aus der Stirne wischen. Wie sanft sie's tat! – Er hörte sie beim Aufflackern der ersten großen Sterne ihm Lieder vorsingen, so weich und leis und tief wie es nur Frauen können, Frauen und Linden und alte, graue, steinerne Dorfbrunnen. Und er horchte auf einen ambrosianischen Choral und sah den gewaltigen Bischof mit Mitra und Stab und allen violetten Domherren unter dem Alleluja der Orgel durch die österlichen Domportale einziehen. Es ging ihm dann wieder die unwiderstehliche Kanzel des großen Chrysostomus und die Lieblichkeit des vielleicht noch größeren Basilius durch den Sinn. Er sah den jungen Helden Athanas auf dem Konzil von Nizäa vor Konstantin, vor purpurnen Märtyrern und vor eitlen Reformern aufstehen, wie ein zündender Blitz aufsteht und eine halbe Welt durchzuckt. Dann wieder dachte er an die warmen Stunden und Umarmungen der Jugendfreundschaft, an seine köstlichen Kollegen, die nun auch ihre erste Nacht im neuen Seelsorgeheim feierten. Und aus all dieser Schwärmerei ging es hinüber ins jetzige Leben, dieses Dorf, diesen prachtvollen Kaplanenberuf. »Leuchten wie da oben der treue, herrliche Wandler den Menschen leuchtet... leuchten, vorleuchten!... dem noch so verdunkelten Volk ins letzte Herzwinkelchen hineinleuchten und ihm Tag machen und ihm Fröhlichkeit geben,... sie machen so düstere Gesichter!... und ihm helle Welt auftun,... sie schließen sich so eigensinnig ab!... und ihm ein Lachen bringen, o so ein mildes, süßes, lindes Lachen wie da oben der gemütvolle Vater Mond...«

»Aber um Gottes willen, Herr Kaplan, was treiben Sie denn da unten?« scholl es plötzlich schneidend und grell wie ein Küchenmesser in seine Odenstimmung hinein. »Ist Ihnen unwohl?«

In einer geblumten Nachtjacke und die Haare ins Netz gehängt, sah Therese oben aus ihrem Eckfenster heraus. Furchtbar blitzten ihre Brillengläser den ertappten Sünder an.

Der Kaplan schrumpfte wie ein Ballon zusammen, der sein herrliches Gas verliert, seinen glorreichen Auftrieb in die Sterne.

»Wenn ein sterblicher Mensch Sie so sähe!... in Hosen und Nachthemd! Denken Sie doch einmal!... Kommen Sie hurtig herein!«

»Aber diese Nacht, Jungfer Therese, merken Sie denn nicht, wie poetisch... wie heilig es da ringsum ist! Wie der Mond...«

»Der Mond ist eine alte Geschichte, Herr Kaplan! Und Sie müssen morgen um fünf Uhr im Beichtstuhl sitzen! Um fünf Uhr! Nun haben wir da oben,« sie äugte zum mondflimmerigen, stillen Zifferblatt der Turmuhr empor, »bald ein Uhr! Wollen Sie sich krank machen?«

»Fräulein Legli, fühlen Sie denn wirklich gar nichts von dieser Romantik? Redet diese Nacht nicht wie eine Offenbarung . . .«

»Hochwürden, aber ich bitt' Sie! Ich sag' nur: wenn ein Sterbensmensch Sie so sähe . . . denken Sie an das Ärgernis!«

»Ach was!« schimpfte Johannes und ging unlustig ins Haus. »Ich werde doch noch meine Freude am Mond haben dürfen!«

Aber oben am Jungfernfensterchen klirrten die Scheiben zu und wurden die Vorhänge klosterdicht vorgeschoben.

»Ja, ja, ich begreife! So eine weiß nichts von Goethe!« brummte der junge Mann und legte sich auf die Kissen. Ihm war, er fühle das unsichtbare, aber schon deutlichere Schwingen des berühmten Pantoffels über seinem Haupte.

5

Am Morgen klopfte es mit unbarmherzigen Fingern an seine Türe, und die Haushälterin rief mit einer Schärfe, die durch alle bettwarmen Glieder weh tat: »Hochwürden, es ist schon ein Viertel vor fünf!«

Verwirrt und unausgeschlafen erhob sich Johannes und schwankte durch den feuchten Garten der Kirche zu. Er war müde, aber voll Eifer. Am morgendlichen Himmel sah der Mond bleich und seelenlos aus und zerfloß bald. Wo war nun all die Poesie hingekommen? Bald saß der Kaplan in seinem braunen Beichthäuschen und waltete des wunderbaren Amtes, Geknickte zu heben, Müde aufzurichten und alles Verzwistete mit dem lieben Gott auszusöhnen. Ja, es war fürwahr nüchterner Tag und alle Träumerei verlosch vor dem harten, nötlichen Leben, das sich durch die gekreuzten Gitterchen im verschämten Geflüster der vielen Beichtkinder offenbarte. Das idyllische Dorf war doch nicht lauter Paradies und seine Kinder waren nicht lauter Selige! Wie kam es da herein, das schwere, müde Arbeiten, das Knorzen und Geizen, das Argwöhnen und nachbarliche Ärgern, die sparsame Liebe, das Erwürgen der weichen Gefühle, das stolze Schweigen und der viele Hochmut, der sich selber am meisten wehtut, und die ungesunden Webkeller und die dumpfen Hütlerzimmer und durch alle Steilheit und Steinigkeit dieses Lebens dennoch, dennoch die gierigen Flämmchen der Sinne, die da und dort hervorzücken! Und wie spürte man da die eherne Kette der Gewohnheit und die Mutlosigkeit, auch nur einen ihrer Ringe zu brechen! Ach, wie seufzte die feige Seele auf gegen alte, verwachsene Sünden oder zeigte eine dürre, trockene Resignation, weil es einmal so ist, schon lang so ist und, wenn kein Wunder geschieht, so bleibt! . . . Ah, Kaplan Johannes Keng, das war nicht mehr Musik und Vers, das war Wirklichkeit mit allen Schärfen, . . . das war nicht Mondnacht, das war eckiger, kantiger, heller Tag. Und Therese hatte recht, für diesen Tag bin ich da, nicht für die Mondscheinnacht!

Von seinem Groll gegen die unpoetische Jungfer Köchin verrauchte jetzt das letzte Restchen. Und während der junge Mann so viele Bekenntnisse von Schuld und Reue hörte und mit Besserung und Gnade zuredete, fühlte er die eigene Unwürdigkeit peinlicher als je und bog sich in Demut tief unter alle diese Sünder da, die vor ihm knieten und erröteten. Sein Herz hüpfte ordentlich auf, wenn er an der kecken, muntern Sprache einen Buben oder am klingend frohen Stimmlein ein Mädchen erkannte, die in ihrer blühenden Sorglosigkeit noch über die Untiefen des Lebens wie Blumenblätter flogen und ihre Flegeleien und Neckereien als die Wurzel alles Bösen auf Erden angaben. Wie sie dufteten, diese lieben Kinderseelen! Da sammelte Johannes wieder Kraft, richtete sich hoch und malte von neuem ein strahlendes Morgenrot über den langen, bleiernen Werkeltag der erwachsenen, grauen Menschheit. Solchen Leutchen gab er eine ganz kleine Buße auf und sagte jedem: Geh und sei fröhlich im Herrn! –

In wenigen Wochen hatte Pfarrer Zelblein seinen Gehilfen mit den wichtigsten Persönlichkeiten der Gemeinde bekannt gemacht, so mit dem Gemeindeammann, einem wahren Patriarchen an Ernst und aufrecht getragenen achtzig Lebensjahren. Dann mit dem Lehrer Philippus Korn, der auf der Orgel ein Schwärmer, aber in der Schulfibel ein trockener Knorz war und aus seinem Bübchen Wenzel auf Tod und Leben einen Salomon des neunzehnten Jahrhunderts schnitzelte. Auch den Schulratspräsidenten und Kirchenvogt Karl Scheiwiler, einen grauen zähen Fuchs, besuchten sie respektshalber im Sonntagsfrack. Dann stiegen sie im gemütlichern Habit des Werktags dem Nachtwächter und Witzbold des Dorfes, dem helläugigen Andreas Marxele mit seiner ewig zu engen Jacke auf die von Kaffee riechende Junggesellenbude. Nach und nach führte der Pfarrer den Kaplan dann auch zu den sieben oder acht Bettlägrigen der Gemeinde und zeigte ihm die zerstreuten Häuser, wo ein schwermütiger Tropf oder ein heilloser Luftibus, aber auch wo verschämte Armut und wo irgendeine dunkle Sünde in aller Heimlichkeit wohnte. Johannes staunte mächtig, wie Cyrillus nicht bloß jeden schiefen Stegentritt und niedrigen Winkel dieser Behausungen, sondern auch die noch schiefern und winkelhaftern Zutritte zu den merkwürdigen Seelen kannte und zu jedem sogleich in der Sprache seiner besondern Welt und Weise redete. Es war, als habe Pfarrer Zelblein zu jedem Haus und Herzen nicht einen gewalttätigen Dietrich, aber einen freundlichen Extraschlüssel, dieser schlüsselgewaltige Petrus seines Dorfes.

Unterwegs, wenn der pastorale Spaziergang die beiden Priester durch einsame Felder oder ein verschwiegenes Hügelgehölze führte, brevierten sie mit einander ihre Tagzeiten, der Pfarrer, immer in festem Schritt und Tritt, aus seinem uralten Buch vorbetend, während der Kaplan aus der nagelneuen, noch vom Leder und Goldschnitt des Ladenfensters riechenden Pustetausgabe antwortete, sich in den Lektionen und Responsorien verwirrte und bei einem ungeläufigen Hymnus über eine Buchenwurzel stolperte. Aber es war dennoch schön, den Glanz der orientalischen Psalmen über einer Schweizerwiese oder einem nordischen und nebligen Tannenhügel auszubreiten. Prachtvoll scholl das Laudate Dominum... montes et omnes colles!...[2] , wenn Johannes auch mit bedrängtem Atem den Stadlerhügel emporklomm... oder: Laudate bestiae et universa pecora!..., wenn der Kaplan auch vor diesen universa pecora, ja schon vor dem einzigen jungen Stier des Walomerfritz sich hinter die Frackschöße des Pfarrers versteckte.

Einmal bei einer Stelle im Hohen Liede unterbrach sich Johannes begeistert und rief: »Reverende, nein aber... diese... diese Poesie! Was ist das für eine Bilderpracht! Wie er mit Blumen um sich wirft, dieser grandiose Salomon: »Nardus et crocus, fistula et cinnamomum cum universis lignis Libani, myrrha et aloë cum omnibus primis unguentis...«[3]

Cyrillus Zelblein lächelte. Er stellte sich sein schmackhaftes Obstgärtlein vor mit Zwetschen, Salzbirnen und einigen harten, schwarzen Knallkirschen.

»Den Nardus... den gelobten Nardus... kennen Sie diese Pflanze?«

Der Pfarrer schüttelte lächelnd seinen schönen runden deutschen Apfelkopf. Er dachte weiter, wie gut zumal die Lachweiler Zwetschen so um Remigi weit herum in den Dörröfen des Dorfes riechen oder was sie für ein duftiges Schnäpslein ergeben....

---

[2] Lobet den Herrn... ihr Berge und sämtlichen Hügel... lobet den Herrn ihr wilden Tiere und alles Vieh... Ps. 148.
[3] Du bist wie ein Garten, o meine Braut, von Narden und Safran und Zimmet, mit allen Bäumen des Libanon, mit Myrrhe und Aloë und allen köstlichen Salben. Hohes Lied. 4, 14.

»Ich sah den Nardus einmal im botanischen Garten in Zürich. Das vergess' ich mein Lebtag nicht mehr ...«

... Ein Schnäpslein freilich zu spärlichem Gebrauch, in eine dicke Flasche wohlverzapft und in die oberste Lade des Küchenkastens gestellt und nur tropfenweise bei Zahnweh oder Bauchgrimmen oder auch nach einer blähenden Nidel genossen ... dann aber, Abstinenz hin und Abstinenz her, ein wahres Säftlein des Himmels.

»Es ist eine wunderbare Blüte,« deklamierte der Kaplan in die Zwetschen hinein, »von einer wirklich orientalischen Bläue ...«

»Was, was, Herr Kaplan ... sind Sie denn schon einmal im Orient gewesen?«

»Das nicht ... aber ich kann mir den syrischen oder palästinischen Himmel genau vorstellen.«

»Sonderbar! Ich kann mir nicht leicht etwas vorstellen, was ich nicht gesehen habe.«

»Schade, Herr Pfarrer, sehr schade! Aber der Nardus ist wirklich von einer orientalischen Bläue und zauberisch zart gegliedert wie persisches Schleierzeug ...«

»Ach, lieber Confrater, was gibt es denn für eine schönere Blüte als die an unserem Apfelbaum?«

»Nun ja, die ist auch schön. Das Lächeln ist immer schön, und ein Dichter hat doch gesagt, der Blühet sei das Lächeln der Bäume. Ist das nicht einzig sein gesagt, Herr Pfarrer?«

»Gehen wir zu unserem Salomon zurück!« bestimmte Cyrillus freundlich. Darauf vertieften sich die so ungleichen Geister in die uralten Texte ihrer Breviere und waren sogleich wieder beisammen als Kinder eines Glaubens und Liebens.

Sie wanderten weiter. Aber plötzlich, mitten im starken zweiten Psalm, konnte der Pfarrer aus den wie von Eisen klirrenden, biblischen Versen heraus mit seiner flinken, dicken Patschhand einen Halm vom Acker streifen.

»Was ist das, Herr Kaplan, für ein Botanikum?«

Johannes schaut und schaut und entscheidet sich zuletzt für Weizen.

»Wir andern taufen es Narrenwicke; es ist das ärgste Unkraut, das in Lachweiler wächst.«

»S . . . oo . . . o!«

»Ihre famose Therese hat den Unhold gleich gewittert. Ihr erstes Wort hoch vom Möbelwagen herab war: ›Da wächst mir ja nichts als Narrenwicke im Garten!‹ . . . Die kann Ihnen die besten botanischen Kollegien lesen.«

»Ja, die Therese Legli,« sagte Johannes schier beklommen.

»Nun, da brauchen Sie doch nicht zu seufzen,« lachte der Pfarrer, . . . »oder . . . oder . . .« spottend hob er den Finger, »ist es schon so weit? . . . Wie benamsen Sie denn das da?«

»Herr Pfarrer, das ist vielleicht doch Hanf.«

»Das wäre nun wirklich ordentlicher Weizen. Aber den Baum dort kennen Sie sicher?«

»Es wird eine Kiefer sein . . . Ja, ja, eine Kiefer denk' ich.«

»Ach was, Sie schwindeln,« lachte Cyrillus; »Kiefer? . . . was stellen Sie sich denn unter einer Kiefer vor?«

»Herr Pfarrer,« lachte nun auch der Kaplan gutmütig, »alles was ich nicht weiß, ist eine Kiefer für mich. Wie heißt denn der Baum?«

»Eibe! Ich gebe zu, das war eine schwere Frage. Aber hier kennt sie jedes Kind. Man bindet aus ihren Reisern die schönsten Kränze auf Fronleichnam oder wenn der Bischof zur Firmung kommt. Die Nadeln sind größer und weicher als an der Rottanne.«

Johannes betrachtete die Eibe genau.

»Narden wachsen hier nicht. Aber ich denke, dies herzige Zweiglein duftet ebensogut . . . Doch, wie brevieren wir eigentlich? Fahren wir weiter . . .«

In der Tat, beschloß Johannes bei sich, ich muß die Narrenwicke und den Weizen und die Eibe kennen lernen. Ich bin nicht Kaplan in Syrien. Diese Wicke und diese Eibe gehören zu Lachweiler, ja, zur Pastoration eines Lachweiler Kaplans. Gleich heute abend muß mir Therese die hiesige Garten- und Feldflora erklären.

Aber als Johannes gegen Abend in sein altes Giebelhaus stieg, fuhr ihm schon auf der Treppe nicht Tannen- oder Nardengeruch, sondern ein schwerer, fast betäubender Rosenduft in die Nase. Sieh da, über der Stubentür stand auf umkränztem Karton: »Ich gratuliere!« – Der Kaplan trat ein. Da sah er nichts als Rosen, alles weiße Rosen. Auf dem Tisch prunkten zwei Sträuße, zwei standen auf dem Pult, ein fünfter ward unter dem Bild des wildhärenen Johannes des Täufers aufgestellt. Aber auch an jedem Fensterriegel und an jeder Türklinge war ein Büschelchen weißer Rosen befestigt, und der ganze Stubenboden war mit Blättern davon wie mit Schneeflocken bestreut. Hopla, morgen ist ja mein Namenstag, fiel es dem Überraschten nun glücklich ein. Johannes Baptista! – Nebenan aus der Küche flackerte und prasselte es von heißer Butter. Da wurde sicher geküchelt. Johannes bückte sich zum Schlüsselloch, aber just in dem Augenblick stieß Therese mit dem Fuß die lotterige Türe auf und stand stramm und schneeweiß gewandet vor ihm, in fließendem, gürtellosem Krepp, in der rechten Hand eine Platte voll zinkgelbem Zitronengebäck, in der linken eine Flasche mit silbernem Hals und verdrahtetem Kopf. So stand die Jungfer da, genau wie ein betagtes, aber immer noch rüstiges und schelmisch lächelndes Christkind, vor dem sich Johannes denn auch errötend wie ein ertappter böser Bube neigte.

»Ich wünsche Ihnen auf Sankt Johanni viel Glück und Segen, Gesundheit und Wohlsein und ein Zunehmen wie an Alter, so an Tugend und Weisheit, wie bei Lukas steht, und ein gesegnetes Amtieren und einst ein ruhiges Sterben und dann die ewige Seligkeit, Amen!« sagte das bebrillte Christkind mit hurtiger Feierlichkeit. Dann gebot es gütig. »Setzen Sie sich, Herr Kaplan, und probieren Sie den Imbiß da.« Die Jungfer legte zwei Teller auf den Tisch und steckte höchsteigen dem Geistlichen ein kleines herzförmiges Gebäck in den offenen Mund.

»Das schmeckt ausgezeichnet,« lobte Johannes. »Ich danke für alles, alles. Aber wie öffnen wir die Flasche da? Im ganzen Hans gibt es keinen Zapfenzieher.«

»Da, Hochwürden!« – Therese zog ein schweres Sackmesser aus dem Rock, worin ein Dutzend witziger Instrumente steckten, vor allem auch ein solider Zapfenzieher. Johannes drehte das Gewinde tief in den Kork und zog dann aus Leibeskräften. »Schief halten, schief!« schrie Therese, »sonst spritzt Ihnen aller Saft zur Diele.«

Aber Johannes brachte den Zapfen nicht heraus. Da entwand ihm das Fräulein die Flasche, klemmte sie in die Knie, sperrte die Füße, spitzte den Ellbogen und riß in einem einzigen Rupf den Stöpsel aus dem Hals. Ein weißer schäumender Spritzer schoß hervor.

»O du meine Güte, die Gläser!« rief Therese. »Nun hab' ich alle fünfe für die Rosensträuße gebraucht. Halten Sie mir doch den Hals! da! fest zu! fest zu! Aber schief, hören Sie, schief!« ... Kommandierend und lärmend lief sie in die Küche und holte zwei Ohrlappentassen, indessen dem armen zitternden Kaplan, der die Flasche stangengerade hielt, der tosende Wein zwischen den Fingern durch bald in die Vorhänge, bald zur Diele zischte. Es blieb noch eben so viel Asti, um beide Tassen halb zu füllen. Aber die zwei Festleutchen stießen nur um so lustiger die irdenen Töpflein wohl siebenmal auf allerlei Großes und Wunderbares diesseits und jenseits der Erde an.

»Warum, Jungfer Therese, haben Sie durchs ganze Haus nichts als weiße Rosen aufgesteckt?« fragte Johannes zwischenhinein. »Nie ein rotes oder gelbes Färblein! nur immer weiß? Es ist gewiß schön und gut gemeint. Aber auf die Länge wird so was doch langweilig.«

»Weiß wird nie langweilig,« entschied das Fräulein. »Die Unschuld ist weiß. Und die Unschuld wird nie langweilig ... Die Jungfräulichkeit ist weiß. Aber die Jungfräulichkeit dünkt mich das Kurzweiligste von allem.«

»Saperlot!«

»Für einen Geistlichen paßt doch eine weiße Blume am besten. Darum habe ich auch mein weißes Tüllkleid zum Gratulieren angezogen. Ich hab' es mir vor zirka dreißig Jahren eigens anfertigen lassen, um in der Kinderabteilung am Spital ordentlich wie ein Christkind aufzutreten. Da trug ich aber noch einen weißen Schleier vor dem Gesicht. Hei, war das eine Weihnacht von einem Bettlein zum andern!« Während es das sagte, blühte das alte graue Jungferchen förmlich im Widerschein so jugendlicher Andenken auf.

Johannes betrachtete halb ehrfürchtig, halb spöttisch die Fünfundfünfzigerin. Sie hatte ihr Quadrat in den dreißig Jahren ehrlich nach allen Richtungen verbreitert. Der feine Tüll floß nicht mehr überall schleierhaft von der Figur. Die Büste und die Hüften spannte er unleidlich ein; wie ein vollgestopfter Sack sah es da aus. Den Kaplan lächerte dieses Feenbild immer stärker an.

»Das ... das ... damalige Christkind ist ohne Zweifel köstlich gewesen,« neckte er. »Aber wie alt sind Sie denn jetzt eigentlich?«

»Ein höflicher ... pardon ... ein Tschentelmen fragt die Damen nie nach ihrem Alter,« gab Therese spitzig zurück.

Wo hat sie nun wieder dieses Gentleman her? fragte sich der Kaplan.

»Ich löffle mich,« versetzte er spaßig und sog zur Buße ein anhaltendes süßes Schlücklein ans der Ohrlappentasse.

»Sufficit!« ... Therese nickte einen gnädigen Erlaß. Sie kannte diese Trinksprache von den Assistenten im Spital her. »Aber was hat das Alter eigentlich mit Weiß zu tun?«

»Ich meine, mit Ihren sechsundfünfzig Lebensjahren ...«

»Fünfundfünfzig, bitte, an Lichtmeß fünfundfünfzig.«

»Mit Ihren fünfundfünfzig Jahren sollte man die Kinderfarben ausziehen, sollte sich etwa grau oder dunkelbraun kleiden und so nach und nach dem Schwarzen ...«

»Halt, Herr Kaplan! da sind Sie kolossal auf dem Holzweg. Gerade weil wir alte Jungfern sind, müssen wir uns hell und lustig kleiden. Wir wollen doch die Welt nicht noch grauer machen, als wir sie mit unserem alten Haar und Gerunzel ohnehin machen müssen. Wir wollen da wenigstens soviel Heiteres hineinschmuggeln, als wir noch vermögen. Und wenn wir mit unserem Altweibergesicht nicht mehr hübsch lachen können, ja, sehen Sie, Hochwürden, dann wollen wir eben mit hellen Röcken und Jacken und mit schneeweißen Schürzen und Hauben lachen. Haben Sie etwas dagegen? ... Sollen wir etwa helfen greinen und Trübsal blasen? ... Tun das nicht mehr als genug dumme Gesichter?«

»Nein, nein, nein,« erwiderte Johannes rasch und ganz perplex von dieser gründlichen Abfertigung. Mit leiser Angst betrachtete er das blanke, scharfe und solide Quadrat vor sich. In den wenigen Wochen Haushalt hatte er reichlich erfahren, wie schlagfertig die

Jungfer war und wieviel kluges Denken hinter dem steilen Viereck ihrer Stirne wohnte. Die scharfen Brillengläser waren nicht mehr und nicht weniger als die Guckausfensterchen eines dahinter hausenden ebenso scharfen Verstandes. In der Schweizergeschichte verwechselte sie zwar die Treffen bei Giornico und Gislikon[4] und hielt Rudolf von Habsburg für einen braven Eidgenossen und zürcherischen Offizier. In der Literatur wußte sie wohl, daß es einen Dante gab, dem das unterirdische Feuer die Dichterlocken versengt habe... und daß vielleicht gleichzeitig Christoph Schmid die Ostereier und den Heinrich von Eichenfels geschrieben habe. Aber daneben kannte sie nur noch ein paar Lieder der frommen Cordula Peregrina, wie man sie hinter den Helgen von Benziger etwa gedruckt fand. Sie schrieb mit schwieriger Hand und jedenfalls immer Baum mit P und Donner mit einem T, wie sie auch gern in den härtesten Konsonanten sprach. Aber wozu schreiben, wenn man reden kann? Und fürwahr, reden konnte Therese Legli dreimal flinker und lauter und geschliffener als Johannes Keng. Dabei konnte der Kaplan nicht leugnen, daß etwas von der schönsten und saubersten Advokatenkunst in ihrer Rede steckte, besonders wenn es sich um geistliche Dinge handelte. Er konnte sich nicht satt verwundern, wie sie in Kirche und Kirchenlehre überall tapfer zu Hause war und bald aus diesem, bald aus jenem Fenster der Theologie, wo man etwa einen Stein hinaufwarf, sogleich glorreich erschien und den Stein famos zurückgab.

So einen prachtvollen Treffer hatte Johannes soeben auf den Buckel bekommen.

»Nun also, Herr Kaplan,« warf Therese ein, nachdem sie die Verblüffung ihres Herrn ordentlich ausgekostet hatte, »so stoßen wir einmal auf die weiße Farbe an! auf diese Kurzweil der Alten!«

»Hopla,« wehrte sich Johannes und entzog seine Tasse diesem letzten Triumph der Jungfer Köchin bis an den Rand des Tisches hinaus, »so weit sind wir nun doch noch nicht...«

---

[4] Die Schlacht bei Giornico fand 1478 zwischen den Eidgenossen und Lombarden, das Treffen bei Gislikon 1847 zwischen den verzwisteten Schweizern selbst statt.

»So sagen Sie mir, wie alt wäre denn eigentlich morgen Sankt Johann Baptist? . . .« Kriegerisch stemmte die Jungfrau die Hände in die Hüften.

»Wie Sie nun wieder fragen, Therese!«

»Wie alt? . . . Ich denke, fast neunzehnhundertjährig. Und doch bekommt er morgen ein weißes Meßgewand. Ein weißes, befiehlt die Kirche. Und wenn Hochwürden über fünfzig Jahren Jubelmesse feiern, immer noch hier in Lachweiler, hoff' ich, so nehmen Sie auch die weiße Kasel. Und dito bei einer goldenen Hochzeit und dito am Kirchweihfest. Und was wollen wir lange Exempel suchen? Über alles Alter geht doch unser lieber Herrgott. Aber unsere Herrgottstage feiern wir alle auch in weißer Farbe.«

»Das wohl . . . das schon . . . ja das . . . freilich,« bröckelte es aus Johannes.

»Und wie oft steht in der alten Bibel von der weißen Farbe . . . sicher mehr als von allen andern Farben. Die fünf klugen Jungfrauen bei Matthäus fünfundzwanzig waren weiß gekleidet . . .«

»Davon weiß ich nichts.«

»Nun, sie trugen das hochzeitliche Kleid, was ist das anders? Und von unserem Herrn und Heiland auf dem Berge Tabor steht wieder bei Matthäus sechzehn oder siebenzehn: seine Kleider aber wurden weiß wie Schnee . . .«

»Das war der verklärte Christus!«

»Haben wir ein ander' Ziel, als uns aus Staub und Grau der Erde zu verklären?«

»Aber die Verklärung fängt nicht bei den Kleidern an.«

»Saperlot,« entgegnete Therese hitzig, »was heißt dann der Spruch: und wären euere Sünden rot wie Scharlach, so würden sie weißer gewaschen als Schnee . . .«

»Jetzt haben Sie recht, Sie Jungfer Theologin, aber . . .«

»Jungfer Theologin . . . wissen Sie, was Sie da sagen? Das war mein Übername im Spital. Die Doktoren, die Patienten auch bald und am meisten der Spitalpfarrer sagten mir so. 's ist nicht ganz manierlich, mit so einem großen Wort zu spaßen. Aber ich . . .

ich...« Therese errötete leise...»ich wäre glücklich, wenn nur ein Körnlein Wahres darin steckte.«

»Nicht nur ein Körnlein, ein ganzer Acker voll! Aber darum behaupt' ich doch, daß ein paar rote oder gelbe Rosen sich in den Buketten da recht würdig ausgenommen hätten. Diesen Rest von Recht streiten Sie mir nicht ab.«

»Herr Kaplan, Herr Kaplan,« mahnte Therese, und ein Zug von seinem Spott kräuselte ihre langen Lippenhaare, »rote Rosen! Wollen Sie etwa gar wie verliebte, vernarrte Menschen eine rote Rose im Knopfloch tragen? Was sich küßt und herzt... ch, ch!... so Narren und Nachtschwärmer, das will immer rote Rosen. Aber so was berührt uns doch nicht,«... und hier machte Therese mit der flachen Hand eine unnennbare Geste der Verachtung und der Abwehr zur Türe, zum Dorf, ja, weit zur Welt hinaus, als sollte es für dergleichen erst hinter ihrem Rücken, wo man das Gerümpel und den Kehricht der Menschheit etwa ausschüttet, ein geeignetes Plätzchen geben.

Johannes dachte, daß er jetzt die rote Kirchenfarbe austrumpfen könnte, wie die Köchin noch eben die weiße. Aber das wohlberittene alte Fräulein würde ihn sicher auch hier mit einer verblüffenden Rechthaberei aus dem Sattel werfen. Nein, er durfte heute nicht alles theologische Ansehen aufs Spiel setzen. Nachdem die Tassen ausgeschlückt waren, bat er, Therese möchte ihm einmal ihre Bücherei zeigen. Sie kenne die Kirchengebete des Jahres, die Psalmen, die Sonntagsevangelien alle auswendig...

Die Jungfer nickte stolzbescheiden mit dem Kopf.

... Sie habe ihm schon alle Irrlehrer, die Unkraut in den Garten der Kirche säeten, und alle Kirchenväter, die es wieder ausreuteten, der Reihe nach aufgezählt; sie wisse alle Namen der römischen Kaiser und ihrer Statthalter, die mit herzlosem Eisen im gleichen jungen Garten wüteten. Sie habe von den Konzilien und großen Päpsten und ihrer Mission und Politik eine so umständliche... wenn auch etwas hausbackene und altjüngferliche.. doch diesen Passus verschluckte der Kaplan... so tapfere und freudige Einsicht, sie...

»Aber bitte, bitte,« wehrte jetzt Therese ernstlich, »so weit langt es denn doch nicht. Ich weiß, was ein einfältiges Geschöpf wissen kann, wenn es seit vierzig Jahren fast jeden Sonntag eine Früh- oder Hauptpredigt gehört hat. Ich habe mir nachher das Wichtigste davon schnell zu Hause aufgeschrieben, damit ich es durch die lange Woche meinen armen Patienten erzählen konnte.«

Aha, daher die rednerische Geläufigkeit! folgerte Johannes.

»Und ich las an freien Nachmittagen gern in den heiligen Schriften und wie sie auch von heiligen Gelehrten ausgelegt wurden. Item die leichteren Schriften der heiligen Theresia habe ich oft und oft durchgenommen und den Kempis und den gottseligen Kochem studiert... ich weiß nicht, darf ich neben einem studierten Herrn so sagen? Ach, da wird man ja nie fertig!«

Also daher das tüchtige Zitieren!

»Aber sehen Sie selber einmal in meinen Büchern nach! Vielleicht helfen Sie mir noch eine Lücke stopfen...« Schelmisch funkelten ihre Brillengläser.

Johannes hatte die Kammer seiner Haushälterin noch nie betreten. Jetzt staunte er, wie sauber es da war. Alles stand in geometrischer Ordnung, jeder Stuhl, jeder Teppich, jedes Wandbild, und jedes behauptete sich in einem strengen rechten Winkel zum andern. Nirgends gab es etwas Schiefwinkeliges oder Krummes, wie Johannes das in seiner krausen Laune nicht ungern sähe. Das Bett war straff und schneeweiß mit einem Leinentuch überzogen, auf dem riesengroß der Spruch eingestickt war: »Eitelkeit der Eitelkeiten und alles ist Eitelkeit«. Über dem Bett hing ein altes Kupfer: die große Spanierin Theresa mit der Heiliggeisttaube zu Häupten. Ein harter Kniestuhl stand vor dem großen, hölzernen Kruzifix der anderen Wand. In der Mitte des Nachttisches lag ein schwarzes, eisernes Sterbekreuzlein, und rings hatte die Jungfer einen Rosenkranz in Form eines harten und genauen Vierecks gelegt. Auf dem Tisch, in der Mitte der großen Schlafstube, befand sich ein Nähkästchen. Aus dem himmelblauen Samtkissen blitzten drei Reihen Nadeln wie Soldaten einer Parade, zuerst die Nähnadeln mit spitzem Öhr und geschmeidigem Leib, wohl die Pioniere; dann die Stecknadeln mit ihren gelben Metallköpfen als behelmte Angriffskolonne; zuletzt die Reserven der Sicherheitsnadeln. Rechts und links an den

Flanken standen wie Offiziere zwei größere Wollnadeln. Voraus aber ging eine Nadel, die alle andern überragte. Im bürgerlichen Leben mochte es eine Haarnadel sein. Hier aber bedeutete sie den Oberst oder Fähnrich des theresianischen Bataillons. So wenigstens bedünkte es den Kaplan. Da haben wir das treue Abbild des geordneten Waffen- und Kriegswesens ...

»Hier sehen Sie meine Bibliothek,« unterbrach Therese das Gleichnis ihres Herrn und zog ein grünes Tuch vom Gestellchen, das an zwei mächtigen Nägeln an die Wand gehängt war. In soliden braunen Einbänden mit gerieseltem Deckelpapier blickten nun dem Kaplan die Werke entgegen, aus denen Therese ihre Kraft und Weisheit zog. Wenige, aber vielgebrauchte Bände, in volkstümlicher Bearbeitung, faßlich eingeleitet und am Rand und am Fuß mit praktischen Winken verziert, dabei in einem großen, schnörkellosen Druck und alles auf starkem, dickem Papier. Da standen nebeneinander zwei Heiligenlegenden, die eine gar fromm und erbaulich mit gemütvollen Bildern vom Einsiedler Mönch Otto Bitschnau verfaßt, die andere in der saftigen Mannesart des gewaltigen Kapuziners Theodosius Florentini geschrieben. Kochems Meßerklärungen, Katharina Emmerichs »Leiden Christi«, St. Theresias »Seelenburg« aus der Sulzbacher Druckerei und ein großer Foliant »Von den Wundern« unseres lb. Herrn und seiner Diener« bildeten mit jenen Legenden und einer alten »Historie von den Nöten und Erhebungen der römischen Kirche« gleichsam Baugerippe, Balken, Stützen und Untermauern der Bücherei. Zwischenhinein schob sich die Unzahl der Handbüchlein als behagliche Fütterung und Ausstaffierung dieses Weisheitstempels. Da fanden sich trauliche und heiliglustige, aber auch wunderliche und veraltete Gebetbücher, mit außerordentlichen Titeln und naiven, steifen Holzschnitten.

»Haben Sie das alles gelesen?« fragte Johannes mit einem etwas geringschätzigen Blick auf die alten Schunken.

»Mehr oder weniger, ja! einige dutzendmal, etliche nur stückweis, wie sie mir eben zusagten!«

»Ein modernes Andachtsbüchlein seh' ich da nirgends, Jungfer Therese.«

»Mir sind noch die ältesten modern genug,« kam es klipp und klar zurück. »Der Himmel ist doch auch immer noch modern zu allem Alter, und was daran hängt, zum Beispiel der Mond, ist Ihnen doch auch immer noch modern genug, um...«

Der priesterliche Jüngling biß sich in die bleiche Unterlippe. »Sie mißverstehen das Wort modern,« sagte er rasch, »ich meine...«

»Nein, darüber wollen wir nicht streiten,« entschied Therese und zog das grüne Vorhänglein wieder vor. »Lesen Sie erst einige Werklein davon! Ich hab' manchmal in einer alten Scharteke prächtige Hiebe gegen den Unglauben gefunden. Die Herren Doktoren im Spital haben mir zuletzt gar nichts mehr antworten können.«

»Ist denn so fleißig disputiert worden?«

»Fast bei jedem Mittagessen,« rühmte das Fräulein, und ihr nüchternes Gesicht erhellte sich in der Erinnerung an jene muntern Scharmützel wie von einer roten Schlachtfeldsonne. »Aber die Ärzte sind ehrliche Streiter, das muß ich ihnen lassen. Mit so einem Doktor kann man noch redlich fechten. Er verdreht nichts und hat noch Respekt vor dem Geheimnis. Er kneift nicht aus und schießt mit seinen Gründen gerade aufs Ziel los. Da hatt' ich einmal einen Advokaten an den Herzklappen krank. Holla, war das ein Unterschied! Da hätten Sie hören sollen, wie der kreuz und quer herumruderte, wenn er etwas beweisen wollte. Ich ließ ihn stundenlang reden und sagte am Ende nur: So, Schwamm darüber, und jetzt fangen Sie meinetwegen wieder vorne an!«

Also daher die Dialektik!

Johannes überschaute auf der Schwelle nochmals die steifheilige Altjungfernkammer, durch die kein Stäublein flog und in der eine so starre Stille thronte, daß der Bach unten am Kaplanengarten kaum einen Ton seines Übermutes hereinzuklingeln wagte. Übrigens waren die kleinen, offenen Fenster mit einem dichten, weißen Vorhang geschirmt.

Welch ein Regiment! Johannes drängte es ins Freie. Er atmete auf der Stiege förmlich auf. »Nachdem Sie mir jetzt Ihr geistiges Gärtlein gezeigt,« verlangte er, »müssen Sie mir nun auch noch Ihre weltlichen Pflanzungen erklären. Sehen Sie, der Pfarrer hat mich ausgelacht, weil ich die... die Narrenwicke mit dem Weizen verwechselt habe.«

»Sogleich!« erwiderte Therese aus der Kammer. »Die Narrenwicke mit Weizen? ... Hochwürden, das ist aber stark.« Sie schob noch das Theresienbild, das der kurzsichtige Johannes unmerklich verrückt hatte, senkrecht, bot dem Kaplan an der Türe das Weihwasser aus dem Geschirrchen und spritzte einen kräftigen Tropfen für die Armenseelen auf den Boden. Dann führte sie den Geistlichen von Beet zu Beet und beschrieb und benamste ihm ein volles Dutzend Gemüse und mit etwas verächtlichem Tone dann noch zwei, drei Zierpflanzen.

»Also das fette Kraut da mit den Knollen und dem Maststengel,« hörte man Johannes am Gartenpförtlein nochmals sagen, »das ist Fenchel ... oder nein ... warten Sie ... helfen Sie nicht ... ich bring' es schon noch zum Rechten ... ist Blaukohl ... nicht?«

»O Jeremi, nun sagt' ich doch zweimal, daß der Blaukohl ... sehen Sie dort links am Hag ... rot-blaue, gerippte Blätter, aber der Fenchel ...«

»Das dort am Hag nannten Sie doch Randen.«

»O Jeremi, Randen, sagt' ich, haben tiefgeraniumrote, blanke, glatte ...«

»Therese, Therese, lassen wir das Kolleg für heut und morgen bleiben! Es ist schwirig soviel auf einmal. Nach Johanni dann etwa wieder.«

Alles kam dem bleichen, aber entzündlichen Johannes Keng oft federleicht vor, das Predigen, die Missionen in Hindostan, das Leben der Eremiten bei Wasser und Brot und Waldkraut und das Bücherschreiben und Berühmtwerden und für Christus durch Feuer und Wasser gehen. Aber als er am Abend in nicht ganz behaglicher Laune seinen magern Leib im Bett umsonst bequem zu legen suchte, sagte sich dieser Stimmungsmensch: »Es ist wahrhaftig alles schwer auf dieser buckeligen Welt: das Klettern und das Gedichtereimen und das Griechisch des Gregor von Nazianz, aber auch das Auseinanderhalten von Blaukohl und Randen ... oder Rettich? ... Randen? ... Rettich? ... wie nur?« Und zum erstenmal in seinem jungen Kaplanenleben schlief er mit einem leisen Seufzer auf dem halboffenen Munde ein.

6

Schön und leicht wie ein Schmetterling schwebte das Kaplanenleben tief in den Sommer hinein. Johannes hatte noch keinen Sarg, aber schon zwei allerliebste Windelkinder gesehen und selber über eines der staunenden, roten Weltbürgerköpflein, etwas ungeschickt zwar, das kühle Taufwasser gegossen. Das Büblein hielt ruhig her und schrie nicht einmal, als ihm ein scharfer Spritzer über Nase und Mäulchen schoß. »Das sind eben Lachweiler!« brummte die Hebamme großartig. »Die weinen doch nicht wegen einer Kleinigkeit. Die Mägdlein noch weniger als die Bübchen.«

Nur wenn eines der vielen sommerlichen Gewitter gegen Abend von der Ebene heraufzog und die Hügel und Berge in einen dunklen, goldblitzenden Königsmantel hüllte, aus dem die Donner flogen und den Wind und Wolkenbruch gewaltig auf- und niederrauschen machten, bis er in wilde Bettlerfetzen zerriß: dann fackelte Johannes im krachenden und zitternden Giebelhaus von einer Kammer in die andere, wie ein herumgescheuchter, erschreckter Vogel, prallte vor den gekreuzten Blitzen vom Fenster zurück in die Ecke und sprang beim Gepolter der Donnerschläge wieder ans Fenster. Dann glaubte er, daß auch so ein Idyll wie Lachweiler seine ernsten, sozusagen tragischen Seiten habe.

Therese saß indessen ruhig auf ihrem Sessel, bekreuzte sich, wenn ein gar zu breiter Blitz in die Stube lachte, und strickte beharrlich an einem Paar Winterstrümpfe weiter. Mochte es krachen, sie verzählte keine Masche!

»Kommen Sie ans Fenster,« sagte sie endlich, als der Zorn da draußen immer lauter wurde, »und beten Sie den Wettersegen vor! Das wirkt besser als Herumrennen. Da ist das Weihwasser und die Stola . . . nur ganz ans Gesimse! Sie werden sich doch in der Stola nicht vor dem Blitzen fürchten.«

»Vor Blitz und Ungewitter!« begann der Kaplan.

»Libera nos, Domine!« wetterte die Jungfer mit einem so gewaltigen Latein in das Tosen hinaus, daß Blitz und Donner erstaunt aufhorchten, wer ihnen da so mächtig das Maul unterbinde, und sich dann langsam und knurrend wie geschlagene Hunde in die Berge verkrochen.

»Sie haben mir doch gesagt, wie Sie die Majestät des Gewitters, oder wie Sie' s nannten, so sehr lieben,« meinte Therese zum Kaplan, als der erste Sonnenschein wieder durch den verstürmten Himmel in die dunkle Stube zwinkerte.

»Von weitem, Therese, hab' ich doch gesagt, ganz von weitem.«

»Aha,« nörgelte die Jungfer lustig fort. »Sie würden wohl auch am liebsten so ganz von weitem . . . sterben.«

»Jungfer Legli, Sie reden ungehörig mit mir . . . Sie . . .«

»Chchchch!« kicherte das borstige Fräulein. »Ich spaße doch nur. Aber Sie sehen ja ganz blau und verfroren aus. Jetzt müssen Sie mir gleich einen heißen Tee trinken.«

Mit einem chinesischen Tee, das Päcklein zu vierzig Rappen, aus dem Laden der Frau Martha Ilsig, wurde das Gewitter gütlich abgeschlossen.

*   *
*

Eines Tages fragten ein paar Buben und Mädchen den Kaplan, ob er mit auf den Melzberg komme. Die Mädchen wollten kränzen; aber die Knaben zeigten ihm einen Platz, wo Frauenschühlein wachsen und man eine Fuchshöhle sieht.

Die Frauenschühlein reizten Johannes nicht. Sie rochen zu sehr nach etwas wie Pantoffel. Aber die Schlauheiten des Meisters Reineke möchte er ansehen.

So rannte er mit den Kindern bis zur Erschöpfung bergauf. Die seltenen Blumen waren leider schon verblüht, und Holzhacker hatten den Fuchsbau ausgeräuchert, zugestopft und festgestampft. Schwitzend und schnaufend ließ sich Johannes ins trockene Waldlaub nieder. Etwas tiefer im Forst sammelten die Mädchen Reiser der berühmten Eibe. Man hörte sie ferne durch die Bäume mit ihren hohen Stimmen zwitschern. Die Buben dagegen balgten sich, wobei das Spiel immer halber Ernst wurde. Endlich gebot einer, der Theodor Walomer hieß und alle um einen frechen, wilden Kopf überragte, man möge jetzt Räuberlis machen. Es war der Sohn des vermöglichen Walomerbauern, schlank und biegsam gebaut, blühend von Übermut und Schelmerei über das ganze purpurne Gesicht mit den aufgeworfenen dunkeln Lippen und der kurzen Stupfnase. Er ernannte sich höchsteigen zum Hauptmann und las seine Gesellen nach Willkür aus. Der Gegner wurde entsetzlich herumgehetzt, aus den Büschen geklopft, von den Ästen heruntergezerrt und mit Schnüren fest an die Stämme gebunden. Nun erschien der Walomer mit gezückter Haselgerte, um Gericht über die Strolche zu halten. Einer bekam fünf, einer acht oder zwölf Hiebe, wie es dem jungen Despoten gerade beliebte. Die zwei ersten und zwei letzten Schläge teilte er selber aus, und die waren am meisten gefürchtet. Zur übrigen Exekution lehnte er sich an einen Baum, schlug die Beine übereinander und gab kaltblütig den Takt an ... drei ... vier ... stärker! ... fünf ... sechs ...

»Das geht zu weit,« rief Johannes erregt ins Spiel. Alles Herrische machte ihn beim Zuschauen schier krank. »Ihr haut zu stark. Das ist nicht mehr Spiel. Das tut weh!«

»O,« sagte Theodor Walomer lachend und hieb rasch einem Gefangenen noch eins auf die nackten Füße, »die sind jetzt unsere Sklaven geworden. Die müssen das aushalten. Ich kann's auch ... Da nehmen Sie die Rute! hauen Sie mal zu! ... nur frisch! ... ich tu' keinen Schrei. Sie dürfen schlagen, so lang Sie wollen.«

»Es tut auch uns nichts! He, Walomer, hau zu!« riefen einige Gebundene, stolz wie Helden des alten Rom.

»Aber ich will mich loskaufen, Thedi ... sag', was muß ich zahlen?« verlangte ein blauäugiger Junge mit bleichem, gütigem Gesichtlein.

»Jawohl, Thedi, bind' den Wenzel los!« schrien die Freien und Gefesselten alle. »Der muß uns dafür eine Geschichte erzählen.«

»Willst du?« fragte Theodor und stand vor den Kleinen hin. »Sogleich eine Geschichte? aber eine schöne?«

»Ja, ich erzähle ...«

Theodor nestelte ihn los, aber langsam und so, daß es schmerzte.

»Aber eine Geschichte für Buben, für mich, verstanden!« drohte er. »Nicht etwas so Dummes und Langweiliges. Es darf kein Meitli darin vorkommen und kein Spinnrad und kein Star, der sagt: Guttag! aber ein Leu oder Stier ...«

»Sicher!«

»Schwör'!«

»Auf Ehr' und Seligkeit!«

»Halt da!« schimpfte der Kaplan schon zu spät. »Ich will euch schwören ... wegen so was!«

»Mach' doch flink den Knopf auf,« flehte Wenzel. »Er drückt heillos.«

»Drückt er?« fragte der Walomer zufrieden und dem Büblein heiß ins Gesicht redend. »Eigentlich sollte ich dich noch ein bißchen martern. Der Lehrer hat mir am Morgen vier Tatzen geschmiert ... nur für eine Dummheit ....«

»Was kann ich dafür?«

»Aber er ist dein Vater.«

»Das war großartig, Thedi,« rühmte Josefli Ilsig.

»Vier Tatzen ... weil ich ihm einen Hummel in die Schnupfdose gesperrt hab' ... brrr!« Er ahmte das Gesurre nach.

Alle lachten.

»Wie der Kerl herausschoß ... habt ihr's gesehen? voll Schnupftabak! Der faxt und schneuzt jetzt noch in der Luft herum.«

»Jetzt laß' aber den Wenzel los!« bat der Krämersbub Ilsig.

»Also eine schöne Geschichte von Rittern und Räubern oder Leuen und Stierbändigern, so etwas! Hageldonner, den Knopf bring' ich nicht auf. Wart'!« ... Der Schlingel kniete nieder und biß mit seinen weißen Schaufelzähnen das zähe Geknote wie eine Katze auf. Dann steckte er den Kopf zwischen Wenzels Beine, hob ihn auf die Achsel und rief: »Herr Kaplan, kommen Sie! Es gibt eine Geschichte von Wenzel! Das müssen Sie hören.«

Vor dem Wäldchen, noch halb in seinem blauen Schatten, mit dem Blick aufs Dorf am Fuße und auf seine weiten Äcker und Wiesen ringsum, stellte Theodor den Lehrerssohn ab. Man setzte sich im Kreise ins Gras und alles ward sogleich mäuschenstill.

»Sie können doch auch Geschichten erzählen,« fragte Wenzel schüchtern zum Kaplan herauf. »Mein Vater sagt, Sie seien ein ... ein ... ach wie ...«

»Ein Dichter!« machte Theodor geringschätzig und blies die Luft aus den Nasenlöchern. »Was ist denn das?«

»Einer, der Gedichte und Märchen macht,« sagte der viel dümmere und jüngere Wenzel.

»Dann,« befahl der Walomer respektvoll, »muß uns der Kaplan nachher auch etwas Feines erzählen.«

»Nein, lieber vor mir, gerade jetzt!« bat Wenzel.

Dem Johannes war aufgefallen, daß die Buben, die gebunden und geschlagen hatten, zu den vermöglichern, und alle, die gebunden und geschlagen worden waren, zu den dürftigern Familien gehörten. Regierte etwa auch in diesem weltverlorenen Nest wie draußen in der lauten Stadt- und Staatsgeschichte jenes grausame Gesetz: daß Kraft und Habe und Schönheit alles mit Füßen treten dürfen, was nicht so stark und reich und glänzend ist? Da gab es eine soziale Aufgabe.

»Es war einmal,« begann der Kaplan sogleich, »in unserem lieben Vaterland ein schlimmes Regiment. Die Herren in der Stadt und auf den Schlössern regierten wie sieben Kaiser. Die Bauern waren gerade recht, um zu steuern oder den Katzenbuckel zu machen und, wenn ein Junkerlein des Weges kam, ihm schier die Hände unter die Stiefel zu legen.«

»Hat das ein einziger Bauer getan?« fragte Theodor, und eine zornige Röte stieg ihm bis tief in den Hals hinunter.

»Viele, und dennoch regnete es Bußen und Gerichte.«

»Aber ich hätte es nicht getan.«

»Ich auch nicht!« schrie Wenzel.

»Du?« höhnte Theodor. »Ja du, der nicht einmal meine Rute aushält!«

»Thedi, gib acht ... die Mädchen!« rief man.

Wirklich, von allen Seiten kamen die Zöpfe langsam zwischen den Stämmen hervor. Sie flüsterten miteinander, zeigten auf Wenzel und den Kaplan: Geschichtlein, juhe! Märchen! – aber sie trippelten wie zaghafte Vögel nicht ganz herzu. Da wird für andere Samen gestreut. Doch picken sie vielleicht wenigstens ein paar süße Kerne auf.

»Weg da! allo! weg!« kommandiert Theodor und stäupt sie zurück. »Das geht euch nichts an, das sind Bubengeschichten. Ää gix, ihr Hosenschmecker!«

»Hosenschmecker, Hosenschmecker, gix gax!« spotteten die Buben.

Nun ja, dachte der Kaplan, den Buben gilt's und vorab dem Frechian da. Wart' nur, Schlingel! Und er fuhr fort:

»Zuletzt sagten die Bauern im Entlebuch . . . wisset wohl, das sind Bauern, die am besten hosenlüpfeln und die schwersten Käse machen . . . sagten zueinander: So eine Not kann ein Mensch aus Fleisch und Bein nicht mehr aushalten. Wir wollen sterben oder leben wie alte Schweizermenschen. Brüder sind wir alle . . .«

»Bravo!« Theodor schlang kameradschaftlich den Arm rechts und links um seine beiden Nachbarn. »Und?«

»Aber man speiste sie ab, zuerst mit süßen Wörtlein und dann mit ganzen Klötzen von Schimpf und Grobheit. Da kam es zum Krieg.«

»Bravo, bravissimo!« Der Walomer zappelte vor Freude vom Fuß bis zum Haarwirbel.

»Du lachst mir zu früh, Bub. Die Herren hatten famose Offiziere und gedrillte Soldaten und schwere Kanonen, Proviant in Fülle und eine saubere Feldordnung. Aber die Bauern hatten nur ihren schönen Mut und alte rostige Hellebarden.«

»Das ist genug,« erklärte Theodor.

»Zuwenig, viel zuwenig.«

»Thedi, Thedi!« warnten die Knaben und zeigten wieder in den Wald.

Wütend sprang der Bursche auf, schwang die Gerte und stürmte auf die herbeigeschlichenen Mädchen los. Ein vielstimmiger Schrei halb vor Schreck, halb vor Freud' und Neckerei erscholl. Dann sah man die goldenen Zöpfe zwischen dunkeln Tannennadeln noch einen Augenblick sich hin und her ringeln wie flinke Schlänglein und spurlos verschlüpfen.

»Ist er denn so ein Mädchenhasser?« fragte Johannes lächelnd, »dieser Wildfang?«

»Oho... das Elschen Heireli! und die Agnes Götsch!« spitzbübelten gleich ein paar Jungens.

»Der ist gerade der Rechte!« rief der Zweitkläßler Wenzel. »Er tut nur so... wenn wir dabei sind. Aber wenn eine Reihe Meitli am Sonntag bei der Walomermatte vorbeispazieren und singen: ›Rose Rose Meije‹, dann klettert er ihnen auf den Chriesbaum und wirft ihnen den Hut voll Kirschen herunter und zuletzt hockt er zu ihnen und schnappt ihnen die schönste Kirsch' vom Maul, und sie malen ihn dafür blau und rot, und er lacht nur und... st!... st!... er kommt.«

»Denen hab' ich Beine gemacht, hui!« schrie Theodor und warf sich wildschnaufend und feuerheiß der Länge nach auf den Boden. Er hatte einen Erdbeerstengel mit herrlicher Beere zwischen den Lippen. »Ihr habt doch gewartet, Herr Kaplan!... bei den Kanonen und Hellebarden seid Ihr geblieben. Wär' ich dabei gewesen, zum Donnerwetter!«

»Wenn du dabei gewesen wärest,« sagte Johannes so kräftig er mit seiner schwachen Stimme konnte, »dann hättest du es haargenau gemacht wie die anderen reichen Bauern. Du wärest zu den Herren hinübergelaufen.«

»Kaplan! Herr Kaplan!« brauste der vierzehnjährige Bursche auf und schoß wie eine schöne Natter zischend und kerzengerade vom Boden empor.

»Das hätte Theodor nicht getan,« murmelten die anderen. Nur einer wußte es besser, der kluge Lehrerssohn Wenzel, dieser kleine Beobachter, der das zweite Jahr in der gleichen Klasse saß und immer noch nicht gedruckte Bücher, aber schon großartig Menschen und Menschengeschichten lesen konnte. Er merkte fein, wohin der Kaplan steuerte.

»Halt, Theodor!« gebot Johannes jetzt stramm. »Du mußt mich fertig hören. Dreimal sind die Bauern geschlagen worden. Den vornehmen Bauern riefen die Herren zu: ›Kommt zu uns! ihr habt ja auch Rosse und Seidenkleider und einen Degen. Und ihr versteht das Regieren. Halb gehört ihr schon zu uns. Kommt also!‹ So lockten und pfiffen sie, und zwischen jeder Schlacht sind ein Schock stolzer Hofbauern zu den Junkern gegangen.«

Tief aus dem Tannengrund tauchten wieder Schürzenzipfel und Zopfschwänze auf. Aber der Walomer sah in seinem purpurnen Zorne nichts mehr. Er schämte sich glühend für jene Elenden. Seine gespaltene Unterlippe fing an zu bluten.

»Als nun der letzte Sieg erfochten war, wurden viele Bauern eingetürmt und gestreckt und geköpft. Aber die ganz reichen und nobeln Bauern hatten sich zeitig gerettet oder sie schmierten und salbten die Herren mit Gulden und Talern und kamen heil davon. Aber die andern, die kleinen, die armen Bauern, die vielen, vielen, die haben nicht Geld, die haben ihr schönes, warmes, heldenmäßiges Blut gegeben. Wer hat mehr gezahlt?«

»Die Kleinen, die Armen, die da!« schrie es eifrig durcheinander.

»Ich hätte auch mit Blut gezahlt,« rief Theodor hitzig und wischte sich die tropfende Lippe ab. »Seht da,« versuchte er zu spaßen, »ich blute ja schon.« Aber der Ton versagte. Er konnte nicht mehr lachen. Ein heißer Schmerz brannte in seinen reinen, aber trockenen Kinderaugen. Daß der Kaplan ihn für einen solchen Verräter halten konnte! Er ballte beide Fäuste hoch auf.

»Ich sehe, daß du hier nur kommandieren und züchtigen willst. Alle sollen sich vor dir bücken ... Hast du nun das Zeug zum Befreien?«

Der Walomer stutzte, die Fäuste fielen nieder.

»Herr Kaplan, Herr Kaplan,« setzten aber jetzt ringsum die Rangen ein, »das ist nicht wahr. Ihr kennt den Thedi nicht. Wir mögen ihn gern.«

»Am liebsten!« läutete ein silberhohes Stimmlein. Das gehörte keinem Knaben. Gewiß nicht!

»Er hilft uns immer gegen die großen Buben.«

»Und gegen den Bärklauihund, den Dogghund, wißt!«

»Und verteilt uns immer, wenn er was hat.«

»Macht uns alles vor.«

»Nimmt Nesseln in die Hand . . .«

Johannes staunte in diese vielen kleinen Advokaten hinein. Theodor stand steif und wortlos da und tat kein Ja oder Nein dazu.

»Und diesen Kranz haben wir ihm gemacht,« klingelte es aus dem gleichen Mündchen hinter dem nächsten Baum hervor, und ein zierliches Händchen warf geschickt einen runden Reifen von Tannenzweiglein dem stolzen Buben über den Kopf.

»Ihr Hosenschmecker . . . ihr Zungenstrecker . . . ihr . . . ihr dumme Bande,« tobte der Walomer und schleuderte das Kränzlein weit weg. »Jetzt sind die verflixten Ratschen doch wieder alle da und haben die Geschichte auch gehört. Immer lauft ihr uns nach, gerad wie mein Bary. Ich will euch! He, Walter, Sepp, Köbi, auf sie los, allo!«

Zum zweitenmal versank die kleine, zappelige, süße Weiblichkeit vor dem schönen Wüterich im Gehölz.

»Nun erzähl' aber du eine Geschichte, Wenzel! aber eine andere,« bat Theodor aus den Bäumen zurückspringend. »Die Gofen kommen jetzt sicher nicht mehr. Da, das ist für dich.« Er steckte ihm die Prachtsbeere in den Mund.

Johannes zweifelte, ob er da noch einen Lorbeer auflese, und suchte darum die verscheuchten Kinder zusammen. Langsam stieg er mit ihnen zum Dorf hinunter.

»Theodor hat uns Heubirnen versprochen, wenn wir wegbleiben,« verschnabelten sich diese Zeisige. »Sie sind nächste Woche schon mürbe. Aber sagen Sie ihm nichts! Er ist wild über Euch, Herr Kaplan. Eure Geschichten gefallen ihm nicht.«

»Das glaub' ich.«

»Er hat gesagt, einer müsse doch regieren. Das sei er. Er kann es aber auch am besten. Die Buben wollen immer ihn zum König. Sonst ist Streit. Und keine Ordnung. Das versteht der Kaplan nicht, meint er. Aber Euere Köchin schon. Vor der hat er heillosen Respekt.«

»Hat er denn schon mit Therese Händel gekriegt?«

»Gestern in der Pause hat er seinen Bary auf Euere Katze gehetzt. Da hat ihm Euere Jungfer Köchin so eine Ohrfeige gegeben, daß der Thedi und der Bary mitsammen davongeheult sind ... Aber jetzt noch etwas,« baten die Mädchen mit Schmeicheln und evasüßem Augenverdrehen; »wir haben da Kränze gemacht. Dürfen wir sie in Ihrem Gartenschopf am Bach verbergen, daß sie frisch bleiben? Wir wollen ... für ... wegen dem Pfarrer ... nein, wir dürfen's nicht sagen ... wir sollten ...«

»Still, still! Ich will keine Silbe wissen. Bringt die Kränze nur alle. Die Therese soll sie wässern, bis ihr sie braucht.«

7

Am Morgen darauf war an Johannes die Reihe, die Frühmesse zu halten. Das Dorf und selbst die Vogelnester unter den Dächern waren noch still, als er im Zwielicht zur Kirche schritt. Aber in der Sakristei stand schon der Pfarrer gerüstet zur Messe und tief ins Gebet versunken. Er trug die schönste Kasel der Sakristei. »Entschuldigen Sie, daß ich die Frühmesse halte,« sagte er mit einem seltsamen Ton und reichte dem Kaplan die Hand. »Es sind heute dreißig Jahre, daß ich meine erste heilige Messe las. Da möcht' ich nun so recht in der Stille zelebrieren, allein mit meiner Seele und mit meinem Gott, ohne daß die Leute etwas merken ... Wollen Sie mir ministrieren? Ich habe den Meßmer und den Altarbuben für heute dispensiert ... Sie verstehen! ... commendo me!

Der Kaplan erwiderte statt aller wohlgedrechselten Gratulation den Händedruck des Pfarrers zweimal und dreimal. Dann läutete er im Turme das gewohnte Frühglöcklein, aber zu rasch, daß der Klöppel sich immer überschlug, und zündete hernach die Altarkerzen an, jedenfalls heute nicht die werktäglichen zwei, sondern vier, wo nicht sechs.

»St, st!« rief der Pfarrer leise von der Sakristei aus ... »Duae sicuti solitum.«

Johannes erstickte mit dem Löschhütchen nur ungern die überzähligen Lichter und ministrierte dann dem Jubilar. Die stille Messe dauerte weit über eine halbe Stunde. Denn es war viel und Wichtiges, was der Pfarrer heut zu all den uralten Kirchengebeten seinem Meister noch eigens und ganz persönlich zu sagen hatte. Der Kaplan folgte dem Gottesdienst mit klopfendem Herzen und fragte sich, indem er die Hand auf seine flache, dünnatmige Brust drückte, mit bangen Gefühlen: Werd' ich wohl auch Jubilar? kaum, kaum! Und wenn ich's doch erleb', was für ein Jubilar? Lieber keiner, wenn nicht so einer wie hier!

Leise färbten sich die gotischen Fenster im Morgenrot und langsam leuchteten hinten auf der Empore die Orgelpfeifen auf. Die Vögel begannen draußen zu zwitschern. Aber hier innen war es still. Nur die beiden Herrenköchinnen knieten in ihrer Bank und ein paar fromme Seelen, denen kein Morgen zu früh ist, um den lieben Gott zu besuchen, waren da und dort durch das Schiff verstreut.

Nach der Spätmesse mußte Johannes mit dem Pfarrer frühstücken. Es gab Honig und Butter und Biskuit wie vor Wochen beim Bischof. Neben der Tasse des Pfarrers lag eine alte Europakarte und ein kleiner Sommerfahrtenplan.

Johannes wollte gratulieren. »Basta, basta,« unterbrach Cyrillus den Kaplan mitten in der schönsten Periode. »Sie denken, ich sei ein netter Sonderling. Nun ja, mir wird wind und weh vor dem Gestürm der Jubiläen, mit denen man heute jede fünfjährige Katze feiert. Und leid tut mir, was man da für gottessträfliche Summen vertapeziert und verschmaust, wie man schmeichelt und schwindelt dazu und eine faule Rhetorik und einen faulen Tag macht. Ja, heut jährt es sich zum dreißigstenmal, daß ich Priester bin. Das ist Stoff genug zum Schweigen und Nachdenken. Für Toaste und Trinkereien bleibt keine Minute. Wie die Zeit fliegt, Herr Kaplan, wie die Zeit fliegt.«

»Wie eine Schwalbe,« bemerkte Johannes.

»Oder wie ein Schnellzug Zürich – Mailand – Rom... Erlauben Sie, daß ich mir da einige Zahlen herausschreibe!... Also Zürich ab 9 ^{15}... Arth-Goldau an...«

»Doch für die Seelsorgskinder,« warf Johannes ein, »scheint trotzdem so ein Jubiläum ein geistliches Fest, eine Erhebung der...«

»Eine Erhebung, ja, um gleich darauf doppelt so tief zu kollern. Lassen Sie sich beweihräuchern und festieren einen Sonnenblick lang! Hintendrein werden Sie doppelt bevormundet und in der Predigt bekrittelt und ein Knauser gescholten und scharf kontrolliert, wie Sie Ihre Festgeschenke auch richtig verwendet haben. O ich kenne das. Die Besten sind noch schlimm... Na, also Göschenen 12 ^{02} an... zwanzig Minuten Aufenthalt...«

»Aber ich,« schwärmte Johannes getrost weiter, »kann mir nichts Schöneres denken als einen Fackelzug der Gemeinde und die Feuerwehr mit den Helmen und die Jünglinge mit der Fahne dabei. Und ich stehe am Fenster oben, die Hände aufs Gesimse gefaltet, und neige den Kopf ein wenig, um besser zu hören, was einer, der im Frack vor die Front des Volkes tritt und den Zylinder abnimmt, ein Lehrer oder Gemeinderat, geradeswegs zu mir hinauf in schöner Rede und mit großen Gesten deklamiert. Dann bläst die Blechmusik einen Marsch, daß die Zäune und Bäume und Fähnlein wie im Wind erzittern und die Buben Hopser auf Hopser über den Hag machen... einen Festmarsch, wo besonders die Flügeltrompete und die Klarinette bis ins Gewölk jauchzen... und mir fährt es durch alle Glieder... dieser Takt wie Feuer, wie Galopp... ich begeistere mich wie ein Kind, fühle mich wahrhaftig jung im weißen Haar... ich will noch einmal ein halbes Jahrhundert in den Sack stecken und noch strammer als das erste. Etwas von Helden und Kirchenglorie fährt über mich und sträubt mir das Haar. Diese Trompeten und Posaunen... o Gott, wer weiß, wer weiß... vielleicht ruft mich der Bischof... ruft das Domkapitel...«

»Reverende, Reverende!« rief der Pfarrer und langte nach dem Milchkrug, »schütten Sie Milch in Ihren Kaffee! Immer trinken Sie den Kaffee zu stark. Ich will Ihr Histörchen fertig dichten. Nach dem Fackelzug kommt der blaue Montag und kommen vier Schmierzettel von den vier Wirten im Dorf für Wein und Bier und Würstchen und ein Extrakonto für zerbrochene Flaschen und Gläser... o Sie Schwärmer!... Ja, Scherben, nichts anderes als Scherben bleiben von solchen Festen... Nehmen Sie ein Biskuit! Das ist süßer als alle Zymbeln und Geigen des Jubiläums... Einen Augenblick noch: Mailand an 4 [55] ... ab 5 [10] ... dieser feine Schnellzug.«

Wird man hier in Lachweiler so alt! seufzte Johannes leise. Dieser tüchtige Mann und schon keine Ideale mehr! Statt sich im Schwung eines großartigen Tages wie ein Adler über alle Vergangenheit zu erheben und den weißen Gipfeln der Zukunft zuzufliegen, vergnügt er sich an einem Fahrtenplan und rückt mit dem Daumen von einem papierenen Statiönchen zum andern.

»So, also morgen schlaf' ich in Bologna.« Lustig äugelte der Pfarrer dem verdutzten Kaplan ins Gesicht.

»Sie spaßen...«

»Von heut an sind Sie für vier Wochen Pfarrer von Lachweiler. – In acht Tagen,« erklärte Cyrillus nun ernster, »rundet es sich nämlich auch zum zwanzigsten Jahr, daß ich in dieses Lachweiler zog. Die Ottilie hat mir gesagt, man kränze heimlich, male Pappendeckel und der Lehrer schwitze an einem Prolog herum. Da hab' ich die höchste Zeit mich zu retten...«

»Und Sie wollen nach Bol... og...«

»Ich pilgere nach Rom. Seit Knabenzeiten ist das meine heimliche Sehnsucht. Immer verschob ich's. Jetzt hab' ich einen jungen Kaplan, die Feste sind vorbei, die Heuferien rücken an, und just wallfahrten auch zwei gute Kameraden von mir ad limina[5] . Sünde wär's, ginge ich jetzt nicht. Die Sonne brennt und blendet dort gewiß nicht heißer als ein Lachweiler Fackelzug. Hahaha...« Köstlich lachte der graue, rotbackige Herr mit dem Samtkäpplein auf dem Wirbel.

»Also noch heute... gegen Rom zu?«

»Noch heute! So oft habe ich von Rom und Petrus und dem Heiligen Vater geredet und gepredigt. Immer aus Büchern mußt' ich's nehmen. Jetzt will ich's von Angesicht erleben.«

»Könnt' ich mit!« platzte nun Johannes heraus. »O Sie glücklicher Mann! Rom, Vatikan, Lateran, Kolosseum, die Katak...«

»Was wetten wir, Sie warten nicht dreißig Jahre,« schnitt Cyrillus das römische Lexikon ab. »Unsere jungen Birette fangen ja heutzutage an, mit Lloyddampfern und internationalen Rundreisebilletten ihre Vakanzen und Moneten zu verpuffen. Aber einstweilen hüten Sie mir die Herde gut! Ich vertraue sie Ihnen ohne Kummer an. Sie haben sich ja schon recht wacker in die Seelsorge eingearbeitet und auch ordentlich warm ins Völklein eingenistet. Am Samstag und Sonntag bekommen Sie immer einen Kapuziner zur Aushilfe. Den Pater Expedit! Dieses Wunder von Bart und Predigerbaß. Geben Sie ihm ein paar gute Zigarren zum schwarzen Kaffee. Am liebsten raucht er Brissago.«

Johannes mußte lächeln. Gott verhüte, daß er Brissago spendierte!

»Schwer wird Ihnen die Pastoration nicht werden. In der ganzen Gemeinde macht keine Seele Miene zu sterben oder Hochzeit zu feiern. Ein Knäblein haben Sie ja übrigens schon korrekt getauft.«

Johannes errötete.

---

[5] Nämlich apostolorum: zu den Schwellen der Apostel.

»Etwas Ungewöhnliches kann da nicht an Sie kommen. Hier ist der Schlüssel zum Pfarr-Archiv. Am vierzehnten hält Pfarrer Pfyf in der Nachbarschaft seinen Einzug. Schicken Sie ihm für uns beide ein klassisches Distichon auf Latein! Nun wissen Sie alles. Auch die Eibe und die Narrenwicke verwechseln Sie nun nicht mehr.«

»Herr Pfarrer,« bat Johannes dringend.

»In fünf Wochen bin ich längstens aus dem Lande der Orandschen...« so sprach der saftige Mann das süße Wort des Südens aus... »wieder zu den sauern Äpfeln und harten Nüssen meiner Pfarrei zurückgekehrt... Im übrigen, Herr Kaplan, Gott mit uns zweien und unserer lieben Sach'!«

Als Johannes sich von der Überraschung in seiner großen, stillen Stube erholen wollte, fand er den Kirchenpräsidenten mitten auf dem Sofa seiner wartend und indessen so fleißig ein Gläschen Nußwasser ums andere leerend, wie es ihm die Therese fleißig wieder nachfüllte.

»Herr Kaplan,« sagte der graue, magere Mensch mit seinen grau glitzerigen Äuglein und einem sein rasierten Advokatenmund, »Sie wissen vielleicht, daß in acht Tagen hier ein Jubiläum ist.«

»So... o... o?« stammelte Johannes mit übler Verstellung.

»Hm hä... dacht' ich's doch!... Also Sie wissen, daß es dann zwanzig Jahre bei Tag und Stunde sind, seit wir den hochwürdigen Zelblein zum Pfarrer haben. Da möchten wir ihm neben anderem ein kleines Geschenk machen. Vielleicht hat der Herr Kaplan eine Idee, womit wir dem Pfarrer besonders lieb und nutzbar aufwarten. Unsere Kasse ist wohl knapp. Mehr als sechzig, allerhöchstens siebzig Franken darf die Geschichte nicht kosten.«

»Das ist allerdings wenig,« bemerkte Johannes.

»Es ist wenig und ist viel, wie man's nimmt. Für uns, die wir heuer ein ganz miserables Heu und ein zweimal verhageltes Korn bekommen, dabei spottwenig Obst, Nüsse gar keine, und das Hütlerstroh hat zwei Rappen aufgeschlagen, für uns ist das ziemlich viel... Der Pfarrer kennt uns übrigens.«

»O ja, er kennt euch!« sagte der Kaplan lustig. »So kauft denn eine silberne Uhr, die haargenau geht. Das bekommt man jetzt für achtzig Franken.«

»Sechzig bis siebzig, Herr Kaplan!«

»Gut, für siebzig Franken kauft man auch schon eine tüchtige silberne Uhr, vielleicht sogar mit einem Schlagwerk, jedenfalls mit dem Namen des Pfarrers und der Gemeinde darauf. Unser Jubilar hat eine stockalte Sackuhr, die man noch mit einem Schlüsselchen aufzieht und die dabei wie ein heisriger Hahn kräht. Sie steht bei ganz kaltem Wind oder, wenn der Pfarrer bergab marschiert, allemal still.«

»Eine Sackuhr meinen Sie?« begann der Alte sorglich. »Hm hä, wir merken nicht, daß der Pfarrer eine braucht. Er ist auf die Sekunde am Altar oder am Taufstein oder im Schulrat . . . besser nützte nichts. Überhaupt eine Uhr und dergleichen Laienzeug paßt uns nicht, nä!«

»Was Laienzeug?«

»Wir Lachweiler wollen nicht dem Cyrillus Zelblein, sondern dem Pfarrer von Lachweiler etwas schenken. Will sagen: wir geben ihm etwas, das seine Vettern und Basen nach dem Tode nicht einsacken, sondern das hier im Pfarrhof oder in der Kirche bleibt; verstehen Sie, etwas Praktisches, womit uns für später eine Ausgabe erspart wird.«

»Ei der Tausend!«

»Zum Exempel könnten wir einen hübschen Wandkasten stiften, natürlich in die Mauer eingezimmert, oder einen bessern Spülstein in die Küche setzen. Der jetzige hält doch nicht mehr lang. Oder meinen Sie, unser Pfarrer hätte an einem neuen Meßbuch Freude? Wir besitzen nur drei anständige, aber dem mit Leinwanddeckel bösert es langsam. Ich habe mir in der Stadt eines angesehen in Leder, mit Seidenfutter und Silberbeschlägen. Der Druck ist zum Vergaffen schön.«

»Das kostet aber ohne Zweifel mehr als siebzig Franken,« bemerkte Johannes mit leisem Spott. »Und da das Hütlerstroh . . .«

»Das ist eben der Witz, Hochwürden. Wir kriegen das Buch um sechzig Franken.«

»Mit Leder und Silberschlößchen, unmöglich!«

»Gelegenheitskauf, Herr Kaplan! Das Buch lag jahrelang im Ladenfenster und ist nun in der Farbe abgeschossen. Es war karminrot, jetzt ist's zu Lila abgebleicht. Das merkt aber keiner, der's nicht weiß.«

Dem Kaplan stieg der Unwille über diese Krämerei bis zur Zunge.

»Das Buch würde der Kirche gehören. Unter dieser Bedingung will der Gemeindepräsident die halben Kosten auf sich nehmen. Das Hütlerstroh hat zwei Rappen aufgeschlagen. Das ist traurig. Aber nun kommen wir mit dreißig Franken übers Jubiläum weg und kriegen noch ein Meßbuch, sapristi!«

Johannes biß sich auf die Lippe, um nicht gleich los zu donnerwettern.

»Der Lehrer Philipp könnte mit seiner hübschen Schnörkelschrift und mit roter Tinte hineinschreiben: Der Kirche von Lachweiler ad sanctum Gallum und seinem Jubiläumspfarrer Cyrillus Zelblein dankbar geschenkt, in Ansehung seiner Verdienste, et zetera . . . et zetera . . . Das würde den Pfarrer genug freuen, und wir hätten alle beide gleich viel davon . . . was meinen Sie?«

»Was ich meine? Daß die Herren Kirchenräte, sogar wenn sie Geschenke machen, noch Geizhälse bleiben!«

»Das ist ein fauler Witz, Herr Kaplan,« sagte der Präsident kühl und erhob sich in seiner langen, knöchernen Hagerkeit hoch über den Kaplan. »Unser Pfarrer hat ein hübsches Salär, das zweitschönste Haus im Dorf und den drittgrößten Garten. Es mangelt ihm in Keller, Schopf und Küche nichts. Da ist nicht leicht schenken. Man läuft eher Not, ein Verschwender als ein Geizhals unserer spärlichen Kasse zu werden. Das weiß unser Zelblein. Er will keine Geschenke . . . Nun, der Herr Kaplan ist ja noch jung. Wenn Sie ein paar Jährchen durch unsere Stuben und Kammern gegangen sind, geben Sie den Geizhals nicht mehr so billig . . . Also,« schloß er, zur Türe schreitend, »das mit dem Meßbuch könnte . . .«

»Ein Meßbuch,« sagte Johannes zögernd, »ist ja unbestreitbar immer etwas Würdiges und Wertvolles . . .«

»Dann bitt' ich den hochwürdigen Herrn Kaplan, etwa am Dienstag oder Mittwoch bei mir vorbei zu kommen. Es sind nur drei Stegentritte in meine Stube. Bis dahin spediert man uns das Buch her. Wir zahlen noch nichts. Wir wollen doch noch vorher einen Sachverständigen hören . . . Vielleicht reimen Sie uns auch noch einen richtigen und erbaulichen Lachweiler Spruch vorne unter die Widmung . . . Man sagt, Sie seien ein heimlicher Poet . . .«

»Bitte, bitte,« wehrte der Kaplan, durch das Lob eines Sachverständigen um einen Grad und durch das Lob eines Poeten sogar zwei Grade heiterer gestimmt. »Ich komme, wir wollen sehen . . . es ist das Haus mit der geschnitzelten Türe und dem Eisenklopfer daran, nicht?«

»Ja, und zwar mit dem Fuchskopf in der Mitte.«

»Habt Ihr den selbst geschnitzelt, Herr Präsident?«

»Hm hä, viel kann ich nicht mehr mit den steifen Fingern. Aber so einen Fuchs und Fuchsschwanz bring' ich gerad' noch fertig.« – Zufrieden stapfte der Graukopf davon.

Johannes sah ihm lange nach. »Den besten Fuchs hast du aus dir selber geschnitzt,« murmelte er ihm nach. »Und ein Geizhals bist und bleibst du doch.«

»Herr Kaplan, sehen Sie mal das!« rief Therese von der Treppe. »Der Präsident hat das unter den Teller gelegt. Wegen ein paar Tropfen Nußwasser.«

Sie hob in der Hand einen blitzenden Zweifränkler. Er leuchtete rund und silbern wie eine Hostie irdischer Wohlhabenheit und Segnung in ihrer erhobenen Rechten.

»Er gehört Ihnen!« sagte Therese lachend. »Da!«

»Keine Rede!« wehrte Johannes rot vor Scham. »Der gilt Ihnen!«

»So teilen wir ihn.«

»Keinen Rappen davon rühr' ich an,« beschwor Johannes, und schon schwebte eine leise Abbitte an den Geizhals auf seiner Zunge.

8

Bei der Nachricht vom schlau über die Alpen entwischten Jubilar standen die Lachweiler einen Augenblick steif wie Säulen da. Dann in der Zeit, bis man auf zehn zählt, brachten sie es zu einem Achselzucken. Zuletzt sagten sie unter Händereiben: Das hat der hochwürdige Pfiffikus wieder einmal gut gemacht! ... Und nun lief alles wieder im ruhigen Ticktack der Lachweiler Uhr.

Johannes hatte den Pfarrer zur Station begleitet. Nun kehrte er stolz wie ein Cäsar, wenn kein Pompejus mehr im Plan steht, in sein Dorf zurück. Alleinherrscher! Ah, wenn es jetzt nur glorreiche Arbeit gab! Er sehnte sich nach nächtlichen Versehgängen, nach Schulbesuchen, Vereinssitzungen, nach Debatten mit einem grauen Kirchenfeind, aber auch nach dem lauten Gesprudel des Taufbronnens, nach Sponsalien braver, inniger Brautleute und konnte, bis diese pfarrherrlichen Genüsse an ihn kämen, sich in Krankenbesuch, Predigt, Beichthören und allerhand anderen seelsorgerlichen Arbeiten nicht genug tun. Er strengte sich an, als müßte er nicht für ein Nest von elfhundert Seelen, sondern für ein ganzes Bistum allein aufkommen.

Bald flog eine farbige Karte von den Domzinnen zu Mailand her, dann eine vom schiefen Turm zu Bologna, eine dritte von der Kuppel von Santa Maria da fiore aus Florenz, auf welche Kirchspitzen samt und sonders Herr Cyrill als tapferer Bergpfarrer gestiegen war. Den nächsten Gruß kündete der Hochwürdige vom Kreuzknopf des Peterdomes an.

Am ersten Samstag, als der Kaplan beim Abendtisch dem Pater Kapuziner im Pfarrhaus Gesellschaft leistete, sagte der alte, etwas derbe, aber seelengute Kuttenmann, nachdem er umsonst nach einer Brissago links und rechts geschielt hatte: »Herr Kaplan, ist es wahr, daß Ihre Köchin einen scharfen Zwicker trägt?«

»Nun, und wenn auch?« machte Johannes ruhig.

»Und hohe Absätze an den Stiefeln hat?«

»Gut! Und weiter?«

»Und hie und da so ein Stiefelchen abzieht und über den Hochwürdigen schwingt?«

»Ja, lieber Pater Prediger, das ist alles wahr!« bekannte der Kaplan mit erzwungener Lustigkeit, denn der Spaß gefiel ihm schlecht. »Aber, daß Sie doch ja morgen nicht etwa predigen: Geliebte! Seid scharfen Auges wie der Zwicker der Jungfer Therese... erster Teil!... und von hartem Stöcklischuhschritt wie sotane Jungfer... davon im zweiten Teil!... Und wenn der Satan kommt, so haut ihm so einen Stiefel um die Schnauze... davon im dritten Teil!...«

Der Pater lachte herzlich. Aber Johannes erzählte den Witz brühwarm seiner Haushälterin und hoffte mit einer leisen Schadenfreude, sie werde nun wohl nicht beim Kapuziner beichten.

Jungfer Therese schimpfte auch wirklich: sie könne es nicht begreifen, wie viele Geistliche und insbesonders die braunzipfeligen Kapuziner oft Späße treiben. Daher komme ganz sicher all das häßliche Bilderzeug und wüste Gespötte über die Patres. Da rede man immer von Waschweibern. Ach, die Herren und die bekutteten nicht zuletzt, klatschen auch gern. Was gehe denn ihr Zwicker irgendeinen Menschen etwas an? – Wolle Pater Expedit lieber Gott danken, daß er so tief in den Sechzigern noch immer ohne Augenglas den feinen Druck seines Breviers lesen könne.

Nun war Johannes fast sicher, daß Therese für dies eine Mal bei ihm beichten würde. Er hätte es einerseits ungern. Er wäre befangen. Und doch freute es ihn, seiner Haushälterin einmal in der Gewalt eines Richters und Ratgebers gegenübertreten zu dürfen. Er wollte ihr ein ergreifendes, rührendes Sätzlein über die stille, bescheidene, leise Tugend der Demut und wortlosen Mädchenhaftigkeit stiften und ihr dann als Buße das Stabat mater aufgeben, so eine heilige, herzliche Poesie. Ob das nicht wirkte?

Aber als Johannes die heilige Kommunion ausspendete, da kniete Therese schon an der Bank und klopfte mit Innigkeit an ihre Brust und empfing die schimmernd weiße Hostie mit einer unsagbar einfachen und kunstlosen Andacht. Sie hatte sich also doch verdemütigt und beim Kapuziner gebeichtet. Und mit Ehrfurcht lauschte sie seiner Predigt und zeigte bei seinem Segen tief und dankbar ihr eckiges Haupt. Johannes bewunderte sie. – – –

Nach einigen schweren Regentagen trat eine sengende Hitze ein, und sogleich gab es Husten, Fieber, Kinderkrankheiten, und die alten Bettlägrigen fühlten sich alle zweimal elender als sonst. Der Kaplan lief täglich die ganze Gemeinde ab. Denn er hatte noch keinen erfahrenen Blick, ob der Anfall harmlos oder gefährlich sei. Und den Arzt holte man hierzulande immer viel zu spät. Kam Johannes dann schwitzend und keuchend heim, so gab es Unterricht, Beichten, Predigtstudium und Breviergebet, kurz keine Minute war er ohne Arbeit.

In dieser Zeit berührte der Kaplan keines der klassischen Bücher, die mit welkem Schnitt auf seinem Regal standen. Er machte keine Verse und schlief sich in den goldigsten Sternenschein und in den schwermütigsten Mond so tief und fest wie ein Murmeltierchen. Das alles freute Therese mächtig. Sie bat nun eher, Hochwürden möchten sich schonen, briet ihm zum Abendkaffee die braunsten Kartoffelschnitzel, die man nur sehen kann, schneiderte ihm auch ein seidenes Hauskäppi zuweg und strickte ihm für den hiesigen harten Bergwinter ein ganzes Dutzend doppelmaschiger, wollener Kniestrümpfe.

Sie schien sehr glücklich und immer zufrieden. Wenigstens ihre Brillengläser leuchteten wie zwei Fensterchen an einem Festhäuschen. Alles paßte ihr, wie es kam und ging. Sie fand sich fröhlich in jede Verfügung und war mit allem zufrieden. Wenn nur der Kaplan nicht so eigentümliche Verse machte, wie letzthin auf dem Papierschnitzel, den sie zum Glück abfing und sogleich ins Feuer warf. Was sollte dieser Anfang besagen:

»Die Zeit ist eine alte, süße Marter,
Mit stetem Ammenruf: belieb' er, wart er,
Gedulde sich der kleine Erdensohn – – –?«

Und wenn Johannes ihr nur nichts von Theater und Goethe und den Briefen seines verliebten und verlobten Freundes in der Stadt vorlas! Da hustete und knurrte sie und bog sich tief über ihre Stricknadeln und kehrte ihm den Rücken und sagte schließlich, da der arglose Johannes immer noch nichts merkte: »Ach so, ich muß ja noch den Hühnern Futter geben.«

Jungfer Therese kochte sehr einfach, aber gut und kräftig. Jedesmal, wenn Jungfer Ottilie aus dem Pfarrhof in der Kaplanei gespeist und sich den spitzen Mund abgewischt und allerhöflichst bedankt hatte, sagte sie noch eigens zum Kaplan hinüber: »Hochwürden, Ihre Köchin würde sich bei einem Kardinal als Wirtschafterin Ehre einlegen, ich wette.« Und unter der Türe wandte sie sich nochmals:

»Geben Sie recht acht, daß Ihnen niemand diese goldene Seele wegkapert! – So ein Gleichschwer, wie das vom Sonntag, bringt Ihnen von Zürich bis Basel kein Küchenchef fertig.«

»Gleichschwer?... Was ist denn das?« fragte Johannes. Er war am Sonntag leidend gewesen und hatte darum nicht mit dem Kapuziner getafelt.

»Man nimmt gleichviel Butter, gleichviel Eier und Mehl und Zucker und backt das zusammen. Darum heißt die Torte Gleichschwer. Das scheint einfach! Aber es ist doch sehr schwierig. Fräulein Therese freilich ...«

»Warum nicht gar,« lärmte Therese aufgeräumt, »sie sind mir auch schon völlig mißlungen.«

Dem Kaplan gefiel der Name Gleichschwer. Gleichschwer! Gleichgewicht! Haben wir da nicht das ganze Rezept für ein Musterleben? Soviel Mehl als Zucker, will sagen: soviel Ernst als Humor!... Soviel Butter wie Eier, will heißen: soviel Herz als Verstand!

Ecce equilibrum spirituale!

Ist das nicht auch das Ideal meiner Theologie: mich und die anderen ins Gleichgewicht zu bringen? Mit der Dogmatik vom Himmel herab und mit der hilfreichen, menschenfreundlichen Moral von der Erde herauf ... Und diese Therese macht Gleichschwer! Und ist wohl schon selber eines! So etwas nach allen Teilen Abgewogenes, Kluges, Bestimmtes!... So sicher, wie sie durch ihre Gemüsebeete geht, marschiert sie durch die gefüllte Kirche an ihren Kaplaneiplatz. Dann liest und betet und bedenkt sie sich durch zwanzig Blättlein ihres »Himmlischen Vergißmeinnicht!« Schaut sie dann auf... von ihrem gekrausten Blumenkohl im Garten... oder von den kräftig gedruckten Gebeten ihres Büchleins, so ist es immer der gleiche, helle, zufriedene Blick, weil unser Herrgott unter ihrer Köchinnenhand die Kohlhäupter so fett und blattreich aufwachsen oder weil er sie aus diesen vergilbten Buchseiten eine so fruchtbare und immer so herzstärkende Kost schöpfen läßt.

Öfter beobachtete nun der Kaplan diese Jungfer Gleichschwer, wenn sie vor dem Beichtstuhl des Kapuziners kniete und wartete, bis sie an die Reihe käme. Viele werden dann aufgeregt und sehr unruhig. Andere senken das Gesicht in beide hohle Hände und suchen auf diese Art gesammelt zu bleiben. Und welche möchten am liebsten aus der Bank weit fort ins Getümmel der Menschen entfliehen. In diesem Gelispel und Geflüster und schweren Atmen vor dem Beichtstuhl wird mancher Riese klein wie ein Kind und beneidet den Meßmer am Altar, der so seelenruhig die Blumenstöcke abstäubt und frische lange Kerzen für das Hochamt ansteckt.

Aber Jungfer Therese kniet bolzgerade, legt keine Hand vors Auge, windet, wenn sie mit Erforschung, Reue und Vorsatz fertig ist, einen dickkugeligen Rosenkranz um die Finger und betet fleißig ein Ave nach dem andern ab, bis ihr Nachbar mit rotem Kopf aus dem Beichtstuhl kommt und nun sie hinter dem Vorhängchen verschwindet. Unbeweglich kniet sie dort, und wie sie nach wenigen Minuten herauskommt, ist ihr Gesicht um kein Färblein dunkler, ihr Auge ruhig, ihre Miene voll offener, fester Dankbarkeit. Mit dem üblichen, tapferen, knarrenden Stöcklistiefelschritt, der ihr immer etwas Soldatisches gibt, geht sie geradeswegs auf ihren Köchinnenplatz zu, um dort die auferlegte Buße zu verrichten. Und kehrt sie von da in die Kaplanei zurück, so hat sie keineswegs vergessen, beim Schuhmacher eine Büchse Wichse und beim Krämer Ilsig Zündhölzchen, Sunlightseife und zwei Pfund Nudeln für den Sonntagstisch einzukaufen.

O die hat Gleichgewicht! Begreiflich, daß sie tadellose Gleichschwer bäckt!

9

Es leben die Ferien! jubelten die Kinder, keine Bücher, keine Tinte mehr!

Es leben die Ferien! jubelte der Kaplan. Endlich wieder einmal was Vernünftiges lesen und schreiben!

An einem recht faulen, warmen Nachmittag nahm Johannes seine alte Flöte aus dem Futteral und spielte ein bißchen in der großen Stube. Er war guter Laune. Eben hatte die Post das längst erwartete, schwere Bücherpaket aus dem städtischen Verlag gebracht. Der Kaplan wollte davon einiges kaufen, Historisches und Literarisches, auf möglichst lange Zahlungsfrist. Dann wollte er einige ganz moderne Kapitelchen vom frischen grünen Tag, vielleicht für das Bezirksblatt schreiben. Die Bände hier sollten ihm dabei solide geschichtliche und ästhetische Fundamente legen. Das herrliche Paket! Er will es erst am Abend öffnen, wenn ihn niemand stört, um dann so recht behaglich in alle Nacht hinein unter den broschierten und gebundenen Büchern zu sitzen und sich von einem Band in den andern listig durchzuklauben und ohne aufzufalzen, möglichst viel zu erschnüffeln. Er freute sich wie ein Kind darauf und flötete sein Vergnügen lustig in einem Stück aus, das wie eine Schalmei begann, dann in einen Hirtentanz und endlich in einen Schlußjodel überging. Bucolicum war sein etwas verdächtiger Titel.

Schon nach wenigen Takten ging leise die Türe auf, setzte sich jemand auf den nächsten Stuhl und horchte zu. Dann aber begann gleich das Klirren großer, schwerer Stricknadeln. Wie nun die melodische Anrufung des Hirten Theokris an die Hirtin Cloë beendet war, blickte der Musikant aufatmend zur Jungfer hinüber, um ein Gesicht voll Staunen und Beifall zu kosten. Statt dessen legte Therese ihre Strickerei auf den Schoß und schüttelte mißbilligend ihren quadratischen Kopf: »Nicht so, Herr Kaplan, nicht so!«

»Gefällt Ihnen das Stück nicht, Jungfer Therese?« fragte Johannes beklommen.

»Nein, gar nicht!«

»Ich hab' doch keine einzige falsche Note gespielt, als einmal das Des . . .«

»Des hin, Des her; aber dieses Holz, diese gelbe . . . diese Pfeife oder Flöte oder wie man sagt, das gefällt mir nicht. Das ist nichts für einen Geistlichen.«

»Warum nicht?« Der Kaplan ward ernst und unmutig.

»So ein süßes Holz? Ich habe geglaubt, so etwas Zuckeriges nehmen nur verliebte – verzeihen, Hochwürden! – verliebte Leute in den Mund. Von Musik versteh' ich nicht viel. Aber was Sie da gespielt haben, ist mir närrisch und wässerig vorgekommen! Ich konnte es gar nicht zusammenreimen, daß Sie mit dem gleichen Mund wieder: »Gloria in excelsis Deo!« am Altar singen. Ach, ich weiß nicht warum, aber so eine Musik dürften Sie doch sicher dem hochwürdigsten Bischof nicht vorspielen.«

»Warum nicht!« trotzte der Geistliche und biß die bleichen Lippen fest. »Ich dürfte!«

»Wahrlich, Sie dürften nicht!« bestand die Köchin.

»Dann wissen Sie also nicht, daß schon im Alten Bunde die Priester Flöte geblasen haben?«

»Hochwürden, im Alten Bunde haben die Priester auch um die Bundeslade getanzt. Aber wir sind jetzt im Neuen Bunde.«

»Wir sind im Neuen Bunde. Aber die Flöte ist darum nicht unheiliger geworden. Ihnen gefiel das tänzige Lied nicht, das ist's. Je nun, es war nur ein antikes Liebeslied. Aber passen Sie auf. Ich spiele Ihnen jetzt einen geistlichen Kantus! Das tönt ganz anders.«

Er setzte an mit seinem dünnen Atem und blies: »Harre meine Seele.« Aber er kam nicht weit. Die Jungfer fing schon beim zweiten Vers an mitzusingen, ward beim dritten kräftiger und beim vierten so schmetternd, daß die Flöte ganz erlosch. Als Johannes unwillig das Rohr niederlegte, fuhr Therese siegreich fort:

»Seid unverzagt,
Bis der Morgen tagt!
Und ein neuer Frühling
Folgt dem Winter nach.«

Der runde Tisch, die Kommode, die Scheiben zitterten vor der jubelnden Unverzagtheit dieser machtvollen Jungfer.

»So ist das Lied,« sagte sie dann, sich zufrieden das Bärtlein auf der Oberlippe wischend. »Mit dem Holz da wird der Choral wie Zuckerwasser. Mir ward fast übel dabei. Nichts für ungut, aber mich dünkt, diese Flöte sei wie ein kleines, schwaches, verzärteltes Mädchen, eines, das immer winselt und seufzt: i, i, i! . . . eie, eie, eie! Und wo Sie gespielt haben: alles ihm befehle, hilft er doch so gern! – da habe ich etwas ganz anderes gehört, etwa: sim, sim, dileia! – Nein, Herr Kaplan, man wird Sie auslachen mit dieser Flöte in der Hand.«

Jetzt wurde der Kaplan ernstlich böse und schalt Theresen, sie verstehe absolut nichts von Ästhetik. Sie sei leider gar nicht ein zartes, sinniges, weibliches Wesen, habe viel zu wenig Weichheit, viel zu viel männliche Bronze. Sie sollte die Trommel rühren und Marketenderin werden. Das wäre ihr Beruf. Ihr bedeuten ja Gedichte und Gemälde und Landschaften nichts, sie lache über die vom Mond umspielte, sehnsuchtsvolle Nacht. Und doch habe der liebe Gott solche Dinge gewollt, ausstudiert und prächtig erschaffen und wirke sie von einem Tag zum anderen neu.

Jungfer Therese säbelte ruhig weiter am langen, kaplänlichen Strumpf und fragte am Ende des Sermons bescheiden:

»Was ist eine Marketenderin, Herr Kaplan?«

»So eine Soldatenjungfer, so ein Militärweib, so eine Lagerkrämerin und . . .«

»Das verstehe ich nicht, Hochwürden!«

Da schellte es, und zwischen die entzweiten Leutchen trat ein Bote mit der Meldung, der Remigi Egger im Weiler Sempli liege am Sterben und heische den Geistlichen.

Wie ein Eisstück flog dieses Wort in die heiße und zornige Stube. Ein kalter Schauer fuhr dem Kaplan durch den Leib. Zum erstenmal rief ihn der Tod her. Johannes hatte gehofft, bis der Pfarrer heimkäme, würde jene unheimliche Sense feiern. Flöte, Streit, Zorn, alles war vergessen. Er zog Chorrock und Stola an und ging hinter dem klingelnden Meßmer hurtig das Dorf und die Äcker hinunter nach

Sempli. Die heilige Wegzehrung mit dem Krankenöl trug er in einem vergoldeten Kreuz auf der Brust und segnete damit die Landleute, die zwischen den Schollen niederknieten, sich auf die Brust schlugen und danach die Köpfe zusammensteckten und berieten, wem es wohl so eilig gelte?

Dem alten Bauer Remigi, der an der Wassersucht litt, hatte es um Mittag das Wasser plötzlich hoch über Herz und Lunge hinauf geschlagen. Ja, man meinte es oben im Hals gurgeln zu hören. Er war am Ersticken und beichtete mehr mit Zeichen und Händedruck als mit deutlichen Worten. Dann empfing er die heilige Hostie und ließ sich mit dem sakramentalen Öl an seinen fünf Sinnen salben. Nun war er müde, aber horchte doch mit aufgerissenem Mund und verzogenen Lippen den Gebeten des Priesters zu. Johannes hatte sich alles viel grausiger vorgestellt. Jetzt war es wie ein sehr ernster, sehr strenger Gottesdienst. Im Zimmer drängten sich die Angehörigen und Nachbarsleute zum Kranken. Man betete laut, schluchzte, flüsterte. Ein älteres, mageres Weib beugte sich immer wieder über das Bett, studierte neugierig in Remigis Gesicht und spritzte hie und da Weihwasser darauf. Dann betete sie wieder mit einer hohen, singenden, dazu rollenden Stimme: »Heilige Maria, Mutter Gottes, bitt' für uns arrrme Sünder, jetzt und in der Stunde unseres Absterrrbens. Amen.« – Es war ein unleidliches, süßes, surrendes Gewisper, fast wie Flöte, dünkte es den Kaplan.

Mit strafendem Auge sah Johannes die Frau an. Sie wunderte sich, aber ward doch rot und trat einen Schritt zurück. Der Priester fuhr in der Litanei zu allen Heiligen weiter: »Vor deinem Zorne!«

»Erlöse uns, o Herr!« brummelte es dumpf durch die kleine Kammer.

»O süßester Herrr Jesu!« surrte jene hohe Stimme der Frau nach.

Da bemerkte Johannes, über dieses Weib und die Umstehenden hinweg, daß sämtliche Fenster geschlossen waren und ein wahrer Nebel von allen erregten Menschen hier und vom Krankenbett mit seinen Ängsten zur niedern Diele stieg. Dieser warme, dicke Dampf und die flötende Stimme und das Bespritzen mit dem lauen, unsauberen Weihwasser und dieses neugierige Betasten der geschwollenen Hände, der Hände, die der arme, hilflose, entfärbte Mann nicht mehr bewegen konnte, während doch niemand die Fliegen von ihm scheuchte, die sich beständig in seinen nassen, grauen, zerzausten Bart verklebten, das alles reizte Johannes so stark, daß er nicht mehr an sich halten konnte und mitten in der Litanei, bei dem Barmherzigkeitsruf vor Gottes Zorn, mächtig aufschrie: »So öffnet doch die Fenster und verteilt euch auch ein wenig in die Stube hinaus und macht dem Kranken die schwere Stunde nicht noch schwerer!«

Erschreckt, aber ungern gingen einige Frauen in die offene Stube hinaus. Die Magere wich keinen Zoll. Durch das aufgesperrte Fenster floß sogleich eine herrliche, feuchte Wiesenluft herein.

»Vor Blitz und Ungewitter!«

»Erlöse uns, o Herr!« summte es.

»O süßester Herrr Jesu,« surrte es nach.

»Und Ihr, Frau Nannette Peiler, was belästigt Ihr den Patienten immer mit Euerem Weihwassersprützen und Antupfen! Glaubt Ihr, das nütze was, so oft und so gedankenlos! Wäre es nicht besser, Ihr würdet in aller Stille und Demut mitflehen, als die Kammer durchlärmen mit Euerem übertriebenen ›O süßester Herr Jesu!‹« –

Der Kaplan zitterte vor Aufregung und war totenbleich geworden. Dem Weibe aber stiegen Tränen in die Augen. Es knickte förmlich bei der Anrede zusammen und lief nun tiefgekränkt zur Türe hinaus. Nur der älteste, verheiratete Sohn Remigis und seine Frau blieben beim Bett.

Ein Fristchen lang war dem Kranken leichter. Er wollte aufgestützt werden und lächelte schwach, als er das weiße Chorhemd und die Stola sah. Der Gesandte Gottes war also noch da. Dann deutete er hin und her und keuchte etwas hervor. Sein Sohn beugte sich zu ihm und berichtete: »Herr Kaplan! Ich soll Ihnen Most und Birnenbrot geben. Mein Vater leidet es nicht anders.«

Doch dem Kaplan Johannes schien es jetzt unmöglich, zu essen oder zu trinken. Er dankte. Die Hausleute sollten nur essen gehen. Er wollte hier Wache halten, bis sie wiederkämen.

Darauf blieb er allein am Bett und horchte dem unregelmäßigen, oft endlos lang gezogenen Atem des Kranken zu. Aber Remigi hatte Farbe gewonnen, seine Blicke wurden deutlicher und überflogen den bleichen, jungen Priester neben sich mit sichtlicher Zärtlichkeit.

Zuletzt tastete er nach seiner Hand. Johannes schob sie ihm zu und fühlte das Zittern und die Angst und das erlahmende Pulsschlagen des Patienten nun mit, als ginge das von jenen alten Nerven in seine jungen hinüber.

»Mut, lieber Mann, Mut,« sagte er leise. »Ich gehe hier nicht vom Platz, bis Ihnen leichter geworden ist.«

»Dank, Dank!« preßte Remigi hervor. Schöner hatte Johannes noch nie danken gehört.

»Sie können wieder genesen und . . .«

Der Alte schüttelte mit dem Kopf ein bestimmtes Nein. Mit der freien Hand rutschte er an den Hals hinauf.

»Christus hat den Lazarus aus dem Sarg erweckt und den Knecht des Hauptmanns im äußersten Augenblick gerettet. Auch . . .«

»Hier,« lallte der Greis, »hier sitzt . . . es . . . schon . . .«

»Haben Sie keine Furcht. Der wahre, lebendige Christus ist mit uns im Leben und im . . . und . . . und . . . ist« . . . Johannes suchte dem harten Wort zu entrinnen und stotterte undeutliches Zeug.

»Und im Sterben!« . . . vollendete der Alte ruhig. »O ich . . . fürchte mich . . . nicht,« fuhr er langsam fort. Dann schloß er die Augen. Es ward so stille, daß man neben dem Atmen im Zimmer das Gras draußen flüstern und eine Fliege hinter dem Vorhang surren hörte. Tiefer im Feld sah man zwei erwachsene Söhne des Sterbenden das Heu in Maden rechen. Sie gingen ihre Zeilen eifrig auf und ab und sahen beim Umkehren gegen das Gehöfte kein einziges Mal nach dem Fensterchen des Sterbezimmers. Jetzt stand der eine still und zündete den Tabak in der Pfeife wieder an. Wenn der Vater in die letzten Züge fällt, wird man sie ans Bett rufen. Jetzt dürfen sie keine Minute verlieren. Ein Gewitter sammelt sich an den Bergen. Wenn der Vater nur noch zwei Stunden lebt, dann bringen sie das Heu trocken unter Dach. O das Sterben ist leicht, aber das Leben ist schwer!

Welche Menschen! dachte Johannes böse. Hier innen will sich das Wichtigste ereignen, was es auf Erden gibt; seine Majestät der Tod klopft an; die Tore der Ewigkeit donnern auf und Himmel und Erde lauschen, wie sich die Seele da losmacht und davonfliegt. Und da draußen legen sie gemütlich die Heuschochen an und der Große stopft sich den Pfeifenkopf wieder voll. Welche gleichgültige, rohe Menschen! Der Pfarrer merkt das nicht mehr, er sitzt schon zu lang mitten drin. O ich werde hier viel Arbeit haben. Diese Menschen besitzen Verstand und Ehre und tapfere Knochen, aber wenig Herz. Das ist's! –

Aber, spann er fort, auch sie werden einmal zwischen Matratze und Decke sich langhin strecken und wie angenagelt liegen bleiben und sich des Todes nicht mehr erwehren können. Und draußen wird man auch Pfeifen rauchen und mähen und schöcheln und ein Lied summen, während sie in unendlicher Not ringen... Doch was ist das?

Remigi Egger hatte die Hand des Johannes gedrückt. Mit schönen, großen, runden Augen sah er ihm nun ins Gesicht empor und lispelte abgebrochen, aber freier:

»Wenn unser Herrgott es nur nicht gar... so... genau nimmt!... Ich hab's immer... gut gemeint... Jawohl, gut!«

Müde schloß er nach diesem Bekenntnis seine Augen wieder.

Gewiß, er hatte sechzig Jahre hier auf diesen Matten gearbeitet und beim Schnee im Walde geholzt. Von der Welt hatte er kaum zwanzig Dörfer und eine kleine Stadt gesehen. Nie hatte er ein Theater oder ein Konzert gehört, wohl aber eine große Familie durch harte Martinizinsen und teure Zeiten hindurch klug zu einigem Wohlstand gerungen, brave Kinder aufgezogen und alles in allem seine Tage gemütlich, trotz schwieliger Arbeit, verlebt. Auch der Feierabend war hell und die bisherige Krankheit nicht besonders schmerzhaft gewesen. Daß unsereinen das Sterben schwitzen macht, das hat er sein Lebtag geglaubt. Aber es geht vorbei wie das Zahnausziehen und tut sicher nicht einmal so stark weh. Und dann ist einem nach so einer gewaltigen Operation auch doppelt wohl. Dann weiß man erst, was Gesundheit und Ruhe und Seligkeit ist.

Und das Andenken an seine Erde wird schön bleiben. Nach hundert Jahren werden seine gepflanzten Birnbäume noch Obst geben, seine Kindeskinder prahlen mit den Äckern drunten im Bruch noch, die er Stück um Stück schlau und zäh in ein rundes Ganze gebracht hat. Sie werden da eggen und pflügen und Häufchen schichten und die größten Rosenkartoffeln des Bezirks herausschaufeln. Und seine breite Stube wird nie aufhören, aus dem grünen Kachelofen heraus von frischem Roggenbrot und von gedörrten Äpfelschnitzen zu duften. Dazu von bäuerlicher Genüge und Gesichertheit! Er aber wird mit den müden, ausgemergelten Gebeinen droben auf dem Lachweiler Friedhof unter einem der dunklen, würzigen Nußbäume liegen und seine derbe, ungebrochene Bauernseele wird droben in den sieben Himmeln mit den Erzengeln und den großen Heiligen, besonders mit seinem starken, ring- und stabgeschmückten Frankenbischof Remigius, am gleichen ewigen Gottesglanz sich nie genug sättigen und jedenfalls keinem Prälaten und heiligen Doktor, allerhöchstens etwa irgendwo auf den himmlischen Straßen einem der unschuldigen Kindlein ausweichen. Und er wird hinunterschauen auf das Klümplein Erde und beten, daß sein Nachwuchs auf dem Eggerhof so mutig leben, so schwielig bauern und so tröstlich sterben möge, wie er.

Das fährt dem Sterbenden wie ein Sonntag voll fernen lieben Geläutes durch den Sinn und breitet eine lichte Feierlichkeit über seinem Gesichte aus. Im Kaplan wächst die Bewunderung und Ehrfurcht für diesen Bauersmann, und er vergißt die frühere Angst, den letzten, brechenden Augenblicken eines Lebendigen beistehen zu müssen.

Drei Bücher sieht er auf der Wandlade über dem Tischchen liegen, den Kalender, das Gebetbuch und einen alten Band des »Bauernfreund«. Also mit drei Büchern ist der Mann so großartig durchs Leben gefahren, sagte sich Johannes. Bücher! auch so ein Luxus! Der Tod und unser Herrgott machen es ohne Bücher mit den Menschen aus. In dieser gewaltigen, an die Ewigkeit streifenden Minute kamen dem leidenschaftlichen Bücherschmecker Johannes sogar die kalbsledernen Bände der Kirchenväter, Kuhns klassisches Opus mit zehntausend Bildern und Rankes Historien, drei Werke der Seminarbibliothek, die er immer mit den Augen eines Verdurstenden angeschaut hatte, wie verblaßte, unnötige, hinderliche Dinge vor. Und nach seiner heißen und hastigen Art nahm er sich vor, das Bücherpaket noch heut abend uneröffnet auf die Post zurückzubringen.

Überhaupt, schwärmte Johannes, was ist doch alles Musizieren und Verseklecksen und Farbenstreichen für ein Schwindel! Und war ich noch eben ein Flötleinblaser! Ei wohl, Therese hat recht. Ich werde das läppische Instrument ins Feuer werfen. Das ist doch alles Luxus und Gekünstel und dummes, geistiges Gigerltum vor diesem einen dunklen Stündlein da und seiner Abrechnung. Wieviel gescheiter ist doch meine Therese! Aber sie sah wohl eben schon viele Menschen sterben.

Der Bauer trat ein. Er kaute noch Brot im Munde und nahm den Geistlichen zutraulich am schwarzen Ärmel.

»Wollt Ihr jetzt nicht auch etwas zu Vesper essen? Es ist schon auf den Tisch gestellt. Wir haben ein frisches Faß Most angezapft. Das schäumt wie Champagner.«

Johannes wehrte ab. Diese entsetzlichen Menschen!

»Man könnte ihn als Ehrenwein aufstellen, nicht wahr, Vater!« lobte der Bauer fort.

Der Kranke antwortete nicht. Er lag auf dem Rücken und sah sinnend und suchend sozusagen durch die Diele hindurch.

»Sag', Vater,« plagte der Sohn, »der Most im Bruderfäßli von den Weinäpfeln ... weißt!«

Jetzt verstand Remigi. Most, Birnen, Faß – das brach sich durch, und schon fast im furchtbaren Riß zwischen Zeit und Ewigkeit stehend, blickte er noch einmal mühselig zurück ins alte Leben und sprach beschwerlich: »Von den ... Weinäpfeln, der ... ja, den müssen Sie ... versuchen ... Kaplan ...«

Und zum Sohn hingewandt, stammelte er noch schwieriger: »Trinkt ... langsam ... lang ... sam ... daß ihr davon ... genug ... am ... Leichenmahl ...«

Dann fiel er wieder zurück in sein wunderbares, großäugiges Grübeln gegen die Diele hinauf.

10

Zwiespältigen Mutes ließ sich der Kaplan in die Küche drängen, wo sein Platz oben am langen Familientisch mit einem groben, aber schneeweißen Tüchlein überdeckt war. Darauf stand ein geblümtes Kelchglas und eine Literflasche tiefgelben Mostes. In einem Körbchen duftete das bräunliche, immer so feuchtfrische Bauernbrot in langen Schnitten. Daneben lag auf zwei Holztellern Käse und Schinken.

»Euch zu lieb und zu willen, – aber nur einen Augenblick, 's ist nicht recht,« sagte Johannes und setzte sich auf die niedere Küchenstabelle.

Welch frische Luft wehte da vom nahen Wäldchen herein, wie blinkte das Geschirr, wie lachte die Abendsonne über den Schieferboden, und wie gesund und appetitlich nahm sich in dieser Küche das Leben aus!

Schon beim ersten Schluck fühlte Johannes es wie Segen durch seinen heißen, ermatteten Leib rinnen. Nun erst merkte er, wie so ganz ausgetrocknet und ausgehungert er gewesen. Das war aber auch ein Saft! Wie das toste im Becher und kühlte und Leib und Seele erfrischte! Die Verdüsterung wich von ihm wie Nebel von einem windumfegten Berg, und er sah wieder leicht und hell ringsum. Tapfer griff er in die Brotschnitten, die so wundervoll nach dem braunen Acker und dem schwangern Halm rochen. Und erst dieser rotstriemige Schinken! So ein Fleisch verstehen eben doch nur die Bauern richtig zu räuchern. Dergleichen ist nirgends feil.

Der Kaplan will von allem schnell einen Schnitz probieren und dann gleich wieder zum Kranken hinein. Aber die Bäuerin Mathilde füllte ihm das Glas unversehens wieder und legte ihm vom herbsäuerlichen Ziegenkäse einen ganzen Felsen auf den Teller. Und sie schämt sich, je wieder dem Hochwürdigen unter die Augen zu treten, wenn er ihr nicht die Ehre antut und alles aufs letzte Krümlein aufißt. Dann stößt sie ihm gar noch ihr fünfjähriges Bübchen Christian zwischen die spitzen Kniee. »So, Christeli, schau, das ist jetzt eben der Kaplan, zu dem du einmal in den Unterricht gehen mußt!«

Der Kleine mit einem struben, hohen, honiggelben Haarschopf, fast wie ein Wiedehopf, starrt den schwarzen Mann fröhlich an und rumpelt dann heraus: »Gib mir denn ein Helgeli!«

»Wart, Bettelbub!« droht die Mutter.

»Ich habe keine Bildchen bei mir,« sagte der Kaplan und setzte den Jungen mit seinen himmelblauen Lichtern im Gesicht aufs Knie. »Aber erzählen will ich dir von unsern Heiligen.«

»Ich will Bildchen,« grollte der Bursche, »bist du denn kein Pfarrer?«

»Da sieht man,« bestärkte sich der Kaplan in seiner Meinung, niemals wie die Kapuziner und die alten Parochi den Kindern billige und grell gemalte Heiligenbildchen zu verteilen. Was haben sie davon? Ein Weilchen Eitelkeit und Eigennutz. Hernach aber lassen sie die frommen Papierchen elend herumliegen oder vergessen sie in einem alten Bilderbuch. Nein, das alles ist nur Kram und Geschäft. Lebendige Heilige, ich meine, warm und begreiflich erzählte Heilige müssen sie von mir nehmen.

»Nicht mal eins!« schimpfte der kleine Kerl, »so, so, und der Kapuziner gibt mir allemal grad zwei!« – Seine blauen Fensterchen wurden düster, als hätte man die Vorhänge gezogen.

»Du kannst ja noch nicht lesen,« verteidigte sich Johannes.

»Aber ich weiß doch alles,« widersprach der Bub und rutschte eifrig vom Knie. Aus der Kommode holte er ein zerrissenes Bilderbuch. »Da schau,« machte er streng, »das ist der heilige Alois!« – Er hatte ihn auf zwei japanische Soldaten geklebt. – »Da hat er 'ne schneeweiße Blume. Er war halt immer so sauber, gelt, Mutter! . . . Und das ist der heilige Lorenz!« – Der Levit war aufs Rütli, genau in die drei eidschwörenden Urschweizer gekleistert. »Den hat man auf dem Rost gemartert. Ist glutrot worden, wie das Scheit dort« – er zeigte in das feurige Herdloch der Küche – »das tut weh. Aber er hat noch gelacht und Spaß gemacht. Gelt nur, Mutter! . . . Und das ist ein heilig Meidli, weiß aber nicht mehr, wie' s heißt, ist halt nur ein Meidli! . . . aber der, schau, mit dem krummen goldigen Stecken und dem Spitzhut, das ist ein Bischof, hat Apfel und Fünffränkler auf seinem Buch, heißt Klaus, bringt im Winter, wenn's schneit, Nüss' und Wecken, heioo . . . wenn's ganz Nacht ist. Aber ich hab' ihn mal g'hört, wo er meinte, ich schlafe.« – Dieser große Mann der Kirche stand mitten auf einer amerikanischen Eisenbahnbrücke.

Das schüttete der Junge flink und sicher her und blätterte mit seiner lustigen Kinderhand sich immer tiefer in die goldene Legende hinein.

»Du bist ein kolossaler Gelehrter!« scherzte Johannes. Aber er wunderte sich doch über einen so reichen und drollig frommen Schwatz aus fünfjährigem Munde. Da waren die Bildchen doch nicht unnütz gewesen. Na, das Kerlchen ist eine große Ausnahme.

»Nu, nu!« machte der kleine Wiedehopf. »Und das Heiligste von allem hast du erst nicht gesehen. Da liegt's, im Streu neben dem Kälbli, 's Christkindli!... Kennst du's? Ich auch, ja... und da sprengt der Landjäger einen Turm in die Luft, schau, mit Pulver... das raucht, heioo!... aber äh... das gehört ja nicht dazu... weißt, das ist eben ein Bilderbuch! Aber, jetzt gib du mir auch ein Helgeli!« begehrte der Grünschnabel und funkelte mit seinen zwei kleinen, blauen Himmeln den Kaplan gewaltig an. »Gib, ich will!«

»Hätt' ich nur eines!« sagte Johannes.

»Du bist mir ein schöner Pfarrer!«

Der Kaplan hätte in diesem Augenblick viel gegeben, wenn er gegen alle seine Grundsätze nun doch ein paar Heiligenbildchen mit sich getragen hätte. Wie hübsch wäre es, dieses gescheite Höslein da nach Herzenslust auswählen zu lassen. Für solche kluge Ausnahmekinder mochte das Bildchenschenken doch recht ratsam sein.

»Ich bring' dir mal eins!« versprach er.

»Jetzt, jetzt!«

»Christeli!« drohte die Mutter. Aber sie blüht vor Stolz, daß ihr Knirps da einen hochwürdigen Herrn in die Enge trieb.

»Da... weg! Du darfst nicht mehr trinken...« Der Junge zog dem Kaplan fürwahr das Glas fort; »zuerst will ich das Bild!«

»Er ist ein schrecklicher Fratz!« seufzte die Mutter mit einem ihrer vielen, leichten und süßen Gewohnheitsseufzer. »Nehmen Sie es ihm nicht übel!«

Der Kaplan konnte nicht anders, er mußte sein Brevier öffnen. Da steckten wohl einige Heiligenbildchen drin, köstliche, feine, in Stahl gestochene, Andenken an seine besten Studienfreunde. Auch ein Helglein mit einem jungen Priester, der am Altar die Hostie in die Höhe hob. Das war sein Primizbild.

Aus vielen Ah! und Oh! heraus fragte sogleich der Knabe: »Bist du das?«

»Ja,« versetzte der Kaplan lustig.

»Dann will ich's nicht! Ich will einen Heiligen! Den da! Den da! Mit dem großen Vogel und dem Berg! Gib!«

»Sankt Johannes Evangelist!« Es war die letzte Erinnerung an seine geliebte Mutter. Sie schickte es ihm kurz vor ihrem Tod auf seinen Namenstag ins Seminar. Nein, das Bild konnte er nicht geben.

»So gib doch! Das gefällt mir! Der hat ein schönes Gesicht, sieh, Mutter! Soviel Licht um und um! Den hab' ich gern. Gib mir, bitte, bitte!« Das Bürschchen tätschelte flehend seine lieben, ungewaschenen Händchen zusammen.

»Ach, nimm's!« entschied der Kaplan. »Was kann meine Mutter im Himmel Besseres wollen, als daß ich Kinder glücklich mache, wie sie's getan hat? . . . Nimm nur!«

»Jetzt darfst wieder trinken,« erlaubte Christel und schob das neue Bild mitten in die Belagerung von Metz.

Im Flur draußen sagte eben jemand im tiefsten Baß: »'s ist dumm! Aber morgen muß ich an eine Holzmessung für drei Tage. Wollt Ihr den Sarg, so . . .«

Eine andere Stimme erwiderte, wehrte, sträubte sich. Mit angehaltenem Atem horchten Johannes und das Eggerweib.

»Ich mess' nur so mit den Augen, ohne daß er's merkt. Ungefähr hab' ich das Maß schon. Mein Vater und Remigi sind an der Rekrutenprüfung nebeneinander gestanden. Viel Unterschied machen die Jahre nicht. Ich geb' zwei Zoll unten und oben zu. Viele strecken sich heillos im Verscheiden . . . aber . . .«

»In Gottes Namen, kommt!« hieß es rasch.

Johannes befiel ein neues Todesgrauen. Dazu eine schwere Scham. Längst sollte er wieder am Sterbebett sein. Wie hatte er sich so vergessen können! Der halbe Liter war ausgetrunken, der Schinken dreimal angeschnitten, ein Häufchen Käsrinden lag auf dem Teller, nein, so eine Schwachheit! Was ist doch der Mensch!

Er sprang hitzig auf, dankte verwirrt und sagte dem Schreiner im Gang schier furchtsam: »Ich komm' gerade mit Euch!« Schon unter der Stubentüre hörte er ein Geraspel dünner, pfeifender Atemzüge. Der Alte war nun ganz bleich. Den Mund sperrte er furchtbar auf, aber die Augen waren schwer verriegelt und von unbewußten, dicken Tränen schienen die Wimpern klebrig und verleimt. Die gespreizten, wächsernen Nasenlöcher schnappten nur noch ein kleines, karges Lüftchen ein. Aber es ward immer dünner, langsamer, geiziger. Der Sterbende schien nichts mehr zu hören und zu merken.

Johannes öffnete zitternd sein Buch, um die Sterbegebete zu suchen, und legte die violette Stola um.

»Macht schnell!« drängte der Bauer den Schreiner.

»Grüß' Gott, Vetter!« sagte dieser halblaut und nahm nun doch unauffällig eine Schnur heraus. Er beugte sich über den Alten, um zu wissen, ob er noch bei Sinnen sei. Aber dann zagte er und spannte bloß die Arme vom Haupt zu den Knien Remigis und von da zu der Bettlade.

»Meßt nur!« hauchte der Sterbende sehr deutlich.

Alle standen da wie verdonnert. Ah, der Verscheidende merkte noch alles!

»Nur ... nicht ... zu ... kurz!«

Der Schreiner tat so, mit gesenktem Kopf, wickelte dann den Faden wieder auf und ging wie ein entlarvter Verbrecher hinaus.

Man holte jetzt schnell die Frau und das Büblein in der Küche und die zwei großen Buben vom Acker und betete mit dem Priester für den im letzten Kampf ringenden Mann.

Nach einer halben Stunde furchtbaren Mühens und Wütens im wehrhaften alten Leib Remigis ging ein leises Knacken durch das Zimmer, das schneeweiße Gesicht des Greises glänzte von tausend feinen Tröpflein Schweiß und knickte vom Hals her scharf ein. Die Beine reckten sich, die Fußspitzen sprangen hochauf... chchchchch! röchelte es aus dem fahlen Munde und verstummte dann plötzlich hart und kalt.

Der Kaplan wandte sich vom Kopf des Bettes totenbleich und voll Schweiß und selber auch wie vernichtet von dieser Grausamkeit des Todes gegen die Umstehenden und sagte bebend: »Liebe Leute, der Mann hat ausgelitten... Herr, gib ihm die ewige Ruhe!«

»Und das ewige Licht leuchte ihm!« antworteten dumpfe, gebrochene Stimmen.

»Herr, laß ihn ruhen.«

»Im Frieden! Amen.«

Der Christli sah voll Staunen den ausgereckten, steifen Mann an, der so wächsern dalag, den Mund offen hielt und doch stumm blieb; die Augen zuletzt mächtig aufgerissen hatte und doch nirgendwohin sah. Seltsam!

»Herr Kaplan, wollen Sie dem Toten die Augen zutun?« bat die Schwiegertochter, »der Pfarrer macht das auch immer.«

»Das kann ich nicht,« sagte Johannes ergrausend und trat einen Schritt vom Bett. »Ich habe meine eigene Mutter nach dem Sterben nicht mehr berührt. Ich kann die Toten nicht angreifen.«

Befremden malte sich auf allen Gesichtern. War das ein eigentümlicher Kaplan! Er hatte schon so ein besonderes Beten, so etwas Fremdes im Ton, etwas Gelehrtes, wie's in den Büchern redet. Der Pfarrer spaßte und lachte noch in die trübste Stunde hinein. Mit einem Witz hat er noch Sterbende lustig gemacht. Mit ihm kam immer Sonne ins Zimmer. Aber dieser junge, hagere Kaplan, mit der großen Nase und dem schweren Geschnaufe, machte ein saures Gesicht, wußte kein einziges Späßchen zu verzapfen, und um ihn herum mußte alles leise tun und großen Abstand halten. Wie in einer Kirche! Mit dem Pfarrer steht man doch dicht um den Sterbenden herum, wie eine Mauer, wärmt ihn gegen den Tod, schirmt ihn gegen die Angst, umbetet, umschreit und umspritzt ihn gegen den Teufel, allen voran, laut und mächtig, der Pfarrer selbst. Doch dieser Johannes Keng, mit seinem vornehmen Tun, seinen langen

Manschetten und seiner feinen Stimme, nein, den wollten sie lieber nicht beim Sterben haben. Kann er einem ja nicht einmal die Augen zudrücken!

Frau Nannette Peiler, die vom Kaplan gescholtene und hinausgejagte, sah jetzt ihr Stündlein gekommen. Sie trat mit rauschendem Rock und schweren Schuhen aus den Betern heraus ans Bett, zog die steifen Lider dem Toten über die gebrochenen, eisgrauen, leeren Blicke hinunter und sagte, als wäre es vorhin nicht richtig vom Geistlichen vorgebetet worden: »Herrr, gib ihm die ewige Ruhe!«

Und wieder ward, aber diesmal viel kräftiger erwidert: »Und das ewige Licht leuchte ihm!«

»Herrr, laß Remigi Egger ruhen im Frieden!«

»Amen.«

Diese Frau war Kaplan geworden. Sie wand dem Toten den Rosenkranz um die Finger, zündete ein Totenlicht an, bespritzte sein starres Antlitz gewaltig mit Weihwasser und reichte das Zweiglein mit dem Becken den nachfolgenden Leuten, damit sie auch so täten, und sah triumphierend auf den demütig, unwissend und hilflos am Fußende stehenden Kaplan herab, den sie seines Amtes entsetzt hatte.

11

Therese schälte Kartoffeln, als der Kaplan bei später Nacht heimkam. Schöne, lange, kein einzigesmal abgerissene Rinden schälte sie ab. Sie wandte sich freundlich nach Johannes um, der in den Küchenstuhl sank und noch ganz voll vom geschauten Tode war. Er erzählte, wie der Arme das Gesicht verzog und röchelte, dann lange Zeit nicht mehr atmete, so daß man glaubte, er sei tot, und plötzlich sich wieder schwer gegen diese ruchlose, langsame Marter des Todes aufbäumte. Es war entsetzlich.

Therese goß ihm indessen Kaffee in die große Tasse und schnitt ihm Brot und Käse dazu und schälte dann wieder prachtvolle Rinden. Es schien, sie lächle ein wenig und sie horche so einer schweren Geschichte viel zu gelassen und überlegen zu.

»So ist eben der Tod,« sagte sie endlich ruhig und fing an, die Kartoffeln in Schnitzel zu schneiden. Es krachte lustig dabei. – »Hochwürden müssen sich daran gewöhnen!«

»An den Tod gewöhnen?« fuhr der Kaplan fort, »wer kann das? Sie, Allerweltsjungfer, doch gewiß auch nicht! So etwas Grausiges bleibt immer grausig. Sie hätten das sehen sollen, ha! –«

Jungfer Therese lächelte mitleidig. Sie hatte mehr als hundert Sterbenden den Schaum vom Munde gewischt und hernach die Augen geschlossen. Sie hatte sterben sehen mit Trotz und geballten Fäusten und sterben mit ausgebreiteten, bewillkommnenden Armen; sterben wie gequälte Würmer und sterben leicht wie Vögel, die den Fittich hangen lassen, nochmals zu pfeifen probieren und zu Boden fallen. Unter ihren Händen war man an dünnatmiger Auszehrung, am wilden Typhus, an blutspeiender Lungenentzündung gestorben, aber auch an einem abgeschnittenen Bein, an einer Kugel durch die Stirne, an verschlossenem Magen, an mancherlei Krebs und an Gehirnerweichung. – O, sie kannte auch das Sterben der Wassersüchtigen, so ein mühsames, schweres! Dieses Kind von einem Kaplan, sie begriff es ja, mußte erschüttert sein. – Sie ließ ihn reden. Aber er wird sich diese Erschütterungen abgewöhnen müssen.

»Sie schauen mich so mitleidig an, was haben Sie? Sie lachen mich wohl gar aus?« eiferte der Kaplan.

»Was denken Sie auch, Herr Kaplan! Ich begreife Sie wohl. Aber wenn Sie einmal so alt sind wie ich, so werden Sie das Sterben auch viel ruhiger betrachten. Es wird Sie nicht mehr aufregen.«

»Nein,« rief der Kaplan entrüstet, »ich will hoffen, daß ich nie so ledern werde, die entsetzliche Majestät des Todes nicht mehr zu empfinden und nicht mehr zu fürchten... Ich will hoffen, daß ich ihn immer als etwas Abnormes spüre, etwas Außerordentliches, Schreckhaftes, etwas, das eigentlich nicht sein sollte, das...«

»Aber es heißt doch,« unterbrach das stramme Fräulein und hieb krachend eine harte Kartoffel auseinander, »es ist jedem Menschen gesetzt, einmal zu sterben. Das ist doch eine Regel und nichts von Ausnahme... oder abnom... verzeihen, Hochwürden... wie heißt das? Ich bin nicht gelehrt...«

»Abnormales! Sie verwechseln. Der Tod ist eine Ausnahme, eine Ausnahme von der Regel. Die Regel lautet: Der Mensch ist unsterblich. Und die Ausnahme sagt: Weil er aber von irdischen Lüsten sich regieren ließ und sündigte, so muß er an seinen Sinnen, will sagen, an seinem irdischen Teil, am Leibe, ausnahmsweise...«

»Aber wenn die Ausnahme so manchmal vorkommt wie die Regel!«

»So oft ich lateinisch rufen will: O Gott! muß ich sagen: Deus!! Das ist eine Ausnahme. Alle anderen Wörter machen ein e, nicht ein us. – O paroche! o Pfarrer! O acellane o Kaplan! Aber immer: O Deus! o Gott! Immer, also mehr als millionenmal! Und das ist doch eine Ausnahme.«

»Das ist Latein, das versteh' ich nicht, o sacellane! Aber gut, wenn die Ausnahme so oft vorkommt, als wäre sie die Regel, dann müssen wir uns eben an diese Ausnahme gewöhnen.«

»Ja, wenn wir stark wären wie ein Paulus oder ein Johannes. Aber bis wir rufen mögen: O Tod, wo ist dein Stachel? werden noch viele Friedhöfe voll.«

»Jeden Tag beten wir doch mehr als zehnmal: Bitt' für uns arme Sünder, jetzt und in der Stunde unseres Absterbens, Amen. – So gewöhnen wir uns ans Sterben, Hochwürden! Übrigens möcht' ich Sie fragen, ist dem Meßmer der Tod des Remigi Egger schon angesagt worden, daß er noch das End' läutet? 's ist schon halb neun Uhr!... Nicht angesagt?... Gut, so lauf' ich schnell noch hinunter. Im Stüblein liegt allerlei von der Post.«

Therese sprang in die dunkle Nacht hinaus und nahm den Weg der Abkürzung halber zwischen den finstern Gräbern des Friedhofs zur Küsterei hinunter. Johannes aber erbrach voll Ehrfurcht einen Brief des Pfarrers mit dem erhabenen Stempel Rom. Cyrillus Zelblein berichtete, er fühle sich unpäßlich von der heißen Luft und komme in vierzehn Tagen wieder heim. Er warte nur noch darauf, den Papst zu sehen. Kardinäle habe er etliche, den großen, heiligmäßigen Rampolla in der Sakristei von Sankt Peter genüglich gesehen. Rote und violette Herren gebe es die Menge, mehr als Kapläne zu Hause! Und Kirchen! und Paläste! und Brunnen! Und was für Tenöre im Choral! Das ist das Schönste in Rom nach dem Papst und den Katakomben und den Reliquien. Die Kirchen gefallen mir nicht besonders. Es sind keine Stühle und fast keine Menschen darin. Aber Holzbeigen und Katzen. Und dann diese Schelme! Ganz Italien scheint mir eine einzige langfingrige Diebin zu sein. Meine größten und rotesten Schnupftücher hat man mir am ersten Tag gestohlen. Dann das Futteral zum Operngucker, dann – weiß Gott zu welchem Nutzen – das Proprium fürs Brevier. Ich lebe billig, esse fast nur Minestrone und Makkaroni und kaufe jede Stunde wieder ein Pfund Kirschen und Pflaumen. Das Pfund zwei Soldi! – Das Glockenläuten und Orgelschlagen und Beten ist hier bei weitem nicht so schön wie bei uns daheim. Ich habe Heimweh nach unserer lieben, einfachen Kirche, nach einem deutschen Lied und nach einem währschaften, rotbackigen Schweizerapfel. Alles hoffe ich bei Ihnen wohl anzutreffen. Halten Sie die paar Tage noch geduldig die Schlüssel der Parochia, bis sie Ihnen mit großem Dank und kollegialer Liebe abnimmt

Ihr ergebener Pfarrer Cyrill.

Unendlich enttäuscht legte Johannes diese römische Epistel weg. Sollte man glauben, das Papier komme von Rom? Wehte ein einziges, winziges Lüftchen der ewigen Stadt daraus? Welch ein Spießbürger war doch Pfarrer Zelblein in Lachweiler geworden! Er sieht vor den kleinen Verunzierungen der Tiberstadt ihre grandiose Seele nicht. Keine Silbe von der Antike, nichts von Renaissance, von Raffael oder Michelangelo! Nichts von Weltpolitik zwischen Vatikan und Quirinal, zwischen Staat und Kirche, Petrus und Erdenpolizei! Ja, ja, der gute Pfarrer hat Heimweh nach unseren Mostäpfeln. Der brave, liebe Mann – ist eben auch so ein Mostapfel, will sagen, ein durch und durch verbauertes Wesen!

Neben diesem Schreiben lag eine Ansichtskarte von Wilhelm Petra. Der machte zurzeit den Doktor juris und schrieb nur die drei Worte auf die Karte: Gedenke unserer Wette! – Dieser Willy war sein liebster Freund durch die acht Bänke des Gymnasiums gewesen. Sie blieben sich auch an den gesonderten Fakultäten treu. Es war abgemacht, daß jeder den Doktorhut erobere und, wer ihn früher über den Schädel klappe, dürfe vom Nachzügler eine Champagnerkneipe mit vier echten Havana verlangen.

Beim Anblick der lieben Schrift und mehr noch der Säulen am Universitätsportal und der thronenden Minerva auf dem Giebel ward Johannes nachdenklich. Er hatte längst auf die Ehre jenes gefeierten Hutes verzichtet. Seine Gesundheit, sein Geld und seine Obern warnten ihn vor dem Wagnis. Das ärgerte ihn eine Weile, aber war nun verwunden. Allein jetzt trat plötzlich mit einer sonderbaren, harten Schärfe vor seine Kaplanseele: wie weltfern und fremd er schon hier in Lachweiler geworden sei. Er kam sich merkwürdig alt und philisterhaft vor. Ob er wohl noch mit Wilhelm disputieren, noch im Stegreif eine philosophische These in der kleinen, feinen Korona der »Romania« gegen einen Juristen verfechten, ob er überhaupt noch mit Anstand und Schliff einem Souper bei Professor Jost oder dem Prinzen von Löwenstein beiwohnen könnte? Er zweifelte. Ja, es war fraglich, ob er noch einen sophokleischen Chor zu übersetzen vermöchte. Lieber das Sichere: eine der alten berühmten Thukydidesreden auswendig vortragen, in die er sterblich verliebt war und die er so oft rezitiert hat! Probieren wir es einmal ... Wo Perikles sich so prachtvoll ... im zweiten Buch ... vor den erzürnten Mitbürgern rechtfertigt, die da! frisch: »So trat er denn vor und sprach folgendes: Parelthon de elexe toiade. Kai prosdechomen moi ta tes orges hu hymon ... opos hym ... nein, Dummheit, ... es ... es ... ach, es geht nicht!« Nun also die Leichenrede 1, 35 u. f., die vielmal verdroschene: »Hoi men polloi ton eirekto-

ton . . . . . . nein, nein . . . . . . ton enthada eirekoton ede . . . ede . . .«
Ach was, das Griechische geht einfach nicht mehr. O Gott, o Gott, ist es schon so weit gekommen!

Er wagte sich nun auch an keine Tacitusrede oder Horazode, und es tröstete ihn gar nicht, daß ihm jetzt immer die banale Zeile des Sallust einfiel: »Omnes homiones, p. c., qui de rebus dubiis etc.,« die jeder Syntäxler schon herplappert. Nein, nein, er war am Versumpfen. Und da hatte er noch eben den alten Pfarrer einen Mostapfel gescholten. Ihm war, er runde sich selber schon behaglich feist und plump zu so einem Provinzgewächs aus. Ja, ich muß wieder mehr studieren, schreiben und in die Bücher gucken, sagte er sich bitter und riß sogleich die Schnur des Bücherpaketes auf. Band auf Band grub er heraus und blätterte darin und las und vergaß Zeit und Schlaf und alle Sorge. Er überhörte das Gute Nacht Theresens vor der Stube. Nun, das begreift man. Aber er überhörte sogar die langsamen, tiefen Schläge der Totenglocke.

Am folgenden Tage begann er eine Artikelserie: »Im geistlichen Frack durchs weltliche Land.« – Wie surrte die stenographierende Feder über das Sudelpapier! Es war erst das Vorwort. Aber wie es da schon heimlich funkelte und ferne Donner hören ließ. Er wolle reden von einer gesunden Weltlichkeit im Geistlichen und von einer gesunden Geistlichkeit im Weltlichen und wie sich die zwei Stiefgeschwister in ungeschiedener Freundschaft, ja, man dürfe sagen, in Brüderlichkeit umarmen sollen. – Er wolle reden vom Aberglauben, der wie Grünspan das Gold des Glaubens überziehe. Ein Kapitel solle lauten: Päpstlicher als der Papst, kirchlicher als die Kirche, also selbst Papst und selbst Kirche! – da wollte er einem falschen, eitlen Eifer heimzünden, Herr Gott Zebaoth, daß diese Quacksalber der Religion glauben, das Fegfeuer zu sehen. – O er könne jetzt nicht alles im voraus schon verraten. Aber es werde jeder Schuldige seine scharfe Prise Schnupftabak bekommen und darüber – hoffentlich zu seinem Heil! – gewaltig niesen. Der ganze Unwille des Kaplans, der sich da und dort angesammelt hatte, spielte schon in dieses kriegerische Vorwort hinein. Der Verdruß, daß ein Priester nicht flöten solle, daß man unreines Weihwasser behalte, die Sterbenden belästige und bespritze, zu wenig lüfte, beim Beten mehr singe und seufze, als denke, der Ärger über das wirklich elende Gehältlein des Schullehrers und über den Marterkasten von einer dunklen, engen, niedrigen Dorfschule, kurz alles, was der Kaplan von Therese oder den Dorfleuten oder im Eggerhofe oder in der dumpfen Schule bisher gelitten, spritzte jetzt schwarzblütig aus der Feder auf den Entwurf da.

Vielleicht sendet er einiges davon in eine große Zeitung, vielleicht bindet er alles zu einem gewaltigen Reformbuch zusammen, so oder so, diese Kapitel werden durchs Land rumpeln, wie eine Schwadron Reiter, Ergib dich oder stirb! –

Als Johannes sich endlich auf die Matratze warf kam er sich vor wie Herkules, da er bereits den halben Augiasstall gesäubert hatte.

Aber der Kaplan hatte vergessen, daß aller Eifer verzehrt, besonders wenn man der großen Flamme nur ein so schwächliches Wachs bieten kann wie er, der kränkliche, brustleidende, luftschnappende Reformator. Wirklich konnte er am Morgen kaum zelebrieren, so beklommen war er und so ununterbrochen plagte ihn das Husten von der Lunge herauf. Ganz glücklich war er, als er endlich im bequemen Küchenstuhl saß und einen starken Kaffee schlürfte und dabei zusehen durfte, wie Therese so still und gewaltig neben ihm an den langen Winterstrümpfen weitersäbelte und, wenn er kaum ausgetrunken hatte, gleich wieder die Tasse mit ihrem wunderbaren, dampfenden, atembefreienden Kaffee füllte.

»Heute dürfen Sie mir nichts schreiben,« sagte sie nur. Aber wie teilnehmend! So, daß Johannes fügsam den Kopf senkte und lispelte: »Keine Silbe, Fräulein!«

Am Nachmittag war ihm wieder köstlich wohl, und er verkroch sich aufs neue, wie eine Schnecke, in die neuen Bücher. Gerade saß er mit dem gewaltigen Papst Innozenz am Laterankonzil und wollte eine große Rede halten, auf daß Papst und Kaiser mitsammen an der Spitze eines Kreuzheeres nach Asien zögen und bald in Konstantinopel, bald in Ephesus, Smyrna oder Jerusalem, im Winter etwa auch in Alexandria residierten, bis der Orient wieder katholisch wäre, – da klopfte Therese nüchtern an die Türe, riß ihn aus allen Mitramännern heraus und schupfte ein Mägdlein herein, das einen Topf dicken, gelben Bienenhonigs in den Händen trug. Anneli, – ach, er wußte den Geschlechtsnamen nicht auswendig, aber das war sein tüchtigstes, sein bestes Kind in der fünften Klasse. Dazu ein Unband von Munterkeit.

»Schau, schau,« sagte er, Papst Innozenz mit der rechten Hand höflich ein bißchen auf die Seite schiebend, »was bringt mir das Anneli da! Soll das für mich sein?«

»Ja, Herrr Kaplan! und einen schönen Gruß von der Mutter. Das ist von unserem eigenen Korb, läßt sie sagen, nicht Kunsthonig. Sie sollen nur alle Tage einen Löffel morgens und abends nehmen. Das sei gut für die Lunge und gebe eine kräftige Stimme.«

»Weiß denn deine Mutter, daß ich auf der Brust so kra– so schwach bin?«

»Sie hat's gestern bei Eggers gehört. Sie sagte, der Kaplan habe so schwer schnaufen müssen und fast nicht laut vorbeten können. Und wir haben ein Vaterrrunserrr beim Nachtgebet für den Herrrn Kaplan beten müssen, ich und der Frrriedli!«

»Wie heißt du nur mit dem ganzen Namen?« fragte Johannes, von dieser Nachricht und dem surrenden rrr leise beunruhigt.

»Anna Peiler in Sempeln!«

Vor dem Kaplan drehten sich einen Augenblick Kind und Honighafen. Er mußte sich auf die Tischkante stützen. Der ganze Lateran verschwand. Vom Kreuzzug keine Rede mehr. Er wußte dem Kind weiter nichts als: »Danke, danke!« zu sagen. Aber er stopfte ihm ein sehr schönes Gebetbuch in den Sack, und es durfte nicht weniger als ein halbes Dutzend Heiligenbildchen auslesen und dazustecken.

Er versuchte dann zwar seine große kirchenpolitische Rede fortzusetzen, aber es ging nicht. Bald fehlte das Subjekt, bald das Prädikat im Satz. Die Kirchenväter schliefen ein. Papst Innozenz fing an, das Brevier zu beten. Die Sekretäre nagten am Federkiel oder fingen Fliegen vor Langweile. Die Rede ... die Rede ... es ging einfach nicht.

Nur ein lieber, hübscher, lächelnder Mönch, der bisher stumm gewesen, blieb munter. Er trug eine braune verstaubte Kutte und hielt sie an den Lenden mit einem Strick zusammen. Aus seinem Ärmel kroch ein Graswurm und schaute mit seinen schönen grünen Äuglein sehnsüchtig dem Einsiedler ins Gesicht, als fragte er: Franz, wollen wir nicht bald aus diesem Marmor wieder in unseren umbrischen Wald ziehen? Aber Franz machte: Pst! pst! ... und ging dann auf Johannes zu. Sanft legte er die Hand auf seine Achsel und sagte mit einer Stimme wie Musik: »Nicht immer reden, Herr Kaplan, auch reden lassen! . . . Hat man dir nicht eben eine Rede gehalten?«

Dann verschwand der ganze heilige Traum, und Johannes sah nur noch die Bücher um sich und den goldigen Honighafen daneben. Der, ja der, hatte soeben eine starke Rede gehalten. Vor diesem Prediger zerrann alle große Rhetorik. Die Bücher verstummten. Frau Nanette Peiler mit diesem Töpflein behauptete das Schlachtfeld.

Es folgte eine Woche, die Sonne und Regen, Gewölke und Wind über die wehrlosen Menschen da hinten im Gebirge wirr durcheinander schüttelte. Johannes mußte sich oft über das Betragen des Spatzenvölkleins um die Kaplanei herum wundern. Regnete es, so fingen sie ein endloses Gelärm auf der Dachtraufe und in den Gartenbäumchen an. Aber wenn der Himmel wieder in seinen blauen Humor kam, dann wurden sie still, gingen ihrer Arbeit nach für Nest und Junge und piepten kaum hörbar, wenn sie etwa im Bogen über den Kirchturm flogen und dort ihren halbblinden Senior hinter dem Uhrenzeiger eine famos zusammengestohlene Mahlzeit kauen und verdauen sahen. Er stahl immer noch brillant, der alte Hocker!

Was gab es übrigens bei den Spatzen zu verwundern? Tat der Kaplan nicht genau so? Wenn alles mit seinen Pfarrkindern gemütlich und angenehm ablief, dann hatte er seine größte Freude am stillen Lesen hinterm Tisch, am Spazieren und wohl auch Schwärmen unter den dunklen Nußbäumen des Friedhofs, am treuherzigen Erwägen eines Psalms oder Predigtstoffes, am Sitzen bei den Kranken und am Zuschauen, wenn die Dorfplatzkinder am Abend Rößli und Reiter spielten. Dann schien er der friedlichste, artigste Mann, der Kaplan der Kapläne. Aber wenn etwas Mißliches oder Rauhes in seinen Tag fiel, so ein Unverstand von außen, oder auch von innen, dann fing das Zwitschern und Pfeifen an und dann ward ins Manuskript ein weiteres Kapitel geschimpft, bis zum gemütlichen Vesperkaffee.

Dann pflegte Therese, bis der Kaffee kalt würde, die Legende aufzuschlagen und mit ihrer schmetternden Stimme vom Tagespatron vorzulesen. Der Kaplan trank seine drei heißen Tassen währenddem aus, aß Brot und Käse und horchte behaglich zu, wie die

Einsiedler gefastet, die Märtyrer gelitten, die Kirchenlehrer gekämpft hatten.

Es war der zehnte Heumonat, und man bekam zu hören, wie die zwei lieblichen Schwestern Rufina und Sekunda so fürchterlich gemartert wurden, ehe sie sterben durften. Theresens Stimme jauchzte. Keine Heiligen waren ihr so lieb wie die Märtyrer. Sie empfand eine gewisse Enttäuschung, wenn der Held gleich schon nach dem ersten Verhör enthauptet wurde, oder wenn ihn im Amphitheater der Leu sofort verschlang. Sie wünschte ihm eine größere, blutigere Glorie. Wenn darum so zwei starkmütige Jungfern, wie diese Schwestern, zuerst mit Bleikugeln gepeitscht wurden und doch nicht starben, dann in glühende Sessel sitzen mußten, dann mit Steinen am Hals in den Tiber fielen, aber wie schneeweiße Tauben aus dem Wasser tauchten und Psalmen sangen, so daß der ohnmächtige Tyrann sich nur noch mit dem Beil zu helfen wußte, dann kannte Theresens Verehrung keine Grenzen mehr. Dann triumphierte sie mit ihnen über Marter und Tod, lachte höhnisch über die Drohungen des Statthalters, legte einen unvergleichlich verächtlichen Ton in die Antworten an den Cäsar, sagte stolz: Schneide, brenne, zersäge, rädere, kreuzige, Tyrann, was ist das alles für ein Mückengekrabbel, wenn die Gnade meines Herrn bei mir ist! – Wurden dann die Martern geschildert, so kamen die Worte der Vorleserin spitzig wie Nägel heraus, ihre Sätze klatschten wie Peitschenhiebe, und ihr Atem brauste wie ein Feuer. Sie zog und zerrte am Buch und erst, wenn der Heilige das Haupt neigte und verschied und wenn eine fromme Matrone nachts kam und den Leichnam in die Katakomben tragen ließ, dann senkte sich die Stimme, ward stiller und feierlicher und kühler, und man merkte, daß die Legende nun durch die dunklen, unterirdischen Gänge ihrem Ende zuging.

Als Therese fertig gelesen hatte, blickte sie kühn über die Kaffeekanne und die Brötchen hinaus und sagte: »Wären doch heute noch solche Jungfern zu finden! und solche Männer wie Sankt Pantaleon am siebenundzwanzigsten und wie der heilige Apollinaris am dreiundzwanzigsten! Aber es gibt wohl keine solche Helden mehr!« Traurig schlürfte sie den kalten Kaffee aus.

Johannes hatte diesen Nachmittag gerade in einem Geschichtswerk gelesen, wie wenig Historisches sich aus den Märtyrerakten mit Sicherheit erweisen lasse, wieviel Wunderblumen die Sage und wie noch viel mehr Gedörn der Aberglaube in die einfache Geschichte habe wachsen lassen, wie nötig daher eine strenge Sichtung wäre. Kritischer als je hatte der Kaplan heute der Legende zugehört, und es reizte ihn unendlich, dieser hieb- und stichfesten Jungfer nun eins zu versetzen.

»Es hat auch damals schwache Leute gegeben, wie heute, Theres!« sagte er mit gesuchter Gleichgültigkeit in der Stimme. »Und dann muß man auch nicht jedes Wort der Legende als bare Münze hinnehmen.«

Das Fräulein sah den Kaplan verdutzt an.

»Es ist doch kein Dogma, daß dieser oder jener Heilige aus dem Feuer oder Wasser heil heraussprang. Mir kommt es wunderlich genug vor, daß so oft glühendes Blei und reißende Bäche und Gift und Tiger und Rad nichts ausrichten. Da hilft alles nichts, bis es dann heißt: securi percussus oder capite feritus est – zu deutsch: ist enthauptet worden. Wenn das Beil kommt, hört das Wunder immer auf. Nur in Zürich die heiligen Felix und . . .«

»Hochwürden! Hochwürden!« rief Therese beschwörend.

». . . und Regula, die sollen noch ihre Häupter ein Stück weit in den Händen getragen haben. Hm! Bedenken wir doch, wie die Menschen wundersüchtig sind! Hat nicht letzthin die Leichenbeterin behauptet, sie habe um acht Uhr, als der Remigi starb, jemand eifrig vor ihrer Stube die Schuhe abputzen, aber nur nie anklopfen hören. Da, ratsch, hab' sie die Türe aufgerissen. Kein Mensch war da. Aber schon läutete das Sempler Totenglöcklein. – Und später hieß es, der alte Michel Fronz habe schon drei Tage lang, wenn er am Eggerhaus vorbeiging, einen dicken Kerzenrauch in die Nase bekommen und ein seltsames Gemurmel wie von vielen Betenden vernommen. So geht das weiter. Schließlich ist einer alten Frau der Tote erschienen. Seht, Therese, so entstehen Legenden.«

Das alte quadratische Mädchen starrte den Kaplan entsetzt an.

»So sind die alten Legendenschreiber in guten Treuen recht wundersüchtige Plauderer gewesen und haben ihre Sache auch einem wundersüchtigen Volk ausgekramt. Solide, echte Akten von jenen römischen Gerichten hat man bei all diesen Martergeschichten nur selten.«

Endlich wird die Jungfer ihrer Verblüffung Meister und fragt streng: »Aber steht denn nicht das alles auch im Brevier, Herr Kaplan, im Brevier, das sie alle, vom Papst bis zum Lachweiler Kaplan, tagtäglich beten müssen?«

»Es steht wohl manches Blutige drin,« versetzte Johannes, »aber nicht so dick und schwer aufgetragen, wie in Eurer uralten Legende da!«

»Bitte, was steht denn von den zwei heiligen Schwestern drin?«

Der Kaplan las aus seinem schönen, noch funkelnagelneuen Pars Aestiva des Breviers: »Rufina et Secunda, sorores virgines Romanae – – hm, das ist's noch nicht, – – richtig hier: virgis caedi – das heißt niedergepeitscht – ardente balnei solio includuntur – hm, hm, balnei solio – – wird besagen: in glühende Schmelzöfen geschlossen – – saxo ad collum – Stein am Hals – – –«

»Sehen Sie, sehen Sie!« triumphierte Therese.

»In Tiberim projectae – – in den Tiberfluß geworfen – ab angelo liberatae – vom Engel gerettet – –«

»Da haben wir's, sogar ein Engel ist dabei.«

»Ach was!« rief Johannes und legte das Buch auf den Tisch, »auch die zweite Nokturn ist kein Dogma. Auch da gibt es Irrtümer ... historische Fehler, Übertreibungen! Viele sehr tüchtige und sehr fromme Priester kenne ich, die da meinen, das Brevier müsse in diesem historisch-biographisch-hagiologisch-pragm ...«

»Um Gottes willen, Herr Kaplan, reden Sie Deutsch!«

». . . in diesem Legendenteil einmal gründlich verbessert werden.«

»Aber diese Wunder alle mit dem Wasser und Feuer und Stein am Hals sind doch möglich. Bei Gott ist doch kein Ding unmöglich!«

»Gewiß, gewiß!« sagte Johannes magistral, »aber darum muß doch der liebe Gott nicht immer alle Möglichkeiten ausüben, die es gibt. Gott könnte auch einen Enthaupteten ins Leben zurückrufen. Aber das liest man in der Legende nie. Nie! – – Warum gerade dieses allerschönste Wunder nie? – Wißt, Jungfer Therese, daraus entnehme ich, daß der liebe Gott sich auch bei den Heiligen lieber mehr ans Natürliche als an die Ausnahme vom Natürlichen gehalten hat, – daß die Wunder nicht so aus der Historia heruntergeflogen sind wie Blätter vom Baum. – – Ich muß offen gestehen, ich zweifle immer ein wenig, wenn gar so Seltsames berichtet wird. Es gefällt mir noch immer am besten, wenn es, wie bei den meisten Päpsten der christlichen Urzeit, die noch nicht gefabelt hat, so groß und schlicht heißt: martyrio coronatus est – er ist mit dem Martyrium gekrönt worden. – Kann man es schöner sagen?«

»Mit dem Martyrium gekrönt worden,« sprach Therese langsam wie ein Gebet nach, – »das ist prächtig gesagt.« – Aber im anderen war sie nicht beruhigt. Ihr Gesicht blieb tief bekümmert. Jahrhundertelang waren doch alle diese großen, furchtbaren Wunder geglaubt, von Buch zu Buch hinübergeschrieben, von den Kanzeln gepredigt, von Päpsten und Bischöfen verehrt worden. Diese Legende hat ihre unzähligen Leser gegen alle Bosheiten des Lebens fast unüberwindlich gemacht. Warum fängt man gerade heute an zu zweifeln?

»Wir sind eben in einer fortschrittlichen Zeit, Therese,« erklärte Johannes, »wir wollen nicht bloß glauben, sondern auch wissen!«

Wissen! – Das war das kleine, alte Schlangenwort. Hochauf sprang Therese wie gestochen.

»Wissen, wissen! Ja, das geht jetzt durch die hochmütigen Menschen, aber wie ein Zwerg auf Riesenstelzen. Was wissen wir denn? Unser Chirurg im Hauptspital war doch sicher eine Berühmtheit. Aber manchmal hörte ich ihn am Seziertisch sagen: Das ist der Knochen . . . das ist der Nerv . . . das ist so und so warmes Blut gewesen. Aber nun weiß ich doch nichts. – Wieso nichts, Herr Doktor? – Weil ich das, was den Knochen und Nerv und das Blut warm und tätig macht, doch nicht kenne, das Leben, das Lebendigmachen. – Ja, was wir wissen, ist nur totes Zeug, nichts Lebendiges. Das Leben wissen wir nicht. – So sagte er, und so sag' ich auch. Wir wissen das Tote. Wo der und der Märtyrer geboren und gestorben ist, und wo sein Grab liegt, und wie alt er wurde und solches Zeug. Aber das Lebendige von ihnen . . . die Zeichen, die Kräfte, die Wunder wissen wir nicht, die hat kein Zivilstandsbureau vorgeladen und gestempelt und besteuert, so daß man heute davon noch immer die schönsten Papierzettel übrig hätte . . . nein, das wissen wir nicht . . . das müssen wir einfach jenen Alten glauben, die es uns erzählen. Sie haben's doch auch nicht erfunden oder gestohlen, sondern das war in der Luft, wie der Wind; das ging herum wie ein Licht, alle haben ein Flöcklein davon gesehen oder gefühlt, und endlich hat es einer aus allen heraus hübsch in eine Legende zusammen geschrieben . . . So mein' ich. Ich versteh es nicht gelehrt zu sagen, aber so ist's!«

»Nein, so ist's nicht! Was heute nicht geschieht, ist auch wohl früher nur eine große Seltenheit gewesen. Aber die Legende da tut, als wäre einem das Wunder an alle zehn Finger gesprungen.«

»Sie glauben zuwenig, Herr Kaplan!«

»Sie glauben zuviel, Therese!«

»Ist denn Christus nicht übers Wasser gegangen? Hat er nicht mit sieben Broten ein paar tausend Menschen gespeist? . . . Und machte er nicht aus dem Wasser Wein? . . . Und erweckte so viele Tote, den Lazarus sogar nach drei Tagen Verwesung? Fast jeden Sonntag lesen Sie uns, Herr Kaplan, ein Wunder von der Kanzel vor. Und daneben wollen Sie . . .«

»Das war Christus, Therese, Christus der Herr selber!«

»Aber doch Christus auf der Erde unten, mitten unter den Menschen unserer Art, Herr Kaplan!«

»Aber doch Gott und Gottessohn! Fräulein Legli!«

»Ja, und die hier im Buch sind des Gottes Diener und Brüder, Herr Kaplan! Christusbrüder. Tun, was er täte, wenn er noch auf Erden wandelte! Gerade wie Sie jetzt für den Pfarrer taufen und trauen müssen. Hat ihnen denn der Herr und Meister nicht selbst gesagt: Denen, die da glauben, folgen diese Wunder nach: sie treiben Teufel aus, reden mit neuen Zungen, heben Schlangen auf, und es schadet ihnen nichts, was sie Tödliches trinken, Kranken legen sie die Hände auf, und sie werden gesund, . . . haben Sie uns das nicht an der Auffahrt von der Kanzel gelesen, bei Markus 16, und dann gepredigt, das sei das letzte Wort des lieben Heilands gewesen, das allerletzte, Herr Kaplan, gerade von den Wundern?«

Jetzt stutzte Johannes und wußte schließlich sich nur mit dem Späßchen zu helfen: »Sie sind ja gewaltig wie ein Konzilsvater beschlagen! Zu Trient hätten Sie gewiß mit Salmeron die erste Geige gespielt.«

»Nicht, nicht! Spaßen Sie nicht!« wehrte Therese energisch ab; »wie ist's mit Markus 16?«

Johannes schwieg.

»Und wenn nun vom Heiland her auch Petrus und Paulus Wunder wirken, warum sollen es nicht auch die übrigen Apostel und warum nicht die Pfarrer und die Kapläne dieser Apostel können? ... Und von diesen wieder die folgenden Pfarrer und Kapläne, und so weiter durch alle Zeit und Legende hinunter bis heute? Warum sollten Sie es nicht können, wenn der Sturm Gottes über Sie kommt? Ach, Herr Kaplan!« – das alte Fräulein hob flehend die Hände empor – »fangen Sie nicht an zu zweifeln! Alles ist wunderbar, in uns, um uns, über uns, alles, alles! Und wer da anfängt, nein zu sagen, der verliert Gott und damit das Wunder und damit alles zusammen! Auch den Himmel! Der Himmel ist auch ein Wunder!«

Da nach diesen heißen Worten Johannes noch immer nichts sagte, lief sie, wie gewöhnlich nach einem scharfen, ungelösten Disput, in den Schopf zu ihren lieben Hühnern hinunter. Bibibibibibibabababa bibibia ... bibibiba bia bia! hörte der Kaplan sie rufen. Sie warf Maiskörner in strammen Schüssen unter das erschrockene Federvieh. Bibibia! ... bibibia! ... tönte es wieder, aber nicht wie Locken, sondern so scharf und heftig, als ob sie Blitze ausstreue.

12

Die Woche verlief ungemütlich. Therese holte in der nächsten Vesperstunde zwar den alten Folianten wieder über ihre Knie, aber las leise für sich. Das entrüstete den Kaplan so, daß er schnell die erste Tasse hinunterstürzte, sich die Zunge verbrannte und dann eilends ins Studierzimmer einriegelte. Er warf sich angriffslustig über die großen Quartblätter seines Manuskriptes. Es ging wie von selbst. Ein ganzer Anger von Reformideen umwogte ihn jetzt mit hohen, reifen Halmen, und Zeile auf Zeile flog unter seiner reißenden Feder wie die Heuschwaden der Bauern unter der Sense dahin. Es war ein großartiger Heuet, so ganz wie eine Mahd im Juli mit schwerem Gras, großer Hitze und fernem Donnergrollen.

O welch ein Wahrheitsbuch sollte das geben! Und seine Wahrheit sollte lärmen, sogar das überlaute Maul der Lüge überlärmen. Anders meistert man sie doch nicht. Wie witzig klangen schon die Kapitelstitel! – »Die Geringschätzung der Mutter Natur: eine Gewohnheitssünde der Gewohnheitskatholiken!« – – »Tod dem Schund! Es lebe der echte, psychologische Roman!« – – »Die Nützlichkeit des Theaters auf dem Land!« – – »Das Heilige auf der Bühne!« – – »Moderne Predigten!« – – »Nicht Reinigkeit allein, auch Reinlichkeit!« – – »Hundert Prozent Gebetbücher und ein Prozent Gebetsinn!« – – »Katholische Hygiene!« – – »Mehr Turnen!« – – »Wo gibt es noch Folterkammern? In den Landschulhäusern!« – – »Deutsche oder lateinische Vesper?« – – So rasselte ein geharnischtes Kapitel ans andere, und in jedem gab es hundert kleine Spitzen und Stacheln. Da ward das refusé! dreimal unterstrichen, womit Landgeistliche jede Zeitschrift, die ein frisches Fünklein Geist in ihren alten Kasten werfen will, unbesehen ablehnen. Da gab es einen bissigen Satz von zuviel Geld am Altar, zuwenig Holz im Armenhaus und zuwenig Brot beim Schullehrer. Besonders stark dünkte Johannes das Kapitel geraten: »Von der wichtigen Person und vom unwichtigen Kleid der Kirche.« Eifrig ward untersucht, was nur Kleid sei, darum den Moden unterliege, geflickt, verbessert und wohl auch neu zugeschnitten werden dürfe. Und da ward auch die Epik des Breviers in der zweiten Nokturn gestreift und eine kecke polizeiliche Razzia in die dunkeln Viertel der Wundersucht abgehalten. – – Lourdes! – Jawohl, das auch! – – Viele kennen nur noch die blaugegürtete Marie von Lourdes, aber die stille von Nazareth und die evangelische von Bethlehem nicht mehr. Davon auch eine eherne Zeile! – – Am meisten bitterer Humor floß ihm ins Kapitel: »Das alte Vaterunser und seine modernen Rivalen!« Da zerzauste Johannes die sonderbaren, neuen Gebete und Andachten, die Litaneien auf alles und noch etwas und bewies, auch das schönste Gebet könne man mißbrauchen. Und er erzählte nicht ohne eine kleine Freude am mitlaufenden Witz, wie er abends einen Krankenbesuch machte und die ganze Familie gerade beim Nachtgebet traf. Er hielt mit. Der Großvater betete vor. Aber es war zum Sterben. Nach langem und breitem Gebet sagte der Alte: »Jetzt noch ein Vaterunser für alle Kranken! – – Also geschah es. »Ein Vaterunser für die Sterbenden.« – Gut! – »Ein Vaterunser für den Letztverstorbenen!« – Also! – »Eines für die arme Seele, die am meisten vergessen wird!« – Es sei! – Aber die zwei Buben und das Mägdlein auf der Ofenbank plapperten nur noch mechanisch, und sogar der Vater gähnte zweimal. – »Eines für die Seele, die am längsten leidet!« – – Das Mägdlein schläft. Die Buben unterhalten sich mit Kneifen und Kitzeln. Es folgen noch viele Vaterunser. Der Greis weiß immer wieder etwas. Es ist eine religiöse, aber unheilige Plaudersucht. Aber zuletzt stottert er doch: »Ein Vaterunser für – für – na, – für –« ach alles ist abgebetet, guter Mann! – »für, für – – nüt und wieder nüt!« – – Und auch dieses Vaterunser ward gebetet. Aber der Kaplan rannte wie ein Verzweifelter zur Türe hinaus. – Das schrieb er hin und erzählte auch von abenteuerlichen Erfindungen im Gebet und zürnte gewaltig, wie das ein Hochmut und ein unkirchlich täppisches Tun sei, für die alten, großen Kirchengebete seine kleinen Verfassereitelkeiten, für lebendiges Wasser aus dem Jordan einen Löffel voll aus dem eigenen Tümpel zu bieten. O er fand nicht Worte und Rhetorik genug, um sich so recht auszugrollen.

Ja, Johannes hetzte und riß es bei diesem Schreiben immer wilder und zorniger vorwärts, etwa wie ein amerikanischer Schnellzug, der überheizt ist und dem die Bremse versagt, immer ungeheuerlicher dahinrast, gar wenn es einmal bergab geht. Der Kaplan meinte freilich in die Höhe zu steigen. Seine Perioden schlugen ihre Fittiche gewaltig auseinander wie Adler und hoben ihn schwindlig hoch. Welten lagen unter ihm. Ein Sausen und Brausen der Gottesluft füllte sein Ohr; er war berauscht. Als er mit großen Tintenflecken an der Hand beim Nachtessen saß, summte es in seinem Kopf so mächtig von allem Erlebten wieder, daß er das schweigsam ernste Gesicht Theresens erst beim letzten Kartoffelklößchen wahrnahm.

Es ging ihm zu Herzen, und er konnte die weitern stummen Mahlzeiten fast nicht ertragen. Zu grollen und zu schmollen war ihm nicht gegeben. Aber Therese blieb fest. Sie las Tag für Tag die Legende allein. Johannes nahm sich vor, sobald sie nur einmal vom Buche aufschaue und nur für sich etwa sage: Nein aber, wie wunderbar! oder: Bravo, heilige Kunigunda oder Hildegardis! dann sogleich zu rufen: Bitte, gute Therese, lesen Sie mir das auch vor! Es interessiert mich gewaltig. Aber Fräulein Legli unterhielt sich mit ihrer wunderbaren Welt so gut und hatte es dabei so kurzweilig, daß sie kein einzigesmal aus dem Buche zum armen Zweifler hinüberschaute. Der mußte sich ganz anders benehmen, wenn er wieder seinen Sessel in die Gesellschaft ihrer lieben Heiligen abstellen wollte.

Unmutig sprang Johannes vom Kaffee auf und mähte neue, gewaltige Schwaden auf seine Quartblätter nieder.

Doch allmählich kränkte es ihn, seine tapfere Rolle ohne Parterre zu spielen. Es ist großartig zu kämpfen, aber wenn niemand zusieht, verpufft der Eifer. Es ist süß zu schriftstellern, aber wenn es niemand liest . . .

Vielleicht fände er einen gescheiten Leser. In Peraut, anderthalb Stunden von Lachweiler, freilich jenseits und hoch über dem tiefen Flußtobel, macht Doktor Albert Allspach die Menschen gesund. Wenigstens ist dies sein Beruf. Dieser Allspach hat mit Johannes am gleichen Gymnasium studiert. Er war zwei Jahre älter und kreidetrockenen Charakters, aber sie kamen doch gut mitsammen aus, weil sie am gleichen Kosttisch saßen und über die gleichen Zwetschgen und die nämlichen Nudeln ihrer Philistrin schimpften. Albert hatte ihm gleich nach der Installation ein Besüchlein gemacht und ihn zu sich geladen. Sollte er nicht mal hingehen? Peraut ist der Hauptort dieser weltentfernten, vielwinkeligen Provinz. Vielleicht sieht Johannes dort endlich wieder einmal ein Trottoir, eine elektrische Straßenlampe, einen kleinen Bücherladen. Richtig, Peraut gibt ja die einzige Zeitung der ganzen Gegend heraus, die »Lampe«.

Nachtlämplein tauft sie der Stadtwitz. Mit dem Redakteur und Verleger könnte Johannes doch einmal über sein Manuskript reden. Der Mann gilt in Lachweiler als ein neumodischer, stürmischer Kauz. Um so besser! Aber vor dem kühlen Albert ist es schwer, ein Manuskript zu entrollen. Wenn der etwas liest, zieht er immer seine dicken Brauenbüschel in die Nasengrube, daß es wie eine Wolke über dem Buche hängt. Sie schwebt unheimlich über den Zeilen, und man ist nie sicher, wann es darunter hervor blitzt und brummt. Das kann Johannes nicht brauchen. Sonne, Freude, helle Begeisterung muß vom Leser auf sein großes Papier herunterlachen, nicht so eine schwarze, gallige Zensur. Warten wir lieber noch zu!

Am Sonntag darauf, am sechsten nach Pfingsten, stand Johannes auf der Kanzel und verlas mit seiner dünnen, aber vernehmlichen, in alle Winkel dringenden Stimme das Evangelium... Wie viele Brote habt ihr?... Herr, sieben! – Und sie aßen und wurden satt... Es waren aber Viertausende!...

Von dieser Erzählung bei Markus ging aber der Kaplan, wie es die Prediger so lieben, zur Brotvermehrung im Tabernakel über, zu dieser ewigen Speisung des Menschenhungers und Menschendurstes mit einem kleinen, hellen, runden Hostienbrötchen. Er wollte in historischer Entwicklung zeigen, was für einen wundervollen Anteil das Leben der armen und reichen Menschheit an dieser heimlichen Brotvermehrung genommen habe, ja, daß die Eucharistie das religiöse Leben noch gewaltiger bestimme, als das natürliche Brot etwa das körperliche Dasein regle. Aber da sah er gerade unter der Kanzel die Kinder, die vor kurzem mit weißen Gewändern und Kränzen im Haar zur ersten heiligen Kommunion gegangen waren. Wie Engel! Und da riß es ihn aus allem geschriebenen und auswendig gelernten Konzept hinaus in dieses lebendige, frische Argument. Davon sprach er nun in einem gewaltigen Stegreif. Er erinnerte sich an den eigenen weißen Sonntag, wo der große Himmelskönig zum erstenmal in sein enges Herzstüblein kam. »Ich ging heim wie ein Verzückter,« sagte er. »Meine liebe selige Mutter, die sonst immer etwas an mir zu schelten hatte, wenn ich zur Stube hereinrannte, blickte mich mit einer großen Ehrfurcht an, redete ganz leise und wagte mich kaum anzurühren, und die Kameraden und Nachbarskinder, die sonst gleich sich mit mir herumbalgten, drückten sich jetzt schüchtern um mich herum und staunten mich an, und ich glaubte, sie würden jeden Augenblick vor mir niederknien. Ich war etwas Heiliges geworden. Es gab ein Wunder in mir...«

Therese schoß funkelnd mit dem bebrillten Kopf in die Höhe. Er aber sah es in seiner Begeisterung nicht und erzählte weiter... er war jetzt ganz in seinem Element... wie es zuging, als seine Mutter so früh sterben mußte. Sie hatte sich sehr gefürchtet vor dem Tode und ihren einzigen Sohn an beiden Händen heftig umklammert, damit sie einander doch gegen den Tod fest hielten, auf dieser Erdenseite hier, wo das warme, frohe Leben ist.

»Da klingelte es, da schimmerte das Laternchen herein, ein weißer Chorrock tauchte unter der Türe auf, der alte Seelsorger reicht die heilige Hostie... O Herr, ich bin nicht würdig... aber sprich nur ein Wort, so wird gesund meine Seele! – Nein, kein bloßes Wort aus der Ferne, keine Botschaft von weitem... ich königlicher Freund komme selber, ich will dich grüßen, o kleine Kreatur, ich will dir in die Augen sehen, ich will dich küssen, will deine Seele umfangen. Komm, komm, meine Taube, meine Liebe, nun meine heiligste, ewige Braut!... Meine Mutter lag still und verklärt. Sie ließ zuerst meine rechte Hand und dann auch noch meine linke los. Aber als der Priester sagte: ›Brot vom Himmel hast du ihr gegeben!‹ flüsterte sie dem Sigrist zuvor: ›Das alle Süßigkeit enthält. Alleluja!‹... Hört ihr, Alleluja sagte sie, und es war doch tiefe, schwere Fastenzeit. Aber für sie war es schon Ostern. Sie lächelte noch einmal oder zweimal und verschied.«

So redete der Prediger und kam jetzt auf seine erste heilige Messe zu sprechen... »Ich hörte nichts mehr von dem Wogenschlag der Orgel, sah nichts mehr von den schimmernden Gewändern ringsum oder vom Geflacker der Kerzen oder vom Gewirbel des Weihrauchs. Ich sah nur noch die große Hostie in meiner Hand und die vielen kleinen Hostien im offenen Ziborium, die ich konsekrieren sollte. Noch eine Minute, noch ein Wort und Christus ist da... wie wenn er vor der Türe stände und nur noch auf das Hereinwartete!... Ich zitterte vor Bangigkeit. Vermag ich's? dachte ich. Darf ich's? Ein Wort sagen, das die Himmel spaltet, die Engel zusamt der Madonna auf die Knie wirft und das Gewaltigste, was es gibt, ans Kleinste und Unscheinbarste bindet!... Und ich sah noch einmal die vielen kleinen, wie mir schien, auch vor Sehnsucht und Angst bebenden Hostien im Kelch an und dachte: Diese für die Kinderlippen!... die für welke, müde Abschiedsgreise... die für Kranke, als köstliche Arznei... die für den verlorenen Sohn, wenn er heimkehrt zu seinem Vater... die für die letzte, furchtbare Stunde!... kann ich das? darf ich das? dieses Brotvermehren? dieses Verhimmeln der armen Erde? dieses Vergöttlichen der staubigen Menschen?... Gott, du mein Gott! Meine Wange ward naß... ich weinte – –

Da sagte der geistliche Vater neben mir im weiten Rauchmantel nur das eine feste Wort: Sprich, sprich! Du darfst Christus nicht warten lassen! – Und ich hauchte: Das ist mein Leib! – und sank aufs Knie und wußte, das ist wahrhaft Christus aus dem Himmel und Christus aus dem Abendmahlsaal und Christus am letzten Gericht! Und das ist das größte und alltäglichste Wunder, das es gibt... Es blüht fort auf hunderttausend Tischen in ewiger, sättigender, seligmachender Brotvermehrung... Ja, wenn es auf dem Acker ein millionenfaches Wunder ist, daß aus jedem dürren, toten Samen ein lebendiger Halm aufschießt und lustig in die Höhe wächst und zu einem Weizenbrot ausreift, ein Wunder, weil das keine chemische und physikalische Schlauheit bis heute auch nur in einem einzigen Körnlein nachmachen kann: so ist es ein genau so millionenhaftes, aber vielmal größeres Wunder, wenn die winzigen Brötchen auf dem Altar zur Weltspeise werden. Wunder über Wunder! O Freunde, zum Wunder sind wir geboren und im Wunder sterben wir und sind selber ein stetes Wunder. Und das größte Wunder wäre es, wenn einer ohne Wunder leben und sterben und selig werden könnte. Man kann sagen: Nur der Tor spricht in seinem Herzen: es gibt kein Wunder!«

Er sagte »Amen!« und in diesem Augenblick sah er Therese zuvorderst in ihrem Stuhl mit leuchtenden Gläsern aufstehen und mit einer Art von dankbarem Triumphgefühl, womit sie doch nicht wehtun möchte, zu ihm emporschauen. Ahhh! – – er verstand – ward purpurrot und kletterte verwirrt das Känzelchen hinunter. Da hatte er also gepredigt, – – oder besser, sein Herz, seine Seele hatte sich ausgeschüttet, wahr und innig, wie sie im Innersten fühlte. Und was war geschehen? – Er hatte sich selbst widerlegt.

Er ging zur Fortsetzung des Hochamtes auf den Altar und intonierte das einfache Credo unglaublich falsch. In der Kaplanei wich er Theresen überall aus. Aber am Mittagessen packte sie ihn unentrinnbar fest und sagte mit einer Art Jubel in der Stimme: »Gott, welch eine schöne Predigt haben Sie heute vom Wunder gehalten!... daß es täglich Wunder gebe! und daß wir alle mitten im Wunder leben und schweben!... Wie freu' ich mich darüber! Ich hätte nie gedacht, daß es jetzt noch mehr Wunder gibt, als früher... oder, wie Sie sagten: daß es ein Wunder ist, wenn kein Wunder ist!«

»Schon gut, Therese, schon gut!« wehrte der Kaplan errötend ab. »Was wissen wir? Scherben... aber was bekomm' ich zu essen?«

»Schaffleisch mit Rüben, Herr Kaplan!... Und das Wunder, nicht wahr, Herr Kaplan, das ist kein Scherben, sondern ein ganzes, unverstückeltes, helles Fenster, durch das man gradaus in den Himmel sieht!«

»Therese, jetzt sind Sie eine Dichterin!«

»Nein, nein, das sagte nur der heilige Pantaleon... oder Apollinaris oder... eine der Schwestern Sekunda und Rufina... oder... ach, ich weiß nicht genau... soll ich?« sie zeigte zur Bücherlade an der Wand, »soll ich mal nachsehen?«

»Holen Sie's nur! Wir müssen eben wieder die Legende mitsammen lesen, von heute an alle Abende! Nicht wahr, Jungfer Therese?«

Sie nickte gewaltig mit ihrem quadratischen Haupt. Der Friede war geschlossen.

13

»Wenn Sie aus der Schule kommen, sind Sie immer so hübsch anzuschauen,« lobte Therese eines Tages und rückte dem heimkehrenden Kaplan den Armstuhl ans Tischchen. »So jung! Ich wollte, Sie sähen immer so aus!«

»Aber davon sagen Sie nichts,« schalt der Geistliche und warf sich mit mühsamem Atem und brennenden Lippen in den Sitz, »daß ich jedesmal nach diesen drei Stunden Unterricht zugrunde gerichtet bin.«

»Nehmen Sie jetzt den Kaffee recht heiß und trinken Sie die zwei Eier aus. Das hilft Ihnen schon wieder auf die Beine! Dieses große kommt von der welschen Henne und hat einen Dotter wie Gold.«

»Während des Unterrichts merke ich nichts vom Staub und der elenden Zimmerluft. Aber nachher, wenn ich . . .« er suchte umsonst den aufsteigenden Hustenreiz niederzuwürgen. »O diese Bande von vertakelten alten Schulräten aus Noahs Archenzeit! Meinen, man solle nun immer so eingeschachelt leben können, wie man damals zur Zeit der Flut mußte. Denen zünd' ich einmal eine helle Kerze an!« – Er hustete dünn und heiser.

»Aber nachher – was wollten Sie sagen, nachher, wenn Sie . . .?«

»Aber nachher, wenn die lieben Schalkgesichter weg und die vielen schönen glänzenden Äuglein mir verloschen sind, dann fühl' ich wieder, wie ich mich überangestrengt habe . . . und . . . und . . . ach, dieser Husten! . . . und ich kann sie zu allem doch nicht in Ruhe halten. Sie lachen, sie laufen um mich herum, wirbeln Staub auf, zupfen mich am Frack und tuscheln sich was über mich ins Ohr. Sie haben keine Disziplin. Aber sie passen wie Tausendäugler auf, wenn ich etwas erkläre, und sie wissen alles!«

»Ja, die Lachweiler!« rühmte Therese und schaute so großartig zum Fenster gegen das Dorf hinaus, als hätte sie es eigenhändig gestern abend nach dem Nachtessen noch schnell erschaffen.

»Der Friedli Zeipel hat beim Abfragen alles fein gekonnt. Dann aber klob er die anderen Buben und zog die vorderen Mädchen an den Zöpfen und riß ihnen die Schleifen auf, kurz, er tat wie ein junges Böcklein!«

»Dem hätt' ich mal einen Hosenspanner nach Noten aufgespielt!« sagte die Jungfer mit einem gefährlichen Blitzen der Gläser. »Sie sind zu gut, zu weich, zu . . .«

»Ich rief ihn vor und wollte ihm eine Tatze aufs samtweiche Pfötchen schwingen. Aber beim ersten Hieb duckte er sich wie ein Kätzlein und der Strich ging daneben. Da ich zum zweiten ausbole, stellt sich der Knirps mir lustig vors Gesicht und sagt: ›Sie können mich doch nicht schlagen!‹ – ›Warum etwa nicht?‹ frag' ich. – ›Bin ich doch an der Weihnacht der Engel gsi. –‹

»Na, na, na, na!« machte Therese wunderlich.

»Ich war entwaffnet. Das Bübel stand da wie ein schönes Engelteufelchen. Ich konnt' nicht schlagen, weil ich zum Teufelchen auch den Engel getroffen hätte.«

»Na, na!« brummte Therese weiter.

»Auf einmal ruft ein Mädchen: ›Kapellan, Kapellan!‹

›Was gibt's schon wieder‹

›Der Friedli hat mir Wachs ins Haar gestrichen.‹

›Mir auch, mir auch!‹ zwitschern andere Mädchen hinzu.

›Jetzt stehst du mir da in den Gang hinaus, Kerl!‹ befehl' ich.

Der Zeipel marschiert hinaus lachend vor Unschuld und Liebenswürdigkeit. Aber die Rache der Zöpfe ist damit nicht befriedigt und einer klatscht weiter: ›Herr Kapellan, der Friedli hat meinem Bruder gesagt, er solle nicht beim Pfarrer, er solle immer bei Euch beichten!‹

›Nun, und was gibt es da Böses dabei?‹

›Besonders wenn er Euch Rübli ausgerissen und Johannisbeeren gestohlen habe! Der Pfarrer schimpfe stark. Aber Ihr bleibt lustig und saget nur: Geh und sei fröhlich im Herrn!‹

›Hast du das gesagt?‹ frag' ich den Knirps.

›Jawohl, warum durft' ich etwa nicht?‹ trotzt der Bub mit den blauesten Augen der Welt. Wie ein Ritter stand er da.

Und wieder konnt' ich nicht prügeln. Aber ich hab' mir vorgenommen, nicht mehr zu sagen: Geh und sei fröhlich im Herrn! Die Schlingel übersetzen: Geh und reiß mir wieder ein paar Büschel Johannisbeeren aus!«

»Sie sind zu schwach,« warf jetzt Therese ein. »Ihr Nervus constrictus leidet's nicht. Schicken Sie die Bengel zu mir herauf. Ich bleu' sie durch, daß sie das Feuer im Elsaß sehen.«

»'s ist völlig ein Völklein zum Lachen und Weinen. Sie wissen alle, daß ich nicht schreien kann. Darum schreien nun sie. Dieses heillose Spitzbubenpack! Nun, nun, was wäre die Seelsorge für ein Verdienst, wenn es dabei keine Dornen gäbe!«

Fräulein Legli nickte beifällig zu diesem letzten Worte Johannes'. Ja, sie freute sich insgeheim an seiner müden Stimme, an seinem fiebrigen Kaffeedurst und an dem pfeifenden Husten. Denn das war eben priesterlich. Leiden, sich opfern, ein bißchen Märtyrer sein! Das riß ihn wieder zurück zur Stola, wenn er mit seinen Gedichten und Zeitungen und seinem sonderbaren Quartblattschreiben ihr oft fast aus dem Theologenfrack zu entschlüpfen drohte. Da hatte sie ihn wieder! Und wie herrlich hatte sie ihn!

Der Briefbote klingelte.

»Nein, so auf offener Karte,« schimpfte Therese schon auf der Stiege. »Einem geistlichen Herrn! Ich würde sie handkehrum refüsieren! Gar nicht erst lesen!« wetterte sie zur Tür herein. »Nichts als splitternackte Kinder an einem Haufen, fast wie die Wurstkränze beim Metzger vor dem Fenster!«

Johannes mußte köstlich lachen. »Das ist ja ein großartiges Kunstwerk von Rubens.«

»Ein schönes Kunstwerk, so ein wildes Gofenwesen!«

»Das sind doch die heiligen unschuldigen Kinder.«

»Was?«

»Die unschuldigen Kinder, die hundert und hundert, die Herodes ermordet hat. Da wirbeln sie also lustig um Maria und das göttliche Kind, wie ein frischer Windstoß. Der große Meister hat sie in ihrem zappeligen, kecken, jungen Übermut gemalt, so recht, als wollten sie sich jetzt auskobolden, weil sie auf Erden, mitten im Springen und Lustigsein, so plötzlich vom Messer daran gestört worden sind.«

»Herr Kaplan! Hat dieser Robert . . . oder Ruperts . . .«

»Peter Paul Rubens!«

»Hat er auch etwas geglaubt?«

»Oho! Der war ein guter Katholik, hat bei den Jesuiten gebeichtet und wohl hundert Altarbilder gemalt.«

»Nu, nu,« machte Therese einlenkend, »aber die unschuldigen Kinder kennt er sowenig als unsere Katze da. Ich hab' sie anders gemalt gesehen. Am Hochaltar zu Haslau. Da gehen Sie einmal hin und schauen die Kinder an! Potztausend! Alle in einem weißen Rock! der geht ihnen sauber bis an den Boden. Alle haben eine weiße Rose in der Hand und steigen langsam, langsam, eins hinter dem anderen, mit singendem Mund und die Flügel eng zusammengeschlagen wie die Schmetterlinge, wenn sie auf einer Blume sitzen, – so eng!« – sie schloß ihre groben Handflächen fest gegeneinander, – »so eng zusammen. So stiegen die Kinder von einem Wölklein zum anderen empor, immer höher, und schauten andächtig zum obersten. Das war pures Gold. Und das Christkind winkte ihnen von da mit der Hand: Kommt! Kommt! – Und sie kamen gern. Aber keines wagte rechts oder links vorzulaufen oder auch nur herumzuschielen oder gar das Hemdlein auch nur über die große Zehe aufzulüpfen . . . O sapperlot, das war gemalt! . . . Herr Kaplan! so was sollten Sie sehen! Man könnte meinen, der Maler sei damals dabei gewesen oder Sankt Lukas selbsteigen hätt' es ihm an den blauen Himmel vorgemacht.«

Indessen las Johannes halblaut die Karte:

»Altes Haus! Warum kommst Du denn nie über das Tobel zu mir herauf? Ich hab' Dir doch gesagt, daß ich schon anderthalb Jahr mich hier oben im großen Dorf Peraut mit Nasen- und Ohrenabschneiden, pardon, mit den ehrlichen und heilsamen Hantierungen Äskulaps abgebe, ein Wohltäter des ganzen Landes! Bist immer willkommen, auch wenn Dir der schwarze Rock bis an die Fersen geht. Aber warte nicht erst, bis Du mir ohnehin verfallen bist, sonst sollst Du's beim ersten Stockzahn, den ich Dir ziehen muß, gehörig büßen. Es wäre ja freilich prachtvoll! Aber auch ein unblutiges Wiedersehen freut Deinen alten Budenkönig Albert Allspach, Arzt und ruhig gewordenen Philister.« –

»Aha, ein Doktor!« sagte Therese mit viel mehr Wohlwollen. »Es tönt zwar auch nicht wie ein Choral, aber so reden nun die Herren Doktoren einmal! Nur sollte er nie so eine offene Karte an einen Geistl...«

»Das ist nicht so schlimm!« beruhigte der Kaplan. »Sie müssen denken, daß wir sechs Jahre am gleichen Gymnasium studiert und mit einem Dritten, dem Willy, das gleiche Zimmer, und wenn gar noch ein Besuch kam, sogar das gleiche Bett geteilt haben. Er ist ein geschickter Mensch und meint es mit allen gut. Etwas hart, ja, und ein wenig herrisch, wir nannten ihn nur den Regierhafen. Aber er hat gut regiert... schneidig. Wir liebten einander wie Brüder, wir drei. Willy war hitzig, ich zaghaft, da hat er uns beide richtig in die Mitte gedrillt!«

Therese liebte diesen Allspach schon ein bißchen. Er war Arzt, und Ärzte kannte sie vom Spital her gut genug. Sie fürchtete keinen, aber respektierte jeden und schwärmte sogar für zwei, drei Fanatiker, die sich ihrem Amt mit der Leidenschaft eines Bräutigams hingaben. Viele unter den Doktoren waren ungläubig. Das hatte sie bald bemerkt. Aber sie spotteten nicht, sondern trugen etwas Ernstes und Gewiegtes im Wesen und achteten fremde Anschauungen. »Fräulein Legli... der Kranke in Nummer fünf könnte wohl den Pfarrer brauchen,« sagten sie gewöhnlich zu ihr, wenn es sich um einen katholischen Patienten in kritischer Lage handelte. Dieser Allspach war wohl auch ein etwas kecker Vogel, wenn er einmal aus dem Amtskäfig entrann. Aber so sind alle Ärzte, wenn sie für ein Stündchen den Karbolgeruch aus ihrem Gefieder schütteln.

»Gehen Sie doch nur einmal hin,« munterte Therese den Kaplan auf. »Und lassen Sie sich untersuchen... auf der Brust, auf der Lunge... aber besonders im Kehlkopf. Im Kehlkopf scheint mir der Nervus constrictus...«

»Welcher Nerv?« fragte der Kaplan lachend und schrieb schon an der Antwort: daß er bald einmal kommen werde, und zwar so schwarz als möglich, und daß Albert nur schnell alles Heidnische aus seiner Wohnung schaffe. Denn er werde kommen wie ein heiliges Hagelwetter, mit Blitz und Zorn und freilich auch mit Husten und einem Nervus constris –

»Was für ein Nerv, Therese, was für ein vertrackter Nerv?« neckte er.

14

Am folgenden schönen Tag brach Johannes früh nach Peraut auf. Denn so konnte er noch bequem drei Krankenbesuche am Weg durch den Weiler Tobelwies machen.

Aber als er sich ein Weilchen mit der alten Mutter Trunz unterhalten hatte und sah, wie sie immer wieder die dürren, kleinen Greisinnenhände faltete und auf etwas wartete, da begriff er sie und langte nach dem Pastor bonus. Doch er zog nichts als einen Haufen Manuskript aus dem Frackschoß, wovon er vielleicht etwas drüben vorlesen will, wenn das Doktorstübchen dämmrig, die Luft frei, die Gesichter willfährig sind. Krankenbüchlein und Stola hat er vergessen. – Nun, wenn man solche Quartbogen vollschreiben kann, wird man wohl auch ein Gebetbüchlein ohne Vorlage beten können. Er legte also die Hände ineinander und betete zuerst mit ganz einfachem, einfältigem Willen zu Gott. Aber dann flossen die Worte immer reichlicher, die Sätze wurden länger, rhetorische Wendungen und poetische Bilder kamen. Es war ein Gemisch von Predigt, Psalm und Gespräch. Johannes fühlte sich dabei gehoben und konnte es nicht gut fassen, daß die Kranke darauf so gewöhnlich nach einem so ungewöhnlichen Gebet Amen und Danke! sagte.

Bei Fräulein Rosetta Boser, die sich eben von den Gesichtsrosen erholte, betete er wieder so und erntete mehr Anerkennung. Rosetta benahm sich in Lachweiler von ihrem kleinen, zarten Herzen weg durch alle Gestalt und Hantierung bis hinaus zum gespitzelten Namen wie ein feines, städtisches Wesen. Sie besaß Vermögen und vierunddreißig ledige, in aller Stille nach einem Prinzen schwärmende Lebensjahre zu eigen. Gern las sie die Romane der Gräfin von Hahn-Hahn und tat genau, wie sie es vom Benehmen zierlicher, hoher Persönchen ihres jungfräulichen Mittelalters hörte. So fragte sie nie: Was? sondern immer scharf: Wie? – Wenn jemand ihr etwas erzählte, horchte sie mit verschleierten Augen zu, aber legte überaus nett den kleinen Finger an die halboffenen Lippen. Beim Lesen oder auch beim Beten in den Kirchenstühlen unterbrach sie sich oft, schob wieder jenen kleinen, wichtigen Finger zwischen die Seiten und stierte mit einer Art von schwärmerischem Weitblick fernhin über das Buch hinaus. Beim Handreichen machte sie mit dem Ellbogen jenen spitzen, gen Himmel geschrägten Winkel, den sie am Bahnhof in Zürich einmal bei fremden Herrschaften bewundert hatte. Ihr Lächeln war ein wohlgestimmtes Pianissimo von künstlichen, silbernen hihihihi! – So hatte im Institut in Freiburg die Literaturlehrerin gelächelt. Lyrisch-romantisches Lächeln hieß man das unter den Backfischen. Rosetta hatte auch schon zwei Gedichte, eins an die Teerose und eins an die Seerose in der »Lampe« unter dem Pseudonym Graziella veröffentlicht. Neben dem jungen Studenten in der »Krone« und dem Hütlifabrikanten und seinen zwei Töchtern verstand sie allein Französisch ins Lachweilerdeutsch hinein zu parlieren. Zwar sagten viele Dörfler Merssi für Danke! Aber Rosetta empfahl sich immer mit biäng Merssi! Wie gern bewies sie ihre Bildung durch ein sanftes st! st!, wenn unter den Kameradinnen eine überlaut lachte, oder schlug ungnädig die Augen nieder, wenn auf das kräftige Niesen eines Jüngferchens der ganze Chorus noch viel kräftiger schrie: Zur Gesundheit, Bäschen! – Unarten, Roheiten! – –

Jetzt beim Gebete des Kaplans hielt Rosetta den kellenrunden Kopf schräg geneigt, wie Magdalena unter dem Kreuz, und atmete rasch und tief und laut. Aber als Johannes, weiß Gott von welchem poetischen Geist inspiriert, immer mächtiger betete und von den Glutblüten der Krankheit sprach und das Weinen und Wimmern einen Nachtigallensang des Schmerzes nannte, als er vom Purpurmantel der Geduld redete und das Lager der Krankheit mit dem flammenheiligen Rost Sankt Laurentius' verglich, da hob das Fräulein ihr vernarbtes Gesichtchen immer höher, zog den Mund zuckersüß zusammen und sog die langen Honigfäden dieses Gebetes wie eine Verzückte ein. Beim Abschied sagte sie mit künstlich schwacher Stimme: »So hat mir noch niemand gebetet, hochwürdigster Herr!«

Johannes war nun im Zug und betete daher beim tauben Großvater Fehrler im gleichen gewaltigen Stegreif. Der Alte sah ihn nur verwundert an. Er verstand kein Wort. Aber er vermutete, daß da ungewöhnlich gebetet werde, fast wie auf einer Kanzel.

Er erinnerte sich, indem er die eifrigen Gebärden des Kaplans beobachtete, an einen Trommler in der Feldmusik der Perauter Landwehr, der beim Staccato fast die gleiche Vorstellung gemacht hatte wie Johannes. Er gibt sich Mühe, dachte der Alte, aber ich höre nichts, auch wenn er Kanonen an meinem Ohr abfeuerte.

Allein Kaplan Johannes legte das verwunderte, muntere Gesicht des Greises zu seinen Gunsten aus. Selbst der Taube hatte etwas Frisches aus seinen Worten herausgefühlt.

So hat mir noch niemand gebetet! Dieses Wort ging dem Kaplan wie Musik nach. Und er musizierte mit ein: Natürlich, ich sag' es ja immer, unsere hunderttausend Gebetbücher reden aus einem Herz voll Papier und Buchhändlergeist, aber aus dem lebendigen Herzen muß das Gebet kommen. Wahrlich, der Welt tut ein neuer Thomas von Kempis not. Ich bin es nicht. Aber vielleicht ein Vorläufer... Auch kein Johannes Baptista, o Gott, nein, aber vielleicht doch ein ganz kleines Geistchen von seinem Geiste... Und auch ich werde zu leiden haben wie alle, die sagen müssen: Weg mit dem, etwas Neues kommt!

Hoch oben am Saum des aus der Tiefe murrenden Flußtobels ging er nun und blickte vor sich ins ansteigende, hohe Gebirgsland hinein. Aber über dem wilden und engen Kessel, fast in gleicher Höhe, sah er auch schon das schmucke und breitsitzende Dorf Peraut herüberglänzen. Ihm graute vor dem Hinuntersteigen so tief und wieder Hinaufklettern so hoch. Und doch, er konnte nicht anders, die Schleifen der Straßen waren zu endlos, die jähe Abkürzung den Hang hinunter zu gewinnreich, gleich da hinunter, hinunter!

Es ging reißend, aber lustig in die Tiefe. Über den Fluß führte eine tiefbraune gedeckte Brücke, die in ihrem uralten Eichenholz immer noch eine gar mannliche Figur machte. Dem Kaplan Johannes saß ein eigentümliches, wollüstiges Grauen vor dem Wasser von Kindheit an in allen Nerven. Er fürchtete es und suchte es doch. Oft war er als Knabe vor dem schwarzen, nächtlichen Seespiegel seiner Heimat bis ins Innerste erbebt, und doch riß ihn ein schauerlich süßer Zwang noch beim Zubettgehen ans nahe Wasser. Es zog ihn wie eine gewaltige Faust, die man zugleich küssen und beißen möchte. Dann mußte er sich vor der ungeheuren, blitzendschwarzen Fläche platt niederwerfen, mußte bis hart an das nasse, unergründliche, alles verschlingende Seemaul kriechen, bis Aug' und Ohr schon voll tosendem, finsterem Ertrinkungstod waren. Nun warf er sich wie wahnsinnig auf und rannte heim und schaute vom Gesims seines sicheren und verriegelten Zimmers noch einmal zum hexenhaften, atembeklemmenden See hinab, aber stürzte gleich wieder mit verhaltenen Augen weg und tief ins Bett, damit er nicht noch einmal dämonisch hinuntergetrieben würde. – Das war wohl eine Nervenkrankheit gewesen. Aber auch jetzt war es noch immer ein entsetzliches Vergnügen für ihn, nachts ein dumpfes Wildwasser tief unten in einem Felsriß zu hören und einen kreideweißen, giftigen Strich davon bis zu ihm heraufblitzen zu sehen, etwa ein Bündnerwasser wie den Rhein in der Via mala oder in der Medelserschlucht. Als Student hatte er sein Vaterland nach allen Wasserläufen bereist, den Seen und den Eiswiegen zu. Aber nichts freute und entsetzte ihn so, wie die großen, lebensgefährlichen Wasserfälle. Von einem der unheimlichsten hatte er sich stundenlang nicht mehr trennen können, so bannten ihn seine Schrecken: das war der Aarefall an der schwarzen, höllenhündischen Handeck.

Auch jetzt konnte er sich nicht versagen, mitten auf der Brücke zur kleinen Luke hinaus zu gucken. Mit schauderhafter Wonne sah er sich mitten über dem schneeweißen Schaum der Strömung. Rechts und links gähnten tiefe, grüne Wasserlöcher wie Sphinxaugen; doch hier in der Mittelströmung kochte und spritzte und schoß es hochauf und warf silberne Schaumkronen und drehte wütende Wirbel. Wer da fiele! Gott, der bloße Gedanke macht schwindelig. Aber ein kühles, meertiefes Schnaufen stieg aus dem Gestrudel auf. Das tat dem erhitzten Kaplan wohl. Er sah jetzt die Abhänge empor. Da rechts war er also heruntergekommen. Kaum zu glauben. Und doch wie von selbst war's gegangen. Aber jetzt links wieder sechs Kirchturm hoch hinaufklettern. Johannes stöhnt. Aber die Kehren der Straße sind unerträglich lang, heiß und staubig. Nein, nein, Johannes, frisch! – abkürzen!

Langsam klomm er die steilen Geißwege empor. Bald war er bachnaß vom Schweiß, aufgeregt vom Blut und scharfen Pulsklopfen und atmete immer schwerer. Ein Schwalbenzug von Gedanken nach dem anderen schwirrte auf ihn los, zwitscherte die Dachkammer seines Gehirns voll und rauschte von dannen.

Eins gab ihm jetzt am meisten zu denken: hier die Abkürzungen auf jähen, kühnen Stiegen, – dort die unendlich langen, aber sichern

Schleifen der Straße. So ist das Leben, sagte er sich. Zum Teil eine gedehnte, langweilige, aber gefahrlose Strecke, zum Teil eine freche, rasche Abkürzung. Hunderte sterben auf der Straße im Kot vor Langeweile, vor Phlegma, vor Müßigkeit. Aber tausende stürzen bei den Abkürzungen, die einen aus Waghalsigkeit, andere aus Angst. Doch welcher Tod ist nun schöner? – – im gemeinen Alltagsstaub oder von einem jähen Fels hinunter? – Da gibt es doch keinen Zweifel! Und wenn man unterwegs nicht stirbt, wo ist man dann glücklicher und reicher und schneller am Ziel? – O sicher mit der Abkürzung! Aber die Menschheit, scheint mir, geht in ihrer Narrenmehrheit die langen, müden Kehren, hinwärts, herwärts, rückwärts! Ist denn diese Bequemlichkeit nicht einzig für die Schwachen, die Kranken, für die so am Zipperlein leiden oder gar an Krücken gehen, kurz für die Krüppel des Lebens eingerichtet?

Und dennoch, nicht einmal die Gesunden wollen die Abkürzungen machen. Von Zeit zu Zeit muß darum so ein frischer, unverbrauchter und furchtloser Mensch kommen und rufen: Ihr langweiligen Wallfahrer, seht da, eine Abkürzung! – Ich zeige euch den Weg. Paßt auf, es geht schneller, schöner, heldenmütiger so! – Das sind Helden, die der phlegmatischen Menschheit, der armen Schnecke, immer wieder einen Stupf geben, sie wieder ein wenig vorwärts rücken und aus dem ewigen Andante des lieben, schleppenden Lebens für ein Weilchen auch ein Allegro oder gar eine Marcia con brio machen. – Johannes dachte, wie er da drüben hinunter gerannt sei, habe er selber so ein kolossales Allegro gespielt.

Aber nun ging es andante, andante, – largo, largo – empor. Ihm flogen die Pulse, und der erbärmliche Atem wollte beinah ausgehen. Jeder Meter Höhe kostete eine verzweifelte Mühe. Wenn er stillstand, war es ihm gleich wieder seligwohl. Sobald er den Schuh hob, begann das Elend. Kam er heute wohl da noch hinauf? In der Tiefe polterte das Wasser, die Federwölklein über den Hängen am ruhigen Himmel verschwammen vor seinen trüben Augen. Wo, wo ist doch die nächste Schwenkung der Straße? Dann weiß ich einen, der plumps hineinwalzt. Heldenmut ist schön . . . aber, aber . . .

Horch, also doch, es hat geklingelt, eine Geißel hat geknallt, richtig, das war also nicht das Klingling in meinem Blut. Da, von der

Höhe kommt's. Eine bekannte Stimme ruft. Himmelerdenglück, Allspach!»Codex, wart!... ich helf' dir!«

Dr. Allspach ist dem Freund mit seinem Einspänner entgegengefahren, hat den Heraufkrabbelnden unten am Ranft erblickt, schleift ihn empor und bettet den Erschöpften ins weiche, schwellendgrüne Kutschenpolster. »Willst du dir wohl noch einen Herzschlag holen, du Wicht und Waghals in einer Person! Schweig, schweig, sei ganz ruhig! Müßt ihr Prediger denn immer das Wort haben!... pst!... da, mein Sacktuch!« – Er wischt ihm die großen, hellen Tropfen aus den Wimpern und vom Stirnhaar. »Da, Kind, jetzt schau, wie das noch in die Höhe geht!... Spürst du das Berglüftchen hier!... Und da drüben in der Höhe, hinten am Wildberg, siehst du deinen Bischofssitz? – Aha, nicht wahr, das ist eine andere Apostelreise! nicht mehr Philippus zu Fuß, sondern Philippus beim Kämmerer – aber bitte, ich bin schon getauft! Also lies mir keine Episteln vor, sondern laß dich mal ordentlich anschauen, du wunderbarer Mann der Kirche!«

Johannes drückte die Hand seines starken Freundes dreimal und viermal. Er konnte noch nicht reden. Alle Glieder waren schlaff und zitterten vor Schwäche. Doch nun ging es mühelos den Berg hinauf. Man konnte im Polster liegen und nur so zusehen. Die Aussicht wuchs mit jeder Straßenbiegung, aber Fluß und Tobel sanken immer tiefer und waren endlich wie von der Erde verschluckt. Johannes fühlte sich unsäglich erquickt. Er streckte seine langen Beine und lehnte sich behaglich an den Samtrücken und hoffte, daß die Straße noch recht viele Schleifen ziehen müßte bis Peraut. Dann schloß er glücklich die grauen Augen unter der Brille, und der Mann, der die Menschheit aus ihrem trägen Tramp in ein hurtiges Tempo stupsen wollte, duselte unter dem gleichmäßigen Getrappel der Hufe und dem süßen Geklingel des Geschirrs langsam und zufrieden ein.

15

Es gab einen erquicklichen Hock in der Junggesellenstube des Doktors. Nach dem Essen ward der Redakteur Tann von der »Lampe« zu einem Kaffeejaß hergeholt. Der wußte schon, daß Johannes gern etwas in die Welt hinauskleckse. So nahm er denn auch den neuen Bekannten sogleich nach der frechen, profitablen Art aller Redakteure an beiden Ellbogen, blitzte ihm mit kleinen, scharfen Tintenklecksäuglein geradeswegs ins Gesicht und sagte, daß er durchaus Beiträge aus der »so geschickten und geistreichen Feder« des Kaplans haben müsse. Sonst gehe die Welt unter. Besonders in die Sonntagsnummer sollte er ihm schreiben und am liebsten Dinge mit kulturellem Saft, recht Fortschrittliches, was dem alten, konservativen Schlendrian um einige Manneslängen vorausklettere.

Johannes unterschlug einen Seufzer. Er dachte an den Aufstieg aus der Schlucht.

Allspach ließ dem Redakteur jetzt das breiteste Wort. Er machte dazu nur eigentümlich schalkhafte, belustigte Augen und ließ weder ein gutes Ja, noch ein böses Nein in den Eifer des Kameraden fahren. Es wunderte ihn augenscheinlich, was zwischen zwei Menschen wie diesem Tann und diesem Johannes sich ausspinnen werde.

Redakteur Laus Tann war als junger, feuriger Gehilfe früh ans städtische Tageblatt gekomen, weil er die großen Daten des Tages wie Raufszenen und Prellereien, gestürzte Reiter, erbrochene Kassen, gefundene Windelkinder, falsche Banknoten und Petrolbrände mit einer raschen und farbenwilden Feder in die Spalten zu bringen wußte. Er freilich hätte sich mit seinem glühenden Reformgeist viel lieber als in solche abenteuerliche Kleinstadtgassen in die offene Weltstraße der politischen und religiösen Zeitprobleme hinausgeschrieben. Wenn der Chef für ein paar Tage in die nahen Berge wanderte, so verübte Tann auch gleich einen so gefährlichen Leitartikel über Staat und Kirche oder über eine neue, soziale Erziehung und schoß wohl auch so dicke Wurfspeere aus seiner republikanischen Heimat in die gewaltige kaiserliche Nachbarschaft hinüber, daß der heimkehrende Kollege jedesmal ein paar eingeworfene Scheiben und eine Beige refusierter Blätter in der Bude fand. Nach einem Artikel über die Verwandlung des Schweizermilitärs in freie Zivilwehr wurde der unhaltbare, doch gute Mann aufs Land verbannt, heiratete eine hablose, aber üppigschöne Signorina Caterina, die Tochter des italienischen Pflasterers Pietro Stolzi, übernahm das Provinzblatt »Lampe« und schlug dann und wann einen kleinen Radau in Peraut. Denn er blieb der gleiche abenteuerliche Feuerteufel, der täglich von einer neuen Erfindung oder Reform träumte, wodurch die Bettelsackerde ein Paradies würde und er aus seinen wachsenden Ladenschulden und rückständigen Hauszinsen sich mit einem einzigen leichten Ruck in ein Leben emporschwänge, wo man das Gold nur so spucken und schneuzen könnte. Aber die »Lampe« hat mit den Annoncen und mit den Viehmärkten ringsum und den Obstpreisen und dem Hütlergeschäft schon soviel Arbeit, daß für funkelnde, großzügige Weltanschauungsartikel Herrn Tann keine Minute übrigblieb. Nicht einen einzigen Zehnfränkler vermochte er auszuspucken. Dazu schenkte ihm sein Weib sieben Jahre hintereinander ein Kind und immer im schönsten Rhythmus Bübchen – Mägdlein, Bübchen – Mägdlein. – Für dieses Jahr war es ein Büblein, das wie eine Trompete das Haus durchschrie. Daran hatte er für ein Jahr wieder Leitartikel genug. Um so mehr war er nun über alles entzückt, was ihm Albert vom Kaplan verriet. Der hatte also auch schon als unbeflaumter Gymnasiast Satiren und Minnelieder in Zeitungen geschrieben, war hellköpfig, haßte Vorurteile, konnte alten Plunder nicht ausstehen und ließ sicher auch in religiösen Sachen ein sogenanntes vernünftiges Wort mit sich reden.

Redakteur Laus Tann brauchte nichts als witzige und tüchtige Arbeiter, sei es für die Zeitung, sei es für seinen kleinen Buchdruck. Die Feder dieses Kaplans konnte für ihn ein Kapital bedeuten. Sie konnte Aufsehen und Widerstreit erwecken, das Publikum in Harnisch bringen und so für sein Geschäft und seinen ewig hungrigen Beutel eine goldene Reklame machen. Dazu kommt, daß diese Idealisten von Kaplänen kein Schrotkorn vom Geschäft verstehen, viel zu scheu sind, um ein Honorar zu fordern, und sich reichlich bezahlt fühlen, wenn man ihnen am Neujahr ein Kistlein Veltliner Flaschenwein und ein Paket hübscher Visitenkarten schenkt. Diesen Johannes, diesen Johannes, den müssen wir anbohren.

Zuerst wurden vorläufig Universitätswitze und Studentenschnurren aufgewärmt, Zipfel und Mütze besungen – Redakteur

Tann pfiff: cerevisiam bibunt homines; – die Blume! – den Rest! – steige nach! – ich löffle mich! – ging wirr hin und her, und Johannes meinte, es sei ihm bereits ein Zentner Philistertum vom Leibe gefallen. Er wurde fidel. Man spielte nur noch lässig, vergaß die Trümpfe auszugeben und die Stöcke zu zeigen. Zuletzt ließ man Eicheln und Schellen untereinander über dem Tisch und plauderte lieber. Johannes fragte seinen Wirt, wie ihm die Leute nach zweijähriger Bekanntschaft vorkämen. Gute, wackere Leute, zeichnete sie Allspach knapp. Steinharter Charakter. Besinnliche! Aber rufen den Arzt immer zu spät, helfen sich gern mit Quacksalbern, schlafen bei geschlossenen Fenstern, packen die Kranken zum Ersticken warm ein und scheuen die Zugluft wie den Teufel. Und baden zuwenig. Aber sonst...

»Und doch sind die Japaner nur wegen dem Baden so stark. Mit der Wanne haben sie den schmutzigen, russischen Pelz besiegt,« rief Laus Tann und goß begeistert ein neues Spitzgläschen voll Kirsch in seinen Mokka.

»Doch auch, weil sie so geniale Feldherren hatten und aus Vaterlandsliebe fochten,« fügte Johannes bescheiden bei.

»Schon, schon!« sagte der Redakteur. »Aber Albert redet davon, daß unsere Leute kein Fenster öffnen wollen. Und so halten sie es auch in der politischen Stube. Die alten Gesetze allerhöchstens flicken, nicht neue machen! Das alte Schulhaus renovieren, nicht neu bauen... Aha, Sie nicken, Herr Kaplan... also auch schon erfahren!... Und weiter die alten Sporteln mit Ach und Krach zahlen, nicht neue, fixe Gehälter bestimmen. Und der Sohn wird meist was der Vater, Gemeinderat und Präsident, ob er nun eine Null oder gar Minus ist. Was in den schönen, großen Städten Freies und Bürgerstolzes erblüht, davon dürfen wir hier nichts erfahren. Was Referendum und Initiative ist, wissen nicht einmal unsere Rekruten, und wenn ich in der Schule fragen würde, wie unser Bundespräsident heiße, so würde es keine Seele sagen können.«

»Wahrhaft,« gestand der Kaplan, »wie heißt er eigentlich?«

»Das Oberhaupt unserer Republik?... Da sehen Sie, wie wir in den lebendigen politischen Tag eingeführt werden, daß sogar ein wohlbestallter Schweizerkaplan fragen muß, wie das gegenwärtige Oberhaupt unserer Republik heiße.«

»Daran liegt wenig, gerade weil wir eine Republik sind. Auch ich weiß nicht, welcher von den Sieben heuer Präsident ist,« warf Allspach nüchtern ein.

»Wenn das am grünen Holz geschieht!« jammerte der kleine, schwarzbärtige, tintenäugige Redakteur. – »Aber weiter, wie übel steht es in unseren Dörfern mit dem Turnen, mit der Lebensversicherung, mit den Stipendien an junge Talente. Nichts als eine schlechte Blechmusik und sauren Most und starken Tabak und siebenmaliges Kirchengeläut haben wir hier von Morgen bis Abend.«

»Oh, oh, so arg ist's denn doch nicht!« widersprach Johannes, durch das siebenmalige Kirchengeläute ein wenig verschnupft.

»Noch viel ärger! ›Martha, Martha‹, warnt Ihr immer. Wir Katholiken sollten nur stets die Marien sein, die zu Euren Füßen sitzen. Indessen wir die Fabriken sausen, die Gelder rollen, die Wissenschaften zu den Sternen fliegen und in die untersten Gründe graben lassen, sollen wir Eurem ›Nur eins ist notwendig‹ wie einer müden, alten Glocke zuhören. Das ist der Fehler des Kath... Ja, wenigstens des Provinzkatholizismus. Er spielt nur die Maria. Und währenddem besetzen die Marthas alle Tische und Stühle und nehmen alle Schränke und Geldkatzen in Besitz, kurz, tragen die Welt in der Schürze davon... wir andern haben ja genug am Sitzen zu den Füßen des Herrn.« – –

Johannes fühlte, daß dies Kampf war, den er aufnehmen müsse. Aber wie? Hatte dieser schwarze Mann mit den bleckenden Wolfszähnen nicht unter vielem Übertreiben auch ein Pfefferkorn Wahrheit gesagt? Was tat zum Beispiel das gesamte katholische Volk hier für die Industrie, für die Hochschule, für die Literatur? Die einzige Fabrik in Peraut gehörte einem Protestanten, der Hütlermeister war Protestant, der Bankdirektor im Städtchen auch, der Bezirkspräsident und der Förster auch. Und weiter ins Vaterland schauend, wie waren die Lose verteilt? Kupfer und Nickel gab es wohl und etwa auch Silber bei uns, aber das eigentliche Gold und genau so das Hauptrad der Industrie und die regierende Feder der Literatur und der herrschende Stempel der Obrigkeit waren nicht katholisch. Martha präsidierte und stempelte und verfügte in den Rathäusern, Martha dirigierte den elektrischen Knopf, Martha trieb die Bahnen und Motoren, Martha schrieb die Zeitungen und beherrschte den Roman, Martha hier und Martha dort . . . und Maria lag hinten im Gebirge oder um eine stille Dorfkirche oder auf einer hohen schweigenden Alpe auf den Knien und lispelte: »Nur eines ist not!«

Manches war spitzfindig und manches übertrieben, das merkte Johannes diesen Gedanken auf dem Fuße nach. Daß es denn doch nicht überall auf Erden so sei, daß eine katholische Martha in manchem Erdenstrich recht kräftige Arbeit verrichte und daß sie in Holland und England und in den Vereinigten Staaten so emsig wie ihre Schwester sich umtue, wenn sie daneben auch das Stillsitzen und sich Sammeln nicht vergesse, – das fiel ihm wohl ein, aber er war wie vor die Zunge geschlagen und brachte kein Wort hervor. – Sein Manuskript knisterte in der Tasche.

»Da sollten wir Gegenarbeit tun, Herr Kaplan,« predigte der Redakteur weiter. »Der Arzt muß zeigen, daß gerade katholisch sein auch heißt gesund sein, den Leib hochhalten, als Gottes Kunstwerk ehren, seine Kraft und Schönheit genießen! Lieber ein Auge ausreißen, als Ärgernis geben, sagt ihr so erhaben. Aber ich sage: besser ein Auge behalten und ein gutes Beispiel geben, und seinen Fuß behalten und anderen vorausgehen damit, und seine beiden Hände behalten und andern den Reichtum der Welt auftischen, ja, das ist katholisch! Du sollst nicht töten, sondern du sollst dich und andere herzlich froh und wohllebend machen!«

Der Kaplan nickte nicht und verneinte nicht, er lauschte, lauschte; dieser heiße, schwarze Mann packte ihn, den Unerfahrenen.

»Und ich als Redakteur muß zeigen, daß es erst recht katholisch ist, alle Güter uns zugänglich zu machen. Je reicher, je katholischer; je gelehrter, je katholischer; je forschender, je katholischer; je erfindungsreicher, je katholischer. So sollte es heißen, und das wäre meine Aufgabe, unseren verbohrten Köpfen das klarzumachen. Mit einem Wort: das Gehirn lüften!«

Johannes dachte: welch ein Redner wäre der kleine Mann, wenn er statt in Peraut in der Pariser Kammer oder im englischen Unterhaus spräche. Hier war es ihm zu eng. Das zeigte die Art, wie er die Sätze herausstieß gleich lang verhaltenen, mühsam unterdrückten, auf diesen einen kurzen und glücklichen Augenblick versparten Ergüssen. Hernach muß er wieder schlucken und würgen. Auch sein Hemdkragen und sein Fräcklein schlossen sich so knapp und hart an den Leib, daß man glaubte, beim ersten besten Gestus müsse eine Naht reißen. Welch ein sonderbarer, wilder Genius der Freiheit war in diesem enggepreßten und so schmal gemodelten Klümplein Mensch eingesperrt! Ein tragisch' Los!

»Und Ihre Aufgabe ist genau so: das Herz lüften! den Druck nehmen, als ob der Alp der Sünde immer auf uns liege, als ob gleich jeder Scherz gegen den Dekalog verstoße, als ob es nicht auch Schnörkel selbst aus Theologiebüchern zu radieren gebe. Das Credo ist mir heilig. Aber gerade darum will ich nichts hineinschmuggeln, was nicht schon darin steht. Soll es denn gleich Hochverrat sein, wenn man meint, die heutige Predigtweise müsse moderner gestimmt werden? Der Geistliche solle weltmännischer, will sagen, weltkundiger erzogen sein? Man habe die geistesgewaltige Philosophie der Gegner vornehmer und interessierter zu berücksichtigen? Das äußere Instrument der Kirche habe mit dem modernen Leben sich gütlich und vorteilhaft abzufinden? Und neben dem gewaltigen Stern des Glaubens müsse doch der Menschenverstand immer auch noch sein gar nicht überflüssiges Laternchen anzünden und damit über Steg und Weg sich leuchten dürfen... Ach, es wäre noch viel zu sagen von den ewig italienischen Päpsten, als ob der Heilige Geist keine Amerikaner oder Engländer oder ennetbirgische Deutsche und Schweizer kennte; und gar über die Art, wie Rom germanischen Geist ansieht und mit unserer nordischen Psyche rechnet, habe ich in freien Momenten bittere Zeilen in mein Taschenbuch notiert. Aber darf man's schreiben? Gleich lodert der Bannstrahl über dem Kecken. Aber immer werd' ich's wiederholen und immer wieder: Neuer Wein in alte Schläuche! Das Wort stammt doch aus der Bibel, oder...?«

Johannes stutzte. Waren das nicht von den nämlichen Gedanken, die aus seinem Manuskript herausklagten und herauszürnten? Sie hatten bei Laus nur eine heftigere, weltlichere, unehrerbietigere Stimme. Freilich lag auf diesem lodernden Schwatz ein dicker Rauch alter und neuer Phrasen. Wie wenig hing doch am Italiener! Da konnte man sich dann auch über die zwölf jüdischen Apostel beschweren. Nicht einmal der junge lockige Johannes ist ein blonder, träumerischer Thüringer, nicht einmal der bartgewaltige Bartholomäus ein Urner oder Graubündner gewesen! Und wahrhaft, sehr einseitig redet dieser Mann. Als ob das Bröcklein brauner, lichtloser Planet, das wir Erde heißen, und das Fetzlein davon, was einer mit allen zehn gierigen Fingern davon in seine Hosensäcke steckt, als ob das schon alles mögliche Glück wäre. Als ob man dann satt wäre und Amen sagen könnte. Nur vom Besitzen, vom Geld und vom Gelten, weiß er ein begehrliches Lied! Armer Redakteur! Wie hab' ich das nur auch einmal in einer Seminarpredigt genannt? – – »Sie haben das Herz und den Magen eines Sperlings. Wenn der nur immer seine paar mastigen Würmer, seine paar Kornhalmen oder sein Dutzend Kirschen hat, so wird er feist und rund und selig. Er weiß nicht, was eine Adlerseele noch für andere Seligkeiten kennt! Und erst die Menschenseele, wogegen auch der Adler auf dem Monte Rosa eine Mücke ist!« – Man kann wohl alles haben, wovon der Brandredakteur da plädiert, und doch im Innern öd und blöd und nackt sein, ohne Zufriedenheit und ohne Weite ins Ewige hinaus. Kurz, man hat die augustinische Ruhe in Gott nicht. Man ist eine Seele am Verhungern und am Verdursten und wenn man sich vor leiblicher Behaglichkeit siebenmal kröpft. Nein, nein, Redakteur, du gehst mir zu sehr ins Äußerliche und Förmliche. Ich aber glaube doch, in meinen Papieren für eine innere Reform zu fechten.

Bei solcher Erwägung fiel ihm tröstlich ein, wie er als feuriger Theologe derartige Angriffe mit Blicken wie Feuer und mit Worten wie Schwertern abgewehrt hätte. Und er versuchte auch jetzt entschieden wieder so ein Schwert zu zücken. Aber er bekam weder Schwung, noch Schneid. Und es war ihm dabei immer, als müsse er recht fein achtgeben, daß er sich nicht selbst weh tue. Ja, er hatte geradezu das Gefühl eines Soldaten, der das Gewehr gegen den Feind abschießen soll, aber nicht recht zielen, noch treffen kann, weil er vor den eigenen Leuten zittert, die ihm jeden Augenblick in den Rücken schießen können. Kein Zweifel, er war vor den eigenen Truppen nicht sicher. Sie liebäugeln mit dem Feind, das merkt er nun sehr deutlich. Es gab da eine geistige Kameradschaft zwischen seinen und den Redakteurgedanken, mehr, als er sich gerne eingestand. Daher fiel denn auch seine Abwehr so schwächlich aus. Es gab da nichts als – – allerdings – – und zugegeben daß – – und es mag ja sein, daß etwa auch – – – und freilich räume ich ehrlich ein: es hat, es sind – – Zuletzt bekam der ganze Widerstand das Gesicht eines stillen, wehmütigen Zugestehens zu Dreivierteln. Johannes fühlte das selber voll Scham und wurde immer befangener und verlegener. Ja, ja, sie zwei kleine Winkeldörfler da waren daran, der uralten, königlichen Herrscherin Ecclesia die Seidenspitzen und Goldfransen abzuzerren und zu sagen: Das ist unecht! – – ja, ihr ein Stück Purpur ums andere abzunehmen und zu sagen: Das kleidet dich nicht mehr gut, das ist heute außer Mode, – – laß, ich will dir ein neueres, besseres Gewand schneidern! –

Johannes raffte sich dann auf. Er wollte sagen, daß die Laien in dieser Sache überhaupt nicht gut reden können, daß man da mit Andacht und Respekt und theologischer Weisheit vorgehen müsse, und daß die kluge, zweitausendjährige Kirche schon am besten wisse, wie sie das Unziemliche und Holperige, was der Zeitgeist und nicht etwa das eigene unsterbliche Wesen an ihre äußere Figur gehängt habe, wieder wegbringe. Schon oft habe sie den Staub der Erdenstraße, der auch sie nicht ganz schone, wieder aus den Falten geschüttelt und dann aufs neue geglänzt wie am ersten Tag. – Aber so oft Johannes solches sagen und sich begeistern und entrüsten wollte, knisterte das Manuskript in seiner Brusttasche wieder und spottete ihn aus und sagte. Ah bah, das sagst du jetzt nur so! – Heuchler! Hier hast du anders geschrieben.

So ward der gute Kaplan und Pfarrverweser immer unsicherer. Alles ging um ihn drunter und drüber. Er sah aus dem Trubel nur noch die Tintenklecksäuglein des Redakteurs um ihn herum kleine, lustige Blitze verschießen und die zwei schweren Augenbrauen des Arztes, in eine einzige schwarze Gewitterwolke zusammengeballt, irgendwo über ihm dräuen. Am Ende wußte er keinen Rat, als beide Männer in die Lachweiler Kaplanei einzuladen. »Wir haben viel Gemeinsames, aber alles ist verworren und übertrieben bei uns. Das müssen wir schlichten. Ich habe ja auch einiges über derlei Sachen geschrieben, das . . .«

»Sie haben geschrieben . . . Alle Wetter! Wo? Wie?«

»Kommen Sie einmal hinüber und lassen Sie uns dann ruhig von allem reden und die Eierröhrli meiner Jungfer Therese probieren!«

»Etwas geschrieben! Und zeigen mir kein Manuskript! Das ist so sündhaft wie Selbstmord! Zeigen Sie, zeigen Sie!«

»Ich lese Ihnen davon vor, sobald Sie kommen!«

»Ich komme,« schwor der Redakteur mit gewaltigem Augengeflacker. »Aber dann müssen Sie mir das Papier zum Druck geben, durchaus!«

»Ich verspreche nichts. Da ist noch alles unreif. Aber einen echten chinesischen Karawanentee wird Ihnen meine Haushälterin servieren!«

»Schweigen Sie, Bescheidener! Die Sache selber ist reif genug. Was wollen wir mehr?«

»Meine sehr ehrenwerten Kirchenlehrer,« mischte sich hier unendlich kühl Allspach ein, »was wir noch mehr wollen? Vorläufig eine starke Virginia rauchen und dann ein wenig durch unsere Residenz spazieren und dem Kaplan unsere neuen Straßenlaternen und Feuerspritzen zeigen. Um zwei Uhr ist Probe. Weißt, Kodex, so ganz mitternächtige Leute sind wir denn doch auch hier oben nicht... Nehmt mich in die Mitte! Denn ich muß den einen vor dem andern warnen. Ihr kennt einander noch lange nicht und wollt doch mitsammen den Globus versetzen. Du, Redakterchen, weißt nicht, daß der Kaplan weder springen, noch lärmen, noch klettern, noch das leichteste Kinderwäglein stoßen kann, ohne Erstickungsanfälle zu kriegen. Sieh dich also vor, was er dir im Notfall wert sein kann!... Und du, Kaplänchen, weißt auch nicht, daß der Laus da jeden Monat einen Leitartikel für das Turnen und Turngeräte schreibt, aber selber nicht einmal die einfache Kniewelle oder den Aufzug fertigbringt. Von den neunundneunzig Druckfehlern in jeder Nummer der ›Lampe‹, die ihr beinahe das Lichtlein ausblasen, sag' ich aus angeborener Barmherzigkeit weiter nichts... Aber seht, seht, da kommen sie, da marschieren sie schon am Fenster vorbei, unsere frischen, trefflichen Feuerwehrbuben! Gebt acht, die werden uns halb verschwemmen.«...

Als der Kaplan gegen Abend heimging und jede Straßenschleife gewissenhaft mitschleifte, da tauchte das Hochgebirge hinter den nahen Voralpen so himmlisch klar mit seinen grauen Tempelsäulen an den prachtvoll gemeißelten Fassaden und mit den marmorweißen Dächern gen Ost und Süd auf, daß man das Erlauchte ganz nahe wähnte, während es doch immer noch viele strenge Wegstunden weit hinten lag. Es stand so scharf mit seinen schwarzen Graten und silbernen Zinken und Buckeln gegen den Himmel ab, weil in jenen unerstiegenen Höhen sicher ein reiner, scharfer Wind ging und alles Trübe aus der Luft fegte, so daß sie in einer unschuldigen, fast durchsichtigen Bläue erschimmerten. Sieben duftige, weiße Federwölklein, die in einer dünnen Zeile, wie fliegende Tauben hintereinander, über dem Gebirge erschienen, mochten eine solche Helligkeit nicht ertragen, ließen Federchen um Federchen fallen und lösten sich langsam auf. Ja, der Wind wehte bis zu den Hügeln des Vorlandes hinunter. Er lief tausendfüßig rechts und links von der Straße im Grase herum, daß die Wiesen auf- und niederwogten, jetzt, wenn er über sie herfiel, bleich und demütig, jetzt, wenn er abzog, hochauf und funkelnd grün. Dem Geistlichen spielte diese Bise keck ins zu lange Haar und hinter das weite Kollar den Rücken und die Brust hinunter. Sie kühlte sein heißes Herz wie tropfendes Eis. Von der späten Sonne hatte aller Rasen und der Forst gegen das Tobel hinab eine scharfe, tiefgelbe Farbe. Vom reifen Feld dampfte ein Duft wie nach Honig und warmem, frischem Brot auf. Man konnte wohl meinen, es gehe ein großes, beinahe wildes Fest durch die Natur. Alles, so weit man sah, selbst die Häuser fern drüben in Lachweiler machten ein frisches, glänzendes Gesichtlein.

Aber als dann Johannes nach langen zwei Stunden wieder drüben in Tobelwies so nah an den Menschen und Menschenhütten vorbeiging, daß er sie fast streifte, da roch es so übel aus dem Stall, der an jedem Haus klebt, und aus den ewigen Mistpfützen davor, und da beschmutzten sich die Kinder an einem Trog so unmanierlich und zeigten Strümpfe voll Löcher und ein wochenlang nie durchkämmtes Haar, und da hing ein zerfallenes, altes Weib so merkwürdige Fetzen an ein Seil auf, die als Hemden und Leinenkittel gelten wollten, und durch die engen, tiefen Fenster sah man in ein so dunkles und dumpfes Kammerwesen hinein und sogar der Wind kam da so wenig auf gegen die stille, starre, bleierne Kleingassenluft, – daß dem Kaplan das Mitleid über diese armen Weiler, die an der Festlichkeit in den Höhen so gar keinen Teil haben sollen, bis ans Halszäpfchen hinaufstieg. Und auf einmal fühlte er sich wieder im alten Werktag und in den alten Nöten mit der lieben Menschheit. Die Papiere in seiner Tasche fingen wieder an zu reden und zu klingeln und zu regieren. O, sagte sich Johannes, diese Berge, diese Wolken, diese Sonne, dieser auffahrende Wind, all dieser Idealismus der Natur verkündet mir: auch der Mensch muß mit, auch er muß sich aus dem Staub zum Ideal empor reformieren. Diese Sonne und dieser Höhenwind und dieses Gipfelglänzen in alle Himmel empor, o das leidet nichts Schmutziges und Kriechendes und Sieches. Säuberung bei uns! Gehe es wie es wolle, wie sich die Natur so rüstig immer wieder reformiert, so müssen auch wir, ihre feinen Geschöpflein, ans Werk. Oder dann schämen wir uns vor dem Lehm, aus dem wir erschaffen sind und von dem wir nichts als die Faulheit geerbt haben! Nicht die Natur soll uns, wir sollen der Natur das gute Vorbild des Fortschrittes geben. So wollte es Gott, da er uns allein stehend über ihr erschuf, und da Christus uns allein aus aller Natur heraus zu erlösen kam.

Als Johannes an Bosers besser gebautem Gehöfte vorbeiging, sah er Fräulein Rosetta am Fenster zwischen langen, violetten Fuchsien sitzen und häkeln. Sie stand sogleich auf und verneigte sich mächtig. Johannes grüßte höflich und ging rascher. Warum gefiel ihm doch plötzlich dieses laue, matte, süße Gesicht nicht mehr? War es, weil er wieder einmal mit kräftigen, stolzen Männern verkehrt hatte und dabei selber knorriger geworden war, oder sah er, so nahe dem Kaplaneigiebel, bereits jenes andere Jungferngesicht, das so schlecht zu dieser Rosetta paßte wie ein Kieselstein in einen silberdrahtenen Ring, sah er dieses massive Gesicht, das mit drei göttlichen Schöpferschlägen in die Länge und Breite und Tiefe aus einem einzigen Granitklotz zu dieser prachtvoll eckigen und soliden Therese Legli gehauen worden war? Wie würde dieses Gesicht weit weit den Mund öffnen und mit seiner hellsten und grellsten Trompetenstimme mich in Grund und Boden hineinschmettern, wenn es vor ein paar Stunden mein Nicken und Zugeben gesehen hätte! Wie werd' ich es ankehren müssen, es auf den Besuch des Redakteurs vorzubereiten, ohne daß es Unrat wittert? Auf die Eierröhrli werden wir wohl verzichten müssen.

Immer kleiner und zaghafter wurden die Schritte des Sünders, je näher der Giebel mit den blitzenden Mansardenfenstern heranrückte. Vor der vergitterten Türe entsagte Johannes auch dem transasiatischen Karawanentee.

16

»Warum beichten doch soviel mehr Leute beim Kapuziner als bei mir?« fragte der Kaplan am späten Samstagabend. Er war mißmutig und zum erstenmal mit einem düstern, eifersüchtigen Lichtlein in den grauen Augen von der Kirche gekommen.

»Herr Kaplan, Pater Expedit ist ein alter, erfahrener Seelenführer... Darum! Man kommt bei ihm vorwärts!«

»Bei mir wohl nicht?«

»Gewiß auch bei Ihnen, bei jedem! Aber Sie sind noch so jung. Und ich glaube, die guten Leute wollen Sie schonen, weil Sie soviel husten.«

»Ach, das mit dem Husten ist eine Ausrede, Theres! Jung! Da haben wir's! Er ist noch jung, damit schlägt man mich schließlich tot. Ich bin zu jung, die Standespredigten im Advent zu halten, sagte der Pfarrer. Ich bin zu jung, Professor zu werden, meinte der Bischof. Ich bin zu jung zum Schriftstellern, denkt Doktor Allspach...«

»Doktor Allspach muß ein wackerer Mann sein,« lobte Therese unklug.

»Natürlich, orgeln Sie nur auch mit, diese Pfeife darf nicht fehlen! Ich bin zu jung zum Ratgeber, glaubt das gesamte Lachweilervolk. Zu jung, zu jung... zu allem bin ich zu jung, nur zum Sterben nicht.«

Er hustete nun wirklich lang und tief und furchtbar trocken, wobei sein bleiches Gesicht dunkelrot wurde vom andringenden Blut im Kopf.

»So ist das nicht gemeint,« tröstete Therese. »Aber seien Sie ein recht einfacher Beichtvater, dann werden Sie viele Beichtlinge haben. So einfach wie der gute Hirt...«

»Was soll nun das wieder heißen?« fragte Johannes aufgebracht.

»Man sagt, Sie machen so lange Zusprüche... und so schöne, viel zu schöne, wissen Sie, zu hoch für die Lachweiler! Die verstehen das nicht.«

»Ei, ei, das sagt man! Was ist das wohl für eine Schnepfe?«

»Ja, so eine Schnepfe hat sogar ausgeschwatzt, Sie hätten ihr viel Latein vorgesprochen und am Ende das De profundis zur Buße aufgegeben. Sie wußte nicht, was das war, und der Lehrer nicht und der Gemeindeschreiber Jonas nicht. Da konnt' ich es ihr sagen.«

Johannes biß sich in die bleiche Unterlippe vor Ärger, aber schwieg.

Am folgenden Sonntagabend brevierte er in seinem geschnitzelten, alten Chorstuhl, während der Kapuziner am Muttergottesaltar eine Andacht für die uralte Todesangst-Bruderschaft abhielt. Er kam zum Psalm De profundis, und da wollte ihn ein frischer Grimm packen. Aber er überwand sich, blickte steif ins Buch und preßte seinen Sinn mit Gewalt in die großen Worte:

Aus der Tiefe rufe ich zu dir, o Herr, Herr, erhöre meine Stimme!
O wende doch dein Ohr zu mir, – gib acht auf mein Flehen! –

Wie kindlich und wie hinreißend! dachte er. Aus irgendeiner tiefen, kleinen Erdfurche herauf dringt so ein Stimmlein in die Weltallchöre der Sonnen und geflügelten Cherubim. Und will durchaus gehört werden! Durch alles Brausen der Himmelsorgeln und durch alles Harfnen der Davide und Salomone hindurch! Und will gut verstanden werden, will für einen Augenblick allein Gehör haben, Gottes Gehör! – Es durchrieselte den Kaplan ein Schauer von Demut und von Ehrfurcht vor dem Großen, was in einem Menschengebet liegt.

Da schlugen die Worte des vorbetenden Kapuziners mit fast roher Gewalt in seine innige, hehre Minute hinein:

»Wenn meine Augen brechen und mich der Todesschweiß näßt!«

Dumpf entgegnete das Volk: »O Maria, immer hilf!«

»Wenn das Blut aus meinen Lippen weicht und ich erstarre!«

»O Maria, immer hilf!«

»Wenn es dunkel um mich wird und mein Gebein erkracht!«

»O Maria, immer hilf.«

»Wenn...«

Was ist das für eine Litanei, dachte Johannes entsetzt. Die hat der Pfarrer oder der Kapuziner sicher selbst verfaßt. Alles macht ja jetzt Gebete, als gäbe es keine römische Disziplin mehr. Und das gefällt den Leuten! Wie sie schreien! So etwas Krasses, Grobes, o ja, das ist die Art, wie man hier betet!

Er versuchte umsonst seinen Psalm fertigzubringen. Sobald er sich mit dem Kapuziner allein in der Sakristei sah, fragte er: »Was haben Sie doch eben für eine Litanei vorgebetet?«

»Aha,« lachte der Pater und grübelte behaglich mit drei Fingern im Bart, »die gefällt Ihnen auch. – Aber ich weiß wirklich nicht, ob Pfarrer Zelblein sie vor dem Bischof verantworten könnte. Im Diözesanbuch steht sie nicht.«

»Offen gestanden, ich würde sie verbieten, wenn ich Bischof wäre.«

»Still, still! Sie strenger Mann!« rief der Pater und hielt ihm die Hand vor den Mund. »Sie ist nicht sein, diese Letzt' End-Litanei. Aber ist etwa das Sterben sein? Und geht es nicht so zu, wie es darinnen steht? Und ist es nicht besser, daß wir ungeziert in diesen eisigen Spiegel schauen, als wie die zimperlichen Städter bei jedem Sarg und Bahrtuch einen großen Umweg machen? Tun wir nicht zu fein, da uns der Tod doch einmal ganz grob in die Finger nimmt!«

»Das ist ja wahr,« gestand Johannes. »Aber alles so grell ausmalen, mit einer so grausigen Behaglichkeit... Sie oder unser Pfarrer haben doch hoffentlich diese Litanei nicht gemacht!«

»Reverende, das ist ein uraltes Gebet! Am Armenseelentag und am Karfreitag und wo eine Leiche im Haus liegt, da wird sie immer vom ganzen Völklein gewaltig gebetet. Daran haben sich Hunderte von Schläfern da draußen...« er zeigte durchs Fensterlein zu dem weiten Acker voll Gräber... »stramm gemacht und sozusagen an den Tod gewöhnt.«

Da kam es wieder, das berühmte Wort Theresens. Haben denn immer alle recht und er allein immer unrecht?

»Das Volk in dieser Gegend läßt sich diese Litanei von keinem Pfarrer nehmen. Da müßte schon der Bischof selber mit seinem

Hirtenstab klopfen. Jedes Kind weiß sie auswendig. So verliert sie ihr Grausiges, aber warnt und mahnt und zeigt ehrlich dorthin, wohin wir sonst lieber den Rücken kehren, wir Hasen des Lebens. Gewiß bleibt sie eine grobe Beterin. Aber unsere berühmten alten Totentänze, die man dem Volk gemalt hat, sind doch gerade so derb und viel minder geistlich.«

Johannes machte keine Einwendungen mehr und wollte zur Sakristei hinaus.

»Nun hab' ich Ihnen wohl gar ein übles Geschmäcklein auf die Zunge gestrichen,« sagte Pater Expedit lächelnd. »Halt, das geht nicht so. Sie müssen mit mir im Pfarrhof das Vesperbrot nehmen. Ich will Ihnen schon Appetit machen. Passen Sie auf. Wir haben ein dottergelbes Gleichschwer von Ihrer Jungfer Köchin, der bebrillten, zum Tee bekommen.« Der große, achselbreite Mönch lachte den Kaplan mit seinen roten Lippen und gesunden weißen Zähnen und mit den gemütlichsten Augen der Welt an. Welch ein wunderbarer Mann, der vom Todesschweiß und vom Knacken der Gebeine mit Appetit zu einer Schnitte Backwerk übergeht.

Habe ich denn allein dieses Gleichschwer nicht? dachte der Kaplan, das wirklich herrliche Biskuit mit verstellter Heiterkeit hinunterwürgend.

17

»Ihre zwei Fr-e-u-n-d-de!« klirrte Therese durch ihre blitzenden Plomben und ließ Allspach und Tann ins geistliche Studierstüblein hinein. Fast spöttisch weit hatte sie die Tür aufgesperrt, so daß der Redakteur sie betreten ansah.

Errötend warf Kaplan Johannes sein Schnupftuch über ein Papierchen, an dem er eben gekritzelt hatte.

»Du machst Gedichte, wahrhaft, das kenne ich von unserer Bude her. Laß sehen!« rief Dr. Allspach und zog mit der ehemaligen Omnipotenz eines Budenkönigs den Zettel hervor. Indessen sich Johannes voll Scham die Ohren verhielt, las er laut ab:

> Du bist die ewige Melodie,
> Und unser Lied ist Stammeln.
> Was je an Vers und Ton gedieh,
> O Gott, ist besser nicht als wie
> Vom Meer ein Tropfensammeln.«

»Das ist schön, nicht wahr, Laus?« sprach Allspach herzlich.

Der Redakteur war verblüfft. »Nein so was! Sie sind auch noch wirklicher Lyriker! ... Leider habe ich für den Vers und allerbesten Reim kein Ohr. Und es tut uns ja auch wahrhaft etwas anderes not als Poesie. Bitte, bitte, geben Sie mir jetzt einige Ihrer Bogen! Ich möchte sie lesen, drucken, je eher, je lieber!«

Der Kaplan reichte ihm sogleich ein volles Dutzend Quartblätter mit der Überschrift: »Im geistlichen Rock durchs weltliche Land.« Schmunzelnd las Laus den Titel und musterte die großen, klar geschriebenen Seiten.

»Das Honorar, Laus!« warf Allspach boshaft ein.

Der Redakteur runzelte leicht die Stirne. »Gewiß, das muß auch sein! Stellen Sie eine Forderung! Pro Zeile, sagen wir einmal fünf Rappen. Geht es dann gut, gewinne ich neue Abonnenten, fassen wir alles in eine recht gangbare Broschüre, dann steige ich gern auf sieben und acht Rappen hinauf. So ein Provinzblatt, bedenken Sie wohl, führt eine enge Kasse.«

»Lesen Sie zuerst! Vielleicht drucken Sie es dann lieber gar nicht. Einstweilen dürfen Sie mir ohnehin nichts als das Vorwort veröffentlichen. Wir wollen zuerst prüfen, wie das aufgenommen wird!«

»O, Sie vorsichtiger Geizhals! ... also wie? ... Erster Spaziergang oder wie kommt es, daß so viele Katholiken an der Natur minder Freude haben als die Nichtkatholiken? ... Sehr gut, sehr gut!« bemerkte Laus.

Fünf Rappen pro Zeile! rechnete Johannes aus. – Wie kann man soviel geben? Eine Zeile ist doch im Nu geschrieben und schon ein halber Batzen verdient, eine Semmel. Zwei Zeilen, sieh da, schon eine Halbe Milch! ... drei Zeilen, ein guter Schoppen Most; ... vier Zeilen ... ist's möglich, da kugelt schon ein Zervelatwürstchen auf den Tisch; ... fünf Zeilen ... der Viertelsfranken ist da! Hurra! ... bald bin ich ein reicher Mann ... »Therese, eine Flasche Veltliner und drei Gläser!«

Der Doktor sah einen Haufen Gebetbücher auf dem Stuhl. »Die gehören wohl Ihnen, Fräulein?« sagte er zur aufwartenden Köchin.

»Alle,« gab sie rasch herum, »und ich kann Ihnen auf Wunsch noch einmal so viele aus der Kammer herunter holen.«

»Danke, danke zum Schönsten!« wehrte Allspach ab. »Ich denke, man kann auch mit einem einzigen Büchlein heilig werden. Oder? ... Zum Beispiel mit dem da: Himmlisches Vergißmeinnicht! ... oder mit dem: Wohlgemutes geistliches Steglein vom Zeitlichen ins Ewige hinüber. – Nun, das ist doch ein prächtiger Titel, und wie hübsche, fromme Kupfer drin stehen. Das sollten Sie mir schenken, Fräulein! Oder ist's ein Andenken?«

»Die Lektüre auf dem Land,« las der Redakteur auf einen Wink Johannes' leiser, »fort mit dem Abenteuerschund.... Historien mit herzhafter und wahrer Psychologie! ... Ausgezeichnet! ... Das Theater auf dem Dorf ... Heiliges auf der Bühne.... Na, das ist ein Schuß ins Schwarze ... Die alten Pfarrherren und die junge Literatur! ... Potztausend, die Sache wird immer spitziger! ... Spinnen und Würmer am grünen Baum des katholischen Lebens ... Reinlichkeit, Reinigkeit, Reinheit.... Die dreifache Gänsehaut vor Moderne, Fortschritt, Reform! ... Das ist prachtvoll! Lassen Sie sich umarmen, Herr Schriftsteller!«

Aber Johannes schwamm indessen schon in den Zehntausenden herum. – Ein Artikel hat hundert Zeilen: fünf Franken. Hundert Artikel sind fünfhundert Franken. Eine Reise nach Jerusalem kostet nur vierhundert Franken. Und auf die Weltausstellung nach Paris kann man mit zweihundert Franken und sieben Tage dort bleiben. Und in zehn Jahren sind es schon achttausend Franken mit den Zinsen und in zwanzig Jahren können es leicht zwanzigtausend sein. Welche Bibliothek gibt das; welch einen weichen Lehnstuhl, was für einen bequemen Schlafrock und was für ein kräftiges Töpflein Braten. – Und dabei immer ein Silber für den Mann, der an der Tür den Hut aufhebt. – Talentvolle, arme Burschen lasse ich studieren. Vor allem einen Künstler will ich aufziehen, der modern malt, nicht wie die Schmierer jetzt in der Kirche drüben, die alles aus den Büchern stehlen, jedes Gewölk und jeden Engelskopf und jeden Baum, und darüber ein Faß voll faden Sirup schwemmen! – Und einen Geschichtsschreiber will ich unterhalten, der einmal die Vergangenheit unseres Vaterlandes mit tiefer, inniger Gründlichkeit schildert, so einen genialen katholischen Jungen, der Augen fürs Entwichene hat, es bannen, seine Großen zeichnen, sprechen, leben machen kann. Der nicht eine Mumie oder eine goldgemeißelte Statue der Geschichte, sondern die lebendige Geschichte gibt, mit Händen und Füßen, Herz und Hirn, Lachen und Weinen, Wackerem und Schnödem, kurz die Wahrheit . . . . O ich werde Stipendien stiften und einen großen Notbatzen für meine eigenen schwachen Tage zurücklegen und ein Zimmer voll Bücher haben, ich . . .

»Alle diese Büchlein dünken mich köstlich,« sagte der Doktor wieder, als Therese nur mit Brot hereintrat. »Jedes hat eine andere Zunge! Aber immer so eine traute, liebe!«

»Der Herr Kaplan findet sie alle mangelhaft!« bemerkte Therese spitzig. »Er will etwas viel Besseres schreiben. Wissen Sie, etwas Hochfeines, Gelehrtes . . .« sie sah zum goldschwärmenden Geistlichen hinüber und lächelte. Was sann er da wieder?

»Ach, Hans Kodex,« weckte ihn Allspach munter, »jeder Patient, der zu mir kommt, hat doch auch seine andere Sprache. Und es ist eine Regel bei uns Doktoren, daß wir jeden in seiner Art gern ausreden lassen. Je mehr einer so redet, wie ihm der Schnabel gewachsen ist, um so ehrlicher redet er, und um so schneller und heller wissen wir Ärzte, wo es ihm fehlt. Und nun sollen alle Patienten zum Arzt da oben künstlich reden, mit hohem Satz und schlauem Stil, wie man etwa zu Menschen spricht, die man überreden oder umstimmen will? Torheit! Hier hat Fräulein Therese recht. Jedes Buch redet anders und derber oder feiner, breiter oder knapper, ernster oder gemütlicher, so wie eben der Büchleinmacher einer war. Und jeder Beter liest sich nun sein passendes Büchlein aus. Aber eines, das allen paßt, gibt es nicht.«

»Das sagte ich gerade so dem hochwürdigen Herrn Kaplan.« triumphierte Therese.

»Ihr findet gewiß nicht einmal ein Gebetbuch, das für Hans und Laus und mich gleich gut paßte. Und käme Fräulein Therese dazu, so paßte es noch minder. Wir brauchen alle etwas anderes.«

»Wie salbungsvoll du in einem geistlichen Haus plötzlich werden kannst!« foppte Laus Tann. »Übrigens weiß ich doch ein solches Büchlein, das für alle paßt.«

»Ach was,« schimpfte Albert Allspach weiter. »Ihr zwei habt schon zuviel Papier und Tinte geschluckt, drum habt ihr bald nichts mehr als Theorie im Kopf. Aber ich muß täglich kranke Lungen betupfen und Fieber messen und Auswurf untersuchen und schneiden und brennen, und da vergeht einem das theoretische Gewäsch. Das Werk ist die Hauptsache. Aber ihr wollt nur immer Werke schreiben, statt Werke machen. Da drinnen,« er zeigte höflich aufs Manuskript, »steht manches Schöne, was ich mit breiter Hand unterschreiben möchte. Aber es ist Papier und nichts mehr! Darüber wird man vielleicht in den Zeitungen streiten, sich überflüssig auf 38 Celsius erhitzen, dann mit Groll und Schaden und einer Kälte von 36 Celsius wieder schweigen... aber auch nur einen frommen Tag mehr oder einen barmherzigen Samaritan mehr: das schaffen alle diese Kapitel zusammen gewiß nie.«

»Aber früher hast du doch...«

»Früher, früher!« machte der Arzt ungeduldig. »Es gibt doch auch ein Später! Vor anderthalb Jahren war ich ein Esel. Frisch eingesessen, noch Student, noch Städter, noch Theorienheiland, wie ihr zwei. Aber inzwischen habe ich das Volk im Guten und Bösen kennen gelernt und habe Respekt vor ihm bekommen trotz den verriegelten Fenstern und den ungebadeten Knochen. Mehr als hundert Kranke habe ich gesehen, wie sie liegen und schweigen und die Qual verbeißen. Und schon dreimal habe ich auch zugeschaut, wie man hier stirbt. Und wie ein Vater zum Ältesten noch sagt: ›Meine Sonntagshosen könntest du noch gut zwei Jährchen am Werktag tragen. Die legt mir also nicht an. Aber ein ganzes, sauberes Hemd, daß man mich im Sarg begucken darf! – Das will ich.‹ – Na, wenn ich so was höre, dann brauche ich kein Pultstudium und keine Bücher mehr. Drum mag ich auch nichts Papieriges in dieses urchige Volk hineinschleppen. Macht ihr das meinethalb!«

Therese nickte gewaltig. So reden die Ärzte. Sie wußte es wohl. Rauh sind sie und schroff wie Wettertannen, aber auch so ehrlich und gerade.

Dem Redakteur gefiel die Sprache des Freundes nicht. Er hörte mit nervöser Unruhe zu und beobachtete dabei ängstlich den Kaplan. Johannes aber hatte sich schon zu tief in alle Reichtümer hineingerechnet, als daß er mehr als etwas von Theorie und Papier und einem weißen Hemd gehört hätte.

»Ich bleibe dabei, Herr Kaplan,« nahm Laus Tann beim ersten Verstummen Alberts das Wort, »daß Sie ein Kapitel über die Literatur unserer Andachtsbücher verfassen sollten. Da fehlt es nun einmal enorm. Diese Armenseelen-Geschichtlein, die Skapuliersprüche, dann die Litaneien vom guten End' oder wie ... dann weiter das romantische Zeug vom Künden und Warnen der Geister, diese seltsamen neuntägigen Andachten und alle die Wundermären von Sankt Anton zu Pavia ...«

Therese ließ einen leisen Pfiff zwischen den Plomben hören.

»Zu Padua, du schlechter Geograph,« korrigierte Albert.

»Nun, nun, es ist ein oberitalienisches Nest, eins wie das andere! Und ferner die ganz unglaublichen, unmöglichen Reliquien ... haben die Lachweiler nicht etwas wie eine Feder vom Erzengel Gabriel? ... nein, aber eine Flechte Haar von der heiligen Mutter Anna! ... ach Gott, Herr Kaplan, wer kann mit seiner Gymnasialbildung da noch mitmachen? Kehren wir zurück zu einer modernen Nachfolge Christi! – –«

»Sie wollten sagen, zu einem modernen Christus!« spottete Therese und hielt sich sehr steif.

»Christus gestern und heute und immerdar!« betete Johannes leise, der endlich aus den Millionen in sein armes Stüblein zurückgekehrt war, aber noch voll verlebter Habseligkeit und darum dankbar im Innern und gebetfroh war. »Ja,« sagte er dann laut und heiter, »aus der Nachfolge Christi sollte unsere fromme Literatur immer, immer mit gefalteten Händen lernen.«

»Das mein' ich auch«, ließ sich der Redakteur wieder rasch vernehmen, »und das war das Buch, von dem ich vorhin sagen wollte, daß es für uns alle vier passe, ja, für alle Menschen passe. Nur leben wir jetzt nicht mehr Anno 1300, wie der gottselige Kempis, warum ich denn auch vom Modernisieren des Büchleins rede, obwohl, so wie es mit seinen Meßandachten, Vespern, Morgen- und Abendgebeten von alt her ist, es mich immer das Beste dünkt, was es gibt.«

Johannes erschrak. Therese bog sich vor verhaltenem Lachen in den Hüften.

»Was lachen Sie, kecke Jungfer? Glauben Sie etwa, ich schwindle? Täglich lese ich ein paar Gebete des Kempis, sei es eine Litanei oder einen Psalm...«

»Aber bitte...« machte Therese und brachte voll Drolligkeit doch keine Silbe mehr heraus.

»Lassen Sie mich nur fertig reden,« sprudelte Laus weiter. »Wir brauchen also etwas Ähnliches, aber Modernes, wo der Gebildete nicht jeden Augenblick auf einen Schnitzer gegen die Naturgeschichte stößt; wo es nicht heißt: O Gott, der du nur in sechs Tagen Himmel und Erde geschaffen!... denn das sind doch keine Tage, sondern Riesenepochen gewesen; kurz, ein Gebetbuch, wo die Kultur des zwanzigsten Jahrhunderts drin steckt, ihr Duft...«

»Und ihr Gestank!« hänselte Allspach.

»Und wo man wirklich im Geiste betet, nicht mit so dicken, krassen Farben von einem schneeweißen Himmel und einer schwefelgelben Hölle, und wo man auch einen ordentlich fließenden Stil spricht, nicht immer sagt: und wahrlich, – er hub seinen Mund, – oder sintemalen und insonderheit.«

»Das heißt,« neckte Albert, »ohne Grammatik und Syntax und den neuesten Duden geht niemand in den Himmel ein.«

»O Herr Kaplan, so ein kleines, in Saffian gebundenes Gebetbüchlein, wo auch die Gedanken der modernen Größen verwertet wären, z. B. was Goethe und Schiller und Napoleon und Nietzsche Großes von Christus gesagt haben, o so ein Werklein müßte reißenden Absatz finden. Nicht auf dem Land, aber in den Städten. Das wäre auch eine Aufgabe.... Freilich, alles müßte rein und korrekt und ehrlich sein, aber durchaus deutschen Geist atmen. Donner, so ein Büchlein! Das wäre ein Verdienst! Beginnen Sie es, Herr Kaplan. Das ist noch wichtiger als die Kapitel hier. Geben Sie es mir in Verlag. Es wird in Zehntausenden verkauft, ein Bombengeschäft!... Aber wie, geht Ihre Uhr richtig? Schon drei Uhr? Und ich muß um vier Uhr mit dem Zug nach Zürich ... vorwärts, Albert.«

Er wollte hinausrennen, glühend von einem neuen Unternehmungsgeist. »Denken Sie daran! Zuerst das Büchlein.«

»Darf ich Ihnen eines schenken, bis das neue vom Herrn Kaplan gedruckt ist?« fragte Therese schelmisch unter der Türe. »Sie kennen es sicher noch nicht, und es wird Sie um so mehr interessieren ... Sie schenken mir dafür einmal Ihre so litaneienreiche Nachfolge Christi. Nicht wahr?«

»Gern, gern,« versetzte Laus verlegen und steckte das in ein hübsches, rotes Seidenpapier gewickelte Geschenk in den Rock.

»Lieber Hans,« sprach Albert währenddem rasch und scheinbar leichthin, »der Laus ist ein feuriger Kerl und eine gute Haut und hat begeisterte Minuten. Aber er steckt dafür die übrige Zeit tief in Schulden und sucht sich so oder so heraus zu spekulieren. Nun hofft er, der alte Phantast, 60 bis 70 Prozent an deiner guten Feder zu verdienen und der kleinen liberalen Jungmannschaft in unserem Dorf dabei noch den Bauch zu kitzeln. Geh nicht auf den Leim! Schreib, was du mußt, aber nicht seinetwegen! Die 70 Prozent: das ist *seine* Nachfolge Christi. Sonst ist er ein guter Teufel ... he ... Laus, ich komm' auch, ... lauf nicht so verflucht!«

Johannes stand in peinlicher Ungewißheit noch lange auf dem Söller und hatte weder den Mut, ins Freie hinaus zu marschieren, noch Lust, in die Stube hinein zu treten. Es war am klügsten, einstweilen auf der Schwelle unter der Tür zu verharren. Und die Eierröhrli?

Aber unterwegs wickelte Laus Tann das Paketchen Theresens auf.

»Nachfolge Christi von Thomas von Kempis,« lachte ihm in Goldschrift entgegen.

Feuerrot vor Aufregung blätterte er das Büchlein rasch auf und ab und sah nur Kapitel und nichts als Kapitel. Da steckte er es hurtig ein und sagte halblaut: »Die verdammte Hexe!«

»Na, ja,« höhnte der Arzt gutmütig, »diesmal hat sie dich gehörig eingeleimt. Das kommt von deinem zu fleißigen Litaneien- und Psalmenbeten.«

Johannes Keng aber stand noch immer auf der Schwelle... Und der transsibirische Kaffee?

18

Pfarrer Cyrill Zelblein kam nicht heim. Gerade in Pisa, wo der schiefste aller schiefen Türme steht, mußte der aufrechte deutsche Mann einen Schwindelanfall kriegen und vor San Michele wie ein Benebelter straucheln. Bei 38° Reaumur frösteln und zähneklappern, ist bedenklich. So ging's nicht weiter. Die zwei geistlichen Gespanen brachten Cyrill ins Spital. Das Fieber hatte den forschen Mann schon in Rom ein paarmal leis gezupft. Dann hatte er das Ohr voll vom scharfen Streichorchester der italienischen Grillen, dieser wütenden Spielleutchen. Aber nun aß er tapfer Pflaumen gegen die Hitze und öffnete abends gegen alle Warnungen des zimperlichen Kammermädchens erst recht die Fenster sperrangelweit, – ganz wie daheim im Dorf. »Ich müßte ersticken,« sagte er. »Ich muß die Glocken hören, die Rosse, die Fuhrleute, ich muß das bißchen Himmel sehen, sonst sterb' und verderb' ich.« –

Seine Kollegen warteten zwei Tage. Dann sagte der Arzt Paolo Cattani: »E il tifo. Sie nutzen amico niente! Gehen haim, gehen nur haim!« –

Nun lag der liebe, nordische Mann im schwülen Pisa am schläferigen Arno, in einem kahlen, großen, steinernen Zimmer, abgeschlossen von allen Gesunden und Kranken, in drangvollen, stürmischen Hitzen und hatte einen Tanz auf Tod und Leben mit der ersten Krankheit seiner siebenundfünfzig Jahre auszuschwingen. Ringsum grünte kein deutsches Wort! Aber Pfarrer Zelblein hätte jetzt auch nicht Latein, noch sein Lachweiler Deutsch verstanden. Es ging wie Wolken und Nächte und zerfetzte, sinnlose Bilder durch sein Gehirn. Dann und wann zuckte ein Licht auf – – leb' ich? – – wo bin ich? – – wie spät ist's? – – Aber gleich stürmt es wieder schwarz und rotfleckig durch die Sinne, tost wie dumpfe Wasser und lärmt grell wie die verflixten Grillen ... und ist dann wieder ein stetes Zusammenstürzen von weiß Gott wieviel Schutt – – Und dann ward's still und tot wie hundert Meter unterm Boden: die Bewußtlosigkeit!

Fräulein Ottilie vom Pfarrhof zehrte sich auf vor Kummer über diese Depeschen. Mit roten Augen ging sie umher und kniete den halben Tag in der Kirche. Vor der schmerzhaften Mutter Gottes betete sie Litanei um Litanei, und vor dem Josephsaltar hielt sie eine neuntägige Andacht ab. Aber vor dem Hochaltar, hinter dessen Goldtürlein der Allheilige selber horcht, ließ sie ihr Flehen hervorsprudeln, wie es ihr ohne Buch und Noster, gleich einem frischen Bächlein aus der Seele floß. – Fast schien ihr frommes Drängen den Himmel zu erschüttern. Denn ein Weilchen ließen die Spitalberichte eine leichte Besserung vermuten. Doch an einem Samstag ward gemeldet, der Patient liege immer noch ohne klares Wissen und Sinnen in auf- und niedergehenden, wilden Fiebern da. Dieses dauernd gleiche Befinden habe als eine Verschlimmerung zu gelten.

Kaplan Johannes schrieb jeden Tag einen leidlichen italienischen Brief mit doppeltem Rückporto und tante, tante grazie, um der Gemeinde und der armen Ottilie ein ordentliches Bulletin zu verschaffen. Am Sonntag nach dem Bericht empfahl er den Kranken allen Gläubigen, besonders aber den Kindern in ihr lippenreines, helles Gebet: Euch hat er getauft, ihm verdankt ihr euer schönes Christkindleben. – Nun steht zusammen, schaut gen Himmel und schreit herzhaft hinauf, daß der heilige Christ unserem Pfarrer auch sein Leben erhalte – – weil ihr ihn noch braucht und weil ihr Heimweh nach einem so lieben Hirten habt!

Bei diesen Worten sah der Kaplan viele Frauen mit Nastüchlein im Gesicht wischen. Einige Mädchen schluchzten, die Männer sahen besorgt drein, die Buben schielten verlegen und schräg in den Boden. Da stieg ein leises Wohlgefallen an seinem Werk in Johannes' Seele auf. Nur Therese kniete steif und breit im Köchinnenstuhl. Sie verwirrte ihn mit ihrem ungerührten Wesen, und er ärgerte sich weidlich, daß seine ganze beredte Herzlichkeit da, an diesem kleinen, quadratischen Menschenpünktlein, nicht verfing. Und als die fünf Vaterunser für den Kranken nach der Predigt laut gebetet wurden, da klang ihr greller Sopran mit den scharfen Endsilben wie sprödes Glas ihm geradezu schmerzlich ins Ohr. Wo hat denn auch dieses Geschöpf sein notwendiges Herz? dachte er. Irgendwo im Kleiderkasten aufgehängt?

Beim Mittagtisch aß sie gemütlich ihren Teller voll weg, dann legte sie Gabel und Messer übereinander, kehrte dem Kaplan mit leisem Bst! das Obstmesserchen, das mit der Schneide gegen den

Himmel sah, im Plättlein erdwärts. Darauf steckte sie den Finger in den enggeschnallten Gurt und sprach:

»Herr Kaplan, geht es dem Pfarrer so übel?«

»Leider Gottes!«

»Meinen Sie nicht, daß die Leute dort unten in – Pissa...«

»In Pisa!«

»In Pisa nicht viel von einem Typhuskranken verstehen?... Denn das ist mir doch seltsam, daß...«

»Pisa hat eine berühmte Universität, und vor allem wird die Heilkunde dort stark gepflegt.«

»Tut nichts zur Sache!... Einen deutschen Kranken, so eine bäuerliche Natur vom Bergland, wie der hochwürdige Pfarrer eine ist, verstehen diese Italiener sicher nicht recht zu behandeln. Das ist nicht das gleiche, einen starken, vollblütigen, schweren Mann aus unserem Land oder so einen bleichen, leichten Italiener mit seinen paar heißen Spritzen Blut. Kurz und gut, Hochwürden, wenn Sie nichts dagegen haben, so möchte ich nach Pisa gehen und unseren Pfarrer pflegen.«

Dem Kaplan schoß vor Verblüffung ein ziemlich großer Pflaumenstein den Hals hinab. Er würgte und hustete und sah ängstlich nach Theresen.

»Das macht nichts, Herr Kaplan, ich habe schon Pfirsichsteine verschluckt. Viel gefährlicher sind die Kirschensteine... Aber ich möchte nach Pisa! Ottilie sorgt indessen für Sie und hat dann Arbeit und minder Zeit zum Greinen.«

»Aber Pisa... Das ist weit! Und so allein. Verstehen Sie italienisch?«

Therese lachte übermütig. »Ich werde reden, bis sie mich verstehen! Haben Sie da nur keine Sorge!«

Nein, das besorgte er auch nicht. Aber ob man sie zum Kranken läßt?

»Das wäre!... Ich, vom gleichen Dorf! Sein Pfarrkind! Dazu zwanzig Jahre im Hauptspital unserer Stadt Krankenwärterin gewesen, auch bei Nervenfiebrigen! Ich zeige meine Spitalkarte!«

»Und die Reise hin und her. Das kostet sicher zwei blaue Banknoten.«

»Das zahlt mir der Pfarrer schon zurück. Und sonst, wenn auch, so zahl' ich's! Ich habe genug in der Sparkasse.«

Nein, sie brauchte nichts zu zahlen. Die ganze Gemeinde steuerte zusammen. Der Kirchenmaler, der jetzt am Gallusbild weiter malte, ging mit dem Taglohn herunter, die Pfarrköchin verzichtete auf einen Monat Salär, der Meßmer opferte die Sporteln bei den nächsten zehn Kindtaufen und Trauungen zum voraus, und so bot jedes in einer sinnreichen und nicht gar zu fühlbaren Manier ein Scherflein an die Reise. Jungfer Therese aber packte ihren Koffer ein, ehe noch Johannes Zeit gehabt hatte, aus seinem großen Staunen zu kommen. Es war ihm bei allem nicht recht wohl. Es juckte und stach und biß ihn wie mit hundert kleinen, aber sehr tiefen Mückenstichen, – – das Gewissen!

Sollte er nicht auch etwas Geld hergeben? Er war unvermöglich, und sein Gehalt reichte nicht halb an das seines Prinzipals. Er sparte überdies die wenigen entbehrlichen Fränklein wie Diamanten ins Sparbüchlein der Bank zusammen. Schon verzeigt es fünfundsiebzig Franken. Aber er muß ein paar tausend Franken zusammenbringen, weil er ein so kränklicher Mensch ist und nie weiß, wie bald er Invalid und damit pfrundlos und von der Gnade oder dem Almosen einer Armenkasse oder eines geistlichen Unterstützungsfonds abhängig wird. Heillose Abhängigkeit von Geld und Geldmenschen! Nein, er will auf sich selber stehen!

Und dann wollte er auch Bücher kaufen. O Bücher, Bücher, sein Leben in der Stube, seine Seelenfreude an stillen Nachmittagen.

Sonst band ihn nichts ans Geld. Als leeres, schönes Metall lockte es ihn nicht; wohl aber als großartigen Helfer und Retter im Leben, als Befreier vom Zwang, als Spender hoher Geistesgenüsse, kurz, als notwendigen Atemzug des ganzen unabhängigen, leiblichen Lebens schätzte er es hoch, liebte es, knauserte damit gegen sich und gegen die anderen.

Er besaß einen fast zitronengelben Zwanzigfränkler, den Lohn für sieben lange, mühsame, bei später Lampe geschriebene Artikel in die Kirchenzeitung. Viele Wochen hatte er daran Fränklein um Fränklein zusammengelegt, sie dann zu Zweifränklern und endlich in die Riesen von Fünffränkler umgemünzt. So trug er sie schwer und klirrend im Sack, bis ihm der Briefträger dafür ein Goldstück mit dem Römerkopf des ersten Napoleon gab. Das hielt er hoch. War es doch der erste Ertrag seiner Feder. In ein rotes Seidenpapier gewickelt, trug er es stets in der Weste bei sich und sah es jeden Abend ein Weilchen mit dem Gefühl eines Krösus an. Er wollte damit die ersten zwei Bände von Pastors Papstgeschichte kaufen, aber wartete von einem Tag zum andern, weil es ihm so schwer war, sich dieses blitzenden, mächtigen Stückleins so rasch zu berauben. War er am Ende doch daran, sich ins rohe Gold zu verlieben?

Da nun Therese sich ein so starkes Opfer auferlegte, und zwar mit einer Einfachheit und Unbekümmertheit, als gehörte es sich so, wollte Johannes doch aus Anstand auch eine Kleinigkeit wagen. Den Zwanziger also wieder wechseln und ihr wenigstens einen von den vier silbernen Riesen in die Hand drücken. Aber als er den Napoleon wieder aus dem Papier schälte und sich so recht in den eigensüchtigen, frechen und doch süßen Glanz dieses kleinen Ungeheuers vergaffte, brachte er es nicht übers Herz, die Münze zu wechseln. Morgen! Morgen! nahm er sich vor. Wenn er dann sah, wie die Spenden immer dichter in die Kaplanei regneten, beruhigte er sich und dachte, das gibt ja unzählig viel Reisegeld. Laß du nur deinen Batzen in Ruh! – Daß die meisten das Geld nicht ihm, sondern es durchaus eigenhändig der Jungfer auf den Tisch vorzählen wollten, als hätten sie schon leise seine knappe, magere Manier erschnüffelt und mißtrauten ihm, – das beleidigte ihn, und er verhärtete sich nun erst recht mit einem trotzigen und bitteren Mut in seinem geizigen Vorsatz.

Einen Zweifränkler hatte er noch in der gleichen Westentasche. Den wollte er Therese beim Abschied zustecken, so etwa, wie man ein Trinkgeld gibt, und wollte dazu sagen: 's ist nur für ein Gläschen Malaga, wenn Sie etwa wachen müssen. – –

Diesen Zweifränkler hielt Johannes zwischen Daumen und Zeigefinger in der Tasche fest, während er Theresen zum Dorf hinaus begleitete. Es gingen noch etliche Lachweiler ein kleines Respektstücklein mit, Kinder dabei, die Pfarrköchin mit hundert verschiedenen Aufträgen, Fragen, Grüßen, Bitten und Ermutigungen an ihren Pfarrer, – – der Kirchweibel, der Organist, der einen Kantus auf die Heimkehr des pastor bonus studierte, der Lehrer, die Ministranten und junge und alte Frauen. Nie war eine simple Kaplanenköchin in so feierlichem Geleite auf die Reise gegangen.

Der Kaplan wartete, bis eine Person um die andere zurückblieb. Nun ging auch die Ilsigkrämerin mit fünfundzwanzig Ades und Verneigungen retour. Nun also, er wollte das Silber herausklauben – – er schämte sich ein wenig – wär's vorüber. – – vorwärts, es muß einmal sein.

Da schrie ein Knabe weit hinten: »Jungfer Köchin, Jungfer Köchin, wartet doch!«

Flink schnaufend und schwitzend rannte der blonde Schlingel daher, schon von weitem einen Fünffränkler entgegenstreckend. – »Das da,« sagte er stoßweise, »ist von meiner Mutter der Hütlerlohn – – für den Monat – – grad hat sie ihn bekommen – – da! – – sie kann eben nicht stramm hüteln wie die Farner Kathri, weil sie viel krank ist, hat sie gesagt, soll ich entschuldigen, – es sind im ganzen zweiunddreißig Hüte gewesen – – wem muß ich's geben?« – – fragte er und legte das Silber nun doch in die Kaplanenhand.

»Nicht mir, nicht mir!« sagte Johannes schnell und reichte das schwere, teuer erarbeitete Stück zitternd Theresen hinüber.

»Ich lass' danken, tausendmal danken, sag's deiner Mutter, Karli,« bat die Jungfer, »und ich wolle fleißig für sie beten auf der langen Reise und sie an den wunderbaren Heiligtümern da unten im Italien nicht vergessen. – Lauf, sag's! und dir bring' ich einen Pack Trauben.«

Trauben, da oben, so nah bei Stein und Schnee. Trauben soll's geben! – – Der Junge hastete wie verrückt heim.

Therese blickte dem blonden Wirbel nach und, ihn und das Dorf und die ganze Menschheit hier oben in einen ihrer großen blauen Blicke fangend, sagte sie mit Stolz:

»Welch ein Volk ist das!«

Dem Kaplan ward, als falle ihm ein Knüppel mitten auf den Kopf. Zweiunddreißig Hüte. Die kranke Witwe Stadler! – – Wie viele hunderttausend Knöpfe, wie viele müde Seufzer stecken in diesem Fünffränkler da. Er war ganz warm und klebrig anzufühlen gewesen, von diesem blutigen Verdienen her! Aber er hatte schöner als das lauterste Gold geleuchtet.

»Alle haben hier ein gutes Herz, alle. Ich wüßte keinen einzigen harten, geizigen, der zurückgeblieben wäre!« fuhr Therese fort, die Augen überfunkelnd von Glanz und Dank.

Du weißt einen, schmälte und marterte es in Johannes. Wer hat jetzt Herz und wer statt dessen einen Stein da drin? O Johannes! – – Es flimmerte ihm vor den Augen, sie netzen, füllen sich, – er langt in die Weste, – es rinnt ihm schon die mageren Backen herunter. – –

»Da, Therese, nehmt auch meine Kleinigkeit! – –«

»Das ist zuviel!« wehrte die Jungfer voll ehrlichen Staunens über den funkelnden Napoleon.

»Zuwenig, Therese, viel zuwenig! Hätt' ich nur mehr!« schreit der Kaplan.

»Aber das Silber müssen Sie behalten.«

»Das Gold für den Pfarrer, das Silber für Euch!«

»Herr Kaplan...«

»Ich muß zurück... ich weiß nicht, wie mir wird... Reisen Sie gut!... und bringen Sie uns den Pfarrer hübsch heim!... und sich selber! Sie brave, Sie...«

Er sprang davon.

Er ist ein lieber Mensch, aber ein extravaganter! Wenn er nur nicht diese Grillen hätte! Dieses Sonderbare! Das kommt vom Studieren. Unsere armen Herren müssen zuviel studieren. Aber die Hand hätte er mir zum Abschied doch geben können. Nach dem Italien hinablaufen, ist doch kein Katzensprung.

So dachte sie und beschloß: beim heiligen Borromäus zu Mailand für den Kaplan von einem frommen, hageren, demütigen Kapuziner eine heilige Messe lesen zu lassen, damit das Überspannte und Spektaklige von ihm weiche. Dann stehe er so sauber und brav da, daß man ihn gleich auf eine Säule stellen könnte.

Dann stieg sie beherzt in den Schnellzug, saß steif wie ein Quadrat in ihr Polster und fuhr so in einem Kauderwelsch von Hochdeutsch und Französisch und Engländerisch mit all ihrer fünfzigjährigen Energie durch den Gotthard und die lombardische Ebene hinunter. Und sie staunte gar nicht, als der Schaffner nach dreizehnstündigem Rollen endlich feierlich und wunderbar schön rief: Pisa! – – Pisa! – – und als alles zu den Fenstern hinaus nach dem berühmten, weißen Marmorturm guckte, wie er schräg in den Himmel hing. Sie raffte ihren breiten, rauschenden Rock zusammen, als sie durch das Bahnhofgitter und das Spalier von Omnibussen lief, und strebte dann, mit scharfen, schnellen Schritten, die Spitze ihres Sonnenschirms fest ins klassische Pflaster schlagend, dem Ospedale zu, indem sie aller jahrhundertalten Schiefheit allhier zum Hohn sich kerzengerade wie eine kurze Tanne vom Lachweiler Forst hielt. Und es ist großartig: während sonst die allermeisten Fremden von der schönen, geraden Straße Vittorio Emmanuele verführt werden und über die Mittelbrücke gehen, wonach sie gleich in ein Gemengsel von kleinen, tiefen, schmutzigen Straßen weitab vom Dom geraten, hatte sich Therese den genauen Plan in den »Geistlichen Jungfernspiegel«, ihr stetes Begleitbüchlein, geschrieben: also einmal durch die Via Fibonacci zur Solferinerbrücke, dann durch die Solferinerstraße direkt an die Klinik. Es gelang, und sie hatte unterwegs Zeit, ihren italienischen Wörterschatz aufzufrischen, also prete – der Priester; ospedale – das Spital: tifo – das Nervenfieber; sono: ich bin; stata gewesen; trenta anni: dreißig Jahre; – nel servizio: im Dienste; degli amalati: der Kranken; ecco: sehen Sie; – il testimonio: das Zeugnis; – del medico: des Doktors! –

Das ist eine andächtige Stadt, dachte Therese. So viele Heilige an den Hauswänden! Sie hatte vollauf zu tun, sich jedesmal zu bekreuzen und nach ihrer frommjüngferlichen Mode zu empfehlen: Heiliger Franziskus, bitte für mich! – Sie kannte vorweg einen Himmlischen um den anderen und rief sie beim Namen. Beim ersten Blick sah sie: das war die heilige Agnes mit dem Lämmlein; da Sankt Rochus mit dem Hund; da der riesige Christoffel mit dem allerheiligsten Weltkugelknäblein; da der Samichlaus; ja, ja – hier mit den

Fischen, ei ja, der darf nicht fehlen: Sankt Anton, bitt' für uns! – – da mit dem Drachen: Sankt Jürg, bitt' für uns. – Was verschlug es ihr, daß darunter Theseus stand. – – Nun einer mit der Flöte und dem Hirtenkittel: Sankt Wendel, bitt' für uns! – Die Italiener hießen ihn, scheint's, Orpheus. Aber da kam ein schöner, bartloser Mann mit langem Rock und einer Laute! David ist's nicht! nein. Was gibt's denn für heilige Lautenschläger? Ein gewöhnlicher Engel kann's doch auch nicht sein. Apollo steht daneben. Das »heilige« lassen die Faulenzer immer aus. Wie mag das deutsch heißen? Ach was: Heiliger so und so, bitt' für uns.

Sie läutete am Portal, drängte sich gleich in den vorsichtig geöffneten Türspalt, sprudelte ihr Sätzlein daher, streckte das Zeugnis vor, rief: il prete svizzero! il prete svizzero!... tifo... pago tutto... und schwenkte wieder das Zeugnis: testimonio mio!... und blitzte mit Brillen und Plomben und klopfte mit dem Sonnenschirm auf den Marmorsöller und schüttelte wuchtig die Geldtasche. Und mit dem allem und mit einer Unmenge über Gänge und Stiegen hingeschleuderten Spital- und Fachwörtern, die in allen Sprachen ziemlich gleich klingen, wie Nervus constrictus! Neuralgia! Cholera! und ähnlichem vermochte sie es, vom Portier zum Sekretär, vom Sekretär zum Verwalter, vom Verwalter zum Direktor zu gelangen. Der Direktor sprach ungefähr soviel deutsch, als Therese italienisch. So wurde wenigstens von hüben und drüben ein Brückenbogen geschlagen. Rechnet man dazu die süße, glatte Höflichkeit der Pisaner gegen alle, auch die häßlichsten Damen der Welt, die quadratische Standhaftigkeit Theresens, das Ausschütteln der ungewechselten, kleinen und großen, weißen und gelben und papierenen Lachweiler Gelder über den Tisch – – und man begreift, daß Suora Teresa Leglio schon nach einer halben Stunde im schimmernd weißen Wärterinnenschurz mit strammen, gestärkten Ärmeln und einem mächtigen Brustlatz, sowie mit einer niedlichen, weißen Haube auf dem Kopf ins Absonderungshaus geführt und zum armen, besinnungslosen Schweizerpfarrer scharf eingeriegelt wurde.

19

Mit drei Sprüngen war Kaplan Johannes an der Haustüre, um dem Briefträger die »Lampe« abzunehmen. Wahrhaft, da stand es auf der ersten Seite, in fettem Druck für die hunderttausend Augen der Öffentlichkeit ungeniert hingeschrieben, was er in aller Zimmerheimlichkeit gesonnen hatte. Er wurde rot vor sich selber. Dann nahm er verwirrt die Feder hinterm Ohr hervor und fragte: »Wo muß ich da unterschreiben?« – »Es ist ja nur eine Zeitung!« spottete der Bote. »Unser Käsblättlein!« – Lachend trollte er das Stieglein hinunter. –

Es ist ja nur eine Zeitung! – das schoß wie ein kalter Wasserguß über Johannes. »Nein, nein,« rief es aus seiner innersten Seele hervor, als er den stolzen Titel »Wettervögel« gelesen hatte, »das ist mehr als eine Zeitung. Das ist ein Trompetentusch in die dumpfe Zipfelmützenstube unserer Michel, ein Fehdehandschuh, kühnlich ins Lager der Philister geschleudert, das ist ein Wind, der übers Land sausen und zentnerweise den Moder von den verschlafenen Stirnen fegen wird... Und du sagst, es sei nur eine Zeitung!... Ich muß dich bedauern, armer Briefträger Matthä! Dort gehst du mit den Lampen und ahnst nicht, was für Blitze du mit dir trägst... Sieh mal, nun läutet er beim Schulrat Frunz!... Wohl bekomm's, du alter Gerümpelherr!... Aha. Jetzt zum Kronenwirt! Nur zu, nur zu! Der runde, feiste Herr hat einen guten, aber so altbackenen Verstand, wie sein Brot am Montagmorgen ist. Du behaglicher Kauz, wirst natürlich meinen Artikel nicht lesen, sondern gleich die Mehlpreise von Rorschach studieren. Aber du schickst jede Nummer deinem Studenten in die Stadt. Und dieser gescheite Junge wird merken, was für witzige Vögel durch dieses Blatt schwirren und wie gut sie pfeifen, und er wird seinen Kameraden einige Melodien davon vorpfeifen. Und so weiter, und so weiter, lieber Briefträger Matthä, wenn du alles wüßtest...!«

Johannes ging in sein Studierzimmer, riegelte die Türe hinter sich zu und schloß die Fenster. Dann setzte er sich auf seinen harten, kirschbäumenen Brettstuhl hinter einen Tisch voll Bücher. Und erst in dieser wohligen Verschanzung begann er den Artikel ruhig zu lesen. Er kam ihm noch viel schöner vor als auf dem Schreibbogen.

Die Sätze hatten noch flinkere Beine, noch gestenreichere Hände und eine noch viel feurigere Gebärde im Gesicht. Ihm war wie einem Kinde, das zum erstenmal ein Glas schweren Wein austrinkt. Er fühlte sich berauscht vom obersten Scheitel bis in die bebenden Sohlen. In diesem Schwung des Geistes merkte er nicht, daß zweimal statt »emanzipiert« marzipaniert stand und daß im herrlichen Sätzlein, wo er den Philister sich in ein »Antiquarium des Geistes« verbohren ließ, der gleiche Philister nun in einem Aquarium des Geistes herumplätscherte. Aus der »epischen Lunge« der Renaissance hatte der Drucker eine epische Länge gemacht. Die »wechselnden Stile des Jahrhunderts« waren zur wechselnden Stille des Jahrhunderts geworden. Die dreimaligen »Orgien« waren in die frömmern Orgeln verwandelt. Das und zwanzig noch schlimmere Druckfehler merkte Johannes nicht. Und wenn er sie auch gemerkt hätte, sie konnten den schönen Geist seines Aufsatzes nicht umbringen.

Der Gedanke war: ein Geistlicher spaziert über Land und sieht klugäugig bald ins offene Weite, bald ins winkelige Nahe. Von dort kommen die Wettervögel, die Boten froher Sonnen und dunkler Gewitter. Und hier verstaut und verschanzt man sich gegen das Frohe und das Dunkle, als ob jeder Vogel ein Unglücksrabe wäre. Da möchte der Spaziergänger nun doch in Liebe unterscheiden und erweisen, daß man die nützlichen einlassen und nur die schädlichen totschießen solle. Aber nicht vor beiderlei Geflügel ein Schreckmännlein aufpflanzen, wo es dann leicht geschähe, daß die braven Vögel davonfliegen, aber die bösen frech unsere Saaten plündern!

Johannes las sein Werklein dreimal durch und immer mit noch größerer Genugtuung. Aber eine wilde, brausende Fröhlichkeit ließ ihn nicht dabei verweilen. Es durfte in solcher Streitsache keine Kampfpause, keinen Waffenstillstand geben. »Vollenden wir! Vollenden wir!« sagte er sich mit einer Anwandlung von lustigem Hochmut, »da wir in solcher siegreichen Stimmung sind!« – Und er riß das umfangreiche Manuskript hervor und kritzelte vom Nachmittag bis weit über Mitternacht Quartbogen auf Quartbogen voll, fast ohne Atempause. Er durchsah und erweiterte das Frühere, fügte Neues hinzu, und da er alles längst in sich ausgekocht hatte und wie ein fertiges Süpplein in sich trug, so ging es mit dem Servieren auf die schneeweiße Tafel des Manuskripts hurtig genug. Als es vom Turme der alten Kirche mächtig ein Uhr schlug, zog auch Johannes um das letzte Wort »Triumph« einen gewaltigen Schlußschnörkel. Das Werk war fertig. Auch ein geistvolles Kapitel über das moderne Gebetbuch funkelte wie ein nagelneues Wunder aus den dürren Blättern. Johannes numerierte noch die Seiten und erhob sich dann todmüde, aber selig vom harten Sessel. Der Kopf tat ihm weh, und als er im Bette lag, war es ihm, als drehe sich die ganze Kammer um ihn herum. Kein Wunder, sagte er sich, wenn man den Globus in die richtige Achse eingestellt hat! – – Das meinte er mit Spaß. Aber es war ihm schon viel ernster, als er beifügte: Ich komme ja aus der Schlacht! Nur die Feiglinge und die Nichtstuer sind dann nicht müde. Aber die Sieger sind immer müde!

Als Johannes am Morgen nach der heiligen Messe in den Chorstuhl kniete, um seine Danksagung zu verrichten, hatten die Beter die Kirche wie immer schon verlassen. Nur der taubstumme Armenhäusler Paul Pauli in der hintersten Bank blieb wie gewöhnlich noch eine Stunde lang im schönen Gotteshaus als wie in einer prächtigen Stube sitzen und sah den Malern zu, die allmählich mit Farbentöpfen, Leitern und Malschürzen kamen und am Fresko des heiligen Gallus weiterpinselten. – Dem Kaplan war diese Viertelstunde in der morgendlichen Kircheneinsamkeit unendlich lieb. Es war so still. Man hörte nur fern das Bächlein zwischen den Gärten und etwa die Glocke der Kronenbäckerei neben der Kirche klingeln. Am Altar waren die Lichtlein gelöscht. Aber man sah es ihm immer noch an, was Großes sich da soeben abgespielt hatte. Da war noch das Kreuz, an dem Christus gestorben war; da lagen noch die Reste seines irdischen Kleides am Boden; da erblickte man noch die Fußstapfen seiner entsetzlichen Quäler ringsum, aber auch die Spuren, wo Maria und wo Johannes gestanden; und da leuchtete es noch weit und breit über den ganzen Berg Golgatha vom vergossenen Erlöserblut. Aber die große Heldentat war vorbei und den Hügel hinunter in die fernen Straßen und Stuben der Erde gegangen und wirkte dort ihre Rettung weiter. Indessen, für innige, ehrfürchtige Menschen war es doch ein gar köstliches Kreuzfahrertum, zum Berg zurückzukehren und den Boden zu küssen, wo man den Heiland niedergeworfen, und das Holz zu umarmen, an dem er gehangen hatte, und zu danken, daß es einst einen Fleck Erde gab, wo seine ungeheure Welterlösung geschah, und daß es heute in jedem Dorf wieder einen solchen hehren Platz gibt, mehr wert als der Stall von Bethlehem und als das heilige Grab von Jerusalem.

Dem Kaplan war es in dieser Viertelstunde immer seelenwohl. Er zog dann die Brille ab, die er beim Lesen brauchte, und vertiefte sich ungestört in das Erlebte. Er fühlte an seinen Händen noch den süßen Abendmahlsduft und auf den Lippen den Nachgenuß des Kelches. Er spürte noch immer die seidenen Gewänder um die Schaltern, und es klangen ihm noch im Ohr die wunderbaren: sursum corda! ... hoc est enim corpus meum ... ecce agnus dei; ... und das gewaltige Erden- und Sonnenüberlebende: per omnia saecula saeculorum, Amen[6] ... Wo auf Erden gibt es noch eine so große Sprache? ... O müßte man doch nie von diesem Altare weg, in den licht- und andachtslosen Alltag hinunter! Oder könnte man den Altar mit seinem Glanz und Weihrauch und Gottesfrieden mitnehmen!

Wieder wie immer dachte Johannes, wie schön es doch sei, Priester zu sein. Er würde sterben am ersten Tag, wo er nicht mehr opfern, noch segnen, noch sonst wie ein Priester amtieren dürfte. In diesem Augenblick dankte er allen mit kleinen, innigen Gebetlein, die ihm zum Priestertum verholfen hatten, vor allem seiner stillen Mutter selig, dem alten Pfarrer seiner Heimat, seinen tüchtigen Lehrern, dem mächtigen und gütigen Bischof und seinem Regens, der ihn wie einen Sohn gehegt hatte. In diesem so heiligen Augenblick wußte er auch nichts mehr von den Schiefheiten und Nöten der Seelsorge oder von einem Zwiespalt im religiösen Denken. Da gab es nichts als eine große Eintracht, – ein Hirt, eine Herde! Und in dieser Viertelstunde wäre Johannes auch zu allem bereit gewesen: als Pfarrer sich auf die Insel der Aussätzigen einzuschiffen oder als Missionar zu den afrikanischen Menschenfressern zu wandern oder in einem malaiischen Heidenstaat sich für seinen Christus zu Tode martern zu lassen. Die ganze ungebrochene Begeisterung seiner noch so kindlichen und idealen Seele atmete sich da aus.

Heute aber kam ihm auch immer wieder das vollendete und sorglich in die Lade geschlossene Manuskript in den Sinn. Und es

---

[6] Auf die Herzen ... das ist mein Leib ... sehet das Lamm Gottes ... von Ewigkeit zu Ewigkeit, Amen ...

mischte seine irdische Freude in die überirdische dieses Kirchenstündleins. In seiner Fröhlichkeit konnte Johannes nicht anders, er mußte die Hymne der drei Knaben laut beten. Der Taubstumme da hinten im Schiff hörte ja nichts. So psallierte er denn jene prachtvollen Verse des Canticums, wo Himmel und Erde und alles, was darinnen ist, wie ein Mann aufsteht und den Allmächtigen lobt, immer lauter und fing sie zuletzt an leis im Choralton zu singen... **Benedicite sol et luna Domino**... Jeder Regen und jeder Tau lobe den Herrn.... Lobet ihn Kälte und Glut, du Licht, und du Finsternis, lobet ihn! Was im Wasser lebt und ihr, Geflügelte alle, lobet den Herrn!

O welch eine Poesie ist das! unterbrach sich Johannes. Wenn ich so dichten könnte! Und wie schon oft zuckte auch jetzt wieder jenes seltsame Wort seines liebsten Lehrers aus der Würzburger Studienzeit wie ein Blitz durch sein Gedächtnis: Ein Streiter Gottes kannst du wohl nicht werden, du bist zu schwächlich, aber ein Sänger Gottes könntest du werden, befleiße dich.

Ein Sänger Gottes! Da kommt es ja: **Benedicite sacerdotes Domini Domino!**... O ja, Herr, alles, was ich tue, soll dich loben, soll wie ein großes Gedicht an dich, du Herrlicher, sein!

Wie das Manuskript?...

Wer sagt das? Woher kommt das? Warum erschrecke ich?

Es trat eine große Pause ein. Johannes sang nicht mehr. Er hatte Mühe, sich zu sammeln, und blickte mit unsichern, flüchtenden Augen in der ganzen Kirche herum, als müßte jene stille Frage anderswoher als aus der eigenen Brust gekommen sein. Die Sonne drang durch die Fenster und berührte mit ihrem goldenen Zeigefinger das Kreuz auf der Kanzel und den Heiland daran. Dann fuhr sie über die vielen Stationen hin, wo auf jeder das Kreuz prangte, jetzt am Boden, jetzt auf den Schultern, jetzt niedergestürzt, weitergeschleppt, endlich erhöht über alle Erde. – Johannes kehrte zum Altar zurück. Aber da war das größte Kreuz auf dem Gipfel aufgepflanzt, und ein rührend schöner Christus aus bleichem Marmor hing müde daran. Er hatte eben das letzte Wort geseufzt: Es ist vollbracht. Man meinte sein Verscheiden in dieser Sekunde hier mitzuerleben.

Da sind überall Kreuze, nichts als Kreuze, nichts als der leidende, sterbende Heiland . . . Und mein Manuskript?

Was ist das? Um Gottes willen, was ist denn mit mir? Johannes fuhr sich über die nasse Stirne . . . Ich habe geschlafen, böse Träume haben mich geplagt, ich bin überarbeitet, mein Gehirn ist ganz überreizt, was neck' und quäl' ich mich selber? . . . Aber, das ist wahr, in meinem Manuskript wehrt man sich gegen das Leiden, man will nicht verspottet und mit Dornen, man will mit Lorbeer und Eichenlaub gekrönt werden. Und keine Geißel soll man spüren. Lieber schlägt man selbst drein. Man sträubt sich mit Händen und Füßen gegen die Verachtung, man verwirft das Stillesein und Demütigsitzen und Verborgenbleiben. Man will durchaus lärmen, will an die große Ecke der Menschheit stehen, man will gesehen, gehört, besprochen und reichlich gefeiert werden! Kurz, man will Sieger sein.

Und hier! – – schau, schau, – – jetzt fährt die Sonne über den Boden. Da sind die Gräber der alten Pfarrherren. Und auf jeden dieser Ziegel ist ein Kreuz gemeißelt und die zwei ausgereckten Arme und der zerrissene Mund und die ganze geknickte Gottesfigur. Und unten am Portal ist ein Kreuz, und auf den Glasfenstern bluten überall Kreuze, das Gotteshaus ist ein wahres Kreuzhaus. Es ist voll Leiden, Zusammensinken, Sichergeben, Sterben. Und von einem Kreuz zum andern klingt und ruft und stürmt es herüber, hinüber, das Schiff und das Chor vollbrausend: fiat voluntas tua! Herr, dein Wille geschehe!

Alle Freude war verflogen. Woher kommt dieser jähe Wandel? Geschieht mir nicht unrecht . . . mein armer, müder Kopf.

Aber daran läßt sich nichts wegklauben: im Manuskript heißt es immer: fiat voluntas mea! Die Kirche in Menschenglück und Weltglorie! Die Kirche wie eine Basilika neben dem Hause des Cäsars! Dach an Dach, Tor an Tor, im gleichen Stil und im gleichen irdischen Geflimmer. Die Kirche wie eine Königin unter Königinnen, wie eine Millionärin unter Millionärinnen, fröhlicher lachend als alle Lachenden, kräftiger dreinschlagend als alle Dreinschlagenden, feiner lebend als alle Feinlebenden, die Kirche obenan in der Börse, im Theater, in der Galerie, obenan in der Universität und in der

Fabrik, die Kirche, in einer Hand den ganzen Himmel, aber in der andern auch recht viel reiche, schöne, lustige Erde.

Aber da hängt der Kirchenstifter und Kirchenherr, vom Himmel verlassen und aller Erde beraubt, nackt, allein, das Urbild der Armut.

Immer wirrer geht es im Kopfe des Kaplans durcheinander. Ihm ist, die Christus alle von den vielen Kreuzen schauen ihn mit ihren letzten, brechenden Augen an und sagen: Willst du, kleinwinkliger Mensch, meine Kirche wirklich besser machen als ich, der Gründer und Held der Weltgeschichte? ... Und willst du es besser in ihr haben als ich, dein Herr und König? ... Willst du triumphieren, wenn ich mich in den tiefsten Staub bücke? ... Willst du lachen, wenn ich weine? ... Verstehst du meine Erlösung so, daß ich allein litt und stritt, aber daß ihr alle nun wie auf einem Regenbogen von bunten Vergänglichkeiten hinüber zum Unvergänglichen lustwandelt? ... Hast du vergessen: Wer mein Jünger sein will, nehme das Kreuz auf sich und folge mir nach. Die *via crucis* meine ich! Aber du meinst, auf dem Weg der gelehrten Bücher und der Kreditbanken, der Bühnen und Ateliers in den Himmel einzugehen. Ist das der schmale Weg? Schreibst du für ihn so ein prunkhaftes Opus? ... Du willst die triumphierende Kirche erleben, noch ehe du die leidende mitgelitten hast. Du kleines, nichtiges und doch so gespreiztes und alles besserwissendes Knechtlein du in meinem Weinberg!

»Sie haben gesungen, junge Hochwürden, Sie sind ein glücklicher Mann,« flüsterte es plötzlich ans Ohr des Kaplans.

Der Mann aus der hintersten Bank, der vermeintliche taubstumme Armenhäusler, war langsam zum Chor hinaufgeschritten und legte mit diesen Worten seine schöne, weiße Hand freundlich auf die Achsel des Kaplans und wiederholte: »Sie müssen ein sehr glücklicher Priester sein.«

Johannes schrak auf und staunte den gütigen Sprecher mit silbergrauem Haar, aber einem noch ganz frischen, unversehrten Mannesgesicht fassungslos an.

»Entschuldigen Sie .... Sie haben den Bischof um einen Gehilfen gebeten. Ich bin's: Pfarrweser Joseph Nimmer! Mit einem so glücklichen Kaplan pastoriere ich doppelt gern . . . Kann ich noch zelebrieren? Ich komme gerade von der Station.«

Der Kaplan holte den kleinen Hans aus der Krone und half dem neuen Pfarrer beim Anziehen der Meßkleider. Dieser runzellose, ältliche, feine Herr gefiel ihm. Er sprach ein so reines Deutsch, wie man es in einem Dorf um eine Banknote nie zu hören bekäme. Und er machte ganz kleine, hübsche Gesten zu jedem leisen Wort. Seine Wangen waren noch apfelrot, wie bei einem frischen Büblein. Ein herziger Mann! Johannes gab ihm trotz des Ferialtages die bessere Sonntagskasel, die man nur an Duplex majus trägt. Hansli, der die heilige Garderobe und ihre uralten Bräuche gut kannte, glotzte den Kaplan darob an, als beginge er einen Irrtum oder fast eine Sünde. Aber Johannes wies ihn mit scharfen Blicken ab. Nun wollte er auch den alten, goldenen Kelch aus dem Kästlein holen, den man sonst für die höheren Feiertage aufspart. In diesen Moment sagte der Gast mit seinem tiefen, samtenen Baß: »Ach, nun habe ich meine halbe Seele im Rock behalten.« Und er hob Albe und Kasel umständlich und zog eine breite Perlmutterdose und ein umständlich weites, rotbetupftes, seidenes Schnupftuch hervor. »Placeat?« er bot dem jungen Priester eine Prise. Johannes lehnte unwillig ab. Da nahm Pfarrer Nimmer eine ergiebige Prise, legte die Dose auf den Tisch und schob das getupfte Tuch vorsichtig in den rechten Ärmel.

»Er ist ein guter, gebildeter Herr,« urteilte Johannes, »aber dennoch einer von den ganz konservativen. Da haben wir wenigstens so eine richtige Respektlosigkeit unserer alten konservativen Parochi!« – Er riegelte das Kästlein auf.

»Was sagen Sie zu diesen Malern?« fragte der Geistliche indessen im vollen Ornat und die Hände gefaltet. »Ich habe die Gemälde betrachtet. Sie taugen gar nichts.«

Der Kaplan stutzte. Dieser Mann genoß die erste Stunde Gastfreundschaft und kritisierte schon den Wirt. Und er tat es ein paar Minuten vor dem heiligen Opfer! Ihm selbst hatten diese grellen, unnatürlichen Klecksereien, wo die Figuren entweder entlehnt oder dann stümperhaft erfunden waren, gar nie gefallen. Hundertmal hatte er sich darüber schon geärgert und laut beschwert. Auch eine brennende Zeile stand über dergleichen banale Kirchenkunst in seinem Werk. Aber jetzt hätte er um keinen Preis mitschimpfen mögen. Er tat, als habe er den Verweser nicht verstanden, und schwankte verdrossen, ob er nun doch den besseren Kelch oder nur den für gewöhnliche Sonntage nehmen solle.

»Was wollen denn alle diese steifen Tiere an der Wand? Eine ganze Menagerie! Der heilige Gallus hat doch seine Mission bei den hiesigen Menschen gehabt . . . Und so nichtssagende Gesichter. Wie Spülwasser! Und der Wald an der Steinach, lieber Gott, genau wie Salat und Sauerkraut! Wer malt denn so was? Und wer zahlt so was?« fragte Pfarrer Nimmer mit eigentlichem Schmerz in seinem blühenden Greisengesichtlein.

»Das gefällt nun einmal unseren Leuten so! Sie wissen nichts anderes!« entgegnete Johannes und reichte dem Verweser nun zum Trotz den ganz gewöhnlichen Werktagskelch. »Und unsere Leute müssen es ja anschauen; ihnen muß es behagen, und sie bezahlen es! Da läßt sich denn nicht viel einwenden!«

Der Verweser seufzte ein wenig und lächelte versöhnlich zum Kaplan hinüber. Dann sah er das Kreuz an der Wand an, ward ernst und still und sammelte sich. Der ungeduldige Hansli an der Sakristeitüre betrachtete währenddem den Überzieher des Gastes und dachte: »Ein seidiger Kragen und so ein feines Tuch . . . . der kann mir ganz wohl zwanzig Rappen geben!« . . . Dann hustete er und kratzte ein wenig mit dem Fuß. Aber der Geistliche rührte sich nicht. »Der scheint ein langsamer Pfarrer zu sein!« sann der Bube weiter. »Wenn er mir soviel Zeit braucht, so sind fünfundzwanzig Rappen gar nicht zuviel. Der Höflisepp gibt mir sein Doppelpistölchen sowieso nicht unter dreißig!«

Endlich stülpte der Pfarrer das Birett auf und sprach mit Andacht: »Benedicite!«

»**Deus, me commendo!**« respondierte Johannes.

»Was hab' ich da für einen Meister bekommen?« fragte er sich auf dem Weg über den Friedhof. »Froh bin ich, daß der Bischof mir so schnell das Verwesertum abgenommen hat. Aber so ein seltsamer, fein-unfeiner Herr!« – Johannes wäre in der heiligen Messe geblieben, wenn seine Aufgeregtheit ihn im Chorstuhl ruhig hätte knien lassen. Aber das war unmöglich. Er sagte also Ottilien, sie möge noch ein Besteck aufstellen, der Stellvertreter des Pfarrers sei da.

Darauf nahm die stille Jungfer ein Tüchlein hervor und weinte. Johannes aber ging das sogenannte Ruckgäßlein hinunter. Das war ein prächtiger Spaziergang. Auf der rechten Seite hatte man nichts als die Hinterwände der Dorfhäuser, mit Küchenfenstern, Holzlauben und schmalen Gemüsegärten. Kein Mensch war da. Alles drängte sich im Dorf gegen die Stube und ihre Straßenfenster. Aber links vom Ruckweglein dehnten sich vom Fußweg die Wiesen gegen den Hügel hinauf und zum Tobel hinunter wie eine weite, grüne Freiheit. Tief innen mähten jetzt Männer und Frauen in einem wunderschönen, gleichmäßigen Sichelschwung das hohe Gras nieder. Leis aufrauschend fiel es hin, aber ward sofort von Jungfern und Schulkindern, die barfuß hinterher liefen, mit den dreizinkigen Gabeln aufgewirbelt. Die Eisenspitzen funkelten in der frühen Sonne, und das feuchte Gras wehte jedesmal wie ein üppiger Blumenstrauß auseinander und überstreute den beschnittenen Platz. Man sprach kein Wort. Die Arbeit allein redete ihre ruhige, feierliche, mächtige Sprache.

Dieses Bild erquickte den Kaplan, und der würzige, feuchte Geruch, der vom frischgemähten Gras bis ins Weglein floß, machte ihm den Atem leicht. Er vergaß alles Widrige. Beim Krummenhaus hielt Johannes an. Da lag der Großvater jener Mähderleute, ein altersschwacher Bauer, mit gichtischen Beinen und siechte langsam dem Tode entgegen. »Ich will ihm einen Besuch machen,« sagte sich der Kaplan. »Er ist zu dieser Heuzeit wohl viele Stunden tags allein.« Johannes winkte gegen den Hügel, wo ein Mähder die Sense schulterte und ihm entgegenging. Zurück, zurück!... macht nur weiter. Ich finde den Weg zum Alten schon allein. Auch von der Hinterseite! Der Bauer wandte sich zufrieden um. Bei so köstlichem Wetter ist keine Minute zu versäumen... Er hätte soviel kluges Einsehen diesem jungen, eigentümlichen Kaplan nicht zugetraut. Vielleicht hat er doch als Bub auch etwa heuen helfen müssen. Balzomli zog die Sense wieder aus, paßte den Moment genau ab und hieb dann im großartigen Takt der anderen das schöne, reife Gras in langen Schwaden nieder. –

20

Johannes Keng stocherte sich durchs Gartenpförtlein und den dunkeln, mit allerhand Feldgerät verlegten Gang zur Treppe. Da ward es heller. Er klopfte lustig an der fast schwarzen, verbogenen Stubentüre und öffnete auf das weinerlich greise Herein! so weit und fröhlich, als wollte er dem Mann die Welt zeigen. Das hatte der alte Balz nicht nötig. Er lag vorne an der langen Fensterreihe auf einem Sofa ohne Rücken. Da er nicht mehr gehen konnte, war es eine unschätzbare Gunst, daß er hart an der Hauptgasse des Dorfes lag und daß von ihrer hundertbeinigen Kurzweil auch nicht ein Schritt für ihn verloren ging. Er sah alles, die großen und die kleinen Sprünge der Dorfmenschen, und genoß es mit einer gutartigen Genugtuung, wenn eine ansehnliche und im Fußwerk tüchtige Persönlichkeit ausglitt und alle viere von sich streckte. Das konnte ihm nimmermehr passieren! Daneben freuten ihn die Jünglinge mit ihrem so elastischen Gassenschritt und die hüpfenden Rangen. Und nur, wenn sein Schulkamerad Moritz Gehrig so mühselig durch die Straße herauf hinkte, immer einen Schuh vor den anderen setzend, schimpfte der alte Balz: Wann wirst du wohl so gescheit wie ich und legst dich aufs Kanapee! Die Straße ist nichts mehr für uns zwei.

Sowie nun aber der Geistliche eintrat, kehrte der Greis das Gesicht von der eiteln Gasse nach der Stube und sozusagen nach der frommen Innenseite seines Lebens und fing jedes Wort des Priesters wie eine Goldmünze auf, wog es gleichsam mit beiden Händen und dankte herzlich.

Der Kaplan begann nach einem kurzen Gesprächlein das Krankengebet. Wieder, wie seit langem, aus dem heiligen Stegreif seines betenden und phantasierenden Herzens. Er hatte seine Zuversicht neu gewonnen, und die Freude am fertigen Manuskript, am Verweser, der ihm die halbe Mühe abnahm, und am guten, frischen Sommermorgen ergoß sich in seine Weise. Die Worte wurden prunkvoll und malerisch. Er rief dem Alten das hohe Jerusalem, das nach dieser Stubenniedrigkeit seiner warte, in den Sinn, mit seinen Harfenkonzerten wie rauschenden Wäldern, mit seinem Engelspiel und seiner prachtvollen Kurzweil durch alle ewigen Stuben. Er redete von der Einsicht, die der Selige da oben genieße, hoch über alles Grübeln und Brüten der irdischen Philosophie hinaus. Und dort lebe die Poesie, nicht die geschriebene oder geträumte, nein, die wahrhafte, die von einem Morgen in den andern erlebte. O welch ein Himmel! Nicht der Himmel, von dem es in Goethes Faust ein Schimmerchen gebe, auch ...

»Herr Kaplan!« bat der Greis leis und mit suchenden, unglücklichen Augen.

»Auch nicht einmal der Himmel, wovon der große Dante im Paradiso an Beatricens ...«

»Herr Kaplan,« bröckelte der Alte nochmals und nun lauter und unmutiger hervor, »beten Sie mir doch etwas Deutsches vor.«

Johannes stand da wie zu einer Säule erstarrt.

»Was ich verstehe ... ein Vaterunser.« Und da der Kaplan noch immer stumm und steif stand, schlug der Kranke ein großes Kreuz und begann mit seiner zitterigen Stimme: »Vater unser, der du bist im Himmel ... der du bist ...« wiederholte er lockend und einladend ... »der du bist im Himmel.«

Dem armen Priester ward es blau und grün vor den Augen.

»Der du bist im Himmel ...« forderte der Mann nochmals dringender, und seine Augen brannten wie eine ganze große Wüste im Durste nach dem einzigen, nahen Oasenbronn brennt.

Das wirkte. Dieser Durst drang dem Kaplan bis an die Seele. Hilflos mit all seinem Pomp, so recht ein Habenichts und fadenscheiniger Prahlhans kam er sich plötzlich neben diesem heiligen, überirdischen Durst des Greises vor. Das Vaterunser, o ja, das Vaterunser konnte hier nur helfen. Demütig faltete er die Hände, und während sich seine Augen leise, leise mit Tränen füllten, betete er das uralte, unwiderstehliche, von Gott selbst erfundene Gebet immer kräftiger vor. Aber bei jedem Gesätzlein wartete er, damit der Kranke die Bitte nachflüstern konnte. Und sieh da, das Antlitz des Alten ward wie ein Feiertag. Erquickung lagerte sich über Mund und Augen. Er saß in der Oase und schöpfte lebendiges Wasser. Vorhin war es nur eine Fata Morgana gewesen.

»Ich danke vielmals!« sagte er und schloß glücklich die Augen.

Dem Kaplan war begegnet, was einem zähen Stubenhocker etwa passiert, der hinter Scheibe und Türriegel in großer Ofenhitze seine Stunden verbrütet und nichts von der erstickenden, verdorbenen Luft merkt, weil er immer da drinnen war und kein Lüftchen von außen einließ. Aber nun tritt ein Freund ins Zimmer und rümpft schon auf der Schwelle die Nase und schreit: »Es ist zum Sterben bei dir. Das hält keine Seele aus!« Und er öffnet schnell ein Fenster, und da dringt die Gesundheit und Frische der Natur herein. Und nun merkt der Pedant da innen entsetzt, in welchem Moder er saß, und er reißt auch noch die anderen Fenster auf, eins ums andere, und es graust ihm vor dem letzten Restlein Stickluft mehr als selbst dem frischatmigen Besucher.

Mit jener einzigen Bitte hatte der Kranke ein Loch in den dumpfen Hochmut seines Kopfes geschlagen. Der Schöpferhauch des Vaterunser drang ein und fegte die verhockten und erstickten Winkel alle aus. Und nun erst merkte Johannes, in welch eitlem Dunst er gelebt hatte. Auf einmal erkannte er, daß sein Beten mehr Rauch als Feuer gewesen war. Es hatte geflackert statt geleuchtet, Rhetorik statt Innerlichkeit geboten. Wie konnte er das nur bis zu dieser Minute übersehen? War er denn immer so benebelten Geistes und mußte sich irgendwo fast den Schädel einrennen, ehe er hell und nüchtern sah! Haufenweise fluteten jetzt die Bilder und Phrasen aus seinem bisherigen, selbsterfundenen Beten über ihn, und er konnte es fast nicht glauben, daß er so überspannte Sachen gesagt hatte. Neben diesem einfachen, wahrhaft großartigen Vaterunser schien ihm jetzt all sein Beten am Bett der Kranken eine öde Flunkerei. Er übertrieb da wieder. Denn er hatte doch auch manchen schönen und guten Gedanken mitten in den vielen Phantastereien vorgebracht. Aber das hätte er jetzt um keinen Preis zugegeben. Alles galt ihm als Schwefelei. Und er, er hatte gegen die ehrwürdige Letzt End'-Litanei gewettert, du lieber Gott! – noch mehr, er, gerade er, wollte ein Reformgebetbuch schreiben! – – Niemals, niemals!

Es läutete von der Kirche mit dem kleinen Glöcklein zur Wandlung. Der Kaplan kniete auf den Boden und betete so zerknirscht, wie einst bei der ersten Beichte als inniges, seelenbetrübtes Schulbüblein: O Jesus, sei mir gnädig! O Jesus, sei mir barmherzig! O Jesus, verzeih mir meine Sünden, Amen. Besonders, fügte er im Stillen bei, verzeih mir, daß ich soviel gedichtet und gefabelt habe, was doch ein einziges Vaterunser schon sagt und tausendmal besser sagt.

Er segnete den Greis und gab ihm zum Abschied die Hand in einer so weichen, bittenden Art, als wollte er bei ihm um Vergebung anhalten.

Dann lief er nach Hause, und das gesättigte Gesicht des Krummbauern begleitete ihn wie eine schöne Genugtuung bis ins Studierzimmer. Gleich steckte er sich den Pastor Fidelis in die Rocktasche und riß dann das Manuskript aus der Lade. Wo stand denn das Unglück? – Ah, Seite 65 begann es: »Wie man mit dem Munde unserer Zeit beten soll!« Ist denn das nicht wahr? O ja, es hat einen Sinn. Aber der lag mir fern und den liest auch niemand heraus, weil es so verfänglich, so spitzbübisch gesagt ist! Und so hab' ich's gemeint. Nein, nein, weg damit! Es ist ein verrücktes Reden. »Mit dem Munde unserer Zeit?« Vater unser, der du bist im Himmel, das paßt in den Mund eines jeden Tages und eines jeden Jahrtausends. Und wenn es Menschen im Mond und in hundert anderen Sternen gibt, sie alle können es beten. Gott ist immer der gleiche Gott, und das Menschenherz ist immer das gleiche suchende, hungernde, da wird auch das Gebet vom einen zum andern am besten das alte bleiben.

Das ganze Kapitel ward kurz und klein zerrissen und ins Küchenfeuer geworfen.

»Das will ich der Therese schreiben. Der hochwürdige Herr Kaplan zerreißt seine großen Papierbogen!« dachte Ottilie am Herd. Die Kollegin hatte sie vor der Abreise auf diese geheimnisvollen und gefährlichen Papiere aufmerksam gemacht. Gegen die sollte sie fechten wie gegen die Motten oder die Raupen im Garten. Aber die sanfte Ottilie wagte an nichts Unrechtes bei einem geistlichen Herrn zu denken. Dennoch, die tausend Fetzlein, in einem lachenden Feuer aufgehend und zusammenfallend, vergnügten sie der guten überbesorgten Therese wegen. Sähe sie's doch!

Nein, ein Gebetbuch werde ich nie schreiben, wiederholte sich Johannes im Angesicht dieses kleinen Autodafé. Das Vaterunser genügt mir vollkommen und was wir an Gebeten von seinem Geiste haben. Und auch mein übriges Manuskript bedarf einer genauen Sichtung. Wer weiß, ob es nicht noch an einer ähnlichen Teufelei krankt! – Mit der Miene eines sehr strengen Inquisitors trat er von der Asche zurück. Dann fragte er Ottilien:

»Ist der hochwürdige Herr Verweser noch immer in der Kirche? Der liest die heilige Messe so langsam wie ein Primiziant. Und sicher auch so fromm! Stellen Sie den Kaffee nur auf. Ich will den Herrn holen.«

Er ging in die Kirche hinüber. Ministrant und Meßmer waren weg, der Altar abgeräumt, der Chorstuhl leer. Ah, da unten im Schiff kniete sich der ältliche Herr gerade von der vierten zur fünften Station hinüber: Simon von Cyrene hilft Jesus das Kreuz tragen! Wie er den Kaplan im Chor bemerkt, nickt er höflich und schlägt ein sehr langsames Kreuz. Mit einem Blick, der sagen soll: Auf Wiedersehen! verabschiedet er sich von der Station und geht dem Kaplan entgegen. »Entschuldigen Sie, es ist Freitag, und ich habe den Kreuzweg noch nicht verrichten können. Aber nun komm' ich, ich kann später...«

Der Kaplan wollte gern warten.

»Nein, durchaus nicht. Ich kann am Nachmittag weiterfahren.«

»Aber können Sie denn vor diesen Bildern beten?« fragte Johannes mit einem kleinen Ton von Spott und schenkte dem Gast Milch ein – er will keinen Kaffee –, »sie stammen vom gleichen Maler, der den heiligen Gallus verherrlicht. Ihr Kunstgefühl...«

»Sst! sst! Sie lieber Necker!« lächelte der Verweser und schüttelte seine dichten Silberkrausen munter zurück, »ich muß recht ungeschickt gewesen sein, nicht wahr? und habe Sie gar geärgert? Sehen Sie, ich bin lange Zeit Professor der Ästhetik am Lyzeum unserer Residenz gewesen und habe auch in jungen Stümperjahren in München gemalt, bevor ich die Soutane nahm. Es ist unglaublich, wie einem Alten solche Schwächen nachgehen und man sich erst noch recht mächtig viel darauf zugute tut!«

Dem Kaplan entfuhr ein Ausruf der Bewunderung. Professor der Ästhetik! Einst Kunstschüler an der Isar! Ah!

»Und da hat nun eben wieder einmal der alte, giftige Professor in mir austoben müssen, weil er nicht sein Geschmäcklein fand. Fein und innerlich und reich sind ja diese Fresken wirklich nicht gemalt.

Ich meinerseits möchte lieber leere Kalkwände. Aber dabei vergesse ich die schöne Einfalt des Volkes. Und ich vergesse sogar, daß ich Priester bin und erst lange hernach Professor der Ästhetik, – dies letztere befugterweise eigentlich gar nicht mehr, bin ich doch längst abgedankt! – Aber Alter schützt vor Torheit nicht. Man muß dann nur beten, so sieht man seine Dummheit gleich ein. Sie, lieber Herr, können gewiß vor den unglimpflichsten und rohesten Stationenbildern prächtig beten!«

Der Kaplan sagte nicht ja und nicht nein. Aber es schmerzte ihn wahrhaft, daß er einem so lieben Manne nicht den feiertäglichen Kelch aufgerüstet hatte.

21

Im Nu waren die zwei Geistlichen zwischen Milch und Kaffee gemütliche Kameraden geworden. Der Gast erzählte kurz seinen etwas bunten Lebenslauf, als müßte er sich in seinem bisherigen Gehaben ausweisen, wer er sei und ob nach allem Getanen und Versäumten ein genügendes Vertrauensvotum für ihn übrigbleibe, um als Verweser mit einiger Hoffnung amtieren zu dürfen.

Er war in reichen Verhältnissen aufgewachsen und hatte Künstler werden wollen. Aber beim Studium der religiösen Malerei in München sah er ein, daß sein Pinsel zu schwach, sein Herz zu stark sei, um einzig und allein Religion zu malen. Und so ward er Theologe und hernach einige Jahre Stadtvikar. Dann Professor seine vollen fünfundzwanzig Jahre. Eine Halskrankheit nötigte ihn, das Katheder zu verlassen. Nun trat er mit ergrauenden Haaren ins Noviziat bei den von jung auf verehrten Benediktinern. Eine zweite Jugend! sagte er. Leider sei er schon zu verweltlicht gewesen, um noch in die ernste Zucht jenes idealen Ordens sich einpassen zu können. – In Wahrheit vertrieb ihn sein Halsleiden aus der klassischen Kutte. – Aber jeden Monat müsse er wenigstens einmal in den seelenkundigen Regeln des heiligen Erzvaters lesen und, wo er es nur ein bißchen einrichten könne, suche er von Zeit zu Zeit wieder einen Choral zu hören, wie ihn nur die Beuroner singen, oder dem wahrhaft himmlischen Salve Regina in der Wallfahrtskirche zu Einsiedeln zuzuhorchen. Das Heimweh treibe ihn förmlich danach. Seine Freunde hätten ihn nun trotz allem statt Bruder Nimmer Bruder Wiederkehr geheißen. Ob das nicht ein vollendet böser Witz sei? – Dann habe ihn sein Bischof zum Beichtiger im Frauenkloster zu Zwieberg ernannt. Das hätte ihm wohl gefallen. Aber da meldete sich gleich ein schier unüberwindliches Hindernis: der Nonnengesang. Diese spitzen, hohen, dünnen Stimmen mit ihrer unendlichen Süßigkeit machten ihn fast krank. Er mag schön sein, aber seinem Bassistenohr tat er weh. So fromm es im Kloster zuging und so ernst er sein Amt versah, dieser Gesang verdarb alles. Hundertmal wollte er resignieren und hundertmal sagte er sich, daß er ein eitler Tropf wäre, um einer solchen Kleinigkeit willen so einem schönen Beruf zu entsagen. Aber als die Choristinnen eine Pfingstmesse mit einem Sanktus einübten, wo die Stimmen fast nie unter das zweigestrichene C hinuntergingen, so daß man einen Schwarm Violinen auf der höchsten Saite spielen zu hören meinte, da dankte er in heller Verzweiflung ab. – »Ich bin über meinem schiefen Ohr gestolpert,« sagte ich zum gnädigen Herrn.

»Besser als über einem schiefen Herzen!« meinte der Bischof gütig und verwendet mich fortdann als Verweser vakanter Posten oder als Ferienpfarrer. Und das behagt mir. Denn so alt ich bin und so ruhig ich scheine, ein hüpfendes Wandervogelblut trag' ich eben doch in mir. Und so bin ich denn gern einmal in diese Berggegend gekommen zu den berühmten Lachweilern, wiewohl ich dem Pfarrer Zelblein von Herzen eine schnelle Heimkehr wünsche.«

Diese Erzählung machte dem Kaplan Mut. Das war ein weitgereister, künstlerisch veranlagter Herr. Jetzt begriff er seine strenge und jähe Kritik der Wandgemälde. Dem behagt wohl auch manche andere Verunzierung in der heiligen Kirche nicht. Johannes erzählte nun auch, wie er in Tübingen und Würzburg studiert und eine große Auffassung von Welt und Kirche empfangen habe, so daß er sich danach zwar im heimatlichen Seminar recht gemütlich befand, aber manchmal doch eine gewisse Einschachtelung und Beengung gegenüber der Liberalität jener deutschen Universitäten spürte. Man habe ja gewiß gescheit und praktisch doziert, aber den Zöglingen dabei doch immer eher ein Dorfkirchlein als die Weltkathedrale der Ecclesia gezeigt. – Hier schnupfte der Verweser eine höchst vergnügte Prise, und Johannes faßte das als ein Zeichen des stillen Einverständnisses auf. Der milde Regens habe ihm oft gesagt, er trage zu große Schuhe an seinen kleinen Apostelfüßen! – »Na, Herr Verweser, das war doch auch kein ganz feiner Witz!«

»Ja, es gibt recht arge Witze!« versetzte der rotbäckige Greis behutsam, und ein klassisches Lächeln huschte um seine feinen Lippen. »Aber die, welche treffen, sind die allerschlimmsten!« – Er tunkte eine Schnitte Bauernbrot in die Milch und knusperte mit dem unschuldigsten Gesicht der Welt daran.

»Und so hat es Celsissimus für gut befunden, mich in diese Berge zu stecken. Das verdroß mich zuerst. Aber nun seh' ich, daß es im letzten Winkel so große Arbeit gibt wie im mittelsten Platz der Welt.«

Pfarrer Nimmer nickte hübsch Beifall.

»Ja, hier vielleicht größere. Denn wissen Sie, ich kann die spitzen und überhohen Stimmen wohl ertragen, aber manches andere, was grell und schrill durch das katholische Leben schreit oder was dann wieder in einer faulen Dumpfheit brummt, – bitte, bitte, ich meine nicht einen schönen, ehrlichen Baß! – das mag auch ich um alles nicht leiden.«

»Das freut mich!« erwiderte der Verweser und nahm ein Schlücklein Milch. »Wie kräftig und süß ist doch die Milch in diesen Berggegenden.« –

»Was sich alles in die Domus Basilica unserer Kirche roh und verschmitzt unter dem falschen Titel einer Gewohnheit eingenistet hat . . .«

»Zum Beispiel,« fiel der Verweser hier ein, »diese Sucht der Gemeindepräsidenten und Kirchenräte, dem Pfarrer die Meßgewänder und die Kerzen am Altar und das Geläute mit der kleinen oder kleinsten Glocke genau vorzuschreiben, nicht wahr?«

»Nun ja das auch . . . aber das ist das Geringste, aber . . .«

»Sie wollen sagen, das noch viel größere Hineinpfuschen der Regierung ins Amt der Bischöfe oder sogar in die Hirtenhoheit des Papstes! Wie's die Welschen jetzt treiben! Daß man sagt: Heiliger Vater, hör' mal, nicht so . . . so sollst du's machen! Korrigiere gefälligst. – Oder gar das Abenteuer, das wir nun täglich im tollsten Schwung erleben können, daß nämlich die Halb- und Viertelskatholiken und solche, die es im Herzen zu keinem Teilchen mehr sind, daß nun die gerade uns regieren und kritisieren wollen. Daß sie die Inspektoren und Reformer unserer schönen Kirche spielen! Muß man nicht lachen? Sie, die kaum noch beten, uns lehren, wie wir beten sollen! Sie, die keine Sakramente empfangen, uns vorschreiben, wie früh und wie oft wir sie empfangen dürfen! Und solches Verrücktes in infinitum! Nicht wahr, das meinen Sie! Das sind so grelle Mißtöne! O,« – der Verweser griff an sein Ohr, als hörte er schon wieder schwindlig hohe Weisen.

»Ich meine,« stotterte der Kaplan, »nicht gerade genau . . .«

»O ja, Sie sind gnädig, Sie wollen nicht so schimpfen wie wir alte Rohrspatzen. Sie sind jung und noch voll der heiligen Schüchternheit . . .«

»Hochwürden!« wehrte Johannes bis zum Wirbel errötend.

»Schöne, schöne Demut unserer Neupriester! Aber Sie werden doch auch schimpfen lernen. Diese Reformer werden auch Ihre Wege durchkreuzen und mit ihrem Sudel bis vor Ihre Türe hausieren kommen, warten Sie nur! Ha, welche Reformer, die dabei noch nie gedacht haben, zuerst das kleinere und leichtere Reförmlein am eigenen Leib vorzunehmen. Aber einerlei, darum sind sie doch die Erneuerer der Welt!« –

Johannes redete und aß nichts mehr.

»Wissen Sie, wie ich es mit solchen neuen Heilanden mache?« fragte der Pfarrer lebhafter, aber mit einem unveränderlich milden Baß.

Johannes verneinte ungern und mit bösen Ahnungen. Was kam da noch alles?

»Nicht wahr,« fragte ich so ein Genie, »die Kirche hat keinen Fortschritt?«

»Keinen hat sie,« bestätigte das Genie.

»Man muß sie also in den Fortschritt zwingen, wenn sie nicht untergehen soll. Denn was nicht vorwärtsgeht, geht zugrunde.«

»Man muß sie zwingen, ob sie wolle oder nicht!«

»Gut! Und nur die Fortschrittsmänner können das.«

»Gewiß, die verstockten, alten römischen Reaktionäre können es nicht. *Wir* müssen!«

»Trefflich, mein Herr, – also wo sind die Fortschrittsmänner?«

»Wir, wir, die Reformer heißen!«

»Pardon, Sie heißen so, aber ich möchte doch einen bessern Beweis. Sie wissen, es gibt da so ein boshaftes Sprichwort: lucus a non lucendo!«

»Herr Pfarrer!« brauste mein Genie auf.

»Ich meine damit nur, daß Sie sich auch als Fortschrittler und Reformer ausweisen müssen, wie ein Schuhmacher mit seinem soliden Kunstwerk oder der Arzt mit einer flotten Heilung.«

»Das können wir! Lesen Sie . . .«

»Das freut mich! Erlauben Sie mir, daß ich mich davon in aller Höflichkeit ein bißchen vergewissere, aber ohne Lesen, ohne Papier, gleich an Ihnen!«

»Nur zu!«

»Sie, meine Herren Reformer, haben also selbst schon alle Reformen vollzogen, die Sie uns vorschreiben wollen. Wie einer, der etwas weiß machen will, nicht schwarze Hände behalten darf!«

Das Genie sah mich verwunderlich an.

»Christus lehrt, daß man wachen und beten müsse ohne Unterlaß. – Leider haben wir das immer ein wenig lässig befolgt. Sie werden uns das wieder beibringen müssen. Und da nehme ich an, daß Sie zu diesem Ende alle sehr eifrige Beter sind, voll Innerlichkeit, und auch wachsam, wie die Apostel nach dem Pfingsttag.«

»Sie werden seltsam!« redete das Genie ein.

»Gar nicht seltsam, sondern das ist doch so natürlich, wie der Schuhmacher Schuhe macht. – Und Christus sagt, daß der Mammon vom Bösen sei. Leider ist in unserer Kirche immer noch nicht alles Schielen nach dem Mammon geheilt. Ich setze nun als sicher voraus, daß Sie, meine Herren Reformer, sich wie der heilige Franz von Assisi mit der Armut vermählt haben, daß sie gleich zu Beginn Ihrer großen Mission Geld und Gut verließen, um uns Abtrünnige die wahre Nachfolge Christi zu lehren . . . so imponieren Sie uns . . . wir können nicht widerstehen.« –

Das Genie fing an, genial zu schweigen.

»Und unser Meister, den Sie so groß im Munde führen, befiehlt uns, ein lauteres Herz zu haben. Ich argumentiere also, daß Sie in heiliger Uneigennützigkeit nur das Reich Gottes wollen. Es ist Ihnen also gleichgültig, wenn auch kein Mensch Ihren Namen kennt und nie eine Zeitung von Ihnen spricht. – Und Christum will, daß wir uns selbst verleugnen. Da hoff' ich, daß die Reformer weder in die Wirtschaften gehen, noch sich fein nach einer teuren Mode kleiden, noch den Spiegel kennen, noch weich sitzen oder köstlich speisen wollen. – Und Christus will, daß man lieb mit dem Schwachen sei. Da denke ich, daß Sie uns Rückständige mit Langmut behandeln, liebevoll belehren, nach und nach und nicht in einem wilden Galopp zu Ihrer Vollkommenheit führen und daß Sie nicht mit Spott und hoch von oben uns anpredigen und daß Sie zu jeder Kritik, wie man es nicht machen soll, das Beispiel fügen, wie man es machen soll. – Und Christus meint, daß wir werden sollen wie die Kinder. Die Reformer werden uns also zu allererst die kindliche Einfalt und Natürlichkeit zurückgeben, an der wir leider auch schwer Schaden gelitten haben. Sie werden uns lehren, ein irdisches Vielwissen geringer schätzen als ein braves, reines Leben. Nicht wahr, ein unverdorbenes Kinderköpflein gilt auch Ihnen mehr als das graue Haupt Salomons? – Ach, wie oft haben wir das vergessen! – Sie werden also die Maschinen und die Künste und die Erfindungen der schlauen Gegenwart, vor dem allen wir leider mehr und mehr wie vor goldenen Götzen knierutschen, uns als das anschauen lehren, was es ist: ein feines, kleines Leiterchen zu Gott. Aber sie werden uns ewig Vergeßlichen dabei scharf einprägen, daß ein reiner Sinn, ein einfältiges ehrliches Herz, ein inniges Gebetlein uns in einem Zug so hoch und höher führt, als jener ganze Genieapparat, gar, wenn er nur mit irdischem Streben gelenkt wird. – Und daß so ein barmherziger Samaritan, wie er in der Parabel steht, ein weit größerer Held und Helfer ist, als der satte Mann, der an einem amerikanischen Schreibtisch zwölf klassische Bände Theorie schreibt. – Das und vieles andere ist nicht bloß Ihre Überzeugung, Herr Reformer, sondern das praktizieren Sie auch, das machen Sie uns vor, das sehen wir Ihren Händen, Ihren Stirnen, Ihrem ganzen apostolischen Gehaben an ... o so seien Sie uns willkommen, Reformer ... das brauchen wir, das tut uns not: neue, moderne Heilige! ... Ich breitete meine Arme danach aus.«

»Ja was, ich hatte ins Leere geredet. Das Genie war verduftet.«

Aber auch Johannes erhob sich, sehr bleich und das Schnupftuch an der Nase. »Entschuldigen Sie, ich blute ein wenig.« – – Aber er lief nicht in die Küche, sondern in sein Studierzimmer, um noch einige Blätter aus dem Manuskript zu reißen.

»Der hochwürdige Herr Kaplan bekommt das häufig,« sagte die abräumende Ottilie, »besonders nach einer Aufregung.«

»Hm, hm, nach einer Aufregung,« wiederholte der sanfte und nachdenkliche Baß des Verwesers. »Sie müssen ihn gut pflegen, Jungfer Köchin! Er scheint sehr leidend zu sein.«

»So, mein lieber, böser Strubelkopf,« sprach indessen der Kaplan und durchfingerte sein vielblättriges Manuskript, »jetzt mußt du alle deine wilden Haare lassen.«

Er fing an zu lesen von der ersten Seite weg. Doch da ging es ihm wie einem schwächlichen Zecher, der sich erst kaum getraut, ein einziges Spitzgläschen Wein auszutrinken. Dem Autor stießen auf der ersten Seite Bedenken um Bedenken auf. Aber beim zweiten Gläschen tat der Wein schon seine betörende Wirkung. Es kam dem Schmecker alles schon wahrer und natürlicher vor. Auf dem dritten Blatt hatte er bereits ein richtiges Reformräuschchen und duselte sich darin selig von Kapitel zu Kapitel weiter. Nein, das war alles Wahrheit, das war begeistertes, ideales Kämpfen fürs Große und Lautere! Da ward bewiesen, und da fehlte bei allem doch die Liebe nicht. Und es ging unparteiisch zu gegen die Schädlinge daheim und im Feindeslager. O es war kein eitles, noch weltliches Spazieren, sondern wahrhaft ein Kreuzzug, um der Kirche Land zu erobern. Altes, heiliges, verlorenes Land! Gott will es, Gott will es, ging wie ein Kriegsruf von Blatt zu Blatt. Weg mit aller Gemächlichkeit und Angst! Komme, was da wolle! Im Schlafrock wägt man jede Anstrengung ab. Ich aber trage den Panzer eines braven Soldaten Christi. Da ist mir nicht bang.

Es klopfte. Das ist der Verweser! Rasch packte Johannes das Manuskript ein und öffnete. Nein, es war ein Bote des Pfarrers von Peraut. In einem lieben, kleinen Brieflein ward Johannes inständig gebeten, am 29. Heumonat die Festpredigt in Peraut zu halten. Das war am Tage der heiligen Martha, der Patronin von Peraut. Der eigentliche Prediger war an den Gesichtsrosen erkrankt und hatte soeben erst gemeldet, daß man auf ihn nicht rechnen dürfe. Man möge Johannes Keng in der Nachbarschaft darum anfragen. Er sei ein rascher und gewandter Helfer in der Not und werde seinem ehemaligen Seminargenossen Wilhelm Schädler einen so ehrenvollen Liebesdienst gern erweisen.

»Der Bromstadter Vikar, mein lieber Guglielmus!« rief Johannes verwundert und konnte sich den frischäugigen und witzigen Kollegen fast nicht im Bett vorstellen. »Das ist ein Schelm. Immer hat er mich geneckt. Und nun, wo er krank wird, tut er es nicht, ohne mir so einen Streich zu spielen, und lacht mich sicher mit allen seinen schönen, roten Gesichtsrosen aus. In vier Tagen eine Festpredigt, im großen Peraut, wo mein Albert mit den finsteren Brauen und der Tintenäugler zuhören können! Vor zwanzig oder dreißig Geistlichen! Wer kritisiert schärfer als der Priester den Priester? Clericus clerico diabolus! Wahrhaft, das jagt mir Angst ein. Aber darf ich nein sagen? Dem lieben Wilhelm nein sagen? Der spränge für mich ein, wo und wie es wäre. Und die Ehre, die große, heilige Ehre!«

Ratlos lief Johannes her und hin, während er dem Boten ein Glas Wein geben ließ. Endlich nahm er das Evangelienbuch und schlug das Fest auf. Da kam es wie ein Licht über ihn. Sieh da, sieh da, ist das nicht ein Wink? Die geschäftige, praktische Martha! **Domine, non est tibi curae quod soror mea reliquit me solam ministrare? Dic ergo illi, ut me adjuvet.**[7] Nun das bekannte, weltberühmte: Nur eines ist notwendig ... und Maria hat den besten Teil erwählt ... Über dieses Zweite wird nur immer gepredigt. Aber warum ist denn Martha eine Heilige? Auch ihr Teil ist ein guter. Vom Marthateil soll einmal gepredigt werden. Erst Maria und Martha zusammen, nicht die eine ohne die andere, machen die ideale, bethanische Stube aus, wo Jesus so gern einkehrte. Von dieser bethanischen Stube will ich reden.

Sogleich schrieb Johannes zwei fliegende Briefe, den einen an den Pfarrer von Peraut, daß er in vier Tagen um diese Zeit auf seiner berühmten Pfarrkanzel stehen und, so gut er könne, den Perautern ihren geschickten und frommen geistlichen Bürger, ihren Wilhelm Schädler, ersetzen wolle. Man müsse freilich mit seinem guten Willen zufrieden sein.

Den andern Brief schrieb er dem Redakteur Laus Tann. Hiermit sende er ihm das gesamte Manuskript zur Lesung. Er solle es prüfen und davon insgeheim drucken, was ihm behage, aber alles sorglich einschließen. Es sei gefährlich wie Dynamit. In vier Tagen werde er persönlich mit Laus die Buchausgabe ordnen. – Übrigens, hieß

---

[7] Herr, kümmert es dich nicht, daß meine Schwester mich allein dienen läßt? Sag ihr doch, daß sie mir helfe. Lukas 10, 40.

es in einem gemütlichen Notabene, wäre nun auch das Honorar für den Leitartikel fällig.

Er verpackte und versiegelte das wertvolle Ding und gab es dem Boten mit der Weisung, das Paket nirgends unterwegs abzulegen und dem Redakteur selber und keinem anderen in die Hand zu geben.

Dann machte sich Johannes an die Predigt von der idealen bethanischen Stube.

22

An einem dieser letzten Julitage, wo die Schulkinder von Lachweiler ihre langen Sommerferien beginnen und Kaplan Johannes um so ungestörter seine Marthapredigt studiert, während der Verweser Joseph Nimmer den Malern in der Kirche zuschaut und ab und zu auf eine Leiter steigt und einem alten Alemannengesicht oder einem Ekkehard oder Notker aus Sankt Gallen mit Braun und Chrom und Goldfarbe ein wenig nachhilft, bis sie etwas mehr kirchenhistorischen Charakter bekommen; an einem dieser letzten Julitage, fern von den kühlen Lachweiler Nußbäumen, in der brütend heißen, wind- und vogellosen Luft von Pisa, saß Therese Legli in einer dunkeln Ecke des steinernen Krankenzimmers und kugelte den Rosenkranz zwischen ihren strammen Fingern oder säbelte mit den Stricknadeln und blickte dann und wann in die andere Ecke, wo der arme Pfarrer lag. Schon drei Wochen besorgte sie den Kranken, ohne einen Gruß mit ihm wechseln zu können. Aber ihr Eifer blieb der gleiche, und ihr ruhiges, geschicktes Amtieren hatte ihr den Respekt des ganzen Personals eingetragen.

La suora svizzera, eccola, – brutta, ma superba! sagten sich die hübschen Assistenten.

Es war in diesem Steinsaal fast noch stiller als draußen im pisanischen Nachmittag. Nur Theresens Nadeln klirrten leise. Zuweilen, wenn vom Lager drüben ein besonders schwerer Atemzug oder ein langgezogenes Ächzen kam, huschte sie auf den Zehen ans Bett, trocknete die Stirne oder beträufelte die verbrannten Lippen des armen deutschen Mannes und verkroch sich dann wieder strickend und mit ihren funkelnden Augen wachend wie eine große, fleißige, alles belauernde Spinne in ihren tiefen Winkel.

Da kam es ihr plötzlich vor, der Patient benähme sich anders als bisher. Er tastete mit der Hand über die Decke wie suchend und rieb sich dann ein wenig mit dem Finger an der breiten Schweizernase, aber phantasierte nicht. Sonst hatte er immer hastig und unter vielem unverständlichen Gemurmel herumhantiert, jetzt geschah es still und wie mit Überlegung. Theresen fiel das sofort auf, und sie schlich samtleis wie eine Katze ans Kopfende des Bettes. Der Kranke hielt die Augen geschlossen, aber rieb sich immer noch die Nase und die Lider und versuchte den Kopf ein bißchen aufzurichten. Dann hob er ganz leicht die Wimpern und blinzelte furchtsam vor sich hin. Er rümpfte die Stirne dazu. Es war, als besänne er sich mit großer Mühe. Dann fiel er mit einem tiefen Atemzug ins Kissen zurück.

»Lieber Herr Pfarrer!« sagte Therese halblaut und neigte sich von oben zu ihm nieder.

Was war das? – Runde Kuppeln, blendend vor Sonne, und ebenso blendende Kalkweglein und grelle Marmorwände ... dann ein Gewimmel von Menschen, von fremdem, schnellem Reden, haufenweis Bilder durch Bilder geschoben, Gesichter über Gesichter gezerrt, Straßen, die sich wie Bänder auf und zu rollen, Häuser, die untereinander laufen, Türme, die umfielen, aber in halber Höhe plötzlich steif stecken bleiben ... hunderttausend Leute, die etwas fragen und den Mund offen behalten ... Was war das? ... Was war das? ... Und so hohe Schreie, so dünne, stechende! Und dann auf einmal Stille und etwas wie eine feine, ferne Frage, etwas wie das Rauschen einer Bettdecke, etwas wie ein langes, müdes, warmes Hingestrecktsein auf einer Matratze ... Nun wieder Glockengeläut', Frühmesse ... er muß auf, es ist heut nicht an Kaplan Johannes, heut ist an ihm die Reihe. Er muß auf. Sonst kommt er zu spät. Schon lange sollte er auf sein. Die Leute knien in den Bänken, der Meßner hält schon die Albe ausgebreitet auf beiden Armen ... Gott im Himmel! Auf, auf .... Aber wo ist er? Niemand kennt er! Niemand versteht er. Fremde halten ihn, binden ihn, überschreien ihn ... fremde, schrecklich fremde Menschen. O du lieber deutscher Herrgott ... auf, auf!

»Lieber Herr Pfarrer!« –

Nein, da ist eine deutsche Seele. Wer hat gerufen? – Das ist endlich ein Wort zu ihm, das geht ihn an. Das hört er jetzt deutlich durch alles Gewelsch hindurch. Wer ruft? Wer bist du, liebe deutsche Seele, zeig dich! – –

»Wie geht es Ihnen, hochwürdiger Herr Pfarrer?« –

Schon wieder diese Stimme! ... Hat er denn geträumt? ... War das alles vorher nichts? ... Pfarrer? Hochwürden? ... Jungfer Therese? ... Lachweiler? ... Gottlob, wir sind daheim.

Er öffnet die Augen. Dieses erste deutsche Wort hat ihm das Bewußtsein zurückgegeben.

Aber er zögert. Langsam, langsam heben sich die Vorhänge vor dem Licht. Es könnte täuschen. O es wäre furchtbar. Aber nun schaut er immer größer drein mit seinen kleinen, blauen Äuglein, so alten Äuglein und doch noch ganz wie junge Vergißmeinnicht am Lachweiler Bächlein neben dem Friedhof. Und o Wunder, da kommt es mitten durch die Kuppeln und schiefen Türme und Purpurröcke und klassischen, bleichen Marmorgesichter hindurch, so traut wie ein deutsches Kirchlein: dieses Quadrat von einem Kopf, diese Fenster von Brillengläsern, diese krumme, tapfere Nase, da kommt es mit herzhaften, lustigen Blicken und mit großem, scharfem Mund und blitzenden Plomben, und darüber hinweg hüpfen diese lieben, mutigen deutschen Wörtlein: »Hochwürdiger Herr Pfarrer, wie ist Ihnen?... Kennen Sie mich noch?«... Er nickt leise. – »Ja, ich bin's, Therese Legli, die Kaplanenköchin... und ich bleibe bei Ihnen, bis Sie ganz gesund sind. Dann reisen wir zusammen heim... ins liebe Lachweiler!... Seien Sie nur ganz unbesorgt. Und sprechen Sie kein Wort.... Sie sind gerettet... Die Lachweiler bekommen ihren Pfarrer wieder... Ich will noch heut telegraphieren: Unser hochwürdiger Herr Pfarrer genest!... Aber jetzt nur Ruhe, nur Ruhe!« –

Solche Weise geht wie ein Lied ein. Es füllt ihm Ohr und Herz. Er nickt noch einmal, er versucht zu reden, ihm tropfen die Augen, und mit einem »Deo Gratias!« sinkt Cyrillus Zelblein in den ersten fieberlosen Schlaf.

23

Die Gäßlein des Dorfes sehen so unlustig aus in den Ferien! Keine geflickten Hosen, mit beiden Säcken bubenhaft auseinander gespreizt, keine zappeligen Zöpfe, kein Tuscheln, kein Signalpfeifen, kein Ball, keine klobigen Holzschuhe, kein Schreien und sich weidlich Durchprügeln und um einen Pfifferling sich wieder Versöhnen. Nichts von so einer muntern, wilden, jungen Gassenwelt. Die Sträßlein sind stumm, die Häuser öd. Denn was zwei flinke Beine hat, geht für ein paar Wochen in die Berggüter, um von Milch und Butter und Alpenrosen und Schneewasser zu leben.

Nur der strohgelbe, magere Schlingel der Stadlerin, der Ernst, und zwei, drei Gespanen sind unten im Dorf geblieben. Sie haben kein Vieh, nicht einmal eine magere Geiß, und haben kein Berggut, nicht einmal tellergroß. Die Stadler haben überhaupt nur zwei wertvolle Sachen: den frechen, ewigen Hunger des Ernst und die zwei ewig knüpfenden, nimmermüden Hände der Witwe Hütlerin. Soviel und sowenig! Ist das nicht Armut?

Johannes wollte die Stadlerin schon lange einmal besuchen und ihr für das Reisegeschenk danken. Aber erst, wenn er ihr einen Fünfliber geben konnte, so groß und so rund wie der ihre, wagte er sich zu diesem braven Weib.

Nun hatte die Post diesen Fünfliber gebracht. Von Laus! – Johannes war eben daran, die vier fertigen Teile seiner Marthapredigt in einer kurzen, wuchtigen Rekapitulation seinen vielen Zuhörern unvergeßlich auf die Stirne zu schreiben, um dann in einem weiten, glänzenden Periodenbogen das Kanzelwort abzurunden und ein großes Amen zu sagen, als diese prachtvolle Münze ihm mitten ins bethanische Stüblein rollte. Und obwohl er im glücklichsten Redefluß war und ihm die silbenreichsten Adjektiva und triftigsten Verba wie von selbst in die Feder flossen, und obwohl er gerade in diesem Moment Perioden fertigbrachte, die sich vom Hauptsatz in vier, fünf Nebensätze und von da in fünfmal fünf Seitengesätzlein wunderlich wirr verästelten und doch aus allem rhetorischen Laubwerk heraus sich zuletzt immer wieder zu einer majestätischen und kompakten Krone verdichteten: einerlei, er mußte die Feder ablegen und jetzt eine kleine, prosaische Addition vornehmen. Er zählt die Zeilen seines Leitartikels – hundertfünfzehn! Jede fünf Rappen! Das stimmt also nicht. Fünfundsiebzig Rappen fehlen am Honorar. Der Fünfliber ist freilich schön, nagelneu, mit dem laufenden Jahr aus der Berner Münze gesprungen. Aber das hilft nichts. Die fünfundsiebzig Rappen werden nicht geschenkt. Dieser Redakteur scheint also doch ein kleiner Filz zu sein. Das werden wir ihm abgewöhnen! Indessen freuen wir uns an dem, was da ist! – Johannes lächelt mit seinen schwachen grauen Augen wie ein Schelm. Er redet im Pluralis majestaticus von sich. Das tut er immer bei gutem, sich selber ein wenig verspottendem Humor.

Mit ein paar großen Sätzen wird die Predigt vollendet. Dann sucht der Kaplan den dicken Weichselstock, dessen Duft ihn immer an hundert süße Knabendinge erinnert, packt den Taler fest in die Linke und zieht aus. Der Verweser begießt im Pfarrgarten die Dahlienstöcke und lüpft das Samtkäppi hochauf zum Gruß. Richtig, wie Johannes ahnte, treibt sich der junge Stadler mit zwei Kleinen auf der Kirchwiese herum. Sie hüten zusammen des Kronenwirts Kaninchen und essen rote Rüben, die sie bei dieser schönen Gelegenheit halb bekommen, halb gestohlen haben, mitsamt der Erde daran. Sie könnten Kröten essen, es täte diesen Frechlingen nichts.

Ernst soll den Kaplan zur Mutter begleiten. Aber kaum nach drei Schritten, unter dem güldenen Schild des Gasthofs geht das Fensterlein des Herrensäli auf. Schulrat Michel Hos schiebt seinen dicken Kopf heraus, gerade unter der Krone, die seinem dreieckigen Schädel gräßlich anstände, und fragt gemütlich: »Wir halten Schulrat. Wollen Sie nicht für unseren Pfarrer einspringen?«

Das kam ihm wie gerufen. Er entließ Ernst mit dem Geheiß, in einer guten Stunde ihn hier an der Krone abzuholen. Dann schritt er hochgemut die Kronenstiege empor. Diesen verklaubten, geizigen Dorfmagnaten wollte er einmal frisch von der Leber sagen, was der Lachweiler Schule und ihren lieben Kindern not tue.

»Grüße unsern hochwürdigen Herr Kaplan!« sagte im Flur die hagere Wirtin zu einem Jüngling, der wie ein Städter so schmuck gekleidet war und mit blendend blauen Augen sogleich heftig den Geistlichen prüfte. »Jakob ist erst vor einer Stunde in die Ferien gekommen,« entschuldigte die Kronenfrau. »Er hätte Sie morgen nach dem Gottesdienst besucht.« – Der feste, aber geschmeidige

Bursche trat auf den Kaplan zu und bot ihm eine schmale, aber sehr harte Hand. Er hatte einen hellen, spöttischen Mund und ein zartes Rot auf den magern Wangen. Das Näschen war schnippisch aufgestülpt, die Brauen fast weiß, und darüber thronte eine gescheitelte, schon leis gefurchte Stirne. Auf dem runden Römerkopf glitzerte das kurzgeschnittene, aber dichte Haar in unzähligen goldenen Flöcklein. Der Jüngling schob sogleich wieder seine Zigarette in den Mund und blies zwischen Rede und Bescheid rasch ein kleines Räuchlein aus dem Stengel, was ihm einen tadelnden Blick der Mutter eintrug. So blühendschön der junge Herr aussah, dem Kaplan gefiel er nicht, wiewohl er nicht recht wußte, warum. Vielleicht machen das die Augen. Sie sind viel zu blau, sie stechen. Indessen unterhielt sich Jakob sehr höflich mit Johannes und gab ihm, wie nur ein gewandter Stadtbengel, auf jede Frage nach Fach und Professor und Liebhaberei eine glatte Antwort. Aber er redete mit einer nachlässigen, leisen Stimme, wie ein müder junger Cäsar. Etwas Gebieterisches lag in seinem ganzen Benehmen.

Der paßt nicht ins Dorf, entschied Johannes rasch für sich und trat in das Herrensäli. Da hörte er hinter sich noch gerade etwas wie Schelte der Mutter und dann ganz deutlich die Erwiderung des Jungen: Er ist ja ein Dichter! Johannes wollte, gelte es, was es wolle, sich umwenden. Aber schon zog ihn der Schreiber Hörig am Ärmel ins Zimmer.

Da saß er nun unter den knorrigen alten Bauern, die im Sonntagskittel vor einem Glas Most hockten und das Erziehungswesen des kleinen Staates Lachweiler besorgten. Es wurde das Protokoll der früheren Sitzung verlesen, woraus Johannes merkte, daß man seit beinahe einem Jahr nicht mehr beisammengesessen war. Stimmt, stimmt! dachte er und zog die Brille ab. Ohne Augengläser kannte er kein Gesicht und wagte darum viel kühner und gefährlicher zu reden.

Nun wurde die Jahresrechnung vorgelesen und ihre beschämend kleinen, geizigen Sümmlein wurden schweigend genehmigt. Es folgte der Bericht des Inspektors über Schule, Lehrer und Osterexamen. Der Schreiber las ihn ab. Oben am Tisch präsidierte Karl Scheiwiler, ein Greis von hartem, spitzigem Verstand und unendlicher Langsamkeit im Reden. Er machte eine so verschlagene Miene, als mochte er heute wieder einmal einen Fuchs schnitzeln.

Den Kaplan wollte es fast nicht auf dem Stuhlbrett sitzen lassen vor Ungeduld, sein mit Blitz und Hagel geladenes Gewitter im letzten Traktandum »Verschiedenes« abzubrennen. Er wollte mit überlegener Beweisführung aufrücken. Mit Gründen und Beweisen war er bis an die Zähne bewaffnet. Längst hatte er sich auf so einen Gerichtstag gerüstet. Schlag auf Schlag konnte er jeden Einspruch niederschmettern. Er fühlte wie Napoleon bei Austerlitz den Sieg schon vor dem Angriff sicher auf der platten Hand. Und er mußte lächeln, weil diese alten, morschen Herren ihn so eigen von oben herab, beinahe lustig oder boshaft betrachteten, als sagten sie: dich haben wir jetzt fein bekommen, junger Mann! Denn dir wollen wir einmal den Meister zeigen. Nun steckst du in der Falle. Du wirst heut dein blaues Wunder erleben.

Ich muß mich mäßigen, dachte Johannes. Der Mächtigere soll immer großmütig sein. Und soll dem Besiegten ein Pförtlein zum Entrinnen offen lassen. Ich werde also mild und schonend sagen: ihr seid nicht allein schuldig, sondern die alte Zeit ist die größere Sünderin, diese graue, alte Zeit, die sich in unsere Täler verhockt und fast nicht mehr austreiben läßt. Ihr seid ihre Kinder. Da begreif' ich gut, daß es euch schwer wird, gegen die eigene Mutter zu ringen. Aber doch muß es gesagt sein: unser Schulhaus gleicht einer Baracke, der Stundenplan ist schimmelig, der Lehrer bekommt einen Hungerlohn, und die lieben, guten Kinder leiden unter allem mehr, als ihr denkt. Seid Helden, überwindet euch und steht zum Fähnlein der neuen Zeit. Die kommenden Geschlechter werden euch dafür segnen! – So etwa, das tönt nicht bös und doch ernst genug!

Beim Examenbericht des – o greulicher Name! – Bezirksschulinspektors schlüpften Lehrer und Schüler so zwischen halbem Lob und halbem Tadel durch. Aber die Bänke wurden urweltliche Möbel genannt, an denen vielleicht Noahs Buben vor oder doch gewiß nach der großen Flut weidlich herumgekerbt hätten. Die Schulstuben seien zu eng, zu niedrig, zu fensterarm, Marterkammern für Lehrer und Junge, die Beheizung geradezu ungesund und polizeiwidrig. Die Unterrichtsmittel seien nirgends so ungenügend und so altväterisch wie in Lachweiler. Von einem Anschauungsunterricht scheine man da noch keine blasse Ahnung zu haben. Die Gehälter der Lehrer spotten aller sozialen Gerechtigkeit. Ein Buchbindergeselle verdiene in einem halben Jahr allein am Kleister mehr als der Lehrer hier durchs ganze, mühsame und doch so hochwichtige Magisterium. Hier müsse unbedingt aufgebessert werden.

Johannes horchte auf. Das gab ihm ja eine famose Einleitung. Er konnte sagen: »Wie Sie von einer Autorität soeben gehört haben...«

Nachdem das lange, unwirsche Gutachten durchgenossen war, ohne daß die Schulräte sich im geringsten rührten, da sie es schon so oft im gleichen Stil gehört hatten, etwa wie das Evangelium vom Untergang der Welt und von den Schrecken des Jüngsten Tages, wobei man auch ziemlich der alte, ruhige Sünder bleibt, – hielt der Vizepräsident die Umfrage, ob sich jemand zu dieser alten Geschichte äußern wolle. Alles schwieg oder murmelte halblaut untereinander: Ja, ja, unser Lehrer ist alt, aber eben doch immer noch obenan... in der Geographie haben alle Klassen feine Noten... eine Drei im Aufsatz ist keineswegs übel... hier wachsen ja Bauern, nicht Schriftgelehrte oder Büchleinmacher! Und so viele Fächer! So viele Stunden! Sapperlot, unsere Kinder lernen so mächtig wie die Weisheitskragen in der Stadt! – Und man reckte sich und sog einen langen Zug vom goldgelben Most in seine zufriedene Seele ein.

Der Kaplan beschloß, gleich jetzt mit Wucht einzusetzen. Aber als hätte der alte Fuchs von einem Vizepräsidenten die Gefahr gewittert, fuhr er schnell mit dem Satz voraus: »Meine Herren Schulräte, es sind da ein paar Stellen im Bericht, die vielleicht doch dem einen und anderen das Herz schwer machen könnten. Mir scheint, unser hochwürdiger Herr Kaplan nimmt mir da alle weiteren Erklärungen ab. Ich erteile Hochwürden das Wort.«

Voll Freude, an diesem unheimlichen, langsamen Greis auf dem Vorstandsstühlchen nun noch einen Mitpartner gefunden zu haben, begann der Kaplan seine Anliegen zuerst gelassen, dann immer wärmer und zuletzt mit der Entrüstung eines Anklägers vorzubringen. Dabei glitt ihm wie gewöhnlich der logische Faden aus den Fingern. Er sprach von Lehrern, die an der Lungenschwindsucht in solchen Schulstuben frühzeitig dahinschwänden, von Kindern, die in solcher Luft und Enge bleichsüchtig würden und den Keim zu einem baldigen Siechtum in ihr grünes Pflänzchen legten; er redete vom Überschuß der Bubenkraft, die sich austollen und austoben wolle; wo? – ei, am Reck, am Sprungbrett, am Barren, Seil und Klettergerüst. Er rügte Strafen von mittelalterlicher Schärfe, wie auf Holzscheiter knien, haselbuchene Tatzen auf die weichen Patschhändchen, ja sogar garstige Hosenspanner und Einsperren ins Kellerloch, wo man heizt und wo Ratten den Sträflingen die Schuhriemen abfressen. Er tadelte den Geiz, womit ein so schönes, habliches Dorf gegen seine liebsten und feinsten Geschöpflein, die Schulkinder, wüte. Dann wurde er immer großzügiger und langte aus dem versteckten Bergdorf in die offene, große Weltgeschichte hinaus. Nie hätte es eine Sklaverei und Tyrannei, noch Völkerwanderung, noch Reformation oder Revolution gegeben, und in Rußland und am Bosporus wäre Friede und Macht und Glück, wenn man da immer tüchtige, von einem lebenswarmen Fortschritt gesegnete Schulen gehabt hätte, in deren hübsche, bequeme und glatt gefirnißte Bänke jene alten Barbarenbuben oder die roten Revoluzzer oder die bleichen Herrensöhnlein von Rom und Byzanz hätten hineinsitzen können. Da wäre eine sehr feine Tinte, aber kein Völkerblut geflossen. Da hätte man sich geeint, nicht geschieden. Da blühten die Künste und gediehe die sauberste Kalligraphie. Da würde ein gewisser Ratsherr auf einem gewissen Papier nicht mehr Schule mit einem h schreiben.

Johannes sprach immer lauter und großartiger und so voll pädagogischer Inbrunst, daß sie dem alten Pestalozzi im Grab noch das letzte übrige Knöchelchen erwärmt hätte. Nach dieser Leistung wischte der Redner den Schweiß von der Stirne, blickte um sich und fand weder eine Hochschule gesitteter Ostgoten und Vandalen, noch ein zivilisiertes Rußland vor sich, sondern einige ausgetrunkene Mostgläser, ein Häufchen Wursthäute, etliche Zigarrenstumpen und mehrere sehr kühle, braune, unbewegte Ratsherrengesichter. Da wurde Johannes verlegen. Er fühlte, daß er sich in die bescheidene Wirklichkeit zurückwerfen müsse, und rief mit einer großen seelischen Anstrengung: »Kathri, bringen Sie mir auch ein Schöpplein Most!«

»Meine Herren,« begann nun der Präsident, »das tut mir leid, daß mich der Herr Kaplan nicht verstanden hat. Gerade das Gegenteil meine ich: keine Turngeräte, keine neuen Bänke, keine Änderung ... die Schule wie sie ist ...«

Die Schulräte nickten und lächelten. Johannes traute seinen Ohren nicht.

»Erlauben Sie, Herr Kaplan, aber wenn Sie einmal vierzig, fünfzig Jahre bei uns gewesen sind, lachen Sie selber am meisten über Ihre Rede vorhin ...«

»Herr Präsident,« brauste der Kaplan auf.

»Nur Vizepräsident! ... Seien Sie nicht böse,« fuhr der Vorsitzende unendlich langsam und lustig weiter, »aber wir Schulräte haben es schon lange im Ohr, daß Sie uns im Dorf als vernagelte, alte Gehirnkästen ... als ... als ... bitte auch, wie denn? ...« er zog ein kleines Papier aus der Weste und las behäbig, »ja richtig ... als Leute aus Noahs Arche ... und als rostige Rumpelkammermenschen ... verschreien.« Er schob das Fetzchen wieder sorglich in die Weste. »Wir gelten Ihnen als Geizkragen, als Kinderfeinde, ja, man könnte sagen: als Kulturfeinde! Natürlich –« er nahm ein Schlücklein Most, – »natürlich Sie meinen es ja nicht so buchstäblich böse. Aber wir alte Knorze müssen uns nun doch einmal verteidigen. Auch wir meinen es dabei nicht böse. Aber darum wollen wir Sie jetzt doch, so wie Sie uns da frisch ins Garn gerannt sind, hier oben im Stüblein einmal tapfer anpacken. Nichts für ungut! Wenn der Pfarrer da wäre, ging's ja nicht. Der ließe das nicht an Sie kommen. Darum haben wir auf diesen Augenblick wie eine Katze gepaßt. Indem wir uns verteidigen, verteidigen wir freilich auch den Pfarrer. Er denkt haargenau wie wir.«

Dem Kaplan wurde heiß und beängstigend zumute. Die Schlacht von Austerlitz war doch nicht so leicht zu gewinnen. Jedenfalls hatte sich die Taktik geändert. Johannes sah sich aus dem Angriff in die bitterste Defensive gewürgt.

»Sie haben vorhin von lungenkranken Schulmeistern gesprochen. Mit Verlaub, unser Lehrer ist jetzt dreiundvierzig Jahre hier und hat noch nie eine Medizin gebraucht. Im kommenden Weinmonat ... am ... am ...«

»Am sechsten!« kam der Schreiber zu Hilfe.

»Am sechsten oder siebten feiert der Lehrer seinen siebzigsten Geburtstag. Wir werden ihm, unter uns gesagt, Herr Kaplan! fünfhundert Franken in lauter neuen Goldstücken schenken. Die Ottilie im Pfarrhof strickt schon am seidenen Beutel. Feuerrot wird er, und darauf steht in Goldfaden: Aus Liebe! Ist das nicht fein? ... Dann haben Hochwürden gesagt, das Lokal und die Stühle seien zu eng. Achten Sie einmal, Herr Kaplan, wie wir da sitzen! Sind das bequeme Bänke? Und die in der Kirche? Das sind Marterstühle, die Ratsherrenplätze am allermeisten! Und kaum in einer Stube der ganzen Gemeinde treffen Sie ein Polster. Und unsere Wohnzimmer haben Sie gesehen. Sie sind viermal kleiner als unser engstes Schulzimmer und zehnmal dunkler. Und mein Kollege hier webt seit fünfundvierzig Jahren in einem Keller sein Prachtstuch, und ich schreib' all mein' Sach' auf dem Küchentisch bei einer Kerze, in der Stube jucken mir neun Enkel ins Geschreibe. Ja, ja, lieber Herr Kaplan, da wäre noch viel zu erzählen. Glauben Sie doch ja nicht, die Welt sei gescheiter, wenn sie schönere Stuben und weitere Fenster hat. Bequemer ist sie dann wohl, aber auch fauler!«

Die Schulräte stupsten sich ungeniert und betrachteten unbarmherzig die wechselnde Blässe auf dem Kaplanengesicht. Sie benutzten die Pause, die der Redner eintreten ließ, zum gegenseitigen Anstoßen und Bescheidtun. Auch der Präsident stieß mit dem Geistlichen an und sagte: »Zur Gesundheit, Herr Kaplan ... aber, Sie trinken ja gar nichts!«

Es ist wahr, das Glas des Herrn Kaplan steht noch randvoll da. Aber er mag nicht trinken. Er fühlt sich wie angeschmiedet an seinen Platz. Die entsetzliche Rede des Präsidenten macht ihn so starr. Die Schlacht von Austerlitz entwickelt sich durchaus zu seinem Verderben.

»Was aber die Sklaverei und die Tyrannei betrifft, die Hochwürden mit einer üblen Schule zusammenhängen, so will ich nur sagen, daß hier in Lachweiler vor hundertfünfzehn Jahren die Befreiung der Untertanenländer gegen die sogenannten gnädigen Herren und Obern begonnen hat.« – Der Vizepräsident reckte sich hoch auf, da er das meldete. – »Und wir sind stolz darauf!« fügte er unter dem Beifall der Kollegen bei. »Der hohe Sandstein im Friedhof, auf dem eine gesprengte Kette abgebildet ist, bezeichnet das Grab unseres

Führers. Seitdem gibt es bei uns keine Tyrannen und keine Leibeigenen mehr. Und so hübsch lebt man hier, daß ich von einer Völkerwanderung nichts weiß... Sie auch nicht, Herr Gemeindeschreiber... Na, Herr Kaplan, ich denke, das haben Sie nur zum Spaß gesagt.«

In diesem heillosen Augenblick hätte der Kaplan alles, auch sein ganzes, berühmtes Manuskript gegeben, wenn er nur nach Art der bedrängten homerischen Helden in eine wohltätige Wolke gehüllt und diesem fatalen Stüblein entrückt worden wäre. Er sah durch die Scheibe den Verweser die Oleanderbüsche im Pfarrgarten begießen. Der Glückliche!

»Vom Überschuß der Kraft dürfen Sie uns schon gar nichts Blaues vormalen. Gehen Sie einmal auf unsere Bergweiden oder gar in die Alpe hinauf. Schauen Sie, wie unsere Jungen den ganzen Tag zwischen Felsen und Tannen klettern und mit den Geißen herumspringen, melken und hirten und Wurzeln graben und Holz fällen... zwei Monate lang! Und hernach müssen sie das Obst von unsern dreitausend Apfel-, Birn- und Nußbäumen schütteln, beim Mosten helfen, das Vieh füttern und zweimal im Tag zur Tränke treiben. Und dann kommt der Schnee, und es heißt, das viele Bergholz ins Tal führen, was nichts Leichtes ist. Daneben schlitteln sie bis in die Nacht. Und was sie sonst noch für Häge umrennen und Scheiben einwerfen und Hosen zerreißen, das mögen Sie Vater und Mutter fragen!... Überschuß an Kraft! O Herr Kaplan, bei uns können sie ihn reichlich verbrausen lassen...«

Man trank wieder einen Schluck und stieß wieder die Gläser an, wohl auf die Jungen, die ihre Kraft so prächtig allhier austoben können. Johannes vermochte keinen Tropfen hinunter zu würgen. Er spähte nach der Türe. »Prosit, Hochwürden,« sagte der Vize mit einem leisen Strich von Mitleid. »Sapristi, daß ich nicht vergesse, Sie sind ja Ehrenprediger auf den Marthatag! Gratuliere, gratuliere!... Aber nun wäre noch vom Geiz zu reden. Das ist so: wir hausen und halten zusammen. Jedoch als Anno 1892 das Untertal überschwemmt worden, um Jakobi herum, und alle Glocken durchs Land die große Not geläutet haben, da haben nur wir Lachweiler nicht gebimmelt, aber sind dafür die ersten drunten im Wasser gewesen und haben die zwei ärmsten Dörfer Margis und Margiswil ganz allein mit guter Kuhmilch und Mais und dürrem Obst und mit hundertdreiundvierzig Matratzen versorgt. Bis sie aus dem Elend heraus waren! Seitdem sagt zu uns jeder da unten Vetter Götti! Der Dank der Landesregierung aber steht auf der Kanzlei hinter Glas und Rahmen auf einem dicken Bundespapier zu lesen. Schauen Sie's einmal an, Hochwürden! Und so ist's mit unserer Schule. Eigenlob stinkt, aber jetzt muß ich's halt doch sagen: unsere Schule liefert dem Staat fünfzehn Prozent Rekruten mehr als die Residenz. Schwarz auf weiß kann man es im Kalender nachsehen. Und jetzt haben wir drei Pfarrer und zwei Kapuziner, einen Lehrer im Seminar und einen Ingenieur in Zürich und den besten Brückenbauer weitum und endlich den Herrn Konrad Hofstetter, der ohne Fachstudien die schönsten Reliefs macht, so daß er weit ins Ausland arbeiten muß, die alle sind aus unserem Rumpelkasten und aus unserer Marterkammer hervorgegangen. Und wissen Sie, unser Dorf ist nicht reich und muß auch für die Kirche und die Armenkasse und das Waisenhaus aufkommen. Und da geht noch seit zehn Jahren das Weben so flau und das Hüteln schon ganz übel, so daß unsere Frauen die Brocken in die Mehlsuppe damit nicht einmal verdienen. Im übrigen, wenn wir Lachweiler zu einer Versammlung mit den großen Dörfern des Unterlands und sogar mit den Städtern wegen einem Gesetz oder einer Industrie zusammenkommen, so merken wir Dörfler jedesmal flink, daß wir um kein Haar dümmer sind als die Residenzler. Und ich weiß keine einzige wichtige Versammlung, wo nicht auch ein Lachweiler auf die Tribüne gesprungen ist und so laut geredet hat, daß ihn alle verstanden haben, und so richtig ein Sächlein zerlesen hat, daß alle Respekt gekriegt haben, und so vaterländisch gefaustet und gestampft hat, daß einmal der Bundesrat Welti, der dabei war, sagen mußte: Aus einem Lachweiler könnte man im Notfall zwei Eidgenossen schneiden, und jeder wöge noch immer so viele Pfund und schlüge so mannlich drein, wie irgendein Berner oder Basler oder Zürcher!... Das hat ein Bundesrat gesagt, und zu dem könnte ich noch allerlei Gutes legen. Aber, ich denk', es langt auch so... Das ist meine Meinung! Und nun nichts für ungut!«

Er streckte seine rote, haarige Hand über den Tisch und schüttelte die schlaffe des jungen Priesters treuherzig.

Damit war die Schlacht von Austerlitz endgültig entschieden, nur hieß der Napoleon hier nicht Johannes Keng, sondern Schulrat Karl Scheiwiler.

Wie Johannes nach so einer Niederlage noch die Überbleibsel seiner Truppen sammelte und mit einem Rest von Würde die Walstatt verließ, das könnte er selbst nicht sagen. Gleich vor der Krone fielen ihm hundert prachtvolle Entgegnungen ein, die er bald offensiv, bald defensiv sehr nützlich gegen den Vorstand hätte äußern können. Aber es war nicht mehr nachzuholen. Im Stüblein war er wie vor den Mund geschlagen gewesen, und das änderten nun die schönsten Einfälle nicht mehr.

Er taumelte das Gäßchen hinunter zur Witwe Stadler. Schreibfehler und üble Bänke sind doch nicht das Schlimmste im Leben, dachte er für sich. Und mit einer gewissen, heimlichen Bosheit wünschte er, Laus Tann, der Großsprecher, wäre statt seiner unter den alten Räten gesessen und hätte die Abfuhr erlitten. Gewiß, auch er hätte im richtigen Moment von all seiner frechen Weisheit keine Silbe hervorzustottern vermocht. Das Kapitel von der Schule bedarf unstreitig einer starken Korrektur.

Aber dieser Vizepräsident ist ein Talent. Das ist er – – und er hat einen verdammt salzigen Humor.

24

Im Gang zwischen der offenen Küche und der offenen Haustüre, wo es am kühlsten war, saß die Stadlerin an einem Drehstuhl und hütelte eilig. Ihr bleiches Gesicht und ihr weißes Strohgeflecht schimmerten aus dem Halbdunkel wie zwei Lichter. Der Kaplan bat sie, doch weiterzufahren, setzte sich still auf ein Stabellchen an die Wand und schaute zu. Die Frau netzte einen langen Halm, steckte ihn ins Ende des vorigen, der schon ringsum am Hutdeckel festgeknüpft war, und knüpfte und zog nun auch den neuen Halm um und um. So liefen wohl hundert dünne Strohhalme rundum, bis nur der Hutboden geflochten war. Jetzt, da der Wirbel beschirmt worden, ging es am Hinterkopf und gegen die Ohren und die Stirne die Runde hinunter und fuhr nach diesem hohen Absatz den Hutrand hinaus, breit, weit, schattig, mit hundert und hundert neuen Halmen.

Johannes sah zuerst nichts als immer nur das Grinsen der alten Schulratsgesichter. Aber dann konnte er sich diesem wunderlich schnellen Knoten und Knüpfen, diesem Wichsen und Fliegen der Fäden, diesem fließenden Schimmer der Halme, die sich bogen und wanden und in ein eingliedriges Nutz- und Prunkstück des Menschen, sozusagen in seine Krone und Vollendung ausliefen, auf die Länge nicht entziehen. Es war eine Kunst und ein Kunstwerk, was er da erblickte.

In einem großen Korbe lag eine ganze Beige solcher Kronen. Aber ach, der Lohn war gering. Fünfundzwanzig Rappen für so ein stolzes Stück mit seinen hundertmal hundert Köpfen.

»Ist das nicht langweilig?« fragte der Kaplan endlich.

»Langweilig?« – die Witwe wunderte sich aufrichtig. »Mir scheint gerade, der Herr Kaplan sollte es öfter langweilig haben. Immer nur Bücher und Schriften und gelehrtes Zeug. Ich kann nicht schreiben und nur langsam deutsche Buchstaben lesen. Aber mich dünkt, das müsse sehr langweilig sein.«

»Gibt es hier noch viele Leute, die nicht lesen und nicht schreiben können, Frau Annaseppa Stadler?«

»Fast mein ganzer Jahrgang und zwei frühere dazu! Wir hatten damals böse Jahre. Zuerst die Blattern und davon ein großes Sterben, im zweiten Jahr die Klauenseuche im Stall, was schier noch schlimmer tut, und im dritten von dem allem eine Teuerung, daß Gott erbarm'. Da konnt' hier kein Lehrer leben. Das alte Schulhaus wurde ein Dorfspital. Der Lehrer entfloh, und wir bekamen erst wieder einen, als ein neues Schulhaus gebaut wurde. Wir bauten es klein und billig in so knapper Zeit. Der Karl Scheiwiler war dann drei oder vier Jahre der erste Schulmeister. Aber er hatte keinen Lohn. Jeder Bub brachte ihm ein Holzscheit, die großen ein buchenes, die kleinen ein tannenes, und jedes Mädchen mußte ihm drei Kaffeebohnen oder einen Rappen bringen. Damit war der Scheiwiler . . .«

»Was? Der Schulrat, der Vize . . .«

»Ja gewiß, Hochwürden. Er war ein schöner, großartiger Bub. Alle Mädchen sahen ihn gern. Er studierte damals Doktor oder sonst etwas Gescheites auf einer fremden Schule. Das ganze Dorf war stolz auf ihn. Aber da starb die Mutter an den Blattern, dann verdarben die zwei Kühe, dann ward der Vater selbst elend, daß er nicht mehr weben konnte. Und da hat das Studieren aufgehört. Karli mußte heimkommen und sich wieder an den Webstuhl gewöhnen. Zwischenhinein hielt er Schule, bis wir einen richtigen Lehrer bekamen. Das Pedaltreten ging ihm zuerst schwer. Dann hat er gesagt: es sei doch auch so kurzweilig! . . . ich glaub', viel kurzweiliger.«

»So-o-o!« sagte Johannes langsam und sehr viel und sehr schwierig nachdenkend.

»Glauben Sie's nicht? . . . In den Büchern steht doch auch nur, was einer denkt. Aber zum Denken brauch' ich nicht erst etwas zu lesen. Ich denk' grad hier . . . fertig!«

»Kommt Euch denn soviel in den Sinn, Frau Stadler?«

»Nur zu viel! Zum Beispiel . . . doch nein,« – sie hielt inne und errötete. »Ich schwatze so dumm vor einem hochwürdigen Herrn!«

»Nein, nein, liebe Frau, sagt es mir! Ich höre das so gern!«

»Nun ja, so sehen Sie mal, wie das so rund mit Halmen und Schnüren umgeht! Und die Welt ist doch auch rund . . . und geht auch so herum . . . schon sechstausend Jahre, sagt der Pfarrer. Ist ihr aber noch nie langweilig geworden, macht geduldig immer einen neuen Halm um ihren Hut. Am Morgen, wenn ich es am Fensterbrett hell werden sehe, denk' ich: so, du große Hütlimacherin, fängst wieder an, . . . werd' auch müssen! . . . Und dann . . .« sie zögerte, aber der Kaplan nickte heftig . . . »und dann, wenn's mir mal verleidet, so denk' ich: wie müßte es erst unserem Herrgott verleiden, die Weltkugel immer und immer wieder in seiner unendlichen Hand zu drehen, wie ich den Gupf da, die Bösen hinauf, die Guten hinunter, die Guten hinauf, die Bösen hinunter, hin und her, hin und her . . . Jetzt Schatten, jetzt Licht, Schatten, Licht . . . seit die Welt steht! Und das ist lang, sechstausend Jahre, sagt der Pfarrer. Jetzt, wenn mir ein Faden reißt, werd' ich wild, oder wenn ein Halm verfasert oder die Form nicht recht rund werden will, gerat' ich ganz in Zorn. Hab' dann auch schon die ganze Hütlerei vom Stock heruntergezerrt. Aber zuletzt fang' ich doch wieder von vorne an und schäme mich. Unser lieber Herrgott, ja, wenn der wegen jedem schlechten Faden und jedem falschen Knopf und jedem geringen Halm wollte zornig werden, wir erlebten ja keinen ganzen Tag. Und der Herrgott sieht doch ganz genau, wie viele Menschen ihm alles Werk verderben wollen, die ganze große Arbeit . . . ich kann's nicht anders sagen . . . an seinem Welthütlistock. Da wollen sie ihm den Faden verwirren und das Stroh kaput machen und die schöne, runde Form verludern, und weiß ich, was noch! Aber er bleibt so gelassen und dreht die Erdkugel auf und ab und schmeißt sie kein einziges Mal im Zorn aus allen seinen goldenen Lichtern heraus in einen finstern Winkel der Unendlichkeit . . . wohin man den Dreck der ganzen Welt wischt . . . nein, das tut er nicht. Und da sollte mir das Hüteln verleiden? Wo ich noch dazu bezahlt bin?«

Der Kaplan staunte. Das ist die Frau, die nicht schreiben und kaum lesen kann.

»Glauben Sie mir,« fuhr die alte, stramme Witwe redseliger fort, »so beim stillen Hüteln hier im Gang, wo ich nur das graue Gras und ein paar Bäume und ein Ritzlein Himmel hereingucken sehe, da fällt einem allerlei ein, was sicher noch niemand aufgeschrieben hat. Wisset, Hochwürden, das Runde da gefällt mir so. Und rund ist eigentlich doch alles, was gut ist. Oder? . . . der Pfarrer hat oft gesagt, die Vollkommenheit sei rund. Und die Ewigkeit sei rund. Das fängt nie an und hört nie auf. Nein, das macht mir Kopfweh, das verstehe ich nicht. Aber was schön ist, das ist auch sicher rund. Je runder, je schöner! Mir tut es jedesmal wohl, wenn ich so steife, starre Halme biegen und rundum gewöhnen kann. Aber ich rede dumm, ich kann Ihnen das nicht erklären . . .«

»Ich versteh' Euch schon . . . Ja, ja, das Runde!« seufzte Johannes.

»Und noch etwas . . . Sie wissen, wenn alte Weiber einmal im Zug sind, dann geht's wie eine Kaffeemühle . . . aber ich denke auch oft beim Hüteln, wie doch die Menschenköpfe verschieden sind. Eigentlich ist es ja nie ganz rund, wie ich's machen muß. Denn ich muß immer Hut für Hut nach Maß machen. Nein, es ist oval. Sehen Sie, ein bißchen mehr nach beiden Seiten gezogen. Und da ist es kurios, wie jeder Kopf ins Runde gehen sollte und jeder wieder einen andern Zwick und Rank hat, ein wenig aus dem Runden herauszustrolchen. Einige machen sich ganz spitz und schmal. Das sind die Schlauen, denk' ich. Andere werden vorne fast eckig, das sind die Groben und Verstockten. Viele werden breit von Ohr zu Ohr, und die sind dumm und gutmütig. Wenige runden sich hinten und schmälern sich vorne, und das sind die Gescheiten oder die Nobeln. Aber selten, selten treffe ich einen, der sich ganz schön kreisrund herumschleift. Das wäre dann ein Hut für den Kaiser oder den Bischof oder . . . darf man's sagen? . . . für den Heiland, wo er noch Mensch war . . . Ja, ja, Herr Kaplan, die ganze Menschheit läuft mir durch die Finger. Das kann ich schwören! Aber,« sie lachte mit ihrem bleichen, kränklichen Gesicht, »Euere Jungfer Köchin, die hat einen Hut gebraucht, wie ich noch keinen gemacht habe. Sie wollte ihn wegen der Hitze in Italien. Das ist, nichts für ungut, ein Kopf wie ein Viereck, gleich lang und gleich breit. Ich mußte denken: das ist ein mächtiger, harter Weibskopf . . . wie bei einem Stier! Der stößt sich schon bis nach Italien hindurch . . . das hat gar keine Not, bis zum lieben, kranken Herrn Pfarrer . . .«

»Und ich?« fragte der Kaplan und hielt ihr scherzhaft seinen schmalen, heiterbraunen Kopf entgegen. »Was gebt Ihr dem für eine Note?«

»Bewahre, ich werd' mich nicht unterstehen, einem Hochwürdigen . . .«

»Bitte, sagen Sie,« flehte Johannes, »ist es ein Kopf, der sich noch runden kann? Oder hat er schon zu große Ecken? Das möcht' ich wissen!«

»Herr Kaplan!« beschwor die kecke Witwe nun in ernstlicher Angst.

Gottlob, da rannte jemand mit flinken Sätzen ans Haus. Ernst schoß herein, einen Haufen Sonne auf seinem blitzweißen, geschorenen Scheitel.

»Eine Karte, eine Karte aus Italien, Herr Kaplan,« rief er atemlos.

Rasch hielt sie der Geistliche gegen das Türlicht und las: »Herr Pfarer ist jetzt zur Besinnung gekommen. Fieber vorbei! Gerrettet! lacht und grüßt alle. Brief morgen, Therese. Pissa, am 27. Heumond.«

»O Himmel, ist das eine frohe Botschaft!« jubelte der Kaplan und setzte den Hut auf.

»Geben Sie mir die Marke,« bettelte der Schlingel, »weil ich so eine schöne ...«

»Das muß man im ganzen Dorf verkünden,« rief Johannes, Schulrat und alle Schreibfehler und die Form seines Kopfes vergessend. »Spring, Ernst, die Marke bleibt auf der Karte. Aber du darfst morgen auf die Alp zum Seppli Zeipel und dem Kronenhansli. Ich zahl's. Spring! Der Pfarrer werde gesund! Die Therese habe geschrieben!«

»Gott sei Lob und Dank!« betete die Stadlerin und faltete die Hände. »Und hernach allen Dank Ihrer herrlichen Jungfer Köchin! Wenn die nicht ins Italien hinunter gegangen wäre und selber nachgeschaut und gepflegt hätte, so hätten wir heut sicher keinen Pfarrer mehr.«

»Wohl möglich, wohl möglich!« schrie Johannes und sprang in seliger Hast und ohne richtigen Abschied von der Witwe weg ins Dorf hinauf.

Aus der Krone schlürften die Schulräte, die sich einen Trunk Roten und einen Viererjaß nach so glanzvoller Sitzung gegönnt hatten. Johannes zeigte dem Vorstand die Karte und sagte: »Hier, auf dieses Brett wollen wir das Papier nageln, damit alle Vorübergehenden es lesen und sich mit uns freuen können. Hammer! Reißnägel!«

An der Krone, so recht in den Kirchplatz schauend, hing nämlich das Anschlagbrett für öffentliche Bekanntmachungen, wie Ehen, Spritzenproben, Konkurse und Ganten.

»Mit allen diesen Schreibfehlern?« fragte der alte Karli Scheiwiler schalkhaft, »sehen Sie, Besinnung ist mit zwei ›s‹ geschrieben. Aber Pfarrer dafür mit nur einem r! Man könnte sich daran schwer ärgern. Wollen wir den Zettel nicht zuerst im Schulrat mit Beizug des Lehrers korrigieren? Und dann eine Abschrift...«

»Was?« zürnte der Kaplan, ohne den Spott zu merken. »Das Papier wie es ist! So hat es historischen Wert! So ist es ein Dokument wie die alten Urkunden. Das wollen wir aufs Fädlein so behalten. Eine Abschrift ist nur noch ein Schatten davon... Ernstli, einen besseren Nagel... Ja, den da!«

»Aber, Hochwürden... mit einem Dutzend Schreibfehlern!«

»Was tun da die Schreibfehler? Meinetwegen drei Dutzend! Was liegt daran, ein s oder zwei s? Ach Gott, seien wir doch nicht klein in einem so großen Augenblick. Die Hauptsache bleibt, daß unser lieber Pfarrer drunten in Pisa wieder bei heller Besinnung ist und nicht, ob man sein Amt mit einem oder zwei r schreibt! Ich möchte nicht, daß dieses Papier auch nur einen Schreibfehler weniger hätte, so lieb ist es mir schon.« Fliegend sagte der Kaplan das und hieb drei, vier Nägel grenzenlos krumm ein. Schon viele Leute umstanden das seltsame Plakat. Alle voll Neugier und Freude.

»Bravo, Herr Kaplan! So mein' ich's ja auch!« rief jetzt der Vize und lachte gewaltig heraus. Johannes blickte ihn nun erst recht an und verstand auf einmal dieses gesunde, siegreiche Lachen. Aber er wurde weder rot, noch wild, sondern packte jetzt seinerseits die wetterharte Hand des Alten und sagte spaßigernst: »Ich hoffe, wir verstehen einander in Zukunft immer besser... Aber mir fällt was Gutes ein...« Er lief wie ein Bub zur Kirche hinauf.

Die Stadlerin hörte das Getöse durchs Dorf, das Rennen durch die Gäßlein, das Fensterklingen scheibenauf, scheibenzu und allerlei helle Rufe von Haustüre zu Haustüre. Und horch, jetzt löste das kleine Glöcklein im Turm sein Kindermäulchen und fing an lustig zu schwingen und in die Luft hinaus zu lachen. Es ist die Taufglocke. Man läutet sie nur, wenn ein neues Leben ins Dorf kommt und zur Kirche getragen wird.

Alles verstand den geistlichen Glöckner. Das galt Pfarrer Cyrill Zelblein. Er war dem Dorf zum zweitenmal geschenkt.

Andächtig hörte die Witwe am Hütlerstock dem Geklingel zu. Sie ließ die Halme fahren und betete ein stilles, dankbares Vaterunser in ihrem dunklen Hausflur. Es war ums Zunachten herum. Vielleicht betete in dieser Minute auch eine Königin hoch im Norden: »Vaterunser, der du bist im Himmel!« und unten, tief unten zu Rom ein Purpurmann: »Geheiligt werde dein Name!« und in einer Steinklause am Karmel der heilige Einsiedler Basil: »Zukomme uns dein Reich!« Und alle diese drei Gebete flogen empor wie schneeweiße Tauben und ruhten nicht, bis sie zu den Füßen des allerheiligsten Gottes sich niedersetzen durften. Aber das Vaterunser der Stadlerin flog am schnellsten empor und hatte das weißeste Gefieder und durfte unserem lieben Herrgott sogar aufs Knie niedersitzen.

Dann aber netzte die blasse, arme Witwe den Finger und knüpfte und fädelte mit doppelter Eile weiter, Halm um Halm biegend, am Runden und Vollkommenen der Menschheit.

25

Marthafest in Peraut! In keiner Stadt unten im Land haben sie einen solchen Tag, auch nicht in Rom oder Köln. Alle Perauter droben am Berge und unten an der Straße denken seit Wochen nur an diesen Tag. Wer ist Ehrenprediger? Wer amtet? Wer trägt die Marthafahne in der Prozession? Wie viele Buden wird es vor der Kirche geben? Wer kränzt am schönsten? Wird der Wind wehen, daß wir die Hügelfeuer am Abend nicht anzünden können? – Die Schulkinder flechten jeden Abend aus Stechlaub und Tannreisig am Triumphbogen vor dem Pfarrhof und üben dazu drei uralte Marthalieder. Der Meßner holt den mittelalterlichen Kirchenschatz aus den Truhen und staubt ihn sorglich ab. Und in den weitzerstreuten Gehöften machen Mann und Frau und Kind aus, wer ins Hochamt, wer in die Vesper und wer an die Prozession darf. Und wer von den Geschwistern heuer den Marthakuchen aufschneiden soll! – In den zwei großen Gasthöfen zum Rößli und zum Engel werden alle Zimmer gewaschen und die Betten frisch angezogen, und zwei neu eingestellte Serviertöchter helfen aus Stühlen und alten Bänken auch noch Lagerstätten bereiten. Denn weitum kommen die Pilger daher. – In den vielen Spezereien putzt man die Scheiben blank, und mit der ganzen Verschmitztheit einer Krämerseele wird das Allerfeinste, das Unwiderstehliche des Kramladens ins Fenster geschoben. Es kommen auch braune Thurgauermädchen mit kleinen Wagen voll roter und schwarzer Kirschen. Und zu ihnen fahren noch viel braunere Italienerbuben mit Wägelchen voll Orangen. Denn der Marthatag ist meist ein heißer Tag. Aber zuletzt kommen noch zwei Wägelchen, worauf ein lebendiges Brünnlein von Sirup und Limonade quillt. Und die stoßen die allerbraunsten Jungens, die es überhaupt gibt, zwei Spanierbuben aus der Stadt.

Alles ist in Bewegung auf das Fest, selbst die hohen, dunkeln Berghügel schütteln ihr helles Buchenhaar voll Ungeduld, und die Vögel, die drüber hinfliegen, pfeifen es einander zu: Kirchenfest im Dorf! Sputet euch, sputet euch! Es gibt zu naschen von Gesims und Schwelle.

Am Vorabend ist das Dorf sauber wie eine Sonntagsstube, alle Häuser sehen aus wie Ratsherren im Staatsfrack, alle Scheiben haben schneeweiße Vorhänge, alle Türklinken blitzen wie Gold, alle Menschenaugen wie Sonnenspiegelchen. Man wandert bereits in halbem Feststaat die Straßen auf und ab und besieht mit Lob oder Rüge die vielen Fenster und Torfüllungen. Sollte man es glauben, daß wir an die Hundstage streifen? Ganz Peraut ist voll Grün und Blumen wie im Mai. Zwischen dem Laub hangen Bilder Christi und Mariens und vor allem der heiligen Martha. Da sieht man die Heilige bald am Spinnrocken einen himmelblauen Faden drehen, bald am Webstuhl das silberne Schifflein durch einen rosenroten Zettel schnellen, bald sogar am Herd die Kelle rühren, ja selbst am Hütlerstock einen goldgelben Halm knüpfen. – Daneben flattern bunte Schärpen wie Fähnlein oder gaukeln grelle Lampions über die Gasse hinaus. Denn am Festabend wirft sich Peraut in eine so übermütige Feuergloriole, daß die andern Dörfer weiterum aus ihrem Nachtschatten heraus sich fast die Augen an solcher Röte droben in den Höhen wund schauen.

Wie das plaudert und kichert durch die abendlichen Gassen und mit hundert dünnen Ah und Oh sich wundert, weil die Präsidentin heuer ihre Fenster sogar mit Samt ausgeschlagen hat. Immer fällt dieser alten Frau etwas Junges und Neues ein! Aber man muß wahrhaftig die Nase rümpfen, die spitze Perauternase, weil der Nachtlichtli-Redakteur wieder nur ein paar magere Efeustöcke an seine Fenster gestellt. Der Geizhals! sagen die einen, die selber nichts haben. Der Verschuldete bis ans Halszäpfchen! meinen die Geldsäcke.

Und es nachtet, und die saubern Sterne ziehn hinter den Hügeln langsam herauf, viel größer und viel gelber als in andern Nächten. Und sie zucken gekreuzt und gezackt durch den violettdunkeln, samtweichen Himmel wie nie zuvor. Auch dieser Himmel ist heut seltsam hoch und feierlich. Was hat er doch für einen gewaltigen Schwung gegen die Ebene hinunter und über die Schneeberge hinauf! Welch ein seltener Himmel ist das! Seit der Bethlehemsnacht ist er sicher nie mehr so schön gewesen. Und so viele spaßige Sternlein nun miteinander schwatzen wollen, und so manches irre Wolkenflöcklein ein bißchen eitel rauschen möchte, und so gern selbst die hellgeschliffene Sichel des Mondes im Osten, grad über dem Bruggberg, dem Abendstern im Westen einen Schabernack spielen möchte, sie dürfen nicht, sie dürfen nicht. Schweigen müssen sie alle. Es geht ein gewaltiges, heiliges, wundersames Pst! Pst! über den ganzen Himmel. Pst, stört mir die lieben Perauter nicht! Sie haben ja morgen Marthatag.

Noch spät brennen Lichter in den Häusern. Aber immer nur ein ganz kleines Lämplein, für die heimkehrenden Beichtleute in den Flur gestellt. Die andern schlafen, um zeitig genug am Morgen und hoffentlich vor den Berglern, die immer so früh daherklappern, an einem der zwölf Beichtstühle einen guten Platz zu erobern und ihre Seele bald zu erleichtern. Es ist so schwer, mit einem gesammelten, sündenvollen Beichtherz auf das »absolvo te« lange, lange warten müssen.

O du große, geheimnisvolle Perauterkirche nächtens vor Sankt Marthatag. Was bist du für ein merkwürdiger, reicher Menschenort! Wie dunkel bist du, und doch wie gut finden die hundert und aber hundert Menschen den Weg in deine dämmerigen, verstohlenen Winkel, wo die Beichtväter hinter grünen Vorhängen sitzen und über die Seelen richten und schlichten. Die fünfzehnjährigen Schlingel, die hier wilder als irgendwo wachsen, gehen alle zum Pater Engelbert. Er ist alt und läßt einen schneeweißen Bart bis auf den Strick wallen und schnupft gewaltig und rügt milde, sehr milde. Aber die Mädchen knien lieber drüben bei der Marthafahne. Dort herrscht Pater Kuno mit einem so schönen, ernsten, heiligen Gesicht, daß die Maler ihn oft für Johannes- oder Aloisiusbilder zum Vorbild nehmen. Er merkt es nicht. – Beim Perauterpfarrer, Philippus Tur, wollen die Mannen am liebsten beichten. Denn er ist Perauter wie sie und hat Scheiben eingeworfen und Kirschen gerupft und die Schule geschwänzt und Ohrfeigen und Böxe ausgeteilt genau wie die andern Schlingel. Er kennt also die Perauter Schwachheiten. Er versteht uns am besten. Dagegen ziehen die Frauen den ersten und zweiten Kaplan vor. Die sich besonders gescheit dünken, gehen zum ersten, dem Innsbrucker Doktor. Die andern knien beim zweiten, dem fröhlichen Herrn Lambert nieder. Er macht dem Sünder einen so schönen Mut, gibt kleine Bußen und betet die allmächtige Lossprechung so klar, daß man es versteht trotz allem Latein. – Aber wo es nun sei, alle gehen doch mit zögerndem Fuß ins Häuslein und knien voll Demut auf den Schemel und neigen sich tief unter dem Joch ihrer Sünde. Aber alle heben dann tapfer das Haupt und fassen einen großen Schritt, wenn sie entladen und gesegnet aus dem Gericht kommen.

Endlich gegen zehn Uhr wird die Kirche allmählich leer. Die letzten genagelten Schuhe eines Hirten von Trommlingen lärmen hinaus. Die Geistlichen setzen sich im Pfarrhof um den späten Abendtisch – an die Fastenspeisen! Denn vergeßt mir nicht, vor so einem großen Fest ist Vigilfasten.

Da sind Kapuziner vom nächsten Kloster herauf, dann die drei Perauter selbst, dann zehn bis zwölf Hilfspriester aus der Umgegend. Nie fehlt der knochige, siebzigjährige, aber noch wie ein Jüngling so feurige Dekan Bächtold. Er hat noch immer schwarzes Haar und kleine schwarze, glänzende Knallkirschenaugen und macht prachtvolle Witze über die jungen Rauchfäßlein. Auch Pfarrer Ringsei aus Mosligen kommt jedesmal. Er hat ein Marthalied komponiert, das morgen nach dem Hochamt gesungen wird. In seinem Bergnestlein spielt er oft abends spät, wenn er noch ein Bübel für den Blasbalg auftreibt, geistliche Weisen aus Bach und Händel und Mozart und schließt den alten Orgeldeckel nie, ohne zuletzt noch von Marziano Perosi ein Weihnachtsstück in die dunkle, alte Kirche hinuntergespielt zu haben. Er hat diese Weise einst den Meister selber spielen hören und er weiß nichts Gläubigeres und Hirtenmäßigeres unter dieser alten Erdensonne. Er ist ein schwerer, beleibter, langsamer Herr, sozusagen eine halbe oder ganze Note, während der witzige Wallfahrtspriester von Idarain mit seinem hüpfenden Köpflein und seinem glatten, schnellen Hochdeutsch eher einer Zweiunddreißigstel gleicht. – Kaplan Lambert serviert und gibt immer eine Anekdote zur Portion; aber der Innsbrucker Doktor schenkt den Wein schweigsam ein und hört sogleich auf, sobald einer sagt: »Genug!«

Man grüßt sich nach dem Tischgebet, fragt und erzählt sich kleine Pastoralien, mustert die jungen, noch unbekannten Neupriester, erkundigt sich um die Besserung des allbeliebten Cyrill Zelblein, und Pfarrer Chrysostomus von Rütmühl, ein peinlicher Liturge, wird mit leisem Spott gefragt, was er wohl wieder für neue Verordnungen auszupacken habe – in coloribus et in honoribus? – Dennoch kommt man nicht recht ins Gespräch. Alle sind vom Beichthören müde, und ein feierlicher Schatten des schweren, sorgenvollen, aber herrlichen Sakramentes lagert noch auf den meisten Stirnen und will ein ungeistliches Späßlein nicht aufkommen lassen. Im Schulhaus drüben hat die Blechmusik noch einen Parademarsch geprobt. Jetzt gehen sie heim, die Lichter erlöschen, vom Turm schlägt es elf. –

Es wird immer stiller am Tische. Müde, müde, liebe Freunde, lächelt der Pfarrer bei sich. So ist's recht. Ihm gilt der Marthatag soviel wie dem Bauern die große Ernte. Und er zählt jetzt seine vielen Knechte und rechnet aus, was für eine Arbeit so viele heut abend in seinem Weinberg geleistet und wie viel Frucht sie noch morgen von vier bis neun Uhr in die Scheuer tragen. – Fast die ganze Gemeinde führen sie zum Altar. – »Nehmt Suppe, nehmt Suppe! Und da, schneidet tapfer in Käse und Brot, und schenkt doch ein... Roten?... Weißen?... Hört nicht auf den Doktor da!« – Er möchte sie stark und frisch haben, seine lieben Winzerleute. Denn schon vor Sternenbleichen fängt die Arbeit wieder an.

Kaplan Johannes ist kurz vor zehn Uhr angekommen und wird mit schonungsloser Neugier betrachtet. Die meisten kennen ihn nicht. »Das ist also unser Ehrenprediger!« ruft Dekan Bächtold. »Ich gratuliere! Sie kommen schon früh zu hohen Ehren. Unsereiner wurde katzengrau, eh' er nur einmal in Peraut eine Maipredigt...«

»Taceas!« widersprach Pfarrer Tur rasch. »Du hast ja im Dom vor drei Bischöfen predigen dürfen! Ist dir das noch nicht genug?«

»Ach, diese Predigt, Philippus, wie oft muß ich davon noch hören?« seufzte der Dekan und schloß seine Kirschenäuglein ungeheuer schelmisch. Er dachte gern an sein Kanonikat in der Bischofsstadt zurück, aber noch lieber an den Tausch mit seinem jetzigen Dörflein, grad unter den Behitener Felsen. In der Stadt hielt er es, der freie, kühne Sohn des Hostbauern in Failch, nicht lange aus. Jetzt war er selig.

»Erzählen Sie uns das!« drängten die Jungen indessen den Perauter Pfarrer. Was gab es doch vor alters für Tage der Herrlichkeit! Jetzt ist alles so nüchtern und so steif geworden!

»Sie müssen wissen,« klatschte nun wirklich der Perauter mit vergnügter Bosheit den Kaplänen aus, »daß unser Dekan im Exordium die Bischöfe mit den Aposteln verglich und alsdann sagte, er wolle nun von drei Aposteln reden, die wir in unsern Tagen besonders nötig hätten... bedenket... vor den drei Gnädigen!«

»Glaubt ihm nicht alles!... und ich hab's nicht bös gemeint! Mißverstanden hat man mich, wie alle großen Geister!« beteuerte der Dekan mit komischem Ernst. »Und dann, auch die Violetten und Purpurnen sind Menschen.«

Aber Philippus Tur fuhr unerbittlich fort: »Vor den Bischöfen, so ein Exordium!... Er meine den Sankt Petrus, erster Teil!... den heiligen Paulus, zweiter Teil!... Und drittens... passen Sie auf! und drittens nicht etwa den heiligen Johannes, gar nicht den, sondern den klugen, kräftigen, ernsten Jakobus von Jerusalem.«

»Wieso denn? Argumente vor! Causae? Loci? Conclusiones? Macte, Reverende!« riefen die Jungen.

»Ach,« klagte der Dekan, »da kommen schon wieder Ihre gelahrten Seminarwörter! Könnt Ihr nicht auf gut Deutsch sagen: Beweisführung? – O tempora, o mores!«

»Heute ist die Liebe groß, aber der Glaube klein,« fuhr der Pfarrer nun recht ernst im Erzählen fort, und alle Neckerei verschwand, »heute, so ungefähr sagtest du, ist der Mut sehr groß, mit den Christusleugnern einige Schritte weit zu spazieren, und der Mut sehr klein, stillezustehen und zu sagen: Hier geht mein Weg weg von euch; kommt jetzt auch ein Stücklein mit mir!... Heute schreit man immer: Das Gemeinsame, das Gemeinsame! Wo wir nicht einmal den Herrgott gemeinsam haben... und man flötet uns zu: Piano, piano... wenn die Gegner uns noch so überschreien... Piano! Nicht weh tun!... Man redet vom Überbrücken dessen, was nie überbrückt, von keiner Archentaube überflogen, von keiner Liebe überwunden werden kann, – weil der Glaube nicht mitgeht!«

»O, das ist sehr schön,« sagte Johannes leis, und bewundernd streifte sein graues Auge den alten Dekan, der sich eben eine Zigarre anzündete. Und er verzieh ihm diese Zigarre und die Schnupfernase und sogar den alten, nicht ganz saubern Glasperlenkragen, den er weit um das magere Greisenhälschen trug.

»Hernach sagte einer der Bischöfe zu unserem Dekan: ›Heute haben Sie wohl uns Violetten einen Klaps geben wollen?‹ Aber der Dekan erwiderte mit erstaunlicher Demut: ›Ich werde mich nicht unterstehen....‹ ›O, o,‹ versetzte unser Episkopus, der strengste von den Dreien, ›wenn einer predigt, sind wir andern alle Hörer, nicht Lehrer. Und ich denke, der Zweite an Timotheus[8] gilt auch, wenn violette und sogar purpurne Seide unter den Zuhörern glänzt.‹ War das nicht groß gesprochen?«

»Nur hätte er auch die weiße Seide beifügen dürfen,« warf der neugebackene Pfarrer Pfyf ein. »Auch der Papst muß sich predigen lassen. Auch der Summus Pontifex kann wie Petrus einen Tadel brauchen. Zum Beispiel Savonarola hat....«

»Zum Beispiel vielleicht ein bißchen zu viel gepredigt,« unterbrach der Dekan rasch und funkelte streitlustig mit den schwarzen Bauernäuglein. »Und dann, Sie junges Rauchfäßlein, können Sie etwas Hitze aushalten? Das Feuer vor dem Palazzo Vecchio....«

»Hochwürdige,« schnitt hier Pfarrer Tur die gefährliche Disputation ab, »daß ich nicht vergesse... Pfarrer Zelblein hat mir aus Rom eine Karte gesandt. Gleich nach der Audienz beim heiligen Vater... da, seht! hört!«

Pfarrer Tur zog eine vom vielen Herumzeigen schon ganz abgegriffene Karte heraus und las: Vidi Petrum, amice! Sicuti regem, magisque sicuti patrem filiorum suorum sacerdotum. Numquam me infantulum S. Matris Ecclesiae tam vigenter sentitus sum, quam illa hora. Desiderium complevi, felix revertor. Tuus C. Z.[9]

Das ergriff alle. Man kannte den derben Zelblein. Wenn der so schrieb, so weich, so zart! Johannes wunderte und freute sich am meisten darüber. »Mein Prinzipal,« erklärte er stolz, »kehrt in wenigen Tagen heim. Wir haben gute Berichte aus Pisa.«

»Gratulamur!« erscholl es in einem herzlichen Chorus.

»Wenn einer von uns, dann hätte dieser Cyrillus im Vatikan predigen dürfen. Denn erstens ist er ein tadelloser Priester, zweitens

---

[8] Nämlich der zweite Brief Pauli an Timotheus: praedica... insta opportune, importune...!

[9] Freund, ich sah Petrus! wie einen König, nein, eher wie einen Vater seiner priesterlichen Söhne. Nie habe ich mich so kräftig als ein Kind unserer heiligen Mutter-Kirche gefühlt, wie in jener Stunde. Meine Sehnsucht ist befriedigt, glücklich komme ich heim. Dein C. Z.

ein tüchtiger Prediger, drittens hat er nie den kleinsten seidigen Ehrgeiz gehabt; nicht einmal nach einem violetten Westenknopf hat er auch nur mit dem linken Auge geblinzelt,« beschloß der Perauter und schob die römische Karte andächtig ins Brevier.

Man freute sich über dieses Späßchen vom Westenknopf, das auf den jungen Pfarrer Pfyf gemünzt ist, weil er sehnlich nach dem Prälatenrang strebt und einstweilen ein violettes Schnupftuch und Strumpfband gebraucht. Nur Johannes vermochte nicht mitzulächeln. Die Predigt machte ihm seltsam schwer, obwohl er sie fein auswendig wußte. Er freute sich sonderbarerweise nicht darauf, wie er geglaubt hatte. Sie drückte ihn wie etwas, das man zwar ordentlich gegessen, aber nicht recht verdaut hat. Warum wohl? Unter den Geistlichen hier, deren schwarze Fräcke so theologisch lang und ohne Schick geschneidert waren, aber die von Weihrauch oder geistlichen Büchern dufteten, ja eine ganze Luft von Priestertum, wie er sie seit dem Seminar nie mehr eingeatmet hatte, trotz Schnupf und Zigarren um sich verbreiteten, unter diesen Geistlichen, die so gewiß und fröhlich aus ihrem Sacerdotium herausschauten, ohne einen Zweifel und ohne ein unglückliches Stündlein: ach, da fiel dem Johannes die Marthapredigt immer schwerer aufs Herz. Er weiß wahrhaft nicht warum. Noch vor einer Stunde war er stolz darauf. Sie hatte ihn auf dem steilen Weg nach Peraut hinauf sozusagen beschwingt. Er trug sie gleichsam wie das ideale Modell einer Kirche auf der Hand, so wie man Sankt Heinrich oder Sankt Ferdinand mit einem kleinen, doppeltürmigen Münster abbildet. Ja, diese Stube von Bethanien war eine Art von Reformkirche, wo die Maße sehr vernünftig und sehr heilig ausgerechnet waren. Aber jetzt, unter diesen Priestern schien ihm, sein Münster verändere sich merkwürdig. Überall treten Lücken und Risse hervor, die schönen gotischen Fenster verblinden, und es läutet mißtönig unter den beiden Helmen hervor. Und doch haben die Kollegen hier noch keine Silbe gegen seine bethanische Predigt geäußert. Was ist jetzt das wieder? Um Gottes willen, wie wird er morgen predigen, wenn schon jetzt die Ängste wie Sturzbäche über ihn brechen? Ist denn am Ende der Geist hier in der Priesterstube nicht der gleiche wie der Geist in seinem Bethanien? Und wenn es ein zwiefacher ist, wo, um Gottes willen, wo liegt der Unterschied? Und welches ist der rechte Geist von beiden?

Einige Herren stehen auf, sie wollen noch die Nokturnen der heiligen Martha beten. Da kommt die Wirtschafterin herein und wirft ein paar Exemplare der Festnummer »Lampe« auf den Tisch.

»Wie, schon wieder, schon wieder!« ruft der Dekan, der gleich ein Blatt aufgenommen und überschaut hat.

»Was denn?« fragen die Geistlichen und umringen den greisen Nikodemus.

»Ach, dieser Quidam, cujusdam, quibusdam...«

»Der ›Im geistlichen Frack durchs weltliche Land‹?«

»Der!... Nun schreibt er gar ›Marthagedanken‹. Geben Sie acht, Herr Ehrenprediger, der schnappt Ihnen die Worte vor dem Mund weg! Na, na, na, was für ein unruhiger Kleriker muß der sein!«

»Das ist doch kein Priester, Herr Dekan!« widersprechen die älteren Herren.

»Gewiß, gewiß!« eifern die Jüngern, »er ist Priester. Er kennt sich gut im Klerikalen aus.«

»Na, gut!« spottet Pfarrer Ringsei, der Komponist. »Wie konnte er dann schreiben, man sollte dem Choral das moderne Ohr öffnen, mit einem Violinschlüssel öffnen?... Meine Herren: Choral und Violinschlüssel! Sagen wir: Santa Maria Maggiore und ein Kinematograph Pathé Frères!... Choral und Violinschlüssel geht nie zusammen.«

Johannes wurde dunkel wie eine der Kirschen auf seinem Desserttellerchen.

»Und er ist doch ein Priester,« behauptete der Pfarrer mit dem violetten Strumpfband. »Er kennt die Konzilien, die Reihe der Päpste seit Gelasius und redet von Apokryphen.«

»Das kann man alles aus dem Herder abschreiben,« brummte jener weißbärtige Kapuziner, bei dem die Schlingel so gern beichten. »Ich halte nichts von solchem Geschreibsel in politischen Zeitungen.«

Einige Herren setzten sich wieder. Man sah deutlich, daß jene Quidam-Artikel die Köpfe heftig beschäftigt hatten. Der ernste Innsbrucker Doktor las indessen den neuen Artikel im Ofenwinkel mit gerunzelter Stirne.

»Wer ist es? . . . Wer weiß etwas von ihm? . . . Wo steckt er?« fragte man, riet man, verwarf man. Alle hatten den ersten Artikel gelesen. Die Jungen nannten ihn geistreich und wohlmeinend. Aber die Älteren schüttelten ihre grauen Häupter und meinten, früher habe man die Zeitung nie zu pastoraltheologischen Ergüssen benutzt. Und auch heute gebe es gewisse blaue Hefte aus Linz und ein graues aus dem alten, tapfern Chur und ein sehr schönes rotes, von Weisheit und kostbarem Humor lachendes, Maria-Laacher Stimmen genannt die sich hundertmal besser zu solchen Aufsätzen eignen. Freilich, die wollten dann solide, nahrhafte Manuskripte. So ein krummes, oberflächliches Geplausch über das Feierlichste auf Erden, so ein Gedankensprenkel, mit einigen neuen Wörtlein gewürzt und mit ein wenig Pariser Esprit bestrichen, so was hätten freilich weder die Linzer und die Laacher, noch der Redakteur im Rhätischen droben je angenommen.

Eben darum, versetzten die Jungen schon etwas schwächer, mußte die Zeitung ihr Papier hergeben. Man muß sich doch populär aussprechen dürfen! – – Bezeichnend, sehr bezeichnend, kam es von den Grauen zurück, wenn man Sankt Thomas in ein Käsblättchen wickeln und aus einem Samstaganzeiger eine Kanzel machen will. – Aber, wehrten die Grünen, habe denn nicht ein ganz Großer gesagt, daß Paulus, wenn er heute lebte, Redakteur würde? – Ach, das sei ein Spruch cum grano salis, mit allem Wahren und Unwahren der geflügelten Worte, behalfen sich die Alten. An Redakteur Tann, der seine Osterandacht nie in der Wohngemeinde mache, und an sein Nachtlichtlein habe der große Ketteler sicher nicht gedacht, an so ein total wertloses Provinzblättlein. Nein, sicher nicht! – Man müsse nehmen, was man habe, rieten die Jungen. Lasse man diesen Quidam nur ruhig schreiben. Er verherrliche die Kirche auf einem Boden, wo sie gewöhnlich nur geschändet werde. – Verherrlichen? Da möchten sie, die Alten, einstweilen noch ein dickes Fragezeichen machen. – Nun ja, klang es schüchterner von den jungen Lippen, sie möchten ja auch keinen Kirchenvater aus diesem Quidam machen. Indessen, wenn das Blatt gering sei und wenig Tüchtiges bringe, so hätte doch der Klerus seine Schuld daran. Warum schreibe er nichts hinein? – Statt ein Mittagsschläfchen, Herr Pfarrer, ein Artikelchen über neue Bibelfunde... statt den Gang zum Bienenkorb, Herr Dekan, eine Notiz über die Missionen in Afrika... statt der Bach-Etüde, Herr Ringsei, ein wertvolles Aufsätzlein über den Volksgesang in der Kirche... Warum schimpfen wir? Warum schreiben wir nicht?...

Hier neigten die alten Herren vom Mittagsschläfchen und Bienenstand und Orgelstündchen leis und reuig ihre Köpfe. – »Da habt ihr recht,« gab der Dekan herzhaft zu. »Etwas müssen wir euch Jungen schon zugeben. Aber gleich sag' ich: unsere Feder ist alt und altmodisch. Wir können den neuen Stil nicht mehr erlernen. Das sind gar zu kurze Sätzchen. Da gibt es kein Subjekt und kein Prädikat mehr. Zum Beispiel, – hier in den Marthagedanken, – hört einmal: ›So wird der Geist des evangelischen Christus...‹ na, das ist übrigens eine Tautologie!... aber weiter: ›So wird der Geist des evangelischen Christus erst im vollen wahr... Und rundet das Leben!...‹ – Seht, seht, kein Subjekt! – ›Und Licht, wo ihr keines hättet‹ – seht, kein Prädikat!... Nein, dieser neue Stil mit so spitzigen, nervösen Sätzlein, den können wir uns nicht mehr angewöhnen, alldieweil wir Greise sind und hinfüro immer mehr Greise werden! Punktum! Da habt ihr unsern Stil!«

Man lachte den Dekan gütig aus. So schlimm wäre es denn doch nicht. Johannes aber ward von einer Bangigkeit in die andere geworfen.

»Nun, Herr Kanonikus! Dieser Stil ist auch nicht der unsrige!« sagte Vikar Dr. Otto, der Innsbrucker. Er hatte indessen den Artikel durchgelesen. »Es ist etwas wie Feuilletonsprache, so etwas Unrastiges, Haschendes, für einen Tag Lebendes darin. Schade! Der Mann ist geistreich und gibt sich nobel. Aber diesmal merkt man gleich, wohinaus die Sache will. Es hat wieder einer einen schiefen Ziegel am Kirchendach gesehen, und nun soll man die Kirche umbauen! Ich denke, wir Jungen gehen auch nicht mit diesem Quidam. Er ist ein guter Teufel, aber grenzenlos irrgeleitet. Und da will er noch führen! Der Arme!« – –

Johannes vermeinte unter den Tisch zu sinken, als nun Dr. Otto eine Anzahl der saftigsten Sprüche aus dem Leitartikel vorlas. Und jedesmal, wenn nach dem Satz der Chorus brummte. Höherer Blödsinn! oder: Ist er bei Verstand? oder: Der redet ja wie einer, der noch naß ist hinter den Ohren! – dann wurde es ihm finster vor den Augen. Das waren wirklich genau die Sätze aus seinem Werklein, im Kapitel von Maria und Martha. Eigenmächtig hatte sie Tann aus jenem Abschnitt gerissen und in der Festnummer der »Lampe« abgedruckt. Wie übel klangen sie aus dem Munde des strengen Innsbrucker Doktors. Wie ganz elend und merkwürdig fadenscheinig! Johannes schämte sich über sein eigenes Kind. Aber das war noch nicht das Furchtbarste. Ganz so in diesem Ton und Akkord war ja seine Predigt komponiert. Einige Stellen klangen wörtlich wie die Zeilen hier. Um Gottes willen, was machen? Die ganze Predigt ist nun unbrauchbar geworden. Johannes hält es in der Stube nicht mehr aus. Er rafft ein Blatt in seinen Rock und steht auf. Ihm ist so wirr, daß er kaum noch hört, wie Dr. Otto unter der Türe zu ihm sagt: »Gute Nacht! Schlafen Sie wohl! Ich freue mich, daß wir morgen eine ganz andere Martha zu hören bekommen, nicht wahr, lieber Herr Nachbar!«

»Er scheint ein kränklicher Mann zu sein!« sagte der Dekan in der Stube und paffte seinen dicksten Rauch aus der Zigarre. »Kein Blut, keine Farbe, keine Stimme! Na, was bekommen wir wohl für eine Predigt? Die Leute munkeln allerlei. Aber die Lachweiler haben ja auch ein hyperböses Maul . . . Indessen, kann ich jetzt? . . .« er machte eine ganz andere, kindlich ernste Miene und sah mit rührender Bescheidenheit den Pfarrer an . . . »kann . . . ich jetzt? . . .«

»Kommen Sie, Reverende,« lud der Perauter ein und öffnete das Türchen ins Studierzimmer. Dort legte er ein Kissen auf den harten Schemel, daß sein alter Freund bequemer zum Beichten niederknie. – Der Dekan wollte das Hochamt am Morgen mit reiner Stimme singen.

Schlafen Sie gut! – Wie konnte Johannes gut schlafen? – Wir freuen uns alle auf Ihre morgige Predigt! – Lieber Himmel! wo stehe ich eigentlich? Täusche ich nicht alle Welt, mich und die andern? – Das wird eine ganz andere Martha sein! – Nein, nein, es ist die gleiche, Satz für Satz, wie sie auf jenem schmutzigen Blatt steht. – Und es ist nicht die erwartete, richtige, echte, evangelische Martha, o nein, ich fühle das!

Ich bin ein anderer als alle da unten, dachte Johannes weiter und hörte mit Wehmut und Bitterkeit von der Stube herauf immer noch einige helle, priesterliche Stimmen klingen. Wie sind die alle doch zufrieden! Auch die Jungen und Jüngsten! Sie quälen sich nicht, es bohrt kein Zweifel in ihnen, es martert sie kein dummer Drang, etwas umzustellen, was nun einmal so ganz gut gestanden hat. Sie haben alle so helle Augen wie Vögel, die recht hochfliegen könnten, aber auf ihrem Ast zufrieden sitzen und aus dem schönen breiten Baum schon gar nicht herausmögen. Und ich? Immer wegfliegen und auf andere Bäume sitzen und meinen schönen, heimatlichen Kirchenbaum von dort angaffen, nein anpfeifen und auspfeifen! Etwa so: Blühe doch reicher! ... grüne doch voller! ... reife doch rascher! ... Wo hab' ich nur dieses unselige Kritisieren her? Im Seminar schliefs doch. Aber eben, es schlief nur. In Tübingen und in Würzburg wars furchtbar wach. Diese herrlichen Schulen waren für mich zu groß, zu frei, ich gehörte in ein theologisches Schneckenhäuschen, sicher! Aber freilich, schon zu Hause hat mir die Mutter wohl zehnmal im Tage zugerufen: Was will der Nörgeler schon wieder?

Du liebe, liebe Mutter im Himmel oben, siehst du mich in so großer Plage? Da liegt er wieder, dein Nörgeler!

Vielleicht muß genörgelt werden auf Erden, damit die Welt gesund bleibt. Auch in der Kirche muß vielleicht genörgelt werden ... aber von Fremden und Hassern, nicht von den eigenen Kindern! Eine Mutter will von den Kindern geliebt und bewundert werden! Das Hassen und Nörgeln mögen die andern besorgen!

Gewiß, es muß vielleicht auch drinnen in der Kirche getadelt und kritisiert und verbessert werden! Aber nicht von mir, der erst aus den Schulbänken hervorgekrochen ist, sondern von den Kirchenlehrern! Nicht von einem Kaplänchen, sondern von einem großen Bischof oder Papst! Und nicht von einem kranken Burschen, der weder die Historie genau kennt, noch die Summa[10] gründlich durchgenommen hat, der die Großstadt und ihre Pastoration noch nie sah und das wirkliche Leben nur aus den Seminarpulten und seit vier Monden aus den Lachweiler Stüblein kennt! Ja, es muß vielleicht getadelt werden, aber sicher nicht von mir, der voll bittern Launen und Schwärmereien ist und jeden Tag seine Sache anders sieht, –

---

[10] Die theologischen Meisterwerke Thomas von Aquins.

sondern von den eisernen Charakteren der Kirche, von den Felsenmännern des Jahrhunderts, von den Aloisius, wenn es Jünglinge sein sollen, von den Franziskus und Ignazius, wenn es Männer sind, und von den Leo und Pius unter den Greisen! – Wie komme ich in diese erlauchte Gesellschaft? Was bin ich für ein aufgeblasener Tropf? O lieber Gott, wahrhaft nicht aus böser Sünde, aber aus kranker, törichter, poetischer Phantasterei, ich elender Hans Hochhinaus!

Es war ein enges, niedriges Schlafzimmer, von einem knappen Kerzenstumpen erhellt, mit einem holperigen Boden, der bei jedem Schritt aufschrie, mit alten Tapeten und übeln Kupferstichen an der Wand: wo Johannes sich und die ganze Welt außer sich zum erstenmal genau so sah, wie sie beide waren. So groß und so klein! Aber so ist die Wahrheit! Sie hatte an hundert Tagen und an hundert Orten ihren Widersacher gewürgt, gestoßen, gedrängt, bis sie endlich hier in der kleinen Pfarrkammer von Peraut ihn völlig zu Boden warf. Gerade hier wollte sie ihn haben, am Vorabend von Sankt Martha, den hochwürdigen Herrn Ehrenprediger!

Johannes kniete am offenen Fenster nieder. Von da sah man ganz nahe das ewige Licht aus der Chorscheibe drüben schimmern. Stundenlang kniete Johannes so. Die Kerze löschte unter schmerzlichem Geknister und Getropfe aus. Zu Häupten donnerte es zwölf und eins und zwei vom Turm. Die Feuerwache schritt im Takt durch die Straße, aus einer der vielen Pfarrhofkammern rief ein Geistlicher im Schlaf: Fis! fis! – er war am Komponieren. – –

O wie still war es in dieser Nacht! Wo ist denn die rüstige, alle Hände voll wirkende Martha jetzt? Ah, sie schläft eben auch oder sie ruht dort drüben bei Maria am Tabernakel!

O wie still ist es! Der ganze Himmel wandelt herum und dreht seine Milliarde süßer Goldäuglein, aber wie lautlos!

Dort oben am Kronenberg, scheinbar die Tannenwipfel streifend, dort ist ein Stern ausgelassen geworden, flackert und zappelt wie in einem Räuschchen. Plötzlich erlischt er. – Und wieder geht es über den ganzen hohen Bogen: Sst, sst! **Silentium sanctissimum!** Der Kaplan von Lachweiler muß ja seine Marthapredigt studieren! – –

26

Wer kennt ein Fest wie den Marthatag von Peraut?

Wie das bimmelt am nächtigfrühen Morgen! Es sind die kleinen Glocken zu oberst im Turm und klingelt wie Kindererwachen: Mutter, Mutter, Mutter Kirche komm, deine Kleinen wollen aufstehen und brauchen dich!

Da kommen sie ja. Nichts als Schritte durch die Dorfstraße, nichts als ein Knarren der vier Portale und in den Kirchenbänken bei den Handkerzlein nichts als ein leises Hüsteln und leises Beten und hie und da auch ein tiefes Aufseufzen.

An den Altären schellt es immerfort zu einem Sanctus oder zu einer Wandlung. Fünf Altäre sind, aber siebenundzwanzig Priester! Und immer hört man ein Dominus vobiscum! oder ein urgewaltiges Per omnia saecula saeculorum! sagen. Und es rauschen durch die drei Gänge gegen den Chor und einen sich an der Kommunionbank zu einem einzigen mächtigen Völkerstrom wohl Tausende, die der Hunger nach dem Ewigen zum Ewigen treibt, wie das Wasser zum Meer. Und zwischenhinein tönt aus einem der Beichtstühle das scharfe Ss oder das breite ischt des Dekans, dem die Stockzähne fehlen, oder vom übereifrigen Pater Kuno das laute, wuchtige: Gelobt sei Jesus Christ!

O Marthatag von Peraut, wo hast du deines gleichen? –

Und was sind das für Perauter! Sie knien auf das harte Beichtschemelchen und schirmen das Gesicht mit dem Hut und fangen tapfer und bescheiden ihre Sünden in einer bäuerlich klaren Übersicht zu erzählen an. Sie haben einen zwei und drei Stunden weiten Weg gehabt bis hieher. Um zwei Uhr sind sie aufgebrochen und haben sich durch feuchte Schluchten und über weiße Bäche aus dem Gebirge hervor gerungen. Sie riechen noch von Harz oder Tann und auch vom Stall und von der Milch. Denn sie haben noch gearbeitet im Tenn, Futter vorgeworfen und Kühe gemolken und haben sogar ihre großen Blechtausen voll von dieser süßen, frischen Milch durch die Nacht ins Festdorf getragen. Und nun beichten und kommunizieren sie mit allen andern. Das ganze heilige Dorf ist auf den Beinen, blüht auf und wirkt, morgens um vier Uhr, bei dämmerigem Himmel, wo sie unten in der Stadt und Ebene noch lang in ihrer dumpfen, feigen Kissenfaulheit trunksüchtig dahindämmern, die Großmäuler des Nachmittags!

Pfarrer Philipp Tur geht auf und nieder an der Kommunionbank mit dem großen Speisekelch und teilt das ewige Brot aus, und jener andere Philippus konnte nicht mehr Freude haben, da er den Viertausenden von den Fischen und Broten gab, und es nie enden wollte, mit den Hungernden nicht und mit dem Vorrat nicht, als dieser Philippus hier bei der Letzung seines Dorfvölkleins. Sieh doch einmal da, der neunundachtzigjährige Franz Müller, vom Weißli herunter, fast gar vom Schnee herab, ist auch da, ein Held! Und alle Buben des Lehrers Giger, ihrer acht, stehen nebeneinander wie eine absteigende Reihe klingender, frischer Orgelpfeifen. Und da sogar der unheimliche Metzgerbursche Faszlo, ein Böhme oder Walach, der wegen einer Stecherei erst aus dem Zuchthaus geschlüpft ist, da kniet er auch. Christus für alle und erst recht für den! – Es trifft ihn just zwischen dem ernsten Doktor Allspach und der alten Präsidentin mit den samtenen Fenstern. Die meisten Österlinge sind da. Ein Lügner, wer sie inskünftig Osterkälber schimpft! Aber einen sucht Philippus umsonst, einen, der ihm Sorge macht, den er hier nie sieht, wo er ihn am liebsten sähe, einen ungewissen, aalglatten, den Laus Tann. Wo ist er nun wieder? Wo will er wieder gebeichtet, wo kommuniziert haben?

Habt ihr schon gesehen einen Sommermorgen langsam durch die Kirchenfenster hereinbrechen? Durch gemalte Kirchenfenster ist es besonders schön. Dann kommt nach Peraut hinauf! Wie die Heiligen leise erstrahlen gleich Sternen, blutrot die Märtyrer und schneeweiß die Agnes und Cäcilia. Habt ihr gesehen, wie die Sonne auf die Fliesen Millionen goldene Flocken wirft, und sahet ihr, wie die Bogen und das Gewölbe sich feierlich erhellen, die Altäre erglitzern, die Seidenfahnen sich leise blähen und das aufgeputzte hübsche Kirchenvolk sich immer dichter in die Stühle drückt? Habt ihr gesehen, wie rotrockige Ministranten immer zahlreicher, als wäre ein Bischof irgendwo nahe, aus den Türen gucken? Habt ihr den Duft des Weihrauchs leise aus der Sakristei quirlen sehen, blaue, sonnenflimmernde Fäden, und droben auf der Empore, habt ihr gehört, wie die Musikanten die ungeduldigen Geigen stimmen, den

Ansatz auf der Klarinette schüchtern probieren, und wie es von Notenblättern rauscht?

Immer stolzer entfaltet sich der Marthatag. Jetzt über dem Dach, wie ein Sturm, brechen die großen Glocken mit den kleinen in einen Hymnus aus. San-k-t-aa Marth-aa! rufen die Großen langsam und schwer. Heiliges Marthelchen! gispeln die Kleinen heraus. Aber sie bringen es so ehrerbietig als die Alten. Ein Böllerschuß kracht vom Bruggberg und ein anderer antwortet vom Kronenhügel. Und von fern, fern hört man eine schreitende, sich rasch nähernde Blechmusik. Nun sind auch alle Kerzen am Hochaltar lebendig geworden, die Kanzel prangt in weißer Seide, die Ministranten mit Kerzenstöcken und dem Pfarrer zuhinterst ziehen in langer Zeile durchs Schiff hinunter, den amtierenden Ehrengästen entgegen. Fast unmöglich ist's, sich durch den Menschenknäuel zu winden. Alle Leute blicken jetzt zum Portal hinunter. Da kommen sie, da kommen sie, zuerst die vielen Geistlichen im langen Rock, die Kapuziner mit männlichen Bärten und einem eisgrauen Strick, junge flinke Kapläne, sehr steif und sehr rituell im Gehaben, und altersgraue Herren, die sich bequemer gehen lassen. Aber alle die läßt der Pfarrer mit seinen Ministranten vorbei. Jetzt kommen drei Männer in demütiger und doch sehr feiner Kirchenpracht. Zuerst die zwei Leviten, beides Perauterkapläne, mit langen schwarzen Soutanen und darüber ein fließend weißes, flatterndes Chorhemd, das ihnen die geistlichen Bräute gestickt haben, Spitzen fast bis unter die Ärmel. Nun kommt ein bleicher Jüngling mit roten, übernächtigen Augenlidern und weißen Lippen. Das Haar klebt ihm an der Stirne, die Augen sind fast geschlossen. Er trägt zum Talar und Chorhemd noch eine breite, mit schweren Goldschnörkeln durchspielte, weiße Stola. Er blickt gen Boden und geht müde voran. An seine Linke tritt der Pfarrer, zum Ehrengeleit bis hinauf ins Chor.

Der Ehrenprediger Johannes Keng.

Nur noch einer folgt, der hinterste und würdigste und höchste Kirchenmann, Dekan Bächtold. Er hat das schöne, lilaseidene Domherrenmäntelchen über die magere Schulter und das weiße Hemd geschlagen und schaut mit einer heiligen Lustigkeit aus seinen Knallkirschenaugen ins Volk. Alle Glieder regt er vor Leben beim Marsch. Wie ein Kind ist ihm wohl. Und da nun die Orgel von oben und über dem Dach das gesamte Volk der Glocken einherstürmt und die Böllerschüsse krachen, da erwacht jene Begeisterung in ihm, mit der er einst als Bauernknabe und selbst noch als angehender vaterländischer Rekrut einen Kreuzzug oder einen Türkenkrieg oder auch eine tapfere Mission im obersten Tibet wünschte. Jetzt ist er alt. Alles hat sich in seinem Leben anders verwickelt und gelöst und zuletzt zum Gang an den Perauter Hochaltar verebnet. Aber es freut ihn nun doch, daß man sich bang und mühselig durchs Volk fechten muß, – doch ein wenig Krieg, doch ein bißchen Kreuzfahrermühe, doch ein Gramm Tibetbeschwerde. Aber dann neigt er gleich wieder in so heiligschönem Augenblick sein soldatisches Haupt und betet laut und mit Demut seinen Lieblingsspruch aus dem neunzehnten Psalm: »Hi in curribus et hi in equis, nos autem in nomine Domini Dei nostri invocabimus!«

Doch so prächtig der hohe Greis aussieht, das Volk schaut nicht auf ihn, sondern auf den Bleichen neben dem Seelsorger, den Ehrenprediger. Wie schön das Haar! wie weiß die Stirne! aber wie krank sieht er aus! wie schwach! Doch so sind sie alle, wenn sie durch unsere berühmte Kirche gehen. Sie haben Angst. So ein Gotteshaus, so ein Volk, wer sollte sich da nicht fürchten? Aber wenn sie einmal auf der Kanzel stehen und mit der Hand das Gesimse umfassen und die ersten großen Worte des Evangeliums reden, dann werden aus den scheuen Lämmern brüllende Löwen, und die stillsten sind die gewaltigsten! Wir kennen das, wir Perauter!

In der hinteren Sakristei, wohin nur hier und da ein schriller Trompetenstoß oder ein gar zu starkes Orgeldonnern vom Hochamt von der Kirche draußen noch leis hereindringt, wurde Johannes etwas ruhiger und errang nach und nach eine kleine Sammlung und Herrschaft über sein Gedächtnis. Aber er fühlte einen großen Schrecken vor dem Augenblick, wo der Meßner hereinrufen wird: »Kommen Sie, das Evangeli wird schon gesungen!«

Sein Blick fiel auf den schweren, klotzigen Taufstein. Denn die tief in den Turmsockel gebaute, hintere Sakristei diente als Taufkapelle für die zappeligen Perauter. Auf dem schweren Tonnendeckel stand Johannes der Täufer mit jenem großen, merkwürdigen Finger, der auf das Lamm Gottes zeigt. Unten um die Füße stand: »Illum oportet crescere, me autem minui.« Joh. 3, 30.

Da ward es dem irdischen Johannes hier, als gingen auf einmal diese gedrückten Felswände des Turmes, aber damit auch etwas noch Felsigeres in seinem Innern krachend auseinander und als strömte eine große, weite Helligkeit herein, von oben, von unten, von allen Seiten. O das ist es ja, ich wollte zunehmen und Christus wäre dabei kleiner geworden. Ich Tor! Dem Johannes nach! Ich muß abnehmen, jener muß wachsen! Das heißt wohl, der Prediger muß abnehmen, um den Gepredigten, den heiligen Christ wachsen zu lassen. Der Mensch auf der Kanzel und überall, wo er sonst predigt und lehrt, auch auf dem Papier, o er muß ganz verschwinden hinter dem Logos. Man soll vom Redner nichts mehr, aber dafür den ganzen Christus spüren. Was will ich jetzt verzagt sein, nun da ich anfange, Christum und nichts anderes mehr zu predigen? – – Da ist er ja auch, der Große, der zuerst gesagt hat: Es sei fern von uns, etwas anderes zu predigen als Christum, den Gekreuzigten! – Sei mir gegrüßt, größter aller Prediger, o heiliger Paulus! – –

An den feuchten Wänden waren aus den halberloschenen uralten Bildern der Apostel und großen Kirchenlehrer des Abendlandes nur noch spärliche Reste zu entziffern. So der Bart und die mächtige Glatze des Völkerapostels, der Knauf einer Inful, der rote Hut des heiligen Hieronymus, dann sehr hell und leuchtend eine weiße Taube, wohl über dem Haupt des nicht mehr sichtbaren heiligen Gregorius.

Da kam über den erregten Johannes die ganze Begeisterung seiner Studienjahre, wenn er von den großen Kämpen und Rednern der altchristlichen Tage gelesen und dann über das alte Buch hinausschwärmend nicht mehr sein Elternhaus hinterm Garten und nicht mehr Salat und Rübenbeete um sich und nicht mehr die gewöhnlichen Menschen in der Straße daneben, sondern die Thebais und Alexandrien und die Kanzel von Cäsarea und Konstantinopel erblickte. So sah er jetzt wieder den großen Athanasius, von der lybischen Wüste bis zu den Eichen von Trier sich heroisch mit seinem Christus durchkämpfen. Er hörte den klassisch feinen und warmen Basilius und den hochgemuten, stürmischen Gregor, jenen auf seinem Bischofsstuhl mit melodischer Fülle das Sechstagewerk erläutern, diesen in der ersten Patriarchenkirche des Morgenlandes den Gottessohn verteidigen. Er hörte den jungen Chrysostomus von der Nachfolge Christi dem Priester wunderbar rührende Worte sagen. – Christus, Christus! rief es von allen Wänden, aus allen Stukkaturen und aus jedem noch so vergilbten Pinselstrich. Christus, Christus, rief es nun auch aus seinem von altem Schutt und neuem Aufbau bedrängten, heißen Herzen. Christus mein alles!

Und in diesem kleinen Weilchen warf er auch noch das letzte, was er aus der Prunkpredigt hatte behalten wollen, von sich und schuf zum drittenmal eine Marthapredigt. Blitzschnell arbeitete jetzt sein Geist. Ein Plan, eine allgemeine Gliederung lag im Nu klar, und ungezwungen strömte das gläubige, ergriffene Herz sich in die drei Teile aus. Marthas Christentum wäre kein Christentum, wenn es nur an der Geschäftigkeit der Hände und Füße haftete... und Marias Christentum wäre auch keines, wenn es nur verstohlen im Herzen steckte. Beides wäre Halbheit. Aber Christus warnt nur vor der einen Halbheit, weil die uns vor allem Tag für Tag im kleinen, staubigen Sorgen der Woche bedroht. Wer aber das Christentum im Herzen trägt, gleich Marien, für den ist keine Not. Er kann es nicht verbergen, so wenig als ein Feuer in hohler Hand. Er muß es zeigen. Es spielt in sein Äußeres hinaus, es brennt ihn an Lippe und Hand, das Evangelium nicht nur zu glauben und inwendig zu fühlen, sondern auch zu reden, zu tun. Ja, seinen Christum zu tun, nicht bloß zu beten. Und darum fürchtet der Herr für Maria mit ihrem Christusherzen nichts, er fürchtet nur für Martha mit ihren Christushänden und Christusfüßen und ihrer ganzen äußern Geschäftigkeit um Christus herum... er fürchtet, daß vor lauter äußerer Christlichkeit die innere, wahre...

In diesem Moment winkte der Meßner an der Türe: Herr Ehrenprediger! Und Johannes hörte im offenen Chor den Diakon eben singen: »Martha, Martha, sollicita es et turbaris erga plurima...« Da ordnete er die Stola und setzte sich das Birett auf und trat ergeben in die weite, gefüllte Kirche hinaus.

Noch einmal befiel ihn die große alte Angst, als er über das Kanzelgesimse in das unermeßliche Volk mit seinen unruhig bewegten Köpfen und seinen tausend zu ihm aufblitzenden Augen hinabsah. Er hob rasch den Blick, aber da glänzten Hunderte und Hunderte von gespannten Gesichtern auf den Seitengalerien und von der Orgelempore auf ihn nieder. Und an den Altarstufen saßen die siebenundzwanzig Priester, und auf seinem Throne, inmitten der

Leviten und schimmernd in der goldschweren Kasel, funkelte der Dekan zu ihm auf, und alles wartete und wartete auf das erste Wort dieses bleichen, unbekannten, jungen Mundes.

Da flüchtete sich Johannes ins große Evangelienbuch hinein, grad wie ein zaghafter Vogel in sein Nest, in diese ruhigen und schönen Buchstaben und in diese göttliche Einfalt der bethanischen Episode. Man verstand ihn fast nicht, so leise fing er an. Da hustete er sich die Schwächlichkeit mit einem kräftigen Schuß weg, und jetzt füllte sich die Stimme, Leben und Mut fluteten in sein Gesicht, er ward sicherer, und da er im Exordium das traute Zweijungfernstüblein zu Bethanien schilderte, – er vergaß im Eifer ganz, daß der heilige Lazarus auch sein Bruderteil daran hatte, – und plötzlich Christum von Jerusalem her groß und feierlich und doch gar freundschaftlich eintreten ließ, da fühlte Johannes bestimmt, wie sein Satz sich ins weite Schiff hinausschwang, wie er Melodie gewann und in diese gedrängten Menschen hineintraf und von da einen Widerhall gab; ja, er merkte immer frischer, wie er verstanden wurde und alle Augen und Lippen sich an seinen Mund hefteten. Und da ward er nicht etwa stolz und kam in einen unfrommen Dünkel, sondern in dieser Gesichertheit blühten seine Begeisterung und Poesie auf, wie sie es von einem dürren Papier heraus nie vermocht hätten. Und jetzt war Johannes, ohne es zu wissen, ein wahrhaft großer Prediger auf seine Art. Da ward die brutale Geschäftigkeit eines rein äußerlichen Christentums, ja, eines katholischen Maulheldentums, wie er es keck nannte, mit aller nervösen Heftigkeit, die von gestern und vorgestern in ihm lag, und mit aller Bitterkeit der vergangenen Nacht in ihrer schamlosen Nacktheit enthüllt und totgegeißelt. Da ward der Friede gemalt, wie ihn nur das echte Christentum des Herzens gebe, und es riß alle mit, als Johannes an vielen historischen Größen, aber auch an tagtäglichen Kleinigkeiten zeigte, daß dieser Christus des Herzens aus der stillen Maria heraustritt, heraustreten muß und alles Große unserer Religion vollbringt. Und wie es außer diesem Christus keinen anderen geben kann. –

Und nun ging es in einen dritten, abschließenden Teil über, in ein ergreifendes Lobsingen dieses Christus mitten unter uns allen bethanischen Geschwistern, in eine Hymne auf das tätige Evangelium. Wie ein Zweikampf ward es geschildert: das Unchristliche, das wir immer noch in uns vielleicht aus einer alten Heidenzeit dieser

Gaue, vielleicht aus irgendeiner Schuld unseres eigenen Fleisches und ach, auch vom alten Adam her, noch in uns tragen und das sich immer und immer gegen das Ewige sträubt, dieses wahrhaftige Marthateil, das immer schreit: Fürs Irdische! – – Und dann sein gewaltiger Widerpart, das Marienteil, dieser echte, innerliche Christus, dieser himmlische Mensch, der den irdischen in uns nie ausruhen läßt. Welch ein Zweikampf ist das, in jedem anders und in jedem doch der gleiche Streit zwischen dem Marthateil und dem Marienteil. Und er bleibt nicht in der bethanischen Stube, sondern wirbelt sich hinaus ins Öffentliche, ans Amtspult und ins Gewerbe, in die Familiensorgen und in die bürgerlichen Verrichtungen. Und da wird das Idyll gar oft eine große Tragödie. Aber der Kampf muß ausgefochten werden, und nicht anders als mit dem Evangeliumwort von heute.

Und nun kam das letzte Sätzlein vom Abnehmen und Zunehmen, und mit dem Finger gegen das goldene Tabernakeltürchen weisend, rief der Kaplan das Schlußwort: »Wohlan, nehmen wir ab, wir Marthamenschen des Werktags, damit in uns zunimmt die sonntägliche Maria! ... Nimm ab in uns, o Mensch, der du vom Staub kommst und zum Staub gehst, und nimm zu in uns, o du schönerer, die Himmel erobernder Mensch, der du von dorther bist und dorthin zurück willst, zu Christus in Ewigkeit. Amen!«

Haben wir es nicht gesagt, hieß es unter den alten, erfahrenen Kirchengängern: zuerst schwach zum Umblasen und hernach ein Riese!

Einige Geistliche schoben die Köpfe zusammen und meinten: Nicht üble Stimme, aber schlechter Gestus und im Tropus ein wenig zu frech. Und nichts als Adjektive! Aber begabt, recht hübsch begabt! Weniger Poet wäre mehr Prediger! – – Und der Doktor aus Innsbruck auf dem Diakonsessel dachte: Logik: Note drei, Theologie: Note zwei, Herz: Note eins! Er muß mein Freund werden. Ich verdorre vor Logik. – Aber Dekan Bächtold sagte am Mittagstisch in seinem launigen Toast auf den jungen Ehrenprediger: »Lieber Johannes, diese Predigt vergess' ich nicht. Gestern hab' ich leider den neuen Stil verschimpft. Ich lob' ihn heut. Er ist besser als der alte. Er langweilt nicht. Er trifft das Herz. Er zieht, reißt und wirkt wie etwas Neues! Ich glaub' beinah, daß ich ihn selber schon ein bißchen rede. Und doch ist auch der währschafte, alte Geist in diesem neuen Kleide ... Ach, wir Alten von Anno 30 und 40, auch du, mein Philippus, sieh, wir müssen in Gottes Namen mit unsern alten Knochen uns auch noch diesen neuen Stil angewöhnen. Sonst wirft uns, wenn noch zwei, drei solcher Johannes am Kanzelgesims auftauchen, der Gnädige Herr ohne Gnade in die Rumpelkammer zu den alten Kerzenstöcken und Karsamstagbildern ...

Und nun will ich hoffen, daß es recht viele bethanische Stüblein in Peraut gibt ... in Lachweiler drüben werden sie alle schon evangelisch eingerichtet sein, das ist sonnenklar bei solchem Pfarrer und solchem Kaplan ...«

27

Johannes begab sich nach der Vesper zu Laus Tann. Er trug einen Pack voll Backwerk unter dem Arm, das er von Pfarrers Tisch erbettelt hatte. Keiner von den Herren hatte ihm etwas Lauteres über den Redakteur sagen mögen. Philippus zuckte die Achseln, und der Doktor von Innsbruck sagte: »Ich glaub', er ist nicht bös und nicht gut, das Geld macht ihn zu dem, was er ist.«

»Ja, die Schulden!« rief einer.

»Marthatag ... Zinstag!« seufzte der Rütmüler, der für seine Brudersfamilie tief in Geldnöte gekommen war. »Sie werden ihm an den Kragen langen, 's ist Feiertag, sie haben Zeit, die frommen Geizhälse! ...«

»Das bekehrt ihn vielleicht, wer weiß!« beschloß fromm der alte, weder Haben noch Sollen kennende Kapuziner.

Der Kaplan traf niemanden im Hausgang. Es roch nach etwas Verbranntem. Überall lagen Papierfetzen und Späne herum, an einer Türschwelle auch ein Paar ungleicher Sandalen. Vom oberen Boden hörte man viele junge, wilde Schuhe poltern. Die kleinen Tann und Tanninnen jagten einander wohl herum. Hinter einer Türe da unten schrie eine kleine, dünne, schon fast sprachfertige Kinderstimme nach der Mutter. Hinten im Gang, wo es sehr finster war, schlug und stampfte etwas gegen die Wand wie ein Ungetüm mit eisernen Hufen. Das kam wohl von der Druckerei. – Die Küche stand offen, und nun merkte Johannes' lange und peinliche Nase, daß der brenzlige Geruch vom Herd kam, wo ein winzig kleines Pfännlein voll siedender Milch überlief. – Das konnte der Geistliche nicht ertragen. Er sprang im seinen Festfrack zum Herd, hob die Pfanne vom Feuer und verbrannte sich am heißen Stiel heillos die Hand.

Welch eine Unordnung, dachte er, die rote Blase netzend und hauchend. Und der will Welt und Kirche ordnen! Nun ist's genug. Mit dem Menschen will ich heut fertig werden!

Keine Seele zeigte sich. Die Flamme loderte zum Herdloch hinaus. Was sollte er tun? Das konnte ja eine Feuersbrunst geben. Vorsichtig füllte er einen leeren Hafen mit Wasser und stellte ihn über das Feuer. Dabei war ihm recht ungemütlich. Wenn jemand käme, ihn sähe! Und doch, konnte er anders?

Er wollte hinaus, da rauschte etwas Großes, Schönes, Lautes den Gang herein und füllte die Türöffnung aus. Das stemmte die Ellbogen in den Rahmen und fing an wundervoll zu lachen. Es läutete wie von einer großen, aber dünnen, silbernen Glockenschale. So hoch und doch so stark.

Johannes blieb auf dem Fleck stehen vor Staunen. Die Dame trug einen Hut mit stürmisch gesträußter Feder, einen dunkelgrünen Seidenrock und auch eine solche Jacke, woraus jedoch silberweiße Litzen schossen. Ihr Gesicht war breit oval und flaumig und rotbraun wie eine reife Pfirsich. Aus den kugeligen braunen Augen lachte nichts als Spaß.

»Frau Redakteur Tann?« sagte der Kaplan betreten.

»Ach, Herr Kaplan,« erwiderte die Frau in einem selten klangvollen Deutsch und rauschte ihm wie eine Fürstin entgegen, »nun haben Sie mir da noch eine Extrapredigt gehalten. Nicht wahr, eine saubere Hausfrau, wollen Sie sagen! Aber darf ich Ihnen verraten, daß mir vor ein paar Stunden die Magd mir nichts dir nichts davongelaufen ist? Und daß...«

»Isabella, Isabella!« unterbrach sie sich hier voll Beweglichkeit und klatschte in die großen, weißen Hände, »jetzt hab' ich ein Nachtessen im Engel bestellt... denken Sie einmal: keine Magd und sieben Kinder und die Druckerei und Kirchenfest und Gäste, das heißt den verehrten Herrn Ehrenprediger.... Isabella, Isabella!«

Das ist eine Italienerin, das ist keine von unserem Gewächs, sagte sich Johannes. Sie redet auch so melodisch.

Jetzt trippelte etwas die Stiege hinunter und huschte herein, etwa siebenjährig, schmächtig, barfuß und ohne Jacke, so gar nicht feiertäglich, mit einem unordentlichen, aber sonnengelben Haarstrudel, ein verlottertes, schmutziges, aber dennoch wundersames Menschenengelchen. Sowie es den Kaplan sah, knickste es mit Grazie und reichte ihm ohne Scheu sein unsauberes Händchen.

»Hast die Milch überlaufen lassen. Du gaumst mir gut. Na, jetzt lauf' und sag' dem Vater, es sei ein hoher, hoher Besuch da! Willst laufen? Husch, husch!« – Die große Frau stiefelte wie ein Kind, um zu zeigen, wie schnell die Kleine laufen müsse.

Aber Johannes ließ das Kind nicht aus der Hand. Nie hatte er so ein Mägdlein gesehen, so hochgelb, fast weißlich das zitternd feine Haar und so tintenschwarz die großen Italieneraugen. Wie zweimal Nacht sahen sie aus diesem magern, fein gemodelten Gesichtlein und blitzten mit einem wundervollen Augenstern heraus. Bei allem Schmutz und Wust lag etwas himmlisch Reines und Zartes über Mund und Stirne.

»Bist wohl gerade vom Himmel gefallen, Geschöpflein du,« lächelte Johannes, »und weißt halt noch nicht, daß bei uns da unten so ein Pfännchen Milch überläuft, wenn's ihr zu heiß wird. Gelt ja! So führ' mich jetzt zum Vater! Nur gleich in die Druckerei!«

»Was sinnen Sie? Kommen Sie, Herr Kaplan, in den Salon, kommen Sie!«

»Keine Umstände, Frau Redakteur,« bat Johannes fest. »Lassen Sie mich mit dem Kinde schnell in die Druckerei hinüber! Ihr Mann erwartet mich sicher. Ich hab' Eile!«

Und obwohl die Frau sich sperrte und spreizte und zuerst beinahe vorauslaufen wollte, zog der Kaplan die Kleine aus der Küche gegen das Getöse jener eisernen Hufe hinten im Gang. Und das Kind lachte und zog selber auch mit bis zu einer ganz engen, ganz steilen Stiege, die zur Druckereitüre hinunter führte. Durch diese Enge hätte die Dame ihre breite, grüne Seide nicht durchgezwängt. Darum mußte sie zornig zurückbleiben.

»Da hinunter!« lockte das Kind mit dem reinen Klang eines Taufglöckleins. »Nehmen Sie die Lehne! Da!« Das Mägdlein nahm die Hand des Geistlichen und legte sie freundlich ans unsichtbare Geländer. Das Kind ging gewiß noch nicht in die Schule und tat doch so stramm wie ein Großes.

»Du bist ja ein richtiges Schutzengelchen!« sagte Johannes in einer Art von Verzauberung.

»Bitte, so gib mir auch etwas dafür! Willst du?« fragte die Kleine plötzlich zutunlicher. Aber die Stimme war härter und rauher geworden, und das kleine Händchen zupfte den Geistlichen dringlich am Ärmel. »Da aus dem Papier? Es riecht gut! –«

»Du Schnuppernäschen! Gewiß, das ist für dich und die andern! Willst du?«

»O gib, gib!« heischte die Kleine schier wild, und wahrhaft, ihre großen Nachtaugen glitzerten aus dem dunkeln Erdgeschoß wie zwei heiße Feuer. »Gib, ich bring's hinauf! Du, gib, ich hab' Hunger!« – Wieder riß es am Frack.

Na, wenn das nicht Italiener sind, will ich nicht mehr Johannes heißen, dachte der Kaplan belustigt. So klein und so natürlich, aber auch schon so frech, richtige Briganten! Ganz so frech will ich jetzt mit dem Laus da drinnen auch sein. Gib mir das Manuskript, sag' ich. Gib, ich hab' Hunger. – Und ich reiß es ihm mit Gewalt aus der Schublade.

»Zuerst mußt du ein Stück selber essen,« sprach er laut, »da, zum Führerlohn . . . Mäulchen auf! So! . . . Schmeckts?«

Im Nu war das Johannisbrötchen verschlungen. Nicht wie Naschwerk, nein, mit der Ernsthaftigkeit und Gier eines furchtbaren Hungers. Mit der gleichen Gier blickte das Kind nun nach einem zweiten Bissen auf. Jetzt merkte Johannes erst auf.

»Hast du Hunger?« fragte er entsetzt. »So Hunger?«

»Wir haben noch nicht zu Mittag gegessen. Brüderchen auch nicht, Schwesterchen auch nicht. Und die Milch ist überlaufen, du weißt ja. Und die Mutter hat nichts vom ›Engel‹ gebracht. Hast du nicht gesehen, sie hat nichts in der Hand gehabt. Du aber hast da Gutes . . . gib, gib, Lieber. Schnell! Und du mußt dann in die Türe! Gib schnell!«

Dem Kaplan rieselte ein wahres Grauen vom Haar bis in die Zehen. Das war also keine Schelmerei, das war entsetzlicher Ernst. Dieses Engelchen verhungerte schier. Johannes hatte gelesen, daß die Pilger in der Sahara, wenn sie nichts mehr zu essen oder zu trinken haben, trockene, harte, funkelnde Augen bekommen wie dunkles Glas, sie klirren beinahe. Da waren sie, diese stechend harten, brennenden und beinahe klirrenden Augen. Das trieb dem jungen Mann, der eben vom satten Vespertisch kam, einen feuchten Glanz in die Augen.

»Da, da, nimm!« sagte Johannes leise und schob dem Kinde vorsichtig, als wären sie zwei nun schon Geheimbündler geworden, das ganze Paket unter den Arm. »Und da, nimm das auch! Und kauf' was, wenn du wieder Hunger hast, nimm rasch!« Und wahrhaft, klug oder unklug, er gab diesem Balg den schönen Zwanzigfränkler, den er soeben vom Perauter Pfarrer zum Lohn für seine Festpredigt empfangen hatte. Aber Johannes konnte nicht anders. Er hätte in diesem Augenblick auch einen Hundertfränkler, einen Tausendfränkler ins magere Engelhändchen gelegt.

»Carissim Padrin . . . ach, du Lieber,« sagte die Kleine, ihre Freude rasch verdeutschend. Sie hob ihre dünnen Arme zu ihm auf und spitzte das Schmutzmäulchen und reckte sich unendlich auf den nackten Fußspitzen, »komm, du, komm, un bacciolino!«

Wie ein sehnsüchtiges Vögelchen, das vom Boden auffliegen möchte, sah das Kind aus.

Da beugte sich Johannes, unwiderstehlich von diesem frühen, unschuldigen Marterengelchen angezogen, nieder und hielt geduldig her, bis ihm die Kleine drei süße, italienische Küßlein auf die Wangen gegeben hatte. Aber es waren dürre, heftige, brennende Kinderküsse. In diesen Küssen spürte der Priester auf einmal den ganzen Jammer dieses Hauses, den Luxus und die Leichtlebigkeit der Dame, die schwächliche Vernarrtheit des Gemahls, sein Suchen nach Geld, um in dem gemeinen, vielbrauchigen Leben nicht unterzugehen. Er spürte sein wahlloses, gewalttätiges Zugreifen nach den Prozenten, ohne die er verlumpen mußte. Ja, da sind sie, die siebenzig Prozente, Freund Allspach, jetzt spür' ich sie auch.

Isabellchen schoß lachend die Kletterstiege empor. Von der kleinen Vordiele sah ihr Johannes sinnend nach und suchte mit der Hand das ungewohnte feuchte Gefühl der Liebkosungen vom Gesicht zu wischen. Als er sich dann gegen die Druckereitüre umkehrte, stand Laus Tann auf dem offenen Söller und forschte ihn seltsam mit seinen Tintenklecksäuglein aus. Der Kaplan erschrak, als wäre er bei etwas Unrechtem ertappt worden. Dann stotterte er: »Welch ein schwieriges Haus haben Sie da . . . wo geht's denn auch ein und aus ... da? Und welch ein Kind! ... Ach, was für ein Geschäft ... Herr, Tann, ich muß sogleich mit Ihnen reden!«

Der Redaktor machte ein furchtbar schweres Gesicht, aber nickte höflich und sprach mit der Hand nach dem Bureau weisend: »Und ich mit Ihnen, Herr Kaplan!«

28

Johannes wollte schnell seine Klage wegen dem unberufenen Leitartikel vorbringen und sich damit einen Vorsprung im Disput sichern. Aber Laus Tann war zweimal rascher, und schon mit dem ersten Satz saß Johannes wie ein Angeklagter und der Redakteur wie ein Richter da.

»Sie haben mich diesen Vormittag schwer enttäuscht, Herr Kaplan. Sie haben Ihrem gesamten herrlichen Opus da drüben widersprochen!«

Der Kaplan sah der weisenden Hand des Redakteurs nach. Da drüben? Wo denn? Er entdeckte sein ersehntes Manuskript nirgends.

»Und Sie haben . . .« begann der Geistliche zu tadeln. Aber Laus Tann überschrie seine schwache, müde Stimme und sagte unpassend schnell und unpassend laut, als wüßte er's auswendig: »Ich habe in stiller Nacht Ihr Werk gelesen, Sie lieber, gescheiter Mann. Diese Stunden bleiben mir unvergeßlich, wie weniges in meinem Leben. Das ging vor mir auf wie der Sternenhimmel vor dem Fenster. Wie treffen Sie mit jedem Satz! Und wie schön und würdig sagen Sie das Schmerzliche, wie milde das Harte und wie hinreißend, ja, wie ein heroischer Redner der Antike, das, was geschehen soll! So ein Büchlein hat die deutsche Welt schon lange nicht mehr erlebt . . . Es ist eine Trutznachtigall der Kultur, wie die . . . wie das . . . ich weiß nicht mehr, hat Luther oder Melanchthon oder Gellert . . .«

»Friedrich Spee, der Jesuit,« half Johannes nach, dem alle Schmeichelei nun nichts mehr anhaben konnte. »Aber ich möchte . . .«

Es klopfte. Laus Tann riß unruhig an seinem schwarzen Schnurrbart und rief zur Tür hinaus: »Einen Augenblick warten! . . . oder nein, ich sei nicht daheim!«

»Ich wünschte diese Nachtigall trotziger,« fuhr er dann zu Johannes mit unrastig schaffenden Äuglein fort; »sie singt zu mild. Jedenfalls kann niemand behaupten, daß auch nur eines ihrer Lieder einem Betroffenen wehtut.«

Johannes schüttelte den Kopf. Nein, nein, das ist gar nicht so, das ist alles anders, als du da sagst, wollte er damit aussprechen.

»Nachdem Sie mir die Erlaubnis gaben, mit dem Manuskript zu verfahren wie ich wollte, konnte ich es mir nicht versagen, auf diesen gottvollen heutigen Tag...«

»Das ist's gerade,« schoß jetzt Johannes empört darein, »und darum...«

Da zog Tann schnell den Brief des Kaplans aus dem Rock: »Da sehen Sie selbst: ›Drucken Sie mutig davon, was Ihnen behagt!‹ Das schrieben Sie mir vor vier Tagen.«

»Aber ich sprach vom Geheimhalten. Ich meinte, einstweilen drucken, an der Broschüre drucken, aber keine Silbe davon jetzt schon öffentlich, ...« er stockte. Indem er das sagte, merkte er seine Halbheit. Wenn man etwas drucken läßt, will man es doch öffentlich machen. Und an dieser Halbheit hatte Laus Tann sich festgeklammert.

»Ich habe das Buch und den Autor geheimgehalten. Mehr zu tun verpflichtet mich Ihr Brieflein nicht!« erklärte er hart. »Aber um auf Ihre Predigt zurückzukommen, das war ja der reinste Rückfall in unser tiefstes, konservatives Philisterium. Solche Predigten haben wir zu Hunderten gehört, und sie haben keinen Axtstreich am Reformwerk der Welt geholfen. Es ist ja freilich in einem gewissen Buchstabensinn alles wahr, was Sie gesagt haben. Aber so wie Sie die eine Wahrheit hoch hinaufschrauben und die andere tief hinunterschrauben, wird eben doch wieder eine Unwahrheit verübt. Der katholische Fortschritt erscheint danach gar nicht mehr notwendig, eher ein Luxus. Das rostige Mittelalter wird in seinem trägen Behagen bestärkt, es bleibt alles im Alten, und Ihr Opus wollte doch gerade alles aus dem Alten heraus ins schöne Neue stürmen.«

Ihr Opus! Wieder zeigte der Redaktor irgendwohin, und wieder sah Johannes dort nichts als Tische, beladen mit schweren Stößen Drucksachen.

»Ach, ich habe mich reichlich überzeugt,« sagte Johannes mit einem schmerzlichen Lächeln, »daß ich dieser Stürmer doch nicht sein kann. Ich bin zu schwach... zu dumm, zu klein... zu...«

»Sie? Um Gottes willen, reden Sie nicht so! Gerade Sie sind der rechte Mann!« brauste Tann auf. »Das ist nichts anderes als Feigheit, was Sie da anfechtet ... oder die zwanzig Pfäfflein haben Sie ...«

»Bitte!« widersprach Johannes und reckte sich hoch und streng auf.

»Verzeihung, das Wort hat ja einen guten mittelalterlichen Klang. Aber gewiß haben die hochwürdigen Herren Kollegen ...«

»Kein Mensch hat mir eine Silbe in dieser Sache eingeredet. Aber da innen hat es geredet. Gott allein weiß, was ich durchgemacht habe, bis ich so hell geworden bin, die letzten vierundzwanzig Stunden! Mein Gott ... aber nun seh' ich. Herr Redakteur, rühmen Sie, wie Sie wollen, aber ich bin auf dem falschen Weg oder, wenn es nicht ganz der falsche Weg wäre, so bin ich wenigstens der falsche Führer auf diesem gefährlichen Weg. Das weiß ich jetzt. Schwer habe ich diese Erkenntnis gewonnen, aber nun halte ich sie fest. Und darum: geben Sie mir das Manuskript heraus! Sogleich! Ich will es mit mir heimnehmen, vorher hab' ich weder Ruhe, noch Segen. Also!«

Johannes sank nach dieser Anstrengung in den Stuhl. Und so müde und elend versank er darin, daß Laus Tann nicht mehr an der Veränderung dieses Mannes und an seinem blutigen Ernst zweifeln konnte.

Es klopfte wieder und diesmal ging gleich auch die Türe auf. Das kleine schmutzige Engelchen erschien mit kauendem Mund und Augen wie satten, ruhigen Sternen. Und hinter ihm drängte sich ein langer, knochiger, grauer Mann mit einem klapperigen Stecken an die Schwelle, nicht viel anders, als wie man den Tod auf alten Holzschnitten dargestellt sieht.

»Wußte wohl, daß Sie da stecken,« lachte er höhnisch, »und jetzt reden wir aus, sind noch zwei ganze Tag' bis zum Ersten! Also!«

Nun erst erkannte der Bauer den Ehrenprediger hinter dem Rücken des Redakteurs. Sofort zog er ehrerbietig den Filz ab, so daß ein völlig kahler Schädel braun und rot hervorglänzte. – »Aha, nichts für ungut, Hochwürdiger. Ich sah Sie gar nicht ... aber ich warte da draußen ... nichts für ungut.« – Und er schloß die Türe sehr artig. Engelchen und Knochenmann verschwanden.

Laus Tann war erbleicht und rang nach Worten. Nun stand er vor den Kaplan hin, ergriff seine beiden dünnen Hände innig und sagte, indem er alle Herbheit und allen Trotz fahren ließ, mit einer wahrhaft verzweifelten Stimme: »Um meiner Familie willen, Herr Kaplan, lassen Sie mich jetzt nicht im Stich! Sehen Sie, der Weibelbauer da draußen will Geld. Der kann mich jeden Augenblick aus der Druckerei und aus der Wohnung werfen ... Mein Geschäft hat viel Geld gekostet, meine Kinder kosten täglich auch viel, und meine schöne, liebe, liebe Frau kostet ... ach! ...« er hielt die Hände vors Gesicht und kehrte sich ab, um nicht sagen zu müssen, daß sie ihn am meisten, sein ganzes Herz, aber auch sein ganzes Einkommen koste.

»Mit Ihrem Opus,« begann er wieder ruhiger, »mache ich Geld, zwei-, dreitausend Franken ganz sicher. Soviel kenne ich mich im Lesertum und im Buchhandel schon aus. Nun also, lassen Sie mir diese Rettung! Lassen Sie mir das Geld! Es steht ja nichts Böses in der Broschüre, kein Sätzlein gegen den Glauben oder die zehn Gebote und gar keine Respektlosigkeit. Und Sie wollten damit doch nur Gutes. Und irrte sich einmal eine Zeile, weil alles, was wir tun, ja doch menschlich ist, so nehme ich alle Schuld auf mich. Ich will das Opus mit meinem Namen zeichnen, ich will im Vorwort schreiben, daß den Autor das Geschriebene reut, daß er es nicht über sein ängstliches Gewissen brachte, die hingeworfenen Gedanken zu veröffentlichen; aber daß ich das Manuskript schon besaß, daß ich es mit der bekannten findigen Verschmitztheit aller Verleger eroberte, ja wohl, daß ich es schier einen Raub nennen müßte ... aber einen frommen Raub. Daß ich daher auf die Veröffentlichung niemals verzichten würde und alle Verantwortlichkeit des Druckes auf mich nehme.« – Das wird, dachte Laus rasch und heimlich, mit der unverbesserlichen Bosheit seines Berufes erst noch eine interessante Reklame des Opus sein. – – »Und so verhält es sich ja auch! Ohne Lüge. Ich habe Ihr Wort: ›Drucken Sie mutig, was Ihnen davon behagt.‹ Und darin liegt auch die Veröffentlichung zu passender Zeit eingeschlossen. Ich kann aber nicht warten, bis Ihnen just ein Tag paßt. Keiner wird Ihnen passen. Das seh' ich mit Schrecken. Darum muß eben ich einen passenden Tag bestimmen. Und ich nehme den ersten August, wo wir in der Stadt großen Markt haben und wo unser liebes Vaterland seinen patriotischen Geburts ...«

Johannes machte einen verzweifelten Gestus der Abwehr.

»Doch, doch, Herr Kaplan, der erste August! Kein Datum ist schöner. Am Abend zündet man in der ganzen lieben Schweiz Freiheitsfeuer an. Bundesfeuer. Man denkt an den Wiegentag der Heimat. Und in Ihrem Opus schaukelt auch so eine Wiege der Freiheit auf und nieder und schaukelt uns mit ein paar gewaltigen Stößen den schönen, neuen, modernen katholischen Reformjüngling heraus. Wie? Ist das nicht prachtvoll? Sehen Sie hier . . . hier!«

Laus Tann führte den siebenfach bedrängten Geistlichen an einen langen Tisch. Da lag turmhoch immer die gleiche Broschüre. Der Redakteur hielt Johannes eine vors Gesicht. Da stand es mit wunderbar großen, tintenschwarzen Buchstaben gedruckt: »Im geistlichen Frack durchs weltliche Land.«

Tann öffnete vor dem verblüfften Autor so ein Werklein. Wie herb, aber großartig es daraus roch! Er zeigte ihm die schlanken Kapitelstitel. Er wies auf die Vöglein, die ab und zu einen Abschnitt mit weitgeschwungenen Flügeln als sinnreiche Vignette beschlossen. Es war wundervoll anzuschauen, wie diese seine erste Arbeit da ein wahrhaftes, ordentlich dickes Büchlein mit ungeheuer wichtigen Mienen geworden war. Nur die steifen Deckel aus wolligem Büttenpapier fehlten noch.

»Daran ist nun Tag und Nacht gedruckt worden. Zehntausend Exemplare! Heute nacht noch beginnen wir einen schönen, grünen Einband umzuheften. In drei Tagen sehen Sie in der Stadt schon aus jedem Laden das grüne Geschöpfchen gucken. So ein gutes, liebes, schönes Werk, ja, Ihre Seele ist's. Töten Sie sie nicht, seien Sie kein Selbstmörder!«

Durch Johannes fuhren Stolz und Entsetzen in einem Schwung. Aber das Entsetzen war mächtiger. Äußerlich glänzte die Sache wohl, ja, ja, aber innen! innen! – Nein, das war nicht mehr seine Seele, gottlob nein! – Was sollte, um Gottes willen, was sollte er da sagen?

»Übergeben Sie es mir also. Das heißt, es ist mir schon überlassen! Aber sagen Sie doch nur noch ein Ja! Es nützt ja nichts mehr, nein zu sagen. Nicken Sie ein wenig mit Ihrem lieben, bleichen Johanneskopf! Ich entlaste Sie von aller Schuld. Ich gebe es Ihnen schriftlich, daß Sie keinen Anteil am Druck haben.«

Er lief ans Pult, fuhr mit scharfen, hastigen Federzügen über ein Papier und stempelte es. – Da klopfte es schon wieder an die Türe. Und sogleich öffnete Isabellchen, immer noch kauend: »Schon wieder zwei Männer... wollen mit dir reden, Vater... mögen nicht warten... komm doch... ich bleib' beim Kaplan, gelt...« Sie lächelte engelsüß.

»Ich komme, ich komme ja,... in einer Minute!« schrie der Redakteur heisrig und schmetterte die Türe vor den zwei schönen, schwarzen Äuglein grimmig zu.

»Sie sind mein Retter! Herr Kaplan! Da lesen Sie! Stimmt es so? Ist der Herr Quidam jetzt beruhigt? Nehmen Sie das Papier schnell! Mehr erlangen Sie von mir nicht! Ein Mensch vor dem Ruin hat den Mut der Verzweiflung. Reizen Sie mich nicht!«

»Gott, lieber Gott!« würgte Johannes hervor, seinen Kopf mit beiden Händen festhaltend, als wollte er ihm davonfliegen.

»Vater, so komm doch!« rief das Kind wieder herein. »Sie laufen durch alle Zimmer, die Männer, Vater!...« Angst malte sich jetzt deutlich im Gesichtlein der Kleinen ab.

Jetzt riß Laus Tann das schmutzige Engelchen herein und warf es sozusagen dem Kaplan in die Arme. »Sie haben Kinder so lieb! Schauen Sie das an! Und solche habe ich noch sechse! Bellchen, hol' mir den Seppli und den Eu...«

»Nein, nein, nein!« wehrte Johannes fassungslos. – »Bleib, lieb' Kind!...«

»Wollen Sie mir diese Kinder auf die Straße schmeißen, eins ums andere? Bellchen, komm her! Liebes du! Sag' du dem Kaplan, er soll mit dem Vater gut sein! Soll Vater nicht arm machen. Soll mich lieb haben! Du müssest viel Hunger leiden und der Seppli und der Eugen und das kleine Berthelchen...«

»Und der Fritzli!« fügte des Mädlein mit den offenen, süßen Engelchenaugen hinzu, »der Fritzli am meisten!« Vertraulich faßte es den Kaplan an der Hand.

»Gib ihm ein Kußhändlein, liebes Ding! Schau, er ist doch ein guter! Er muß dein Firmgötti werden, das muß er!«

Hurtig wischte das himmlische Geschöpfchen die rechte Hand am Rock ab, küßte sie schallend und schlug sie gewaltig in die magere, feuchte des Priesters. »Götti?« fragte es lustig.

»So nehmt das Zeug, nehmt es, es gehört Euch! ... Und zahlt in Gottes Namen die Männer da draußen! ... Ja, ich will dein Firmgötti sein, Kind! ... Lebt wohl!« schrie Johannes unverständlich. Seine Augen glänzten in unbeschreiblicher Not. Er lief ohne Gruß hinaus und atmete erst unterhalb Peraut in der kühlen Luft des Flusses wieder ordentlich auf.

29

Am Portal der Lachweiler Kirche, das ein steinerner St. Michael trutzig verficht, pflanzte man hohe Tannenbäume auf. Über die Kronenstiege und vor dem Schulhaus ward auf Tod und Leben gekränkt. Überall sah man Frauen Fenster putzen und Treppen scheuern. Vom Pfarrhof sprang dem heimkehrenden, todmüden Ehrenprediger Ottilie mit einem Expreßbrief entgegen. »Sie sind unterwegs! Sie sind unterwegs!« sagte sie halb lachend, halb weinend vor Seligkeit. »Jetzt sind sie schon in Mailand. Morgen geht es bis Zürich. Aber Jungfer Therese springt voraus. Morgen abend schon. Nur der Pfarrer übernachtet dort unten in Zürich. Es wäre für ihn zuviel auf einmal. Herr Kaplan, Sie sollen ihm dorthin entgegenreisen, heißt es da. O du lieber Christ! Lesen Sie selber, lesen Sie, da, da!«

Mitten in all der großen Dorffreude stand der Kaplan wie ein Fels im Frühling. Kein Blümchen wollte sich ansetzen. Da gab es nichts als kahle Trostlosigkeit und ein dumpfes, schweres, böses Gewissen.

Nach einer Nacht, die ihn ermüdet hatte wie zehn kämpfende Tage, reiste er am Morgen nach der Messe nicht gen Zürich hinunter, soviel lieber er diesen Weg zöge, sondern fuhr mit schwerem Pilgermut in die alte Bischofsstadt hinauf. Der Verweser ging bis zur Station mit. Er durfte den Pfarrer holen. »O ich Narr! Wie hab' ich mir alles Glück ja kindisch verdorben,« sagte sich Johannes, dem fröhlichen Zürcherzug nachblickend, bis ihn der düstere Ostzug zur Pfalz trug. Aber Johannes war fest entschlossen, sich vor dem Bischof auf die Knie zu werfen und wie ein reuiger Sohn das »Pater, peccavi!« zu sagen.

Im gleichen Wagen saß der junge Kronenstudent mit anderen Gespanen, die blonden Brauen hochziehend, und rauchte scharfe Zigaretten. Er kam mit den Kameraden zum Kaplan herüber. Wie lustig diese Jungen sich den heutigen, für Johannes so schweren Tag vorstellten. Jedes Lachen schnitt ihm ins Herz. Jakob wollte ihm eine feine Zigarette aufdrängen, ägyptisches Fabrikat, wie der Khedive sie raucht! – Aber Johannes lehnte bitter ab. Was? Er raucht nicht einmal so ein Stengelchen? Vikar Hottli, der herrliche, dicke Hottli, ihr Ehrenmitglied, sei nicht so ängstlich. Der werde ihnen heute wieder seine langen Brissago anbieten und die allerlängste davon selber rauchen. Er halte die Festrede. Die Turnsektion der Kantonsschule feiert nämlich den Sommerkommers heute nachmittag im Dörflein Selfert. Selbst ein Kanonikus und ein Regierungsrat seien angesagt. Aber wenn nur Hottli dabei sei! Der verstehe die Studenten ausgezeichnet. Wenn sie was auf dem Herzen zuviel oder im Säckel zuwenig hätten, gingen sie nur zu Hottli, dem Studentenpapa. Zwar seien immer Leute vor der Türe. Kinder, Bettler, Gesellen oder der bischöfliche Sekretarius, dem er in eiligen Dingen wacker nachhelfe. Denn alles, vom Bischof bis zum ersten Beichtling, habe den Hottli gern. Aber sowie eine Mütze komme, jage er alle andern fort und sage: Mein Bruder ist da, kommt ihr anderen lieber morgen wieder, der Bruder geht allem vor! – So einer! – Johannes solle auch mit an den Kommers kommen. Das tue ihm gut! Er sei doch auch einmal Blaumützler und sogar Vorturner gewesen. Na, da in Lachweiler werde man sonst vor Langeweile grau und krumm.

Ein wenig bitter berührte den Kaplan das Lob seines Sozius. Alles übrige hallte an seinem Ohr vorbei wie ein fremdes, nichtiges Gelärm. – –

Im langen, bischöflichen Hausflur sahen die Wappen der alten Kirchenfürsten ernst von der weißen Kalkwand. Und im Porträt hielt jeder Bischof das Evangelienbuch oder den Rosenkranz oder ein Kruzifix, jedenfalls immer etwas sehr Bedeutendes mit aller Gewalt in der Hand. Da gab es solche, die um des Glaubens willen aus Stadt und Land vertrieben worden waren, andere hatten sogar Gefängnis oder peinliche Prozesse durchgemacht, einer war in der Verbannung vor Heimweh nach seiner Herde, ein zweiter an der Pest mitten unter seinen Pfleglingen gestorben. Starke Menschen waren es zumeist gewesen, und jeder hatte für die liebe Mutter Ecclesia einmal ein Heldenstücklein bestanden. Es war feierlich, sich zu einer so erlauchten Gesellschaft, auch nur als unterster Kaplan, zählen zu dürfen. – Aber darf ich, darf ich? dachte Johannes. Als ich vor vier Monaten hier wegzog, da durfte ich's. Aber heute? –

Jetzt ging es in den Seitengang zu den Privatgemächern des Bischofs. Dort vor dem Eingang stand ein behelmter und wuchtig umpanzerter Ritter Georg. Es ging nichts über das kühne Auge dieses heiligen Recken. Der vorgehaltene Speer blitzte auch tüchtig genug. Aber was war das gegen den stolzen, glorreichen Schein dieser Augen? Unter den Füßen des großartigen Mannes krümmte sich ein verendender Lindwurm. Es schien, als wehte ein frischer Wind von dieser Statue in den stillen Korridor hinaus. Man mußte im Umkreis dieses Helden selber ein Held werden. Vor dieses Bild tritt wohl unser Bischof, wenn er wieder einen tapferen Hirtenbrief in die Welt hinausfliegen läßt oder wenn er vor einem heftigen Kampf mit den Kirchenfeinden steht. Ja, sann Johannes weiter, so ist die Kirche selber wie dieser Sankt Jürg. Der Drache muß immer verspielen. Den Speer wird sie nie aus der Hand geben. Und schon gar nicht wird sie von mir einen Speer entlehnen wollen, so ein Spielzeug, wie mein Säbel eines war.

In den Gängen hallten die Schritte fast wie in einer großen, leeren Kirche. Es lag ein Atem von Feierlichkeit über allen Schwellen. Da stand über einer Türe: Rev. D. D. Decanus, – da: Rev. D. D. Cancellarius Episcopalis, – da: Rev. D. D. Rektor Parochialis. Das waren die Säulen des Bistums. So oft einer von ihnen ins Seminar hinauf gekommen war, hatte er durch sein frohes und großgeistiges Wesen in den Alumnen eine helle Begeisterung fürs Priesteramt entfacht.

Immer nichtiger kam sich Johannes in dieser großen Umgebung vor. Er konnte seine reformerische Aufgeblasenheit gar nicht mehr begreifen. Er hätte sie für einen unangenehmen Traum gehalten, wenn nicht aus diesem Traume furchtbar wirklich das elende Gespenst seines Manuskripts gedroht hätte.

Schreiber, Sekretäre, Landgeistliche gingen her und hin, pochten da, kamen dort heraus. Alle machten fleißige und zufriedene Gesichter. Alle kamen, um etwas Gutes aus ihrem Kirchspiel zu bringen oder etwas Gutes für ihre Pfarrei zu holen. Und er?

Es muß sein. Vorwärts! Gerade wollte er um den Geharnischten herum, als aus der Kanzlei der dicke Domvikar Anton Hottli trat. »Du hier?« sagte er langsam und gleichmütig und patschte ihm die Rechte. Er war in den vier Monaten wahrhaft nicht dünner geworden. Er aß wohl immer noch Biskuit mit Butter.

Aber Johannes hielt sich an seiner kleinen, fetten Hand voll Hoffnung fest und sagte: »Ich will zum Gnädigen Herrn!«

»Ist nicht da! Der Bischof firmt in Puchholz... nein, wart einmal... dort war er gestern... morgen firmt er bei uns daheim, ich darf die Firmpredigt halten, gratulier' mir!... Nein, also, heut' weilt er ganz oben auf dem Berg in Wildhauren. Es soll noch Schnee bei der obersten Kapelle haben. Aber unser Gnädiger ist unermüdlich. Er wird eben bis zum Schnee hinaufklettern. Auch dort muß liturgische Ordnung sein!«

»Dann will ich zum Domdekan!« bekannte Johannes.

»Ist auch nicht zu sprechen. Er nimmt gerade das Examen der Kandidaten ab. Unsere Nachfolger!... erinnerst du dich noch an die Dogmengeschichte?... ›War Bischof Hosius Häretiker oder nicht?‹«

»Hör auf! Ich habe jetzt ernstere Dinge vor. Wo ist denn unser Regens?«

»Mit dem Gnädigen auf der Firmreise,« sagte Hottli rascher und entzog dem Kollegen die Hand. »Addio, du!... Ich hab' keine Minute frei! Noch zwei Stunden Unterricht, dann eine kleine Rede an die wilden Bierzipfel... die bekommen mal Katechismus zu hören! Dann wär' noch Diskussionsabend bei den Gesellen, aber leider muß ich zeitig ins Firmdorf abdampfen. Ach, lieber Hans, man hat keine Zeit mehr, nicht einmal für ein Biskuit!« – Er lachte in scheinheiliger Trauer. »Also, entschuldige mich! Du findest ja deinen Weg hier allein!« – Schon entlief er mit einer Eile, die ihm Johannes nie zugetraut hätte. Wie eine Kugel rollt, eine flinke, sichere, aufs genaue Ziel geschnellte Kugel.

Zuerst wollte Johannes ihm nachspringen. Er wollte ihm sagen: nein, ich finde meinen Weg nicht mehr allein. Hilf mir! Aber schon hörte er irgendwo eine Türe zuschlagen. Dann ward es ein Weilchen totenstill im Gang. Nur Sankt Georgs Harnisch schien leise zu knirschen. Dieser Held wachte großartig.

Johannes schlenderte durch die Stadt wieder dem Bahnhof zu, langsam, mit gesenktem Kopf, wie ein Büßer, der seine Lossprechung nicht gefunden hat. Wie anders hatte er sich doch diesen ersten Besuch in der Residenz vorgestellt! Freunde, Gratulanten, ein Konzert, ein Ehrenerweis. Jetzt gab es nichts von dem allem. Aber auch die schmucken Läden, die schönen Brunnen und Statuen, die blumigen Rasenplätze, die ganze, helle Rüstigkeit der Straße und all ihr Frontenglanz und ihr pfeifendes und parlierendes, schnelläugiges Volk, alles das berührte ihn nicht. Er strebte dem Bahnhof zu. Nur an einem Bücherladen sah er zufällig den neuen Regensburger Kalender. Den kauf' ich, dachte er, ein Kram für Jungfer Therese. Bis ihm der Diener das Stück eingepackt hatte, besah er sich ein wenig den neuesten Vorrat auf dem Tisch. Da fiel ihm sogleich ein Heftlein auf: ›Doktor Lorse gegen die Unsterblichkeit!‹ Wie eine Stadt mit niedern und hohen Türmen war die Unzahl dieser Hefte aufgebeigt. Die niedrigen Türme bewiesen, wie viele Broschüren davon schon verkauft waren. – »Es geht reißend ab,« sagte der Ladenschwengel boshaft. »Da drüben haben wir eine Entgegnung, ich glaube vom Bischof selbst. Na, sie zieht nicht. Zwei oder drei Exemplare sind heute weggekommen. Aber von dieser Beige wohl so viele Dutzend.«

Wirklich, dort lag ein bescheidenes und immer noch ungestörtes Häufchen in der Ecke, wie ein frommes, stilles Dorf gegenüber jener großen, rauschenden, gottlosen Stadt. »Wissen Sie, Herr Pfarrer,« fuhr der Naseweis fort, »die Leute wollen lieber auf Erden gut und lang leben, als drüben,« – er pfiff leise irgendwo hinaus, – »dort drüben unsterblich sein . . . Was wollen wir machen?« – – Und während der Kaplan die gewechselten Münzen zusammenlas, hieß es wohl drei- oder viermal von rasch Hereinspringenden: »Bitte, den Lorse!«

»Ist das menschenmöglich!« entfuhr es Johannes unwillkürlich.

»Es ist so!« beharrte der Junge, und seine Miene wurde mit jedem Worte geistreicher. Das war wohl kein gewöhnlicher Ladenbursche, das war der Sohn des Hauses. »Setzen wir den Fall,« fuhr er großartig fort, »Sie schreiben bei Ihrer unzweifelhaft großen Gelehrsamkeit ein Heft mit dem Titel: ›Sei enthaltsam!‹ und ich mit meiner kleinen Grütze schreibe ein anderes Heft mit dem Titel: ›Genieße!‹ . . . Ich wette, Herr Pfarrer, bis ein Exemplar Ihrer zentnerschweren Weisheit seinen Leser fand, sind hundert gedankenleichte, lose Vögel meines Geistes unters Volk geflogen. So ist es einmal!« – Er lachte und pfiff: »O du lieber Augustin!«

Johannes sprang mit dem Regensburger Kalender und der bischöflichen Broschüre zum Laden hinaus. Der Kerl hatte recht. Da sah er voraus, wie es von heut über drei Tagen mit seinem Opus zuginge. Vielleicht nicht so fieberhaft flügge, vielleicht etwas schwerfälliger. Aber dafür mit um so tieferen und gefährlicheren Furchen. Nein, nein, tausendmal nein, niemals durfte sein Werklein so feilgeboten werden, niemals! ... Ich will ein zweites Werklein schreiben, eine Entgegnung, ... ich will mich selber widerlegen. Das biet' ich dem Laus heut noch an. Gratis! Ich will keinen Rappen davon. Vorwärts, vorwärts! Das ist noch eine Rettung. Hurra!

Die Eisenbahn lief ihm viel zu langsam. In seinem Kopfe zergliederte er schon den Stoff des neuen Büchleins. **Bucolica spiritualia!** Das wäre ein famoser Titel.

Ich spaziere unter den alten Nußbäumen des Friedhofs. Da ist mir, ich höre die Toten unter der Erde reden: Kinder mit der Weisheit der Unschuld, Alte mit der Erfahrung ihrer langen, staubigen Lebensstraße und frische, aus Saft und Kraft des Mannestums Gerissene, und alle erzählen, wie sie jetzt vom Leben denken. Sie schütteln die Asche aus den Augen und, rückwärts blickend, fangen sie an, den Erdentag ernst und wahr zu zeichnen, nicht wie wir meinen, als ein kurzweiliges, lustiges Geschnörkel, sondern als eine gerade, solide Linie, sauber und fest in die unendliche Gerade der Ewigkeit gezogen, in sie mündend wie ein Tropfen ins Meer. Und dieser Tropfen, der vorher auch nur das Glück eines Tropfens genoß, schwimmt jetzt in der Seligkeit eines ganzen Meeres.

Bumbdibibum ... bumm!

War das Donner? Ein Reisender zieht den Rock vor Hitze aus. Man öffnet die Fenster gegeneinander, um eine Nase voll Luft zu bekommen. Über den Feldern wird der Himmel eintönig grau und schwer. Wie kleine, goldene Nadelspitzen zucken fern, fern ein paar Blitze den Horizont entlang.

»Alle Tage Gewitter,« brummt jemand.

»Es hat nur gewetterleuchtet,« entgegnet man.

»Nein, es hat richtig geblitzt.«

»Und ich hörte es deutlich donnern,« fügte ein Bauer grimmig hinzu.

»Wir auch! Wir auch!« rief es durcheinander.

»Aber es kann sich verziehen?« bat ein zopfiges Dirnlein.

»Es sammelt sich langsam, dafür wird es um so schlimmer,« erwiderte der Bauer hart. »So ums Zunachten herum kegeln sie da oben wieder einmal forsch.«

Dem Kaplan ging fast der Atem aus. Er fühlte Herzklopfen. Die Hände hingen ihm schwer nieder, die Füße waren wie Bleiklötze. Der Kopf drückte wie ein Stein, alles tat ihm weh, alles war ihm lästig. Er hätte die Glieder von sich schütteln mögen wie ein müder Baum sein dürres Laub, und dann wollte er zusammensinken wie ein Kartenhaus. Dann wäre ihm wohl.

»Bumm!« grollte es wieder von weitem. Der letzte bleiche Sonnenflimmer erlosch. Es ward seltsam, kein Licht, kein Schatten. Die Eisenbahn rollte mit merkwürdig lautem Gepolter durch die tote, von Hitze und Dumpfheit starre Natur da draußen.

Diese Toten, dachte Johannes schon mühsamer weiter, müssen erzählen, wie das Sterben gewesen ist. Dann, wie die Portale des Jenseits aufgähnen, wie der gute Engel rechts, der böse links mit der zitternden Seele zum Allmächtigen schreitet, und wie es dort zugeht, wenn der Richter das große Lebensbuch aufschlägt und ruft: »Adam, wo bist du?«

»Hier, o Herr.«

»Warum versteckst du dich vor mir?«

»Weil ich nackt bin.«

Und nun wird diese Nacktheit erbarmungslos gerichtet. Was ist jetzt der ganze irdische Reformplunder wert? Kann er die kleinste Blöße decken?

»Hußweiler! . . . Lachweiler!« ruft der Schaffner herein.

Hier muß Johannes aussteigen. Er rennt unter dem bleifarbenen, brütenden Himmel von der Station nach dem Dorf, glühend von der Hitze dieses Nachmittags und noch mehr von der Hitze seines Innern.

Auf einem Schleichweg gelangte er unbemerkt in sein zu oberst im Dorf liegendes Pfrundhaus. Er wollte nur schnell das nasse Hemd wechseln und dann sogleich mit seinem schönen und mächtigen Vorschlag zu Laus Tann nach Peraut hinüber. Keine Minute ist zu verlieren. Der Kerl muß nachgeben. In drei Tagen und Nächten schafft Johannes ihm das neue Opus.

Da sah der Kaplan mitten in der Stube einen Handkoffer und auf dem Tisch einen ihm wohlbekannten, breiten, alten, schwarzen Hut mit vergilbten Teerosen. Therese war also schon da! Aber gottlob nicht im Hause. Nein, jedenfalls drüben im Pfarrhof. Jetzt flink aus dem Staub und hinüber nach Peraut.

Er schrieb auf einen Zettel: »Willkommen tausendmal, gute Jungfer Therese! Ich muß sogleich zum Redakteur Tann hinüber. Er hat mich in eine höllische Falle gebracht. Ich muß mich noch heut um jeden Preis freimachen. Aber er hat den Buchstaben auf seiner Seite und ist selber in großer Not. Beten Sie und bleiben Sie auf, bis ich komme. Es kann tiefe Nacht werden. J.« – Und durchnäßt wie er war, rannte er auf dem gleichen Halunkenweg ums Dorf herum unbemerkt gen Peraut.

Es dämmerte schon, und dunkle Nebel stiegen aus dem Flußtobel, als er mit fröstelndem Rücken, aber ohne Zögern die Abkürzungen hinuntersprang – – –

Aber als er drei Stunden später wieder da heraufklomm, war es sternenlose, dumpfe, tiefe Nacht, da außen und drinnen in seiner armen Seele. Der Redakteur hatte sich nicht erweichen lassen. Eine Gegenschrift? Die könne Johannes doch nicht schreiben! Gegen seine eigene Seele könne niemand schreiben. Und wer würde so was lesen? Es bleibe dabei, die Broschüre sei fertig eingedeckt, in Kisten verpackt, reisefroh. Zweitausend Franken lägen darin begraben. Fünftausend müssen zurückkehren, unbedingt! Ob Johannes diese fünftausend Franken zahlen könne? Sogleich? Dann allenfalls, ja! Zum Spaßen sei jetzt keine Zeit mehr.

Fünftausend Franken! Wenn Laus Tann eine Million gesagt hätte, wäre es für Johannes das gleiche gewesen.

Dann war der Kaplan aufgestanden, hatte die Faust geballt und, indem er sie krachend aufs Pult schlug, sagte er in unbemeistertem, heißem Zorn: »Sie sind ein Schuft!«

Der Redakteur lächelte nur. Aber als Johannes zum zweitenmal und noch grimmiger mit der Faust niederfuhr, hielt Laus Tann sie auf und bat demütig: »Wecken Sie mir doch Ihr Gottli nicht!« Dann zog und drängte er den Gast langsam zur Türe hinaus.

Jetzt klomm Johannes den Abhang auf der Lachweiler Seite wieder empor. Er wußte nicht, wie spät es war. Mechanisch und halb besinnungslos schleppte er sich vorwärts. Vom Prügelweg sah er nichts vor Finsternis und mußte oft an den Boden langen, ob es noch Kiesel habe, ob er also doch noch auf der rechten Fährte sei. Bald da, bald dort rutschte er mit einem Fuß über den Rand hinaus und fühlte sich dann jedesmal vor Schreck fast gelähmt und wagte lange keinen Schritt mehr zu tun. In der Tiefe grollte der Fluß, der so unheimliche, seelenbedrückende Fluß furchtbar schwer herauf. Der Wind blies durch das Tobel und von den Höhen, aus der dicken, bleiernen Luft scholl dann und wann ein fernes Brummen wie Donner. Aber das konnte auch vom Rollen eines schweren Wagens hoch oben in der Straße rühren. Freilich schossen jeden Augenblick Blitze herum. Es war nur wie Wetterleuchten, ein schwefelgelbes, dünnes, den ganzen Himmel durchkritzelndes Wetterleuchten, aber es war unheimlich genug. Vielleicht kam nun doch, was jener Bauer in der Eisenbahn prophezeit hatte.

Johannes hatte seit dem Vormittag nichts mehr gegessen, aber auch in dem wilden Hetzen dieses Tages weder Hunger, noch Durst gespürt. Allein der leere Magen, die schwülen Bahnfahrten, die trostlose Stadt, die Heimkehr, das Schwitzen und Erkalten, dieses Hinauf und Hinab und die unnennbare Seelenqual zweier Tage brachen nun auf einmal den letzten Rest seiner Kraft. Mitten im Aufstieg zwischen dornigen Stauden und groben Steinen schlotterten ihm plötzlich die Knie so stark und fror es ihn so eisig, daß er sich niederkauern und an den Büschen halten mußte. Nichts als Tosen und Sausen von oben, von unten und innen überflutete ihn. O Gott, ich sterbe, seufzte er und rieb die Stirne, die kalt und dick wie von schmelzendem Schnee tropfte, um ja nicht die Besinnung zu verlieren und von da in die gräuliche Finsternis hinunterzustürzen.

So blieb er ein Weilchen am Boden, halb in Fieberschauern und halb in Bewußtlosigkeit. Die Blitze wurden schärfer und so nahe, daß er ihr Zischen zu hören glaubte. Sie erschienen wie Schwerter, die eine unsichtbare Hand tief aus den Wolken herausschwang, immer tiefer gegen sein Haupt. Und jetzt donnerte es auch jedesmal auf den Blitz rasch und grimmig. Es ist wie ein Gericht. Wenige schwere Tropfen fallen mit großem Geräusch ins trockene Gebüsch. Jetzt wieder ein Blitz, breit und versengend nahe. Johannes will aufspringen. Ein furchtbarer Krach schlägt ihn sogleich nieder. Strahl und Schuß fahren ins Tobelwasser hinunter. Aber noch lange hallt es in den Felsen nach und verliert sich erst in unendlicher Ferne. – Das hat mir gegolten, o lieber Gott, erbarme dich meiner! betet Johannes. Über dem Tobel auf der Perauterseite klirrt es wie Hagel. Am Himmel säbelt es flinker und wilder drein. Große Heere scheinen nun Schwerter zu schwingen und die ganze himmlische Artillerie ihre Geschütze loszubrennen. Und all das rasselt und zückt auf ihn nieder, den Wurm da am Boden. – Nun haben wir dich, du Wicht. Wo bist du? Man sieht dich ja fast nicht, so ein Häufchen am Boden klebendes Elend bist du. Schon fast tot! – Und so einer will dem Himmel ins große, gelassene Ewigkeitswerk pfuschen! Rombodobombomomomom! poltert es wieder und zündet und schießt und spaltet fast die Erde. Aber wenn eine kleine Pause entsteht, so hört man aus dem Abgrund den Fluß so dumpf und gequält schreien wie des Johannes böses Gewissen.

»De profundis clamavi ad te Domine,« flehte Johannes, nicht mehr imstande, sich vor den herumgepeitschten Astlein und den klatschenden Regentropfen zu schirmen. »Domine... exaudi vocm meam!«[11]

»Si iniquitates observaveris...«

»Herr Kaplan... Herr Kaplan Johannes!«

»Ach, ich höre Stimmen, als riefe man mir! Ich muß wohl hohe Fieber haben... es ist so deutlich... ich höre knallen mit einer Geißel... wie damals, wie damals!... Domine, quis sustinebit?«

»Herr Kaplan Johannes Keng, wo sind Sie?... Therese, Ihre Jungfer Therese ist da! Und oben in der Straße ist Doktor Allspach. Mut!... Geben Sie ein Zeichen... wo sind Sie?«

---

[11] Ps. 129. »Aus den Tiefen rufe ich zu Dir, o Herr, Herr, höre mein Flehen... Wenn Du auf unsere Ungerechtigkeit schauen wolltest, o Herr, wer würde vor Dir bestehen? Aber bei Dir ist Erbarmung...«

»Ach, diese verwirrenden, betörenden Stimmen!... Quia apud te propitiatio... denn bei dir ist Erbarm...«

Das schönste Wort der Welt konnte er nicht mehr aussprechen. Aber in diesem Augenblick ward es an ihm erfüllt. Er spürte noch etwas wie Laub knistern und Steine rollen und Schritte, er fühlte tapfer zugreifende Hände und hörte sagen: »Sie armer, armer Herr!«... Aber dann horchte er frisch auf: »Es ist alles in Ordnung... nur Mut! Ich komme von Peraut! Ihr Zettel hat mir ja alles deutlich gesagt. Da hab ich mein Geld zusammengenommen... bin Ihnen nachgesprungen, hinüber... hab ihm alles abgekauft... zwanzigtausend Büchlein... Morgen kommt das Papier alles, ein ganzer Wagen voll... Herr Doktor! Herr Doktor! Hier herunter!... hier herunter! Da ist der Kaplan!«...

Ist's ein Traum, ist's ein Wunder? Leise flüstert der Kaplan: »Gloria patri et et filio...«

»Et in saecula saeculorum, Amen! –« erwidert Therese mächtig... »Aber machen Sie mir doch keine Abkürzungen mehr, Herr Kaplan... gar keine Abkürzungen mehr!«

»Keine mehr!« gelobt Johannes leise.

30

Johannes ist zäher, als man glaubt. Er rang sich fast allein bis zur Kutsche hinauf und, als er ins Polster fiel, schloß er die Augen immer noch nicht und sank nicht in Schlaf oder in dunkle Ohnmacht, sondern suchte dankbar das Gesicht Theresens in der Finsternis zu erkennen. Aber er sah nur etwas Bolzgerades, Steifes, wie einen Felsen neben sich, und Doktor Allspach zeigte nur seinen breiten, soliden Rücken vom Bocksitz her. Aber wenn es vom Himmel züngelte, dann merkte er im grellen, hurtigen Blitzlicht, daß Therese noch das gleiche stramme Gesicht hochhielt, jetzt in den funkensprühenden und krachenden Himmel, wie sonst in die kleinern Unebenheiten unseres Erdkügelchens, diese außerordentliche unvergleichliche, diesseits und jenseits der Alpen allmächtige Jungfer Therese.

Sie wähnte ihn schlafend und erzählte in ihrer ungeheuern Wachseligkeit dem Doktor mit Wind und Regen übertönender Gewalt, wie der Redakteur ihr nach langem, stürmischem Läuten endlich die Haustür aufmachte, wie er sich wehrte und spreizte, wie sie mit dem Bischof und sogar mit dem Papst zu Rom drohte, vom einen zum andern würde sie ihn verklagen gehen, und wie sie dann die Bankscheine hinlegte, fünfmal einen großen, schönen Tausender, fast all ihr Spargeld. Das war ihr letzter Trumpf. Und als er diese Papiere sah, da zitterte der Redakteur wie ein Baum, der durch und durch getroffen ist und im Nu fallen muß. Ja, über diesen elenden fünf Papierfetzen ist der große Schwätzer gefallen. Er steckte sie hurtig ein und sprach: »Gut, schickt morgen einen Wagen und holt das Zeug! Meinetwegen schon heut nacht!«

Aber sie wollte das schriftlich von ihm haben. Und dreimal, wie er sich auch drehte und wand, mußte er den Zettel neu verfassen, bis es hell und ehrlich drin stand, daß er alle fünftausend Franken zurückgeben müsse, wenn er je eine Silbe vom Manuskript so oder so verlauten lasse. Auch das Manuskript des Kaplans mußte er ihr sogleich aushändigen. Sie hielt ihn fest in der Schraube, bis alles im Reinen war. O mit Schlangen muß man tun wie eine Schlange!

Dann schellte sie den Doktor aus dem Bett. Denn sie war dem Kaplan auf der ganzen Straße nirgends begegnet. Er mußte also die

Abkürzung gemacht haben, – bei solcher Nacht! Und kam nun im Tobel nicht weiter und war in Gefahr. Der Doktor mußte darum mit dem Wägelchen die Straße befahren, sie aber ging spähend und schreiend die Wildnis hinunter und jenseits hinauf. Und da haben wir ihn! – Aber wahrhaft, nun nie keine Abkürzung mehr!

»Nein, niemals!« flüsterte Johannes.

Er fühlte sich unsäglich wohl in dieser lieben Kutsche da. Aber danach im warmen Bett seines Zimmers spürte er auf einmal die schweren Fäuste der letzten Tage am ganzen Leibe. Jetzt erst wirbelten Hitze und Frost durch sein Fleisch und Gebein. Allspach sagte mit kluger Offenheit nach der Untersuchung: »Kodex, du hast eine schwere Bronchitis und eine noch schwerere Brustfellentzündung. Und es könnte an die Lunge gehen, – wenn wir nicht wacker aufpassen. Aber wir passen auf, nicht wahr!«

»Ja, Rex, ich will wacker aufpassen,« lispelte Johannes aus den Fiebern.

Darauf wurde er von einem heißen Wickel in den andern geschlagen, die ganze Nacht und am nächsten Vormittag auch noch. Dann gab es eine kleine Pause. Die Hitze war gesunken, das Drücken und Stechen in den Seiten hatte nachgelassen, aber Johannes fühlte sich zu Tode matt. Um die Vesperzeit schlummerte er zum erstenmal leicht ein.

Doch da weckt ihn ein Lärm. Er hört ein großes, lautes Volk vom Dorf herauf. Die Blechmusik spielt mit zündend hellen Trompeten einen Parademarsch. Und das Summen und Rauschen wächst. Und horch, da fällt der Holzklöppel auf die Turmdiele. Ah, die große Glocke fängt an zu brummen. Und alle andern Glocken spielen ringsum, wie um eine mächtige Altsängerin kleine und große Kinder trillern. Das ist der Einzug des Pfarrers. Um diese Zeit kann er von der Station dasein. Willkommen, willkommen, lieber Pfarrer. Wie froh bin ich, daß der Vater wieder da ist. Der Bub hats allein nicht machen können. Er ist ungebärdig geworden, hat sich übernommen und ist gestürzt. Regier' jetzt du wieder! O ich will gern folgen, hundertmal lieber, als noch einmal wie ein Tor regieren ... Horch, welch ein Getöse! Jetzt ist der Pfarrer auf dem Platz. Jawohl, und ihm zur Seite Therese, die treue ... und der Verweser, der liebe, ... und alles Volk. Und ich allein bin nicht dabei. Das ist die

Strafe ... O wie schön wäre es gewesen, den greisen Mann zu holen und ihn durchs jubelnde Dorf, vor allem durch all die lachenden Kinder hinauf zur Kirche zu führen und ihm die Malereien zu zeigen, die nun glücklich beendigt sind, und ihm zu sagen: Nun geben Sie uns den Segen! Wie einst bei seinem Einzug der Pfarrer zu ihm sagte. – O wie hart ist es, hier im Bett zu liegen!

Jetzt wird es still auf dem Platz, sie sind in der Kirche. Unklar und verworren dringt die Orgelmusik bis ins Kaplanenzimmer. Jetzt sieht der Pfarrer wieder die ganze Herde beisammen. Wie hat er darauf die Stunden gezählt! Jetzt stimmt er an: Großer Gott, wir loben dich! ... Horch, horch! Wie das braust, wie das stürmt! Keine Orgel hört man mehr. Genau wie damals, als ich einzog!

Dem Kaplan ist, er fange erst heute an, Seelsorger zu werden. Heute sei sein erster Tag. Das Vergangene sei ein mißratener Versuch gewesen. Aber jetzt weiß er, wie man es macht. Auf dem geraden Wege! Auf dem Wege der tüchtigen Vorgänger. Nicht auf Abkürzungen, nie mehr auf diesen heillosen Abkürzungen!

Nun schweigen auch Gesang und Orgel drüben in der Kirche. Eine Zymbel klingelt. Das ist der Segen, der erste Segen des Pfarrers in seiner Heimat.

Johannes stützt sich in den Kissen auf und macht ein großes Kreuz über sich. Ach, sieh da, er ist ja nicht allein. Am Gesimse steht Ottilie und lauscht auf jeden fernen Ton. Sie weint leise. So ist das zarte Ding nun einmal weinen und immer weinen, vor Angst, vor Freude, vor Hoffnung, vor Leid, beim Wiedersehen und beim Abschied, bei einem harten Wort und bei einem lieblichen Gebet, bei einer starken Predigt und bei einem süßen Musizieren, weinen, das ist ihr Reden, ihr Ja und Nein.

Gern wäre sie jetzt auch dort drüben, beim ersten Pfarrkindergruß mitgrüßend dabei! Aber nein, vorerst gehört Therese ans Fest. Nein, sie ließ es sich nicht nehmen, hier beim Kaplan zu wachen, auf daß Jungfer Therese zur Station mitgehen und den glorreichen Einzug mitmachen kann. Ein wenig gelten ja alle Kränze und alle Trompeten auch ihr, – das haben sie gestern im Dorf allum gesagt.

»Was ist das?« hauchte Johannes aus der Decke. – Man hörte wieder ein unzähliges Holzschuhgetrappel und Summen und Reden und von der jüngeren Welt frohe Pfiffe und laute, lachende Wörtlein. Und es kommt näher, schwillt gegen die alte Kaplanei an wie eine Flut. »Ottilie, was ist nun das?«

Die Pfarrköchin hat sich in stiller Freude hinter das Vorhänglein geflüchtet, aber stibitzt einen Ausguck um den andern durch die lose Stickerei. – »Der Pfarrer, der Pfarrer,« jubelt sie, »da kommt er ... O wie mager ist er! ... Aber schon hat er wieder die roten Backen und das prächtige volle Haar hat er auch noch! Mir ist, es sei silberiger geworden! ... Der schöne, schöne Herr! ... Herr Kaplan, der Pfarrer kommt in allem Volk.« – Und sie weiß nicht, soll sie zur Stiege entgegenspringen oder schon hier niederknien und warten oder am Kaplaneibett stehen, was soll sie? Was soll sie auch machen? –

Indem vernimmt man hier oben sehr deutlich ein lautes Pst! pst! aus allem Gewoge wie einen Pfeil schwirren. Und dieses Pst! pflanzt sich fort wie ein Wind über hundert spitze Gräser. Alles macht Sst, sst! – Und der Kaplan hört die warme, tiefe Stimme des Pfarrers sagen: »Seid ruhig, unser hochwürdiger Herr Kaplan ist schwer erkrankt!«

Da ist es plötzlich totenstill. – Welch gute Leute! Schon wird es naß in Johannes' grauen Augen.

Jetzt krachen ein paar Schritte die Stiegen herauf, zwei Türen gehen auf und zu. Der Pfarrer schreitet herein, hinter ihm Therese. Der Verweser leise zuletzt.

»Grüß' Gott, mein lieber, lieber Kaplan!« spricht der weißhaarige Mann und drückt dem Kranken die Hände zwei und dreimal und blickt ihn lange froh und weh an.

Johannes will aufsitzen, aber es geht nicht. Er will reden, das ist ganz unmöglich. Er reicht nur die Hand und läßt das reiche, linde Wasser aus den Augen rinnen.

»Ich habe Ihnen eine tüchtige Medizin aus Rom mitgebracht ... nicht bloß den Segen vom Heiligen Vater ... noch etwas anderes ... da!« Der Pfarrer wickelte ein Pergamentpapier auf und ein gepreßter Olivenzweig kam hervor.

»Das Läubchen da hab' ich vom Grab des Torquato Tasso gepflückt ... Sie sind ja auch ein Dichter. Das macht Ihnen wohl Freude. Nicht?«

Er legte das Ästchen aufs Bett des wortlosen, still weinenden Kaplans. – Das also war der verbauerte und versauerte deutsche Provinzpfarrer!

»Und wenn Sie wieder gesund sind, so dichten Sie uns auch so ein Tassoliedchen, nicht wahr? ... So etwas von einem kleinen befreiten Jerusalem. Jeden packt's ja einmal und macht ihn krank und gefangen und bringt sein kleines Städtchen in Angst und Bangen ... und jeder haut's durch mit dem lieben Gott und ... mit so einer gewaltigen Helferin!« – Cyrillus zeigte auf Jungfer Therese, deren Brille blitzte vor Mut und Lust, auch noch dieses zweite Jerusalem zu befreien.

»Herr Pfarrer, es geht schon ein wenig besser,« warf sie ein, während sie mit Wohlwollen ihren neuen Patienten betrachtete, »das Fieber ist beinahe verschwunden, der Puls geht regelmäßig und ...« fügte sie fast unhörbar, aber so recht wie ein Schalk zum Kranken hinunter hinzu, »auch der **Nervus constrictus** ...«

»Ist tot!« lispelte Johannes mit großer Anstrengung.

Der Pfarrer ging auf so ein gutes Bulletin hin ans Fenster und rief hinunter: »Liebe Leute, unserem Kaplan geht es schon besser. So zieht ruhig nach Hause und sagt euern Kleinen beim Nachtgebetlein, daß sie ihm eines ihrer hübschen, unschuldigen Vaterunser schenken.« – –

»Es geht besser! – – Bravo! – – Recht so!« schreit es unten hin und wieder. »Herr Kaplan, recht gute Besserung!« ruft einer. Diese Stimme! – – das ist der Vize vom Schulrat.

»Gute Besserung!« brüllt jetzt ein Haufen wilder Buben. Dazwischen ein großes zufriedenes Volksbrummen und ein paar Warner: »Pst! Nicht so laut. – Gute, gute Besserung!«

»Sehen Sie, welch ein liebes Volk, da muß man ja gesund werden!« spricht der Pfarrer in die Kammer hinein. Dann winkt er aber mit der Hand übers Gesimse hinaus und lächelt so schelmisch, wie es nur rotbackige, greise, behagliche Pfarrherren vermögen.

Da fängt es an, unten an der Pfarrkirche, damit es nicht so laut wird und etwa zu stark aufregt: die Blechmusik spielt!

Es ist eine alte Lachweiler Weise. Schon die Urgroßväter wußten nicht, woher sie stamme, nur daß sie hier noch allein daheim sei. Sonst kennt sie kein Dorf und kein Gemeindevolk, und der Lachweiler Organist hütet die vergilbte Partitur wie ein Drache, ich kann's nicht anders sagen. Diese Melodie! Nicht Jodel ist's, nicht Tanz, nicht Marsch und doch von allem etwas und klingt immer feiertäglich. Am Gallustag und am eidgenössischen Bettag und zu Ostern, wenn man endlich wieder die Glocken läuten darf, spielt man diese seltene Weise. Heut geschieht's als großartige, ehrende Ausnahme. Man möchte sagen, es sei halb Volkslied, halb Psalm, warum man das Stück in der Kirche spielen kann, aber auch auf dem Schießplatz und an der Dorfkilbi. Es paßt jetzt auch sehr gut vor die Fenster eines schwerkranken Kaplans.

Alles, was Ohren hat, drinnen im Haus und auf der Gasse, horcht auf die alte, milde Musik. Der Kaplan faltet die Hände. Ihm ist's Gebet. Aber Therese lächelt ihn durch ihre gewaltigen Gläser mit einer sonderbaren Bosheit an. Hat sie am Ende auch das noch eingefädelt?

Da fällt dem Johannes ein, wie er so oft gesagt hat, seine schönste, irdische Eitelkeit wäre, wenn man ihm einmal nach einem besonders glorreichen Streich Musik machen würde, so wie man dem Bischof in seiner Pfalz oder dem Bundespräsidenten vor dem Palast zu Bern oder einem General mit großen, tapfern Narben auf Holz und Blech ein Spiel aufführt. Wenn man ihm das täte, dann hätte er nichts Irdisches mehr darüber hinaus zu wünschen. Und jetzt machen sie ihm wahrhaftig so eine Musik. Jetzt schon! Auf was denn? – Auf das Opus etwa?

Er nickt Theresen ernst zu und flüstert: »Ich will sie verdienen, die Ehrenmusik da unten!«

Er lauscht und lauscht und schläft allmählich vor freudiger Müdigkeit ein. Da hören sie auf zu musizieren, und Pfarrer und Volk gehen leise, leise, wie auf den Zehen heim. Und erst unter der Pfarrtüre schüttelt Cyrillus endlich auch der Ottilie die Hand und sagt traulich: »Ja wie, du lebst auch noch, mein altes Hauskreuz? Na, so probieren wir's wieder ein Dutzend Jährchen mitsammen!« –

Und Ottilie freut sich, daß die Tschinggen ihrem Herrn den guten deutschen Humor nicht mit den roten Nastüchern und dem Proprium auch noch gestohlen haben.

Aber Kaplan Johannes schläft sehr gut und erwacht nicht einmal, als im Dunkel der Nacht ein gewaltiger Wagen mit drei Rossen und zwei Fuhrleuten ans Haus rumpelt und Allspach und Therese mit den zwei Kutschern die vielen Kisten in den Keller hinunterstapeln. – »Das hätt' ich auch nicht geträumt, daß ich mir mit dem Sparbatzen einmal so eine Bibliothek zusammenkaufe!« – Spaßig sagt sie's!

Doktor Allspach redet nichts dazu. Aber er schaut sie an wie eine adlige Dame, und wo es zu einer Türe aus- oder eingeht, steht er höflich beiseite und bittet mit seiner knurrigen Stimme: »Sie voraus, Fräulein Legli.« – Das ist das Höchste, was er tun kann.

Aber im nächsten Winter, wenn die Buben vom Melzberg hinunterschlitteln, wo man das ganze Lachweiler wie auf einer Platte vor sich hat, und wenn sie dann die Kamine zählen und den Rauch vergleichen, den dünnen Quirl auf dem Pfarrhaus, wo man mit seinem Spaltholz feuert, – und den breiten, schweren beim Kronenwirt, wo man Kohlen braucht, – und den stoßweisen, giftigen unten in der Strohfabrik, wo sie mit Maschinen oder weiß Gott was heizen: hei, wie werden sich die rotbackigen Buben wundern, was das für ein noch nie gesehenes, ungeheures Gewölke ist, das nachmittags, wenn Therese ihren grünen Kachelofen heizt, aus dem steilen Giebel qualmt! Ist es nicht, als tanzten und ritten Figuren darin, sonderbare lange Magisterfräcke? Oder sind es gar kleine Halunken mit Hörnern und Schwänzlein? So ein Spuk aus der Kaplanei! Was verbrennen sie wohl? Man möchte meinen, diese scharfe Jungfer Therese stoße alle unruhigen Teufelchen der Menschheit mit Johannes' Opus in den Ofen.

Über tredition

Eigenes Buch veröffentlichen

tredition wurde 2006 in Hamburg gegründet und hat seither mehrere tausend Buchtitel veröffentlicht. Autoren veröffentlichen in wenigen leichten Schritten gedruckte Bücher, e-Books und audio-Books. tredition hat das Ziel, die beste und fairste Veröffentlichungsmöglichkeit für Autoren zu bieten.

tredition wurde mit der Erkenntnis gegründet, dass nur etwa jedes 200. bei Verlagen eingereichte Manuskript veröffentlicht wird. Dabei hat jedes Buch seinen Markt, also seine Leser. tredition sorgt dafür, dass für jedes Buch die Leserschaft auch erreicht wird.

Im einzigartigen Literatur-Netzwerk von tredition bieten zahlreiche Literatur-Partner (das sind Lektoren, Übersetzer, Hörbuchsprecher und Illustratoren) ihre Dienstleistung an, um Manuskripte zu verbessern oder die Vielfalt zu erhöhen. Autoren vereinbaren direkt mit den Literatur-Partnern die Konditionen ihrer Zusammenarbeit und partizipieren gemeinsam am Erfolg des Buches.

Das gesamte Verlagsprogramm von tredition ist bei allen stationären Buchhandlungen und Online-Buchhändlern wie z. B. Amazon erhältlich. e-Books stehen bei den führenden Online-Portalen (z. B. iBookstore von Apple oder Kindle von Amazon) zum Verkauf.

Einfach leicht ein Buch veröffentlichen: **www.tredition.de**

Eigene Buchreihe oder eigenen Verlag gründen

Seit 2009 bietet tredition sein Verlagskonzept auch als sogenanntes "White-Label" an. Das bedeutet, dass andere Unternehmen, Institutionen und Personen risikofrei und unkompliziert selbst zum Herausgeber von Büchern und Buchreihen unter eigener Marke werden können. tredition übernimmt dabei das komplette Herstellungs- und Distributionsrisiko.

Zahlreiche Zeitschriften-, Zeitungs- und Buchverlage, Universitäten, Forschungseinrichtungen u.v.m. nutzen diese Dienstleistung von tredition, um unter eigener Marke ohne Risiko Bücher zu verlegen.

Alle Informationen im Internet: **www.tredition.de/fuer-verlage**

tredition wurde mit mehreren Innovationspreisen ausgezeichnet, u. a. mit dem Webfuture Award und dem Innovationspreis der Buch Digitale.

tredition ist Mitglied im Börsenverein des Deutschen Buchhandels.

Dieses Werk elektronisch lesen

Dieses Werk ist Teil der Gutenberg-DE Edition DVD. Diese enthält das komplette Archiv des Projekt Gutenberg-DE. Die DVD ist im Internet erhältlich auf **http://gutenbergshop.abc.de**